문신

문신

2

윤흥길
장편소설

문학동네

차례

제5장

다가드는 운명의 발소리

1

“철부지들 혁명 놀음에는 반다시 값비싼 대가가 따르는 법이지요.”

부용이 냉담한 어조로 잘라 말했다. 사태와 관련해 들을 이야기 다 듣고도 한참 침묵하던 끝에 기껏 내보이는 반응이 그처럼 흉측한 소리였다.

“바로 그 대가 모면헐 방도가 없을까 허고 너랑 시방 상의허고 있잖냐.”

순금은 애써 감정 추스르며 조용조용 말했다.

“필경 요런 날이 올 거라고 진즉부텀 짐작허고 있었지요.”

부용의 얼음장 같은 말소리에 귓구멍이 시릴 지경이었다. 부용에게 도움 청한 것 자체가 애당초 선부른 짓이었다고 순금은 고대 후회했다. 기대했던 것보다 반응이 신통찮았기 때문이 아니었다. 우려했던 것 이상으로 부용이 과격 반응 보이는 바람에 지레 놀란 탓이었다. 제 본심 곧이곧대로 털어놓는 일에 인색하던 평상시와 달리 요번 일에 노골적으로 몰풍스럽게 구는 것은 이를테면 뜨거운 감자 찬물에 담갔다 내놓는 형식일 것이었다. 성난 찌러기 소 같은 비상사태와 외나무다리에서 맞닥뜨린 부용이 날카로운 쇠뿔에 가슴을 마구 뜸베질당하는 중이라는 증좌였다.

"너한티 괘얀시리 부담만 준 것 같고나."

순금은 제 입에서 떠난 이야기가 부용의 지병을 덧들이지 않기만 바랐다.

"요번 기회에 그놈들이 정신 채리게코롬 적당허니 혼꾸녁 내주는 선에서 사건이 수습된다면 얼매나 좋겄습니까만, 불장난 저질른 철부지쯤으로 그놈들을 개볍게 취급헐 만침 고등계 형사들이 너그럽지 않은 것이 문제겄지요."

부용이 이맛살 잔뜩 찌푸리며 오른손을 무심코 입술로 가져가는 동작을 선보였다. 노점에 항상 붙어다니는 기침 때문에 담배를 끊은 뒤부터 생겨난 버릇이었다. 뭔가 외곬의 생각에 빠져들 적마다 부용은 형체도 없는 궐련개비 입에 물고 상상의 연기를 병든 폐부 깊숙이 빨아들였다 내뿜기를 습관적으로 되풀이하곤 했다.

"그놈이 아니고 왜 그놈들이냐?"

"누님은 요번 사건이 낙철이 한 놈으로 끝날 거라고 생각허십니까? 시방 오암리가 감시당허는 게 사실이라면, 감나뭇골도 같이 감시당헌다고 봐야 됩니다. 낙철이랑 귀용이는 바늘허고 실 같은 관계잖습니까. 모르긴 몰라도, 두 놈은 한날한시에 경성 하숙집에서 행방을 감춰뿌렀을 겁니다. 거사 직후 도피행은 당초부텀 그놈들 행동 계획에 들어 있었으니께요."

"그렇다면 니 생각에는 그것들이 시방 어디로 숨었을 것 같으냐?"

"도망을 가면 어디로 도망가고, 숨으면 또 몇 조금이나 숨겄습니까. 땅바닥에서 뛰어봤자 벼룩이고 공중으로 널러봤자 바구미에 불과허지요."

부용의 얼굴에 비웃음이 번지기 시작했다.

"혹시 또 모르는 일이지요, 상해나 간도 같은 이역만리로 도망가 있을지. 제가 알고 있는 것맨치로 그놈들은 철부지가 아닐지도 모릅니다. 저나 누님보담도 더 어른스럽고 영악헐지도 모른다고 생각헐 때가 가끔 있어요."

"혹시 사상 문제가 아니라 그 강도 사건 땜시 사찰당허는 건 아닐까?"

"그럴지도 모르지요. 두 가지 중 어느 하나일 수도 있고, 두 가지 다일 수도 있겄지요. 왜냐허면 그놈들한티는 사상 문제허고 강도 행위가 애시당초 불가분리 관계였으니께요."

순금은 동생 무릎도리에 놓인 빈 약사발 안으로 시선을 떨어뜨렸다. 하얀 사기그릇에 눈방울 부딪는 소리가 쨍강 울리는 느낌이었다. 오암리 이모 집이 순사들한테 감시당하는 이야기 꺼내기 전에 부용에게 미리 약부터 먹여놓기 참 잘했다는 생각이 들었다. 아니, 병자한테 그처럼 큰 부담 안길 줄 알았더라면 차라리 약을 먹이지 않는 편이 나을 뻔했다고 고쳐 생각했다. 약 먹고 체한 데는 약도 없다 하지 않던가.

"모르긴 몰라도, 관헌들 밀정이라고 소문난 건달은 유가 성 가진 작자일 겁니다. 저허고도 약간 안면이 있는 인물이지요. 진용이 형님허고 간이 소학교 동창이든가, 일 년 선후배 관계쯤 될 겁니다."

부용의 말에 순금은 갑자기 귀가 번쩍 뜨였다.

"그 작자허고 접촉헐 수만 있다면, 일단 어떤 실마리가 잽힐지도 모르지요. 저녁때 제가 진용이 형님을 만나볼까 헙니다."

"그 몸으로 어떻게 밤마실을……"

"만약에 밤마실 나가서 안 돌아올 경우, 최부용이는 객사헌지 아십시요."

부용의 얼굴에 호젓한 산길 분위기 떠올리는 허허로운 웃음이 잠시 매암돌다 사라졌다. 사랑채 이목 따돌린 채 안채 식구들끼리 비밀리에 대책을 마련하자면, 결국 부용이 병구 이끌고 밤마을에 무리하게 나서는 것 외에 달리 방도가 없다는 생각이 들었다. 순금은 조용히 약사발을 챙겨 일어섰다.

"고맙다, 부용아."

"인제 보니께 누님 머리가 그새 많이 철든 것 같네요. 삭발당허기 전보담도 외려 머리 모양새가 좋아 뵈네요."

"그 조롱조 역시 고맙구나."

아들 방에서 나오는 딸을 관촌댁이 낚아채듯 냉큼 부엌으로 끌고 갔다. 어머니의 뜨거운 입김이 순금의 귓불을 간질여댔다.

"으떻게 되얐다냐?"

어머니를 등지면서 순금은 살강 위에 쟁반을 내려놓았다.

"주재소 밀정이란 작자가 진용이 오라버니허고 간이 소학교 동기 아니면 선후배쯤 된다고 그러네요."

"오매, 그게 참말이여?"

"부용이가 오날 안으로 진용이 오라버니 만나겄다고 그러네요."

"오매, 밤바람 쐬는 것이 뇌짐에는 비상일 틴디!"

관촌댁 입에서 연방 감탄이 비어져나왔다. 제 동생 살릴 방도 찾기 위해 보리깜부기같이 쇠잔해진 병구 이끌고 밤마을 나서기로 작정한 맏아들이 신통방통 꼬부랑통으로 가상하게 느껴지는 모양이었다. 빛깔 다르고 모양 다른 수심과 반색 두 종류 감정이 어머니 얼굴에 복잡하게 얼크러지고 있었다.

"병골래미 몸땡이라도 아들 하나 집에 있는 편이 없는 편보담 휘낀 낫고만. 큰아들 덕 한번 톡톡허니 보게 생겼네그랴."

집안에서 시방 어떤 음모가 진행중인지 깜깜부지 상태에서도 상곡 어른은 불편한 심기를 걸핏하면 고함질과 삿대질로 맞바꿔 터뜨리기를 진종일 일삼았다. 부엌어멈이 점심상 올리러 사랑채에 들면서 부주의로 문지방 제겨디뎠다가 재수 달아나라고 일부러 행악질 저지른 혐의 졸지에 덮어쓰고 넋 바탕에 바람구멍 뚫리게끔 된통 야단을 맞았다. 예전부터 늘 하던 버릇대로, 기사마야, 하고 부르는 상곡 어른한테 무심코 똑같은 기사마로 맞섰다가 춘풍이는 날벼락 같은 놋재떨이 세례 받고 대문 밖까지 꽁지 빠지게 줄행랑치는 굿판을 벌이기도 했다. 뭔가 트집거리 더 없나, 하고 밝히는 표정으로 오랜만에 안채 원정에 나선 영감 눈에 잘못 걸린 관촌댁은, 밥 한 그릇 뚝딱 해치웠으면 그 밥값 하러 득달같이 논틀밭틀로 달려갈 것이지, 아직도 집에서 펀둥펀둥 뒹굴면서 주전부리 삼아 호박씨 까먹듯 아까운 세월만 갉아먹고 자빠졌다고 어지간히 지청구를 먹어야 했다.

"잘허는 짓이다, 참말로 자알들 허는 짓거리여!"

드디어 맞춤한 트집거리 하나 거방지게 장만한 기색이 완연했다. 지팡막대 휘둘러 토방 끝 지댓돌 탁탁 쳐대는 소리가 순금의 귓전을 따갑게 울렸다.

"여의주맨치로 귀허고 금싸래기보담도 비싼 이 섹유지름을 여따가 달팍 쏟아붓은 것이 어느 연놈 손목댕이냐!"

이른 아침 남포등에 석유 채워넣는 어머니를 본 기억이 났다.

방금 전 호되게 지청구 먹고 부랴사랴 감농 행차 서두르는 어머니를 또다시 아버지 험구 앞에 죄인으로 세울 수는 없는 노릇이었다.

"죄송혀요, 아버님. 제가 고만 실수로……"

"뭣이여? 사람 숨통 끊어놓고 죄송만 찾으면 다여?"

"앞으로 조심허겄어요, 아버님."

"이년아, 땅속을 열 질을 파봐라, 섹유지름 한 방울 나오는가!"

열 길 땅속 파헤치는 수고는 고사하고 기름집에서 돈 주고도 구경하기 어려우리만큼 품귀한 것이 바로 석유였다. 전시체제하 물동 계획에 따라 석유 배급제를 실시한다지만, 여염집 경우에는 석유 배급받기가 병풍 속 닭이 홰치기 기다리는 격으로 어려웠다. 다행히도 천석꾼 집안은 품귀 현상 일찍이 예측하고 배급제 실시 이전에 읍내 기름집 주인 구워삶아 석유를 몽땅 사재기한 바 있었다. 그 석유를 곡식에 버금가는 재산으로 괄목상대해 뒤란 땅속에 갈무리하고는 극약 다루듯 벌벌 떨면서 한 홉씩 약략스레 아껴 사용하는 중이었다. 들기름 아니면 아주까리기름으로 힘겹게 어둠에 맞서야 하는 여느 집과 달리 천석꾼 집안 밝혀주는 역할은 여전히 석유 몫이었다.

"죄송혀요, 아버님."

"죄송헐 것 없다. 비싼 섹유지름 나수 쏟지르고 활수헌 니년 열 손구락에 굵은 심지 박어서 해 넘어간 연후에 불 훤허니 밝히면

고만이니깨!"

순금은 몸을 기역자로 구부린 채 그야말로 열 손가락에 불 밝히는 형벌 받아 마땅한 중죄인 자복하듯 뒷걸음질로 아버지 면전에서 무르와갔다.

"이년아, 농창 곪아터진 애비 염통 새칠로 덧내고 잡어서 그러콤 맨대가리로 짤짤 싸돌아댕기냐?"

아버지 대갈호통이 순금의 마빡에 턱 꽂혔다. 그 순간, 죄인 자세로 잔뜩 구부러졌던 허리가 도로 꼿꼿이 펴졌다. 순금은 아버지 앞에서 본때 있게 등을 돌린 다음 고개 빳빳이 쳐들고 여장부다운 걸음걸이로 부엌을 향했다.

"저, 저런, 백주대낮에 두억시니 등짝에 덥석 업혀갈 년 같으니라고!"

아버지 욕설에 잇대어 구석방에서 쿨룩거리는 기침 소리가 꼬리를 물었다. 그러자 먹잇감 발견한 맹수처럼 아버지 목소리에 갑자기 생기가 감돌았다.

"헹, 잘허는 짓이다, 참말로 잘허는 짓거리여! 아귀도에 빠져서 허부적거리는 구신 형상일망정 실오래기 같은 목심줄 간댕간댕 붙어 있다는 유세 떠니라고 저놈이 시방 쿨룩쿨룩험시나 인간 숭내를 내고 자빠졌네그랴!"

그러자 쿨룩거림이 뚝 멎었다. 사라진 기침 행방 좇아 아버지는 당장 구석방으로 짓쳐들 것처럼 성마른 태도를 보였다.

"병구완에 매달리니라고 모녀지간에 주야장천 욕보는지 다 안다만, 수고시럽게 뇌짐쟁이 약수발에 고부라질 필요 없니라. 애저녁에 인간 형상 갖추기 글러먹은 종자는 일찌가니 칵 뒤어져서 없어지는 것이 지놈 일신에도 좋고 집안 전체도 두루두루 다 이득이 되는 법이니라."

온 집안 송두리째 뒤흔들어 남녀노소 식솔들 혼백 다 뽑아내고서야 아버지는 모처럼 만에 안채까지 발걸음하게 만든 용건을 밝혔다.

"진용이더러 해전에 댕겨가라고 기별을 놓아!"

영감 입에서 진용이란 말 떨어지기 무섭게 댓바람에 흙빛이 된 낯꽃으로 관촌댁이 안방에서 부랴사랴 뛰쳐나왔다.

"진용이는 또 무신 일로……"

"무신 일이라니? 아, 담달치 학자금에 하숙비 암냥혀서 돈 한 짐 경성으로 올려보낼라면 심바람시킬 놈이 있어야 헐 것 아녀!"

순사들 감시 문제 의논하기 위해 부용이 야음을 틈타 사촌형 찾아가려는 계획을 아직은 아버지가 눈치채지 못했음이 분명해졌다. 안도감 같기도 하고 조바심 같기도 한 표정이 어머니 얼굴에 엇갈리고 있었다.

"아, 알었고만이라."

"인제 우리 문중에서 믿을 구석은 달랑 귀용이뿐이여! 그렁깨 귀용이 학업에 지장이 없게코롬 미리미리 알어서 만단으로 뒷배를 봐줘야 쓴단 말이여!"

만에 하나 잘못되는 일 생길까봐 유난히 물고 떠는 둘째아들이었다. 그믐밤 같은 문중 장차 휘황히 밝혀줄 남포등 같은, 아니, 캄캄칠야 밤바다 밝히는 등댓불 같은 귀용이 향한 부성애를 새삼스레 모두에게 광고 돌리고 나서 아버지는 면소재지에 볼일 생겼다며 횡허케 대문을 나섰다.

"휘유, 십 년은 감수헌 것 같으다!"

흑단나무 몸통에 호사스러운 상아 장식 손잡이 달린 박래품 개화장(開化杖)으로 죄 없는 땅바닥 공연히 매질하면서 씨억씨억 길을 떠나는 아버지 발소리가 귀에서 완전히 사라지자 어머니는 대짜배기 한숨으로 꽉 막혀 있던 숨통을 간신히 틔웠다.

"무신 놈에 승깔이 저 지경으로 개차반인지, 원!"

한 파수 모진 풍파 휩쓸고 지나간 자리 위에 어머니는 서리서리 뭉쳐두었던 푸념을 한바탕 푸지게 쏟기 시작했다. 순금은 퍼뜩 구석방에 생각이 미쳤다. 아버지의 마구잡이 저주가 다시 한 번 부용의 가슴에 입혔을 치명상이 여간 마음에 걸리는 게 아니었다.

"나다, 부용아."

순금은 방문을 똑똑 두드렸다.

"괘얀시리 애쓰실 필요 없어요."

햇볕 당양한 점심나절인데도 방안은 어둠침침했다. 아니, 바깥

세상이 당양할수록 오히려 굴속처럼 어둠침침할 수밖에 없는 구석방 안에 똑바로 드러누워 부용은 멀뚱멀뚱 천장만 올려다보고 있었다.

"무신 소리냐?"

"누님이 시방 무신 용무로 왔는지 다 안다고요. 아버님 말씀에 한 치도 틀린 대목이 없다는 것도 잘 알고 있지요."

"부용아, 아버님 말씀은 한 귀로 듣고 한 귀로 흘려뿔거라. 따지고 보면, 아버님만침 세상을 불행허게 사시는 분도 없을 것이다. 아버님이야말로 세상에서 제일 불쌍허신 분이다."

"참말로 암시랑토 않다니깨요. 그냥 혼자 있고 잪을 뿐이지요."

제발 귀찮게 굴지만 말아달라는 소리였다. 상처받은 부용의 마음을 다독여줄 적절한 표현이 떠오르지 않아 순금은 구석방 앞에서 머뭇머뭇했다.

"누님은 우습지 않었어요? 웃음이 비어지는 바람에 아까막시 한참 혼났어요. 당신 염통 곪아터지는 건 모르고 손톱 밑에 까시만 걱정허시는 꼴이잖든가요? 숨어서 웃다가 기침이 터지는 바람에 죽는지 알었다니깨요."

부용은 말로 그치지 않고 몸으로 웃기 시작했다. 미소로 시작된 웃음에 소리가 덧붙으면서 점점 커다래지다가 막판에는 온몸 뒤흔드는 격렬한 웃음으로 발전했다. 한바탕 홍소 끝에 부용은 그예 기침 발작을 일으키고 말았다. 억지웃음으로 기침 불러들이고, 그 기침 채찍처럼 휘둘러 자신을 학대하는, 그 위악에 찬 행동을 순금은 속수무책으로 우두망찰할 수밖에 없었다.

순금은 오후나절 내내 일손이 잡히지 않아 애를 먹었다. 일하고 싶다는, 일해야겠다는 의욕이 전혀 일지 않았다. 집안에 들이닥치는 돌발사들로 말미암아 심신이 두루 피폐해진 상태였다. 베짜기 작업을 쉬는 동안, 순금은 저만의 공간인 베틀 공방에 틀어박힌 채 기도하는 일로 시간을 보냈다. 신사 참배 문제 둘러싼 교계의 분열과 문목사의 영적 방황이 하루빨리 마감되게끔 전능왕께서 강권적으로 역사해주실 것을 빌었다. 불신자들에 의해 사방으로 욱여쌈을 당하고 있는 모든 성도 위해 평안을 간구하고, 예수 그리스도를 핍박하는 무리의 선봉에 서 있는 아버지를 대신해 용서를 빌었다. 포도원을 허무는 여우처럼 집안의 화평과 안녕 위협하는 갖가지 간악한 세력으로부터 가족 모두를 지켜주실 것을 빌었다. 육신은 물론 영혼마저 이미 고황에 들어버린 부용의 병이 신유의 은택을 입어 속히 완쾌되고, 새사람으로 거듭날 수 있게끔 기사와 이적을 베풀어주시기를 빌었다. 최귀용과 배낙철 두 생령이 사상 문제와 관련해 고초를 겪거나 양쪽 집안을 위기에 빠뜨리는 일 없게끔 자비와 긍휼을 베풀어주십사고 만유의 주 하나님께 빌고 또 빌었다.

남들 위한 중보기도를 오래 드리고, 그래도 남는 시간 활용해 순금은 마지막으로 제 문제를 놓고 기도했다. 예측 불가능한 장래로 인해 생기는 두려움 덩어리가 연자매처럼 돌면서 곡분 빻듯 가슴을 몽글게 갈아대는 듯하다고 솔직히 고백했다. 주님 인도하시는 길 아니라 다른 엉뚱한 길로 저를 데려가려고 제 인생에 코뚜레하고 멍에 지워 마구 잡아끄는 사탄마귀 세력이 도처에 도사려 있음을 낱낱이 고해바쳤다. 그것들이 부리는 사악한 술수와 농간으로부터 자신을 지켜낼 수 있는 용기와 지혜를 만군의 여호와 하나님께 간구하는 것으로 일습의 기도 절차를 끝마쳤다.

낮에 미리 전갈받은 최진용이 해질녘 감나뭇골 작은집에 모습을 드러냈다. 면소재지 나들이에서 돌아온 천석꾼 영감 뒤쫓아 사랑채로 들어간 진용은 집안 대소사를 방바닥에 죽 늘어놓고 작은아버지 상곡 어른과 장시간 상의에 상의를 거듭했다. 돌아가는 길에 작은어머니한테 인사드린다는 구실로 안채에도 들렀다. 기왕 안채에 발들인 김에 진용은 자리보전중인 부용하고도 오랜만에 상면했는데, 의례적인 병문안 말고는 사촌지간에 별다른 이야기가 오가지 않는 눈치였다.

"긴간사로 상의헐 일이 생겼다고, 이따가 댁으로 찾어가 뵙겄다고 살째기 운만 띄워놨어요."

실망스러우리만큼 짧게 끝나버린 만남에 대해 부용은 간략히 설명했다. 부실한 몸으로 밤마을 다니느라 무리할 필요 없이 진용이 제풀로 찾아온 기회에 이야기를 끝내는 편이 좋을 뻔했다는 순금의 지적에 대한 대꾸였다.

"사랑채가 바로 지척지간인데, 형님 상대로 그 문제를 끄집어낼 기분이 당최 안 나서요."

부용은 저녁거리로 개다리소반 위에 날름 올라앉은 깨죽 그릇을 짐짓 외면하면서 말했다.

"아, 혀라."

듬뿍 뜬 깨죽 한 숟갈 부용의 입으로 운반하면서 순금은 어린애 다루듯 입을 한껏 크게 벌릴 것을 요구했다.

"너 밤마실 나갈 적에 나도 같이 따러가마."

우격다짐으로 입안에 들이민 것을 마지못해 목젖 너머로 넘기고 나서 부용은 소태라도 씹은 듯 잔뜩 우거지상을 지었다. 깨지락거리는 그 먹음새가 순금은 아무래도 안심찮게 느껴졌다.

"시방 무신 말씀을 허시는 겁니까?"

몸져누운 이래 맨 처음 시도하는 대문 밖 출입이요 밤마을이었다. 부실하기 짝이 없는 몸뚱어리로 야밤중에 이웃마을 다녀온다는 게 부용에게는 이만저만 무리가 아닐 성싶었다.

"제가 나가 있는 동안에 누님은 보통날이랑 똑같이 베를 짜고 계셔야만 됩니다. 철커덕철커덕 소리가 헛간에서 밤새드락 울려야만 집안에 별일 없는지 알고 아버님이 안심을 허시지요."

딴은 그 말도 옳겠거니 싶었다. 순금은 먼젓번보다 더 듬뿍 뜬 깨죽 숟갈 위에 노파심 한 덩이 덤으로 얹어 부용의 코밑에 들이

밀었다.

"새칠로 아, 혀라."

"입맛이란 놈이 십 리는 달어나뻐러서 인제 더는 못 먹겄습니다."

"탈탈 굶은 빈속으로 너를 암야원행 보낼 수는 없다. 내가 너랑 같이 가고 안 가고는 니가 죽을 얼매나 먹느냐에 달렸다. 자아, 크게 아아, 혀라."

사촌형 만나러 암야행 도모했던 부용은 자정이 훨씬 기울어서야 흠씬 지친 몸으로 기신기신 집에 돌아왔다. 베틀에 앉아 작업하는 동안에도 순금은 쫑긋 세운 귀를 척후병으로 내보내 부용이 돌아오는 기척만 살피고 있었다. 갑자기 목에 매인 쇠줄 철그렁거리며 낑낑대는 복구란 놈 기척으로 부용이 집 가까이 이르렀음을 알아차리고 살그머니 밖으로 나가 대문을 열어주었다. 부용은 대문 기둥에 몸을 부리면서 가쁜 숨결을 다스렸다.

"어떻게 되았냐?"

언제 또 터질지 모르는 기침에 대비하느라 거지반 틀어막다시피 손수건으로 입을 가린 채 부용이 웅얼웅얼 대답했다.

"잘되았어요."

"뭣이 잘되았어?"

"하나에서 열까장 전부 다요."

비로소 손수건을 입에서 떼면서 부용이 제법 또렷해진 음색으로 대꾸했다. 지레 걱정했던 것만큼 부용의 상태가 기진맥진한 정도는 아닌 듯싶었다. 병자 신상에 꼭 무슨 불상사가 터질 것만 같은 사위스러운 생각 때문에 순금은 베틀에 앉아서도 정작 바디질은 부업인 대신 바깥 동정 살피는 일을 주업으로 삼고 있었다.

"뭐가 뭔지 잘 모르겄다만, 좌우지간 수고 많었다. 어서 들어가자."

모든 게 전부 다 잘되었다는, 너무도 간단명료한 말대답에 순금은 도리어 일말의 불안감을 느끼면서 부용의 허깨비 같은 병구를 부액해주었다.

"아이고, 내 새끼 왔고나!"

한 박자 뒤늦게 낌새를 채고 뛰어나온 관촌댁이 막중한 임무 수행하고 돌아온 병골 자식을 어둠 속에서 버선발로 반겼다.

"진용이가 뭣이라 그러디야?"

"염려 말라고 그러드래요."

갱신조차 여의하지 못한 동생 대신 순금이 잽싸게 엉너리쳤다. 관촌댁까지 합세해서 셋이 한덩어리 되어 급히 구석방에 들었다.

"날이 밝는 꼴로 형님이 소재지에 가서 그 유가 건달을 만나보겄답니다."

방안에 들자마자 이부자리 위로 픽 고꾸라진 부용이 아까보다 약간 더 구체적으로 밤마을 성과를 전했다. 백지장처럼 창백한 얼굴에서 배어나오는 진땀으로 말미암아 부용의 낯꽃은 방금 기름을 다룬 양철초롱처럼 번들거렸다.

"유간지 왜놈들 밑씻갠지 허는 그놈허고 동무지간이 틀림없다 그러디야?"

"동기동창이랍니다. 형님은 귀용이 학자금 전헐 인편 핑계대고 신용헐 만헌 사람을 골라서 당장 경성으로 보내겄다고, 그 사람 시켜서 시방 경성 쪽 사정이 어떻게 돌아가는 판속인지 알어보겄다고 약조를 자청허드만요."

"아이고, 진용이 조카가 고로코롬 심을 써준다면 얼매나 다행헌 일이겄냐! 우선 그 말만 듣고도 에미 맴은 한근심 덜어낸 것 같으다!"

관촌댁은 손바닥으로 앙가슴을 싹싹 쓸어내렸다. 부용은 이부자리에 방만하게 너부러져 밭은 숨 가삐 쉬면서도 음색만은 제법 밝게 뽑아내고 있었다.

"오지랖 넓은 형님 수완만 믿고 결과를 지켜봐야 되겄지요. 경성 쪽 실정이 정확허니 밝혀진다면, 차후 문제 역시 형님이 수완을 발휘혀서 뭔가 좋은 해결 방도를 반다시 찾어낼 겁니다."

마치 죽은목숨 살려내는 무슨 신통력이라도 지닌 것처럼 부용은 말끝마다 사촌형 비범한 수완을 강조하곤 했다. 하지만 순금은 진땀이 찌걱찌걱 배어나는 부용의 얼굴에서 왠지 모르게 낙관 아닌 비관을 읽고 있었다. 일 저지르고 행방 감춘 경성 유학생들보다도 어쩌면 부용의 신상이 제일착으로 잘못될지도 모른다는 우려가 드는 것이었다. 산서 최문의 젊은 지도자이자 천석꾼 집안의 집사로서 여태껏 아마니시 아끼라 영감 복심으로 문중 대소사 휘어잡고 야무지게 처결해온 최진용의 그 능수능란한 재간에 대한 신뢰와 기대를 가슴속에 갈무리한 채 모녀는 부용의 거처를 나섰다. 관촌댁은 안방으로 가고, 순금은 밤샘 작업 위해 베틀 공방으로 발길을 돌렸다.

밤새 어둠에 가려 있던 우려가 날이 밝자마자 눈앞의 현실로 나타나고 말았다. 지나치게 무리를 범한 부용을 심통 사나운 병마가 그냥 곱게 놓아둘 리 만무했다. 이마에 얹은 물수건이 금세 꾸덕꾸덕 마를 지경으로 신열이 펄펄 끓는데다 기침 또한 부쩍 우심해졌고, 울컥울컥 뱉어내는 가래 속에 선홍빛 핏기마저 섞여 나왔다. 두어 달장근에 걸쳐 어머니와 누이가 병구완이야 약수발이야 지성껏 매달린 덕분에 웬만큼 차도를 보이던 병세가 단 하룻밤 무리로 인해 원점으로 퇴각해버린 셈이었다. 공든 탑 와그르르 무너져내리는 허망감을 이기지 못한 관촌댁이 연방 장탄식을 뽑아댔다.

"손톱 밑에 피멍 들드락 죽어라 호박씨 까갖고는 한입에 홀라당 털어옇고 말었고나! 한입에 홀라당 다 털어옇고 말어뿌렀어!"

여느 날과 달리 이른 아침부터 부산스레 안팎으로 나부대며 유난 떠는 안채 분위기를 사랑채에서 얼른 눈치로 때려잡았다. 아버지는 식전부터 부아통 질렀다 끄기를 수없이 거듭하면서 족히 열

사람 몫 야단법석을 혼자서 떨어댔다. 기침이 한 파수 또 고빗사위 넘을 적마다 아버지는 불편한 심기를 누르지 못했다. 사랑채까지 한달음에 건너오는 기침 공세에 대거리하기 위해 마치 힘껏 팡개를 쳐서 가을 볏논 참새떼 멀리 쫓아버리듯 안채를 겨냥하고 무지막지한 저주의 말들을 흙덩이처럼 휙휙 날려보내곤 했다.

"거미줄 같은 목심줄 간댕간댕 붙어 있다고 다 사람인지 아냐? 살어생전 밥버럭지 노릇에다 애비 애간장 바싹바싹 말리는 애물단지로 늙어가는 것이 워디 인피 덮어쓴 인간이 헐 짓이여? 생피 같고 생살 같은 내 재물 와작와작 깨물어먹고 산송장맨치로 깔딱깔딱 연명허느니 차라리 일찌가니 칵 자진허거라! 쎗바닥 작신 깨물든가 둥구나무에 대롱대롱 목매달어서 칵허니 자진허란 말이다, 이 뇌짐 구신아!"

점심 무렵, 면소재지 의원이 왕진가방 들고 집에 찾아온 사실을 알아차리자 아버지의 노호는 마침내 극에 다다르고 말았다. 감나뭇골 전체가 들썩이리만큼 소리소리 악담 퍼붓고 나서 아버지는 밖으로 휭허케 나가버렸다. 부용의 심상찮은 병세로 말미암아 가뜩이나 분위기가 살얼음판 한가지로 위태위태한 판인데, 엎친 데 덮쳐 사촌오라버니가 축 처진 어깨에 풀죽은 낯꽃으로 등장했다. 진용을 대하는 순간, 순금은 대뜸 매우 바람직스럽지 않은 결과가 나왔음을 직감했다.

"참말로 시방 면목이 없고만요, 작은어머님."

식전부터 내내 제정신 아닌 관촌댁 앞에서 진용은 만고 대역죄인 시늉으로 감히 고개조차 바루지 못했다.

"면목이 없다니? 그렇다 허이면……"

"눈뚜깽이 벌어지기 무섭게 시방 팔랑개비맨치로 소재지 유병택이를 찾어가서는 시방 그놈을 만나기는 만났는디……"

"만났는디?"

"하따, 참말로 시방 말도 안 나오누만요. 비럭질허다가 뒤어질 그놈이 시방 즈그 동기생한티 헌다는 말뽄새가 시방……"

"자네가 시방 내 애간장 꼬들꼬들 말려 쥑일 작정인가?"

차마 뒷말 못 잇고 뒤통수만 긁적여대는 진용을 상대로 관촌댁은 끝내 표독스럽게 죄인 잡도리를 시작했다.

"하따, 유병택이 그놈이 시방 아, 글씨……"

"오라버님, 부용이가 지금 많이 편찮어요. 집안이 왼통 어수선허고 뒤숭숭헌 판이니깨 뜸 고만 들이고 어서 말씀을 끄내셔요."

참다못해 순금이 넌지시 귀엣말을 건넸다. 그러자 진용은 숙모보다 사촌누이 상대하는 편이 임의롭겠다 싶었던지 얼른 순금 쪽으로 얼굴을 돌렸다.

"인간 유병택이를 시방 뭘로 알고 시방 으떻게 보고 시방 고따우 개수작이냐고 그놈이 나한티 막 삿대질을 허잖겄냐. 사람들이 시방 저보고 주재소 정보원입네, 헌병대 밀정입네, 허고 시방 손구락질허는지 저도 다 아는디, 고것은 시방 천부당만부당헌 오해고 모함이라고 됩데로 나한티 큰소리를 치잖겄냐. 오암리 과수댁은 말헐 것도 없고 애시당초 오암리 근방에도 시방 얼씬헌 적 없다고 딱 잡어띠잖겄냐. 외려 그놈이 한술 더 떠서 시방 헌다는 소리가, 대관절 어느 입주뎅이가 생사람 잡는 소리로 시방 인간 유병택이를 모함허는지 아는 날이면 절대로 가만 내비두들 않겄다고 시방 펄쩍펄쩍 뜀시나 난리를 치잖겄냐. 그런 판국인디 낸들 시방 무신 헐말이 더 있겄냐. 화무십일홍이라느니, 달도 차면 기우는 법이라느니, 허고 그놈이 시방 엉뚱깽뚱헌 소리 씨월거리는 꼴만 멀거니 보다가는 그냥 돌쳐서고 말어뿌렀다."

관촌댁이 이마에 손 짚는가 싶더니만 갑자기 빈 쌀자루 모양으로 몸을 아무렇게나 구기박지르면서 마당으로 털썩 무너져내렸다. 두 사촌남매가 동시에 달라붙어 관촌댁을 부액하려 했다. 그러자 관촌댁은 딸 손도, 장조카 손도 모두 뿌리치면서 땅바닥을 데굴데굴 구르기 시작했다.

"아이고, 내 팔자야!"

"작은어머님, 당최 상심허들 마시기라. 유병택이 그놈 아니라도 시방 달리 알어볼 방도가 얼매든지 있으니께…… 요번 일은 시방 지가 책음지고 물맥이 공사를 만단으로 수행헐 모냥이니께……"

"아이고 아이고오, 지지리도 재수 없는 과부년은 봉놋방에 둔눠도 꼭 고자 옆에만 눕는다드니만, 아이고오 아이고오, 이 내 몸은 으쩌다가 팔자를 요다지도 재수 없게 타고났는고! 아이이고 아하이고……"

손바닥으로 연거푸 땅바닥 쳐대면서 푸지게 쏟아내는 넋두리가 마냥 길어질 기미를 보이자 순금은 진용에게 얼른 눈짓을 건넸다. 그 눈짓의 의미를 눈치껏 알아차린 진용은 구석방 사촌동생 만나볼 엄두도 내지 못한 채 작은집에서 도망치듯 허둥지둥 자취를 감춰버렸다.

"오라버니가 소득 없이 빈손으로 돌아왔다고 당장 무신 변고가 생기는 건 아니잖어요. 그러고 그 작자한티서 알어낸 사실이 없다 혀서 그것이 꼭 귀용이가 낙철이랑 한 묶음으로 쫓기는 몸이라는 뜻도 아니잖어요. 동창 친구라도 그 작자가 지 주뎅이로 지가 밀정이라고 정체를 밝힐 리가 없지요. 그 작자 아니라도 달리 좋은 방도를 찾어내겄다고 오라버니가 시퍼렇게 장담을 혔으니께 제발 고정을 허셔요, 어머님."

"아니다. 너는 귀용이허고 한 다리 근너 이촌지간이니께 일판 돌아가는 기맥에 깜깜헐 것이다. 귀용이허고 나허고는 틈새기 없이 딱 붙은 일촌지간이다. 열 달 동안 뱃속에서 귀용이를 머리끝부텀 발끝까장 일일이 조성헌 에미다. 나는 안다. 이 에미는 알고 있다. 호랭이 같은 관재수가 우리 귀용이 잡어먹겄다고 아가리 딱 벌리고 닥치는 중이다. 귀용이 목심이 시방 북풍한설 앞에 호롱불맨치로 위태위태허단 말이다! 아이이고 아하이고오……"

"이러시면 정말 안 되야요. 어머님이 이러실시락 우리 집안 속내를 동네방네 왜장치는 꼴 되고 말어요. 저것 조깨 보셔요. 벌써 동네 사람들이 담 너머로 우리 울안을 들여다보고 있잖어요."

어머니를 일으켜세우면서 순금은 성큼성큼 다가오는, 검은 두건에 검은 두루마기 복색을 한 운명의 발소리를 듣고 있었다. 잘 여문 박통 모양으로 담장 위에 되똑되똑 얹힌 머리통들 보면서 순금은 어느새 한낱 구경거리로 곤두박질한 천석꾼 집안의 몰락을 아프게 예감하고 있었다. 호기심 가득찬 눈초리로 천석꾼 집안에서 하루가 멀다고 잦추 되풀이되는 시끌벅적한 소동 낱낱이 지켜보며 사람들은 더디게 느껴지는 운명의 발걸음이 부쩍 더 빨라지게끔 쌍수합장 축원하고 있는 듯했다. 지난번 모집 바람에 남편이나 아들을 이역만리 떠나보내고 나서 산서 최문에 원한 품거나 상곡 어른에게 대놓고 저주 퍼붓던 사람도 개중에는 틀림없이 섞여 있을 것이었다. 저마다 원한 품고 살아온 사람들이 이번 일을 계기로 그 원한들 한데 뭉뚱그려 천석꾼 대저택 울안으로 바윗돌처럼 데굴데굴 굴려보내는 중이라고 순금은 생각했다. 장구한 세월 야마니시 아끼라 영감이 저질러 나온 죗값을 집안 식구 전체가 십시일반으로 나누어 치르고 있음에 틀림없다고 생각했다. 그것이야말로 신의 섭리에 속하는 일이기 때문에 일가족 모두가 제아무리 안간힘 쓰고 죽살이쳐봐야 일단 정해진 운명은 인력으로 어찌할 방도가 없다는, 매우 비관적인 결론에 다다르고 말았다.

지난날 부용이 자포자기 상태에서 산서 최문의 몰락을 격한 어조로 예언하던 광경을 순금은 새삼스레 다시 떠올렸다. 당시만 해도 순금은 자신의 기구한 신세나 부용의 와병 문제가 가문의 망조를 알리는 나팔 신호라 생각하지 않았다. 그런데 불과 몇 달 후에, 그토록 믿었던 귀용마저 신상에 크나큰 변고를 겪고 있음이 거의 확실해진 지금, 순금의 생각 또한 바뀌지 않을 수 없게 되었다. 부용의 그때 예언이 백번 옳았음을 몸서리치도록 절감하고 있었다. 뿌린 볍씨만큼의 소출도 올리지 못하리만큼 대흉이 들어버린 천석꾼 집안 자식농사 지켜보면서 산서 사람들이 주고받을 쑤군덕거림과 손가락질이 실제로 순금의 이목에 또렷이 잡히는 듯했다. 천석꾼 집안 아들딸들 비극적 운명을 입길에 올리면서 사람들은 당대발복 다름없이 단기간에 거만의 가산 일구는 데 성공한 악덕 졸부의 말로가 어떤 것인지를 저마다 가슴에 새기면서 타산지석으로 삼고 있으리라.

"재수 좋은 예펜네는 앉어도 꼭 요강 꼭지에만 낼름 앉는다든디, 이 내 몸은 무신 놈에 팔자를 요로콤 재수 없이 타고나서 오날날 요 모냥 요 지경으로 왼갖 깝깝수에 폭폭수 죄다 겪음허고 산단 말인고! 아하이고 아히이고, 이놈에 징상시런 팔자야……"

"출타허신 아버님이 불쑥 들이닥치기라도 허시면 그 뒷감당은 누가 떠맡으라고 이 야단을 다 떠셔요?"

뒤늦게 달려온 섭섭이네 도움으로 어머니를 안방에 옮기고 나서 순금은 끝 간 데 모르게 이어지는 넋두리 피해 밖으로 나왔다. 어디론지 멀리멀리 달아나버리고 싶은 충동이 엄습했다. 밖으로 나오니까 이번에는 구석방 쪽에 신경이 쓰이기 시작했다. 구석방에 틀어박혀 있어도 부용은 시끌벅적한 넋두리가 발쇠꾼 노릇하는 덕분에 집안에서 벌어진 사태의 전말을 너끈히 다 헤아리고 있을 것이었다.

경험 많은 의원이 응급 처방한 청심환의 효험은 예상보다 더디게 찾아왔다. 우려할 만한 증상들은 해거름 거의 되어서야 겨우 좀 잦아드는 기색이었다. 부용이 웬만큼 안정을 되찾은 것은 한밤 무렵이었다.

"누님, 제가 시방 제일 허고 잪은 일이 뭔지 아십니까?"

일일이 떠먹이는 미음 몇 숟갈 받고 나서 부용이 웃으며 말했다.

"말만 허거라, 내가 도와줄 모냥이니깨."

"낙철이란 놈 귀때기랑 귀용이란 놈 귀때기를 양손으로 한 짝씩 비틀어쥐고는 두 놈들 대갈통을 꽈당 박치기시키는 겁니다."

"그건 내가 도와줄 수 없는 일 같으다."

"누님이 도와주실 일은 따로 챙겨두었습니다."

"그게 뭣이냐?"

"앞으로 어느 날, 제가 불시에 숨을 거두게 된다면……"

부용의 얼굴에 수상쩍은 웃음기가 번지기 시작했다. 다음 말

듣기도 전에 순금은 우선 도리머리부터 홰홰 내젓고 보았다.

"죄 많은 제 영혼을 대신혀서 누님이 신봉허는 그 신한티 용서를 빌어주시는 일입니다."

"아즉도 농담헐 기운은 남어 있냐?"

"한 가지 더 있습니다. 제 서가 어느 구석에 노서아문학전집 똘스또이 편이 숨어 있을 겁니다. 그 책을 찾어서 뒤표지 안쪽에 적힌 주소지로 부쳐주시기 바랍니다."

"쓰잘디없는 소리!"

"옛날에 빌려 보고 못 돌려준 그 책이 두고두고 맴에 걸려서 그럽니다."

"당치도 않은 부탁을 내 손으로 집행헐 날은 절대로 안 올 것이다!"

말을 마치고 순금은 찢어지게 눈을 흘겼다. 하지만 부용은 여전히 보일락 말락 웃음기 머금은 낯꽃으로 이야기를 계속했다.

"이건 절대로 농담이 아닙니다. 진담 중에 진짜 진담이란 말입니다. 오날 낮에 비몽사몽간에 지옥 동네를 잠깐 구경헐 기회가 생겼어요. 오래전에 봤든 전주부 거리를 고대로 쏙 빼다박은, 정말로 괴상허게 생겨먹은 지옥입디다. 그 거리가 학창시절 하숙허든 동네 근처로만 알었는디, 낭중에 어떤 행인이 일러줍디다. 당신은 시방 지옥에 와 있다고요. 그 지옥 동네를 한참 헤매고 댕기다가 뜻밖에도 그 책 임자허고 막다른 골목에서 덜컥 마주치고 말었지요. 그러고 그 사람한티 내가 너무 큰 죄를 짓고 살었다는 걸 인제사 깨닫게 되았지요. 평생을 갚어도 다는 못 갚을 부채를 짊어지고 있으면서도 그런 사실조차 통 의식허들 못허고 여태까장 태평허게 살어온 후안무치 인간이 바로 이 최부용이란 놈인지를 알게 되았지요."

"책 한 권 돌려주지 못헌 것이 그러콤 죽을죄가 되는지를 인제사 알었네."

부용의 이마에 손을 짚어보았다. 신열에 들떠 혼미한 상태에서 꿈과 생시의 경계를 넘나드는 것 같지는 않았다.

"잡생각 다 접어뿔고 어서 눈이나 붙이거라. 늘어지게 자고 나면 기분도 행결 좋아지겄지."

"누님도 고만 건너가 주무십쇼."

순금은 퀭하게 꺼져들어간 부용의 눈두덩을 손끝으로 가볍게 쓸어 눈꺼풀을 덮어주었다. 눈이 감긴 상태로 부용이 지껄였다.

"인제 우리가 기대헐 것은 그놈들 신출귀몰허는 은신술뿐이겄지요. 이 세상 어느 구석에 꼬랑지도 안 뵈게 꼭꼭 숨어서 체포를 피험시나 끝까장 버팀개질허는 것 말고는 기대헐 것이 하나도 없는 것 같습니다."

"우리는 단지 이모님 말만 일방적으로 접혔을 뿐이다. 지금까장 확인된 사실이 무엇 하나 없는디, 미리감치 비관부텀 허는 것은 너무 성급헌 처사 아니겄냐?"

"그렇지 않습니다. 더 늦기 전에 누님이 아버님을 만나시는 게 좋을 것 같습니다. 날이 밝는 꼴로 사랑채로 건너가서 그놈들 지난날 행적을 이실직고하고 대책을 의논하시지요. 어차어피에 맞을 매라면 한시라도 일찍 맞는 편이 덜 아픈 법이니께요."

잠깐 뜨였던 부용의 눈꺼풀이 도로 감겼다. 내려덮인 눈꺼풀 안쪽에서 맥없이 구르는 눈알 움직임이 불빛 아래 어렴풋이 드러났다. 진종일 죽살이친 탓인지 부용은 의외로 쉽게 잠들었다. 한동안은 나무칼로 귀를 베어도 눈치 못 채리만큼 혼곤히 자고 있겠다 싶어 순금은 살그머니 일어났다.

노서아문학전집 똘스또이 편……

유언 형식 빌린 부용의 엉뚱깽뚱한 당부가 비상한 인력으로 순금의 마음을 끌어당기기 시작했다. 어디부터 농담이고 어디까지 진담인지 도무지 구분이 안 되던 당부의 말이 베틀 공방으로 향하려던 발목을 강하게 붙들었다.

들면날면하는 발길 뚝 끊기다시피 오랫동안 방치된 서재였다. 눅신한 곰팡내 풍기는 서재에 불을 밝힐 때까지 순금은 기연미연하는 심정이었다. 내내 썰렁하던 방안이 갑자기 환해지자 천장에서 쥐들이 말달리듯 우당탕거리며 이리저리 함부로 내닫기 시작했다. 본디 부용의 전용 공간 다름없었지만, 방 임자가 몹쓸 병으로 구석방에 격리된 뒤부터 식구들이 약속이나 한 듯 출입을 삼가는 바람에 그 방은 어느새 쥐들 놀이터로 변해 있었다.

똘스또이 편 뒤표지 안쪽에 적힌 주소지……

동생 소유 장서에 관해서라면 순금도 웬만큼 알고 있는 편이었다. 취미가 독서라는 공통점 덕분에 지난날 오누이끼리 소유 구분 없이 손에 잡히는 대로 책을 읽은 가늠이 있는지라 순금은 의아한 느낌이 들었다. 장서 목록에 노서아문학전집이 있었던 기억도 없으려니와 어떤 책 뒤표지에 적힌 생면부지 인물 이름 또는 주소지 따위 본 기억은 더더군다나 없는 까닭이었다.

"이 오밤중에 시방 뭣 허고 있다냐?"

어머니가 발소리 치마폭에 감싼 채 살금살금 등뒤로 다가들며 불쑥 묻는 바람에 순금은 가슴이 배꼽 아래로 내려앉을 뻔했다.

"쪼깨 찾어볼 것이 있어서……"

"나는 또 야밤중에 화적이라도 들었는지 알었다."

부스스한 눈두덩 손으로 비비대며 어머니가 아직도 잠결인 양 엉뚱깽뚱한 소리를 했다. 어머니 입에서 부지불식간에 튀어나온 화적 소리가 이상하게도 순금의 마음에 조바심을 일으켰다.

"만약에 경우를 대비혀서 쓸모없는 물건들을 정리헐라고요."

쓸모없는 물건이란 관헌들 눈에 띌 경우 동생들에게 불리한 증거로 작용할 가능성이 농후한 불온서적을 의미했다. 오밤중 느닷없는 서재 출입을 어머니한테 납득시키기 위해 엉겁결에 둘러댄 말이었다. 하지만 그 말이 단순한 핑계용 언사만은 아니었다는 생각이 뒤늦게 들었다. 여태껏 순사들 감시에 대해서만 땅이 꺼지도록 걱정했을 따름이지, 만약의 불상사에 대비할 엄두는 누구도 내지 못한 채 엄벙덤벙 귀중한 시간만 까먹고 있지 않았던가.

"어머님은 별로 도움이 안 되니깨 고만 나가주셔요."

"알겄다. 야심허니깨 너도 대충 끝내고 어서 자거라."

동생들 신상에 닥칠 위험을 제거하는 일이 무엇보다 급선무였다. 순금은 세모꼴 눈초리로 서재 내부를 샅샅이 살폈다. 그 결과, 먼지 켜켜이 덮어쓰고 서가 곳곳에 도사린 채 여차하면 주둥이 크게 벌려 최씨 형제들 유죄를 증언할 기회만 노리는 검찰측 증인들이 예서제서 심심찮게 눈에 띄었다.

"부용이는 쪼깨 우선허디야?"

"방금 막 잠들었어요. 어서 나가 계시라니깨요!"

딸의 강경한 어세에 떼밀려 관촌댁은 더 머뭇거리지 못하고 허둥지둥 물러갔다. 마음 다급한 김에 순금은 서가의 책 전부를 무조건 의심의 눈초리로 훑기 시작했다. 맑스나 엥겔스 또는 레닌하고 사돈의 팔촌만큼이라도 인연이 닿을 성싶은 사상 관련 서적은 눈에 띄는 족족 솎아내 방바닥에 던졌다.

그러던 중 문제의 책이 우연히 눈에 들어왔다. 한 질짜리 전집에서 낱권으로 낙오된 채 서가 맨 아랫단에 마치 없는 듯 숨어 있는 책이었다. '復活'이란 제목을 뺨에 붙인 채 서재 한구석에 숫접게 외어앉은 그 책을 만나는 순간, 순금의 가슴은 벌렁벌렁 뛰놀기 시작했다. 두어 차례 심호흡으로 뛰는 가슴 다독이고 나서 조심스레 뒤표지 안쪽을 펼쳤다.

'昭和 11年 全州女高普 李蓮實'

손끝에 턱턱 걸리는 글씨를 확인하는 순간, 그것들이 낱낱이 바늘로 변해 눈을 따끔따끔 찔러대는 느낌이었다. 아, 하고 순금은 저도 모르게 탄성을 발했다. 부용의 말과는 달랐다. 거기에 주소지가 적혀 있지 않다는 이유로 놀라지는 않았다. 책 주인이 여학생이었단 말인가. 만년필 아니면 펜촉으로 곱게 서명한 책 주인 정체가 여고보생이란 사실 때문에 순금은 한동안 어리둥절할 수밖에 없었다. 쇼와 11년이라면 조선교육령 개정에 따른 학제 개편으로 말미암아 고등보통학교가 중학교로 개칭되기 이전이었다. 전주여고보는 호남에서 손꼽히는 명문 여학교였고, 그 무렵 부용이 다니던 전주고보 또한 호남의 명문 남학교였다. 부용이 전주에서 하숙생활 하는 동안, 고보 마지막 학년 이수하느라 도무지 여가가 없다는 핑계로 방학중에도 고향집 식구들과 얼굴 마주하기를 유난히 회피하던 그때가 다름아닌 쇼와 11년이었다.

전주에서 하숙할 당시는 말할 나위도 없고, 학업 마친 후 하릴없는 반거들충이 신세로 하고많은 날들을 고향집에서 빈둥거리며 지내는 동안도 매한가지였다. 여태껏 연애 경험담은 물론이고, 하다못해 어느 여학생 귀 떨어진 이름자 하나 부용에게서 들어본 기억이 없었다. 그런 판에 다따가 툭 불거진 '이연실'은 대관절 누구란 말인가. 책 빌려준 이연실하고 책 빌린 최부용은 대관절 어떤 관계일까. 부용이 이연실에게 지었다는 큰 죄는 또 어떤 죄일까. 평생 갚아도 다는 못 갚을 어마어마한 부채는 또 무엇을 의미하는가. 달랑 똘스또이의 『부활』만 원주인에게 돌려줌으로써 과연 그 막중한 죄와 부채로부터 자유로워질 수 있다고 부용은 믿기라도 한단 말인가……

조석으로 얼굴 맞대고 살아온 친동기간임에도 그렇듯 뭔가를 감춘 채 시치미 떼고 지내는 일면이 있었구나, 생각하니 어쩐지 기분이 묘했다. 애초부터 뒤표지 안쪽에 적힌 적 없는 주소지와 엄연히 적혀 있는 인명을 뒤바꿔 얘기한 부용의 실수에 신경이 쓰였다. 뭔가 다른 저의가 있어 그처럼 실수를 가장한 게 아닐까, 하는 의심마저 들었다. 순금은 뒤표지 안쪽에 오보록이 모여 앉은, 오밀조밀하고 정갈한 글씨 하나하나를 찬찬히 눈에 담는 한편, 그 필체 주인을 두고 제멋대로 상상을 펼치기 시작했다. 그러다 퍼뜩 정신이 들어 똘스또이의 『부활』을 서가 본래 자리에 도로 꽂았다. 순금은 방바닥에 아무렇게나 너부러진 사상 관련 서적들 그러모아 치마폭에 싸안고 부리나케 자신의 베틀 공방으로 향했다.

안채 대청마루 벽에 걸린 괘종이 새벽 한시를 고하는 둔중한 울림이 베틀 공방까지 생생히 살아서 건너왔다. 야지에 비해 표가 나게 일찍 해가 지는 두메산골 시간 개념으로 치더라도 이제는 농익을 대로 농익은 밤이고 무르녹을 대로 무르녹은 어둠이었다. 쌀쌀한 밤기운을 한입씩 덥석덥석 물어뜯으며 먼 마을에서 개들 짖어대는 소리가 또렷이 들려왔다. 뒤란 장독대 언저리와 그 너머 대숲에서 도무지 지칠 줄 모르는 목청으로 끈덕지게 장단 맞추던 풀벌레들 울음은 밤이 깊을수록 소리의 모서리가 더욱더 뾰쪽뾰쪽하게 다듬어지면서 더욱더 처량한 가락을 띠어가고 있었다.

순금은 베틀에 앉아 두근 반 세근 반 뛰노는 가슴을 애써 다스렸다. 아직까지 군불 지핀 적 없는 공방 아궁이 안쪽 깊숙한 곳에 맑스나 엥겔스 사돈의 팔촌 범위 내 책들을 허둥지둥 감추느라 순금의 가슴은 이미 두방망이질 장단에 한바탕 심하게 놀아난 뒤였다. 정세권과 함께 야학당과 독서회 사건에 연루되어 경찰 급습을 받고 자취방을 샅샅이 수색당하던, 광주 유학 시절 기억이 고스란히 되살아난 까닭이었다. 아직은 불 지필 일 없는 빈 아궁이 속에 불온서적들을 일단 대피시키긴 했지만, 아무래도 마음이 놓이지 않았다. 어차피 경찰을 감쪽같이 속일 만큼 안전한 은닉처를 찾지 못할 바에야 차라리 아궁이에 불 확 싸지름으로써 그 책들을 깡그리 다 태워버리는 편이 동생들 신상에 이로울 성싶었다. 그러잖아도 병마에 시달리면서 산송장 진배없이 껍더리되고 철골된 부용이 엎친 데 덮쳐 좌경 혐의마저 뒤집어쓰고 배낙철 일당 공범으로 몰리는 최악의 사태만은 어떡하든 모면하게끔 손을 써둘 필요가 있었다. 불온서적 때문에 고등계 형사들한테 일찍이 혹독한 고초를 맛본 적 있는 유경험자 입장에서 앞으로 혹시 있을지 모르는 가택 수색을 상상하는 것만으로도 순금은 온몸에 소름이 끼얹어졌다.

조금 전보다 더 가까이 느껴지는 어느 마을에서 개들이 또다시 요란한 컹컹거림으로 가을밤을 한입씩 뭉떵뭉떵 물어뜯기 시작했다. 연일 쌓이는 피로와 수면 부족으로 말미암아 베 짜는 작업은 갈수록 더 힘에 부치고, 기도 내용 또한 갈수록 더 갈피를 잃은 채 혼돈 속을 헤매고 있었다. 자꾸만 흩어져 달아나려는 정신을 다시 불러모으기 위한 안간힘 삼아 순금은 손바닥으로 얼굴을 벅벅 문질러댔다. 마치 대팻날 받은 적 없는 널빤지처럼 손에 닿는 낯가죽 감촉이 까칠까칠하게 느껴졌다. 날마다 밤도와 베짜기 작업에 고부라지는 한편, 동생 병구완에 틈틈이 매달리느라 거울 한번 들여다볼 겨를도 없으리만큼 그간 각박한 나날을 보내왔다.

개들 짖어대는 소리가 더욱더 기승스러워졌다. 먼젓번하고 다른 마을인 듯했다. 졸음 쫓고 피곤 물리치자면 이전보다 더 열심히 베를 짜는 수밖에 없다 생각하며 순금은 손놀림과 몸짓을 가일층 재우쳤다. 한 집안 운명이 판가름날지도 모르는, 참으로 중차대한 시기였다. 누군가 한 사람쯤 반드시 맑은 정신으로 두 눈 부릅뜨고 밤을 꼬빡 파수하지 않으면 안 될 때였다. 어머니하고 병구완 순번을 교대할 때까지는 아직도 시간이 창창히 남아 있었다. 그때까지 끊이지 않는 기도의 줄과 베짜기 작업 향한 어기찬 집념만이 자신을 지탱해주고 사탄마귀의 침노로부터 집안을 안보해줄 거라고 믿었다. 순금은 다시금 심기일전해 눈물을 날줄 삼고 신심을 씨줄 삼아 철커덕철커덕 바디질 소리도 기운차게 절절한 간구(懇求)가 담긴 옥양목을 짜기 시작했다.

얼마나 더 시간이 흘렀을까. 기도와 베짜기에 고부라진 나머지 순금은 안채 괘종 소리를 번번이 놓치곤 했다. 병자의 용태를 한 번도 확인하지 않은 채 많은 시간을 까먹었다는 자격지심이 불현듯 일었다. 지체 없이 부용의 거처방으로 향하려 채비하는 순간, 쇠줄에 매인 복구가 마당가에서 낮게 으르렁거리는 소리를 얼핏 들었다. 베틀에서 빠져나오기 위해 허리를 구속하는 부티끈을 막 벗겨내려던 참이었다. 뭔가를 향해 사납게 경고하는 복구의 두번째 으르렁거림이 울렸다. 순금은 선머슴처럼 볼품없이 짧은 머리카락이 왠지 모르게 빳빳이 곤두서는 전율을 느꼈다. 순금은 몸뚱이 전체를 하나의 거대한 귓바퀴처럼 개비하면서 방문 밖 기척에 집중했다. 하지만 들리는 것은 뒤란 대숲 상대로 희영수 놓으며 지나가는 바람 소리와 바람의 희영수에 고시랑고시랑 잔소리로 대응하는 미물들 울음소리뿐이었다. 수상쩍은 기척 따위는 없는 듯싶은데 복구의 우짖음은 경고를 뛰어넘어 어느새 본격적인 선전포고로 바뀌고 있었다. 사납게 짖어대는 소리 틈새로 안채 어느 방에선가 삐거덕 문 열리는 소리가 끼어들었다. 동시에 난데없는 호각 소리와 고함 소리가 순금의 귀청을 따갑게 쑤셔대기 시작했다.

"고노야로다찌, 우고꾸나!"

감때사납게 울리는 호각 소리가 면도날로 저미듯 고즈넉하던 밤의 어둠자락을 갈가리 찢어발기기 시작했다. 땅바닥을 쿵쾅쿵쾅 함부로 굴러대는 구둣발 소리가 울안 곳곳에 출몰하고 있었다. 지난번 강도단 사건 때 범했던 잘못을 이번 기회에 온전히 만회할 작정인 듯 복구의 우람진 포효가 호각 소리와 구둣발 소리 뒤를 극성스럽게 따라붙고 있었다.

"우고꾸나, 고이쯔라!"

이 새끼들 꼼짝 말라는 호통이 행랑채 쪽에서 빨랫줄처럼 곧바로 뻗쳐왔다. 그 호통 아니더라도 순금은 이미 오금이 장작개비처럼 뻣뻣이 굳은 나머지 베틀 앉을깨에서 옴짝달싹도 할 수 없는 처지였다. 온몸을 마구 찍어누르는 무섬증에 단단히 사로잡혀 정신 못 차리는 참인데, 별안간 방문이 벌컥 열렸다. 공방 안으로 헐레벌떡 뛰어드는 웬 시커먼 덩치를 보고 순금은 하마터면 까무러쳐 쓰러질 뻔했다.

"아노야로 쯔까마에로!"

저놈 잡으라고 왜장치는 소리가 어둠 속을 돌팔매처럼 핑핑 날아다니다가 베틀 공방 문전에 툭 떨어졌다. 공방 안으로 허위단심 뛰어든 사내는 놀랍게도 춘복이 아저씨였다. 그는 겁에 질린 눈초리로 방안을 휙 둘러보는가 싶더니만, 앞뒤 재고 말고 할 것도 없이 무작정 베틀 속 빈 공간 찾아 자맥질하듯 부대한 몸집을 날렸다. 그는 베틀의 누운다리와 방바닥 사이 옹색한 자리로 깍짓동 같은 덩치를 어찌어찌 재주껏 욱여넣은 다음, 곧장 젊은 주인아씨 치마폭 안으로 파고들었다. 순금으로서는 피하고 어쩌고 할 짬도 없이 어마지두에 겪는 봉욕이었다. 춘복이 아저씨 머리통이 아랫도리에 닿음과 동시에 소댕 같은 두 손이 양쪽 허벅다리를 바싹 잡죄는 순간, 순금은 하마터면 비명을 지르며 베틀에서 벌떡 몸을 일으킬 뻔했다. 실인즉슨 그럴 수도 없는 상황이었다. 오른발에 신은 베틀신이 신대하고 끈으로 연결돼 있는데다 허리에 둘러맨 부티마저 합세해서 순금의 몸놀림을 훼방하는 까닭이었다. 더군다나 젊은 여인의 몸으로 치욕을 겪으면서도 차마 그 상황을 피할 수 없게끔 만드는 것이 또 있었다. 다름아닌 구둣발 소리였다. 쿵쾅쿵쾅 구르는 구둣발 소리가 공방 가까이 들이닥치는 중이었다. 아니나 다를까, 춘복이 아저씨 뛰어들 당시 완전히 닫히지 않았던 방문이 다른 틈입자에 의해 다시 한번 활짝 열어젖뜨려졌다.

"방금 어떤 놈이 이 방으로 뛰어들었지?"

일본말 다그침에 안하무인 반말지거리가 개똥 냄새처럼 구리게 묻어나왔다. 순금은 방문 쪽을 돌아보기 위해 윗몸을 뒤트는 무리를 자초하지 않았다. 시선을 베틀 윗부분 용두머리에 똑바로 비끄러맨 채 그니는 끝내 미동조차 하지 않았다.

"당신네 일본인들은 천손민족이라고 말끝마다 자랑하면서 예절이 무엇인지도 아직 모르시오?"

순금은 내지인 찜쪄먹으리만큼 유창한 일본말로 한바탕 준열하게 상대방을 꾸짖었다. 그 절박한 상황에 어디서 그런 용기와 침착성이 솟는지, 자신도 도무지 이해할 수 없는 노릇이었다. 우선 절체절명 궁지에 몰린 춘복이 아저씨를 위험으로부터 지켜줘야 된다는 일념으로 그니는 꾸짖음의 날을 더욱더 예리하게 가다듬었다.

"한밤중에 젊은 처자 혼자 있는 방에 토족으로 난입하는 것이 예절을 아는 천손민족 후예로서 마땅히 할 짓이오? 예로부터 우리 조선에는 남녀 간에 철저히 내외하는 미풍양속을 엄격하게 지켜오고 있소! 양갓집 규수를 대하는 예절부터 먼저 배운 연후에 다시 찾아오든지 말든지 하시오!"

"잔말 말고 빨리 대답해! 방금 어떤 놈을 숨기지 않았나?"

반말지거리 다그침은 여전했다. 하지만 뜻밖에도 유창한 일본어 사용자와 맞닥뜨리는 바람에 허를 찔린 듯 상대방은 적잖이 동요하는 기색이었다. 비로소 순금은 고개를 홱 돌림과 동시에 상대방을 싸느랗게 노려보았다. 시커먼 제복 차림 젊은 순사가 번뜩이는 총검 겨눈 채 각반 찬 구둣발로 문지방 위에 우뚝 선 모습이 언뜻 눈에 들어왔다. 젊은 순사는 마치 문인 줄 알고 통과하려다 바람벽에 된통 부딪뜨린 사람처럼 어리둥절한 표정이요 무르춤한 자세였다.

"순사님도 보다시피 이 방안에 있는 거라고는 달랑 이 베틀밖에 없잖소. 못 믿겠거든 순사님이 직접 들어와서 뒤져보시오!"

방자하리만큼 의연한 순금의 태도에 젊은 순사도 더는 어쩔 도리 없는 모양이었다. 낡은 베틀과 젊은 여자밖에 안 보이는 휑뎅그렁한 공방 내부를 한 바퀴 둘러보는 체하더니만, 똑바로 겨누었던 총검을 옆으로 비껴 세웠다.

"조선 풍습으로는 방문객이 구쓰발로 남의 집 문지방을 밟는 법이 없소. 그것은 예절에도 크게 어긋날 뿐만 아니라 그 집이 망하기를 바라는 저주가 담긴 행동이오. 손님은 지금 양갓집 규수가 거처하는 방 문지방에 구쓰발을 올려놓고 있다는 사실을 명심하시오!"

순금은 나지막하면서도 위엄이 서린 목소리로 상대방에게 주의를 주었다. 공무수행 과정에서 양갓집 규수에게 무례를 범한데다 졸지에 손님 대우까지 받게 된 젊은 순사 얼굴에 곤혹스러워하는 기색이 역력히 떠올랐다.

"핫, 실례 많았습니다!"

구둣발이 문지방에서 냉큼 치워짐과 동시에 젊은 순사는 매우 절도 있는 동작으로 거수경례까지 척 올려붙였다. 그런 다음 난폭하게 열어젖뜨렸던 방문을 얌전히 닫아주는 친절마저 잊지 않았다. 구둣발 소리가 귓가에서 멀어지기를 기다려 순금은 앉을깨에서 엉거주춤 몸을 일으키려 했다. 하지만 춘복이 아저씨가 아직도 엄청난 뚝심으로 아랫도리를 단단히 끌어안고 있는 탓에 옴나위조차 못할 상황이었다. 제 치맛자락 안에 있는 것이 덩치 커다란 사내라는 사실을 새삼스레 의식하는 순간, 일본인 순사의 무례에 새하얗게 질려 있던 순금의 낯꽃은 갑자기 뜨겁게 달아오르기 시작했다.

"아저씨, 괭기찮어요. 인제는 다 끝났어요. 순사는 벌써 물러갔으니께 걱정 말고 나오셔요."

순금은 달달 떨리는 목소리로 가만가만 속삭였다. 그 말을 어떻게 해석했는지, 춘복이 아저씨는 마치 갓난쟁이가 어미 품에서 떨어질까봐 기를 쓰듯 더욱더 여자의 안쪽으로 파고들었다. 끓는 주전자처럼 내뿜는 뜨거운 입김이 아랫도리를 홧홧하게 치받고 있었다. 참으로 난감하기 이를 데 없는 상황이었다. 그렇다고 위험이 물러갔다는 확신도 서지 않은 상황에서 무작정 그를 치마 밖으로, 방문 밖 험한 세상으로 박절하게 내치기도 차마 거식한 노릇이었다. 그는 남의 다리 잡쥔 손을 연방 푸들푸들 떨고 있었다. 기꾸찌란 치한으로부터 주인아씨 구출했다가 폭행 혐의로 주재소에 끌려가 모진 매 맞고, 그때 얻은 장독 풀기 위해 똥국까지 퍼마셔야 했던 거번 물방앗간 사건이 반편이 머릿속에 가위눌리는 악몽으로 뿌리내렸음이 분명했다. 그때 경험이 그로 하여금 검정 제복 얼추 비슷한 모양만 눈앞에 얼씬해도 겁에 질려 오금 못 펴는 어린애로 곤두박질치도록 부추기고 있음에 틀림없었다.

"한번 댕겨갔으니께 인제는 이 방에 그 순사 다시는 안 들어와요. 그러니께 걱정 말고 나오셔요. 어서요, 제발!"

철딱서니 없는 어린애 어르고 달래듯 순금은 거푸 타이르는 한편, 오른발에 신은 베틀신과 허리에 두른 부티를 차례차례 벗겨냈다. 몸놀림이 한결 자유로워지자 순금은 있는 힘 다해 남자 손아귀에서 다리 두 짝 불끈불끈 뽑아냄과 동시에 베틀다리를 펄쩍 뛰어넘었다. 그런데도 제 몸 가려주던 치맛자락 홀랑 걷힌 줄도 전연 모르고 춘복이 아저씨는 두 눈 질끈 감은 채 방바닥에 너부죽이 엎드려 제발 목숨만 살려달라고 애걸복걸하는 자세를 취하고 있었다. 순금은 뚝딱뚝딱 두방망이질하는 가슴을 손으로 지그시 누르면서 방문 쪽으로 슬금슬금 뒷걸음질했다. 막상 베틀 벗어나 바깥쪽에서 바라보니 도대체 춘복이 아저씨 엄청난 허우대가 어떻게 그처럼 옹색스러운 공간 안에 그처럼 감쪽같이 숨을 수 있었는지 도통 이해가 되지 않았다. 방금 전에 겪었던 일들이 거짓말처럼 또는 요술처럼 비현실적으로 느껴지는 것이었다. 그제야 뭔가 허전한 느낌이 들었던지, 춘복이 아저씨가 갑자기 눈을 번쩍 뜨고는 몹시 어리둥절한 낯꽃으로 주위를 둘레둘레 살피기 시작했다. 그가 굼뜬 동작으로 몸을 일으키려 하자 순금은 날카롭게 주의를 주었다.

"그 자리에 꼼짝도 말고 가만있어요! 안 그러면 순사들한테 당장 붙잡혀가요! 함부로 움직이다가는 정말 큰일나요, 큰일!"

천만뜻밖의 횡액 앞에 그만 얼이 쑥 빠져 그때까지 방문 밖 사정에 신경쓸 겨를이 전연 없었던 순금은 비로소 가족들 안위가 염려되기 시작했다.

"큰일나, 큰일……"

두어 박자 지각해서 춘복이 아저씨가 떨리는 목소리로 중얼거렸다.

"접때맨치로 또 주재소 끌려가서 순사들한티 매맞고 잪어요? 주재소 끌려가고 잪지 않으면 아저씨는 요 방에 숨어 있어야 혀요."

쇠눈 닮은 커다란 눈방울 끔뻑이며 춘복이 아저씨가 끄떡끄떡 고갯방아를 찧었다. 손바닥을 부채로 사용해 불에 덴 듯 화끈거리는 뺨에 바람을 끼얹으며 순금은 다시 한번 신칙했다.

"제가 돌아올 때까장 요 방에 얌전허니 있겄다고 약속을 허셔요. 제가 시키는 대로 허실 수 있지요?"

방문 밖에서는 지난번 모집 당시와 엇비슷한 상황이 벌어지고 있었다. 단말마 비명과 피를 토하는 울부짖음이 온 울안에 낭자하게 깔리고 있었다. 그때와 다른 점이라면, 오직 천석꾼 집안 한 군데만 졸경을 치를 뿐, 다른 집들은 하나같이 조용하다는 사실이었다. 죽도와 목검 움켜쥔 민간인 복색이 아니라 총검 휴대한 검정 제복들이 출동한 것도 그때와 다른 점이었다.

"이놈들아, 나가 누군지 알고 시방 개도야지맨치로 생사람을 잡두리허고 지랄들이냐! 이 손 어서 놓들 못헐까!"

천석꾼 영감 목놓아 질러대는 소리가 마당에서 쩌렁쩌렁 울려 퍼졌다.

"이놈들아, 산서 바닥을 탈탈 다 털어봐라! 나만침 충성심이 뻗친 황국신민은 아매 한 사람도 못 찾어낼 것이다! 나는 산서면에서 애국헌납으로 두째가라면 애고대고 통곡헐 야마니시 아끼라 상이다! 이놈들이 시방 야마니시 아끼라 집안에 쳐들어와서 이 무신 천인공노헐 행패란 말이냐!"

생쥐가 되레 고양이한테 덤비듯 천석꾼 영감은 강약부동의 이치마저 까먹은 채 검정 제복들 상대로 발악을 일삼는 중이었다. 하지만 그마저도 잠시뿐이었다. 어이쿠, 하고 비명과 함께 통나무처럼 쿵 넘어지는 아버지 모습을 순금은 전짓불들이 훤히 비추는 마당에서 목도하고 말았다. 손바닥으로 얼굴 감싼 채 땅바닥을 데굴데굴 구르는 천석꾼 영감 허구리를 검정 제복 하나가 장총 개머리판으로 내리찍으려 했다. 그러자 관촌댁이 어둠 속에서 뛰쳐나와 암상궂은 소리로 울부짖으며 영감을 몸으로 덮쳤다. 천석꾼 몸뚱이는 이내 검정 제복들 손에 꺼들려 전짓불들 눈부신 포위망에 먼저 갇힌 다른 남정들 속으로 짐짝처럼 던져졌다.

"집안에 있는 남자들은 모조리 다 끌어냈습니다!"

제복 차림 하나가 우렁찬 목청으로 나이 지긋한 사복 차림에게 보고했다. 그러자 사복 차림이 말없이 뒤쪽을 돌아다보았다. 그믐밤같이 시커먼 보자기로 얼굴을 가린 사내가 어둠 속에서 종종걸음으로 나타났다. 여기저기 흩어져 있던 전짓불들이 사복 차림의 손짓 지시에 따라 일제히 마당 가운데로 집결했다. 그러자 힘껏 태질쳐버린 개구리 형상으로 땅바닥에 늘비하게 엎어진 남정들 모습이 불빛 아래 고스란히 드러났다. 사복 차림이 허리 굽혀 자세 낮추면서 땅바닥에 엎어진 남정 하나를 골라 머리끄덩이 움켜쥐고 우악살스레 위로 꺼들었다. 전짓불이 그 얼굴 눈부시게 비추자 복면 사내가 절레절레 도리머리를 했다. 마당에 끌려나온 남정들 모두를 상대로 사복 차림과 복면 사내 사이에 똑같은 무언극이 몇 차례 더 되풀이되었다. 마지막으로 복면 사내가 두 번에 걸쳐 누군가를 지목했다. 쇠꼬챙이 다름없는 그 손가락질이 달려가 꽂히는 자리에 천석꾼 영감과 부용이 나란히 엎어져 있었다. 그 꼴을 보는 순간, 순금은 대뜸 숨이 콱 막혀버렸다.

"배낙철하고 최귀용을 어디 숨겼는가?"

마치 주둥이 안 달고 태어난 인간인 양 그때까지 무언극으로 일관하던 사복 차림한테서 최초로 일본말 고함이 터져나왔다.

"사실대로 빨리 자백하라! 아들하고 조카를 어디에 숨겼는가?"

산서 제일가는 애국 헌납자 운운하며 뻣세게 나가던 당초 기세와는 딴판으로 천석꾼 영감은 후줄근히 풀기 죽은 낯빛인 채 옆을 핼끔 돌아다보았다.

"저 냥반이 시방 무신 소리를 허고 있다냐?"

"최귀용이랑 배낙철이 숨긴 곳을 자백허랍니다."

얼떨결에 부용이 통역을 맡고 나섰다.

"에잉? 그게 시방 뭔 소리여? 귀용이를 숨기다니?"

아무래도 천석꾼 영감 귓구멍에는 오암리 이질 이름은 안 들어오고 둘째아들 이름만 화살처럼 꽂히는 모양이었다.

"글쎄요…… 뭐가 뭔지는 몰라도, 경성 쪽에서 그놈들 신상에 무슨 문제가 생긴 것 같습니다."

땅바닥에 납작 배 깔고 엎어진 채 부용은 아버지 쪽으로 힘겹게 고개를 외틀면서 차디찬 웃음을 입아귀에 매달았다.

"텍도 없다, 텍도 없어! 장차 칙임관 벼슬자리 따고도 남을 우리 귀용이가 일구월심 학업에만 고부라져 지내니라고 고향땅 한번 지대로 못 밟어보고, 식구들 얼굴 한번 지대로 귀경 못허고 경성에서 시방 공부에 매달리고 있는디, 뭣이 워쩌고 워찌여? 우리 귀용이 신상에 무신 문제가 생긴 것 같으다고? 시방도 경성에서 중놈 마 깨딧기 학문만 두려빼는 그 에린것한티 문제는 또 무신 문제다냐? 그러고 그 에린것을 나가 뭣 땜시 숨긴단 말이냐?"

다급한 김에 천석꾼 영감은 되레 사복과 제복들 향해 연거푸 질문을 던졌다. 제복 하나가 사복에게 천석꾼 항변을 통역했다. 그러자 사복이 차마 못 당할 모욕이라도 당했다는 투로 만면에 불쾌감을 실었다. 참으로 딱하기 그지없는 광경이었다. 그토록 기회마다 자랑스럽게 강조하던 자칭 내지인 야마니시 아끼라의 존재는 어느 겨를에 부지거처가 되어 있었다. 그 대신 초라하고 왜소한 조선인 최명배의 존재만이 마당 가운데 패대기쳐진 개구리처럼 너부러져 있었다. 천석꾼 영감은 아직도 무슨 영문인지 도통 모르는 표정으로 계속 헛바퀴만 굴리고 있었다.

"더 혼이 나야 정신을 차리겠는가?"

사복이 감때사납게 으름장을 놓았다. 차가운 땅바닥에 너무 오래 엎어져 있었던 탓일까. 제 다리 가렵다고 남의 다리 죽어라 긁어대는 얼뜨기처럼 처신하는 아버지를 비웃듯 부용의 입에서 갑작스레 기침이 터지기 시작했다.

"우리는 다 알고 왔다. 길게 말하지 않겠다. 놈들이 숨은 곳을 당장 불지 않으면 너희 부자를 한꺼번에 감옥에 처넣을 테다!"

사복이 일본말로 엄포를 놓았다. 곁에 선 제복이 그 말을 제꺽 조선말로 바꿔 땅바닥으로 내던졌다.

"다 알고 오셨다니께 참말로 불행 중 다행이고만요. 나도 우리 귀용이가 어디 있는가 궁금헌디, 다 아신다니께 참말로 잘되얐고만요. 그놈이 시방 어디 있다요? 그놈이 순사나리들이랑 숨부깍질이나 허고 댕긴다는 게 말이나 되는 소리요! 그놈한티 무신 문제가 있을 리 만무허지요. 장차 판검사 아니면 변호사 될라고 경성까장 유학을 간 모범청년이 뭣 땜시 순사나리들허고 숨부깍질 장난이나 허고 자빠졌겄소? 필시 무신 오해가 생겨서 순사나리

들이 뭔가를 잘못 알고는 내 집까장 헛걸음을 허신 것이 영축 없고만요."

그 말 받아 제복이 일본말로 옮기는 가락에 맞추어 사복의 표정이 점점 더 험악하게 일그러졌다. 딱하게도 천석꾼 영감은 둘째아들에 대해 여전히 확신에 차 있었다. 귀용을 숨긴 곳은 말할 나위도 없고, 귀용이 숨을 가능성마저 일축해버림으로써 끝내 사복의 분노를 사고 말았다. 건널 수 없는 강 같은 일본말과 조선말 사이에 연락부절로 통역의 다리가 놓아지고 있었다. 그 틈서리 비집으며 또 부용의 기침 소리가 뾰쪽하게 솟아올랐다.

"이놈들, 이거 안 되겠군! 한 놈도 남기지 말고 모조리 본서로 연행해!"

정나미 뚝 떨어지는 지시를 남기고 사복은 부하들보다 한 걸음 먼저 대문을 나섰다. 그때까지 전짓불 뒷전에서 얼쩡거리던 복면도 사복을 뒤따라 마치 콩나물시루 안으로 물이 썰듯 어둠 속으로 자취를 감추고 말았다. 깜냥에 꾀를 낸다는 풍신이 복면 착용이었을지 모르지만, 그것은 손바닥으로 하늘 가리려는 어리석음 매일반이었다. 복면으로 낯짝 감춤으로써 오히려 면소재지 건달이자 관헌들 앞잡이 유병택임을 만천하에 고하는 꼴이었다.

"네놈들을 범인은닉죄와 도피방조죄 혐의로 체포한다! 모두 일어섯!"

호통 소리에 맞추어 검정 제복들이 일제히 절굿공이처럼 총대 휘둘러 쿵덕쿵덕 방아를 찧어대기 시작했다. 죽은듯이 땅바닥에 엎어져 있던 남정들이 아직도 죽지 않고 살아 있다는 시늉으로 신음과 비명을 한꺼번에 토해내기 시작했다. 사색이 되어 자기네 남정들 꼬락서니 지켜보던 행랑채 식솔들이 내남없이 한목소리로 울음보를 터뜨렸다.

"아이고, 섭섭이 즈그 아부지요, 대관절 요게 무신 재변이다요!"

"한긋허면 가진 것 없어서 넘에집살이허는 죄뿐인디, 한평생 땅강아지맨치로 흙이나 꼬작꼬작 파먹고 살어온 우리 재동이 애비가 무신 살인죄라도 저질렀단 말이냐, 화적질이라도 혔단 말이냐!"

"아부지! 아부지!"

죄 많은 놈 곁에 섰다가 날벼락 덩달아 맞은 억울함 호소하듯 울며불며 넋두리하는 아녀자들 새된 목청으로 말미암아 천석꾼 대저택 울안은 한바탕 또 시끌벅적 떠지껄해졌다. 남정들은 한 대라도 공매 덜 맞을 요량으로 눈치껏 기민하게 제복들 지시에 따랐다. 심지어 늙은 야마니시 아끼라, 아니, 최명배마저 젊은 아랫것들한테 결코 뒤지지 않을 잽싼 동작으로 부대한 몸집 가볍게 일으켜 바지런히 두 다리 놀린 덕분에 축생들 다루듯 마구잡이로 휘둘러대는 총개머리 찜질을 더는 당하지 않았다.

"고노 바까야로!"

그러나 살인적 매질 앞에 온전히 무방비 상태로 옴짝달싹도 않는 사람이 있었다. 다름아닌 부용이었다. 신음 소리 한마디 내는 법 없이 부용은 송장처럼 내처 마당에 엎드러져 있었다.

"그러지들 말어요! 때리지들 말어요!"

부용을 향해 내리꽂히려는 총대를 보고 순금은 갑자기 울부짖었다. 매타작 한복판으로 뛰어들어 치마폭으로 부용을 감싸 안으면서 젊은 순사를 잔뜩 노려보았다. 구둣발로 베틀 공방 문지방 밟고 섰던 순사였다.

"이 사람은 이미 죽은목숨이나 다름없어요! 보고도 몰라요? 읍내 본서까지 끌고 가봤자 당신들 골치만 아플 거요. 당신들한테 득이 되기는 고사하고 외려 짐만 될 산송장이라고요!"

그 와중에도 순금의 일본말 실력은 유감없이 발휘되고 있었다.

"잔소리 말고 저리 비켜!"

젊은 순사가 총대 높이 들어 아래쪽을 겨누는 동작을 취했다. 잠시 실신했던 부용이 깨어나면서 욱 하는 토악질 소리로 순사의 호통에 응수했다. 부용의 안면에 손을 대는 순간, 순금은 손바닥으로 쏟아지는, 뜨뜻미지근하면서 끈적끈적한 감촉에 기겁하고 말았다. 손바닥에 넘치는 선혈이 순금의 소복담장을 순식간에 검붉게 물들였다.

"자, 봐요! 이렇게 각혈까지 하잖아요! 폐결핵 삼기 중환자란 말입니다!"

"뭐, 폐결핵?"

일껏 치켜들었던 총대를 뒤로 물리면서 젊은 순사가 당혹에 찬 기색을 감추지 못했다. 다른 순사들도 갑자기 동작을 멈추면서 폐결핵 환자를 일제히 돌아다보았다.

"헹, 잘허는 짓이다, 참말로 잘허는 짓이여! 니년 눈구녁에는 당최 늙은 애비는 뵈들 않고 뇌짐쟁이 동상놈만 뵈드란 말이냐?"

부용의 각혈로 말미암은 괴이쩍은 정적을 천석꾼 영감이 엉뚱깽뚱한 비난으로 단박에 박살내버렸다. 순금의 일본말을 알아들었을 리 만무한데도 아버지는 병든 동생만 싸고도는 딸년 통사정을 눈치로 때려잡아 대충 알아차린 듯했다. 순금은 아버지의 비난을 못 들은 척 그냥 흘려버렸다.

"그래도 못 믿겠거든 이 얼굴을 똑똑히 보셔요! 이것이 살아있는 인간 얼굴인가요?"

미상불 그것은 인간의 얼굴이 아니었다. 누가 보더라도 살아있다고 주장하기 차마 거식할 지경으로 끔찍스러운 얼굴이었다. 귀신 형상이라 해야 곧이들을, 참으로 소름 끼치는 몰골이었다.

"그 여인 말씀이 맞습니다!"

그때 엉뚱한 목소리가 느닷없이 새중간으로 끼어들었다.

"하, 기꾸찌 상이 여긴 웬일로……"

주재소 차석쯤으로 보이는, 나이깨나 듬직한 순사가 얼른 알은체를 했다. 전혀 예상치 못한 대목에서 기꾸찌란 작자가 출현하는 바람에 순금은 온몸에서 맥이 쫙 풀려버렸다. 기꾸찌가 성큼성큼 불빛 안으로 들어서면서 늙수그레한 순사하고 얼굴을 마주했다. 기꾸찌는 땅바닥에 한덩어리로 엉켜 있는 남매 쪽을 흘끔 곁눈질하고 나서 순사에게 말했다.

"야마니시 가문에 대해서는 제가 잘 알고 있습니다. 저 청년이 중병 환자라는 사실을 제가 보증하겠습니다. 방금 이쪽으로 오는 도중에 본서 계장님을 만나서 그런 사실을 자세히 말씀드렸습니다."

기꾸찌는 대문간 쪽을 흘끔거리며 늙은 순사에게 뭐라뭐라 귀엣말을 건넸다. 뜬금없는 기꾸찌의 개입은 이를테면 불난 집에 키질하는 격이었다. 기꾸찌 쪽을 애써 외면하면서 순금은 때리는 시어미보다 말리는 시누이가 더 밉다는 속담이 결코 공연한 소리가 아님을 실감했다.

"본서 명령이다. 병자는 제외하고 나머지 놈들만 연행한다!"

고참 순사 지시가 떨어지자마자 젊은 순사들이 바삐 움직이기 시작했다. 그들은 익숙한 손놀림으로 남정들 손과 손에 포승을 지워 굴비 두름처럼 한 줄로 엮는 작업을 잠깐 사이에 뚝딱 해치웠다.

"기꾸찌 상! 기꾸찌 상!"

물에 빠진 사람이 지푸라기라도 붙잡으려 안간힘 쓰듯 천석꾼 체통도 돌보지 않고 기꾸찌를 연호하면서 도움의 손길 간청하는 야마니시 아끼라 영감 목소리가 울안에 처연하게 울려퍼졌다. 잠시 숨죽이고 있던 아녀자들 울음소리가 어느 틈에 또 기승을 부리기 시작했다. 상곡 어른 또는 감나뭇골 어르신이란 별칭으로 원근각처 주민들한테 한껏 높이 떠받들리던 천석꾼 영감과 그 영감한테 여태껏 인간 대접 변변히 못 받고 살아온 아랫것들이 한두름으로 같이 엮인 행렬이 순사들 총부리에 쫓겨 허둥지둥 대문간을 빠져나가는 중이었다.

"뭐라고 위로의 말씀을 드려야 좋을지 모르겠구먼요."

기꾸찌가 가까이 다가와 허리 깊숙이 구부리며 정중하게 인사했다. 순금은 축 늘어진 동생을 업어 옮길 작정으로 부용에게 등을 돌려 댔다. 하지만 아무리 허깨비처럼 들피진 병구라 할지라도 명색이 성인 남성인지라 여자 혼잣손으로 다루기에 여간 버거운 짐이 아니었다.

"제가 도와드리지요, 순금씨."

조선사람 찜쪄먹으리만큼 정확한 조선말 앞세우면서 기꾸찌가 얼른 선심을 베풀려 했다.

"내 동생 몸에 털끝 하나도 건드리지 말어요!"

순금은 앙칼진 경고로 주변에 삼엄하게 울타리를 침으로써 기꾸찌의 접근을 봉쇄했다. 그런 다음 어머니를 소리쳐 불렀다. 다른 아녀자들에 섞여 징징 울면서 영감 뒤를 쫓아가려는 참이던 관촌댁이 딸의 다급한 외침에 얼른 발길을 돌렸다.

“그만침 물의를 일으켰으면 되얐지, 뭣을 더 바랍니까? 도와줘서 고맙다고 큰절이라도 올릴지 알었어요?”

어머니와 함께 부용을 부액해 일으키면서 순금은 기꾸찌를 암상궂게 노려보았다.

“도와준다고요? 그따우 생색은 애시당초 내비칠 생심도 허들 말어요!”

“순금씨한테 인사받고 싶어서 그랬던 게 아닙니다. 곤경에 처한 순금씨 일가족을 진심으로 도와드리고 싶었습니다. 저한테는 그럴 만한 힘이 있습니다. 읍내 본서에 절친하게 지내는 동향 출신 간부도 있고, 또……”

“아까막시 복면허고 나타나서 순사들 앞잽이 노릇허든 그자가 설마허니 우리 집안 잘 안다는 기꾸찌 씨는 아니겄지요? 위로고 도움이고 말짱 다 필요 없으니깨 인제 고만 우리 울안에서 나가 줘요!”

한바탕 난무하던 전짓불들이 썰물처럼 한꺼번에 빠져나간 마당에 기꾸찌만 달랑 남겨둔 채 순금은 어머니를 재촉해 부용을 서둘러 방으로 옮겼다.

“원원이 쉬파리란 놈은 썩는 남새를 용케도 맡고는 앞뒤 안 개리고 마구잽이로 뎀벼드는 습성이 있지요.”

아직도 입은 살아 있다는 시위 삼아 부용이 마당까지 너끈히 들리고도 남으리만큼 제법 커다란 소리로 말했다. 방에 들자마자 순금은 병자를 이부자리에 누인 다음 아직도 밖에서 지켜보는 눈이 무색해지게끔 일부러 방문을 모지락스럽게 쾅 닫아버렸다.

"아이고, 이 노릇을 대처나 으찌혀야 옳단 말이냐!"

병자 보살피느라 여념이 없는 딸년 치맛자락 한쪽 펙석 깔고 앉은 채 방고래 꺼지도록 깊은 시름 쏟아내느라 관촌댁은 한번 달아나버린 넋을 도로 불러들일 엄두도 못 내고 있었다. 몸은 아들딸과 함께 있으면서 마음은 동구 밖 어디만큼 가고 있을 영감 뒤꽁무니를 허위단심 쫓아가는 중이었다. 관촌댁은 무슨 영문인지 깜깜부지 상태에서 졸지에 관재수 만나 끔찍한 고초 겪을 영감의 처지를 걱정했다. 그 고초가 그토록 철석같이 믿고 장래에 기대를 걸었던 둘째아들과 이질 녀석이 합작으로 벌인 사상놀음에서 비롯된 사달임을 뒤늦게 알아차리는 순간, 영감이 느낄 엄청난 분노와 원한에 대해 관촌댁은 지레 걱정부터 앞세웠다. 영감이 품을 분노와 원한의 규모에 따라 장차 집안 식구 모두에게 골고루 미치게 될 후환에 대한 근심걱정으로 말미암아 관촌댁은 미리감치 불안에 떨고 있었다.

"어머님, 제발 진정허셔요. 낭중에 당헐 일들 시방 걱정허느라고 우리가 시르죽을 필요는 없잖어요!"

"아이고, 그나저나 어느 세월에 풀려나드래도 느그 아부지 옥체만 온전허니 보전헐 수 있다면 그나마 불행 중 다행이련만…… 아이고, 왜놈 순사들이 깔축없는 개백정이지 그게 어디 즘잖은 선비드냐? 아이고, 만약에 그놈들이 복날 개 패딧기 사정없이 뚜딜겨 패서 느그 아부지 팔다리 허리라도 작신 뿐질러놓는 날이면 그 냥반 그 낫살에, 그 승깔머리에, 아이고……"

"약탕관 올려놓고 올 테니깨 어머님은 그동안 입더러 잠시 쉬라 허고, 손더러 부용이 팔다리 조깨 주물러라 허셔요."

병자를 어머니한테 맡기고 순금은 암담한 심정으로 구석방을 나섰다. 벗어나기 어려운 궁경에 빠져버린 최씨 집안에서 그래도 맑은 정신으로 사리를 분별할 만한 인물은 이제 저밖에 남지 않은 것 같았다. 어머니는 있으나마나 한 존재였다. 아니, 있음으로써 오히려 궁경 벗어나는 데 거추장스러운 짐 노릇만 하는 존재였다. 부용은 육신만 병든 게 아니라 영혼까지 이미 고황에 들었기 때문에 아무런 도움도 되지 않았다. 이제부터 집안을 대표해 실질적 가장 구실을 도맡아 수행해야 된다는 사명감이 어느새 순금의 어깨를 질빵처럼 단단히 압박하기 시작했다.

언제 갔는지 기꾸찌 모습은 울안 어디에서도 찾아볼 수 없었다. 순금은 부엌에 불을 밝힌 다음 초저녁에 달여두었던 보중익기탕을 중탕하기 위해 솥 안에 약사발을 안쳤다. 이번 사태로 말미암아 어쩌면 동생 둘을 한목에 잃을지도 모른다는, 자발머리없는 생각이 순금을 자꾸만 초조하게 만들었다. 아궁이 앞에 쪼그려 앉아 부지깽이로 잿더미 헤적거려 불씨를 빨갛게 되살린 다음 그 위에 마른 솔가지를 얹었다. 촌각이라도 빨리 부용에게 약을 먹이고 싶은 마음을 바람으로 바꾸어 입 밖으로 힘껏 불어대면서 순금은 게으름 부리느라 좀처럼 타오를 기미를 안 보이는 솔가지를 독촉하고 닦아세웠다. 순금의 채근에 못 이겨 자오록한 연기 속에서 갑자기 불꽃이 확 피어오르더니만, 마침내 치자색 혓바닥으로 솔가지를 널름널름 핥아대기 시작했다. 그 광경을 멀거니 지켜보다가 순금은 치자색 불꽃이 너울너울 춤추는 아궁이 속에서 불현듯 춘복이 아저씨를 떠올렸다. 급박하게 돌아가는 상황에 혼겁한 나머지 베틀 공방에 혼자 두고 나온 그를 까마아득히 잊고 있었다.

춘복이 아저씨는 베틀 공방 안에 남아 있었다. 그냥 남아 있는 정도가 아니었다. 순금이 공방을 나설 당시 마지막 보았던 그 모습 그대로 베틀 속 옹색한 감옥 안에 스스로 갇힌 채 징역을 살고 있었다. 여전히 잔뜩 겁에 질려 있는 그 낯꽃이 영락없이 새매한테 쫓기는 장끼 꼬락서니였다. 제딴은 잘 숨는답시고 숨은 풍신이 풀숲 속에 대가리만 겨우 처박은 채 커다란 몸뚱어리는 나 몰라라 하고 바깥세상 향해 아무렇게나 내박쳐두는 식이었다.

"인제는 괭기찮어요. 순사들 벌써 다 물러갔어요. 인제는 더 숨어 있을 필요가 없어요."

"으, 필요 없어……"

평상시 그답게 춘복이 아저씨는 상대방 말끝 넙죽 받아 고스란히 되돌려주었다. 하지만 더 숨어 있을 필요 없다는데도 여전히 베틀 속 공간에서 꼼짝달싹하지 않을 작정인 듯했다.

"요쪽으로 나와서 배깥 조깨 내다보셔요. 쬐다들 물러가고 순사는 인제 한 명도 안 남었어요."

"으, 안 남었어……"

"안 남었으니깨 얼른 배깥으로 나오시라고요. 인제는 아저씨 잡어갈 사람 이 세상에 하나도 없어요."

"으, 하나도 없어……"

마치 고갯마루에서 엄마 잡아먹고 엄마로 변장해 나타난 호랑이에게 한사코 문을 열어주지 않으려 버티는 옛이야기 속 아이처럼 춘복이 아저씨는 어지간히 고집스럽게 굴고 있었다. 베틀 속 옹색한 공간 안에 옴팍 들어앉아 막무가내로 버티는 그를 스스로 걸어나오도록 유도하기란 이만저만 어려운 노릇이 아니었다. 머릿속에 꽉 들어찬 공포심을 안도감으로 바꿔주기 위해 온갖 수단 방법 동원해 비위를 맞춰줘야만 했다.

"쏘내기는 쏟아지지요오……"

순금의 입에서 다따가 꼴머슴 노래가 흘러나오자 춘복이 아저씨 얼굴에 비로소 변화의 조짐이 일기 시작했다.

"똥은 매랍지요오……"

춘복이 아저씨 노래 솜씨를 흉내내면서 순금은 미끼를 더 던졌다. 마침내 그가 미끼를 덥석 물었다. 드디어 그의 얼굴에 반편스럽고도 무구한 웃음이 헤벌쭉 떠올랐다.

"님은 보고 잞으지요오……"

노래의 유혹에 같은 노래로 화답하면서 춘복이 아저씨가 부대한 몸 천천히 일으키더니 베틀다리 넘어 옹색스럽기 그지없는 감옥에서 느럭느럭 탈출했다. 그를 방문 밖으로 내보낸 다음 순금은 새삼스러운 눈빛으로 베틀 공방 내부를 둘러보았다. 곰곰이 생각해봐도 그 비좁은 공간에 성인 남녀가 함께 몸을 담았다는 사실이 도무지 믿기지 않았다. 더욱이나 깍짓동만한 사내가 가냘픈 여인 치맛자락 도피처 삼아 숨었는데도 두 눈에 쌍불 켠 순사가 끝내 눈치 못 채고 물러간 것은 참으로 불가사의한 노릇이 아닐 수 없었다. 순금은 치마 속에서 양쪽 허벅다리 꽉 잡죄던 소댕 같은 손과 아랫도리를 헉헉 치받던 가쁜 숨결과 뜨거운 입김을 상기하면서 낯꽃을 온통 홧홧이 붉히고 말았다. 그러자 긴 세월 거슬러 먼먼 과거로부터 동네 조무래기들 노랫소리가 한껏 기세 올리며 현재를 향해 다가오기 시작했다.

알나리깔나리, 순금이는 춘풍이 각시라네.
알나리깔나리, 춘풍이가 순금이 신랑 되얐다네.

어쩌다 실수로 토방에 잘못 떨어뜨린 꽃당혜 한 짝이 거룻배만한 춘복이 아저씨 헌 짚신짝 안에 빠졌던 그 과거지사가 어린 시절 뒤흔든 일대사건이었던 것과 마찬가지로, 거룻배만한 춘복이 아저씨가 꽃당혜만한 치마폭 안으로 숨어들어 위기를 모면한 일 또한 순금의 일생을 통틀어 가장 기억에 남을 일대사건이 아닐 수 없었다. 결국 피장파장이었다. 순금은 지난날 물방앗간에서 졌던 빚을 오늘 베틀 공방에서 갚아버림으로써 춘복이 아저씨와 저 사이에 가리새 타야 할 일은 이제 더 없다고 치부했다.

울음소리가 들려오기 시작했다. 울음의 뭉텅이가 마을을 향해 빠른 속도로 데굴데굴 굴러오고 있었다. 지아비 뒤쫓던 지어미들이, 아비 뒤쫓던 새끼들이 중도에서 포기하고 돌아오는 서러운 기척이었다. 아무런 죄도 잘못도 허물도 없는 남정들이 억울하게 끌려갈 때마다 매번 그랬듯 아낙들은 이번에도 줄초상 난 푼수로 여러 목청 한데 합쳐 어기차게 울어대고 있었다. 울음 뭉텅이가 대문간에 당도하기 전에 순금은 얼른 남포등 밝혀 들고 집밖으로 마중을 나갔다. 아녀자들한테 대관절 무슨 죄가 있단 말인가. 한갓 주인 잘못 만난 죄밖에 없지 않은가. 대문간으로 한목에 들이닥치는 아낙들과 어린것들 호곡 소리 듣고 있노라니 다시금 문목사 사모의 쪽지가 차일처럼 확대되어 머릿속을 가득 뒤덮는 것이었다.

"이거슬 너희게 닐음은 나를 힘닙어 평안홈을 엇게 홈이라 셰상에 잇을 제 너희가 환란을 밧으나 안심ᄒᆞ라 내가 셰상을 이긔엿노라"

아직까지는 그저 그랬다. 예수 그리스도에 힘입은 평안함은 아직도 너무 머나먼 곳에 머물고 있는 반면, 사탄마귀로 말미암은 환란은 이미 집 내부까지 침노해 능구렁이처럼 안방 아랫목에 서리서리 똬리 틀고 있었다. 이 환란에서 저 환란으로 계속 이어지는, 참으로 끔찍스럽고 징글징글한 세월이었다. 환란으로 날이 밝고 환란으로 날이 저물었다. 화불단행(禍不單行)이란 말 그대로, 그 환란들끼리 생면부지 사이처럼 서로 내외하면서 하나씩 따로 오는 게 아니라 여럿이 작당해 겹치고 포개지며 한꺼번에 몰려드는 바람에 옴치고 뛸 수조차 없는 형편이었다. 사망권세 물리치고 죄악세상 이기신 구주 예수 권능 힘입어 환란으로 점철되는 현실에서 평안함을 얻을 그날은 대관절 언제쯤 찾아올 것인가. 이렇듯 곤고한 처지일 때 사모 쪽지에 예고된 대로 구원의 복음 같은 예배당 종소리가 뎅그렁뎅그렁 온누리에 가득 울려퍼진다면 얼마나 좋겠는가.

하지만 이제나저제나 하고 아무리 기다려도 사모가 예고했던 그날은 좀처럼 오지 않았다. 아직까지는 분명코 그랬다. 구원의 종소리는 끝내 울리지 않은 채 먹빛으로 캄캄한 지옥의 나날만이 아무런 작정도 없이 그저 도도히 흘러가고 있을 따름이었다.

2

읍내 본서로 끌려가 철야 취조 받은 후 행랑아범을 비롯한 남정들은 아침나절에 모두 풀려났다. 객식구에 불과한 그들을 더 붙잡아둘 명분도, 그리고 그들로부터 더 캐낼 만한 정보도 없는 까닭이었다.

남정들이 돌아오자 초상마당 같던 분위기가 아연 활기를 띠기 시작해 제법 탈상마당 비슷한 분위기로 바뀌었다. 비록 온몸 곳곳 시퍼렇게 멍들고 생채기 지고 절름거리는 주제꼴들일망정 그래도 염라국 명부사자 다름없다는 고등계 형사들 손아귀에서 그 정도로 그친 것만도 천만다행이었다. 백줴 무고한 남정들이 풀려난 것을 경사인 양 내남없이 반기는 기색이었다. 하지만 아직 풀려나지 못한 상곡 어른 두고 주인댁 식구들이 느낄 상심과 염려 의식하느라 섭섭이네를 비롯한 안잠자기와 드난꾼 아낙들은 방면된 자기네 남정 맞이한 기쁨을 노골적으로 드러내는 걸 꺼리고 삼가는 눈치였다.

“암만혀도 시방 우리 어르신께서 요번참에 시방 단단허니 걸려드신 모냥이네, 시방.”

풀려난 남정들 차례로 만나 경찰 취조 과정과 신문 내용을 샅샅이 확인하고 돌아온 최진용이 들입다 한숨부터 들이쉬고 내쉬었다.

“고등계 형사들이 시방 눈구녁에다 화톳불 밝히고는 시방 밑두리콧두리 캐물어쌓는 것이 시방 접때 그 강도사건이드라네. 어르신께서 시방 배낙철이 손에 거사자금인지 도피자금인지 대준 게 아닌가 허고는 시방 잔뜩 의심허는 눈치드라네. 강도사건도 시방 어르신이 역부러 꾸며낸 일장 활극 아니냐고, 낭중에 독립군한티 군자금 대준 사실이 시방 들통날 경우를 대비혀서 시방 어르신이 낙철이랑 귀용이랑 한통으로 짜고서는 시방 역부러 화적패 소동을 벌린 게 아니냐고 얼토당토않은 이치 들이댐시나 시방 밤새드락 매타작에다가 자백을 강요허고 있드라네, 시방.”

사촌형 이야기를 부용은 이부자리에 드러누운 채 들었다. 평상시보다 더 자주 군더더기 소리를 아무 대목에나 욱여넣음으로써 자신의 초조감을 은연중에 드러내는 말투가 듣는 사람으로 하여금 덩달아 초조감에 휩싸이도록 만들고 있었다. 진용은 방에 발을 들여놓지 않은 채 문지방에 한쪽 엉덩짝만 걸친 어정쩡한 앉음새로 부용을 상대했다. 결핵균 옮을까봐 신경쓰다보면 서로 얼굴 보기가 더욱 꺼림칙해질 테니 애당초 일정한 간격을 유지하는 게 좋겠다는 부용의 고집에 따라 생겨난 대면 습관이었다.

"인제 한 가지 사실만은 분명허니 밝혀졌고만요."

"말허자면 그런 심이지. 저놈들이 시방 어르신한티 국사범 올개미 씌울라고 작정을 헌 판국인디, 어르신 아니라 시방 육도삼략을 여반장으로 허는 제갈공명이라도 시방 올개미 벗어나기가 솔찮이 심들게 생겼네, 시방."

"아버님 얘기가 아닙니다. 낙철이랑 귀용이가 사상범으로 쫓기고 있다는 게 사실로 밝혀졌다는 뜻이지요."

진용이 이맛살을 잔뜩 찌푸렸다. 귀용이나 낙철이 문제는 사촌형에게 부차적인 사건에 지나지 않았다. 당초부터 그의 염려 대상은 오로지 상곡 어르신뿐이었다. 어르신 안위보다 젊은것들 처지를 우선시하는 부용의 반응이 어처구니없는 모양이었다. 이부자리를 사이에 두고 사촌끼리 서로 상대방을 물끄럼말끄럼 건너다보기만 했다. 그 자리에 없는 존재인 양 다소곳이 윗목을 지키면서 오가는 이야기에 조용히 귀만 기울이던 순금이 사촌오라비 시선을 의식했는지 얼른 눈을 내리깔았다.

"사상범 아니라 시방 오상범, 육상범으로 쫓긴다 허드래도 나는 시방 그놈들이 눈꼽만침도 불쌍허들 않네. 지놈들 사상 지놈들이 알어서 시방 북주고 지심(기음)매고 가지치기를 혀서 고이

고이 가꾸는 것이사 시방 어느 장사가 나서서 말리겄는가. 허지만 말이네, 지놈들 사상에다 시방 물꼬 트고 거름 줄 자금 장만혀겄다고 시방 자식이 즈그 아부지 팔어넹기고 이질이 즈그 이모부 포박허는 경우는 또 무신 경우단가? 천인공노허고 신인공분헐 패륜을 저질르고도 시방 암시랑토 않은 것이 지놈들 사상인가, 시방? 경찰서 댕겨온 행랑아범한티 시방 그 화적패 진상을 초벌로 들음시나 나는 요게 시방 꿈인가 생신가 혔네. 그러고 나서 시방 따른 사람들한티 화적패 진상을 재벌, 재재벌로 듣고는 시방 함마트라면 기함헐 뻔혔네. 요놈에 세상이 장차 으찌 될라고 시방 요 모냥 요 지경으로 어질머리 앓드락 핑핑 돌아가고 미쳐 날뛰는지! 그나저나 시방 참말로 걱정시럽고만!"

진용이 다따가 분통을 터뜨렸다. 오랫동안 상곡 어르신 복심으로 활약한 이력 덕분에 진용은 어느새 말투마저 주인을 엇비슷이 닮아가고 있었다.

한 파수 또 고빗사위 넘기고 다소나마 기력을 회복했을 때, 부용이 가장 걱정한 것은 아버지 아닌 동생들이었다. 당장은 취조과정에서 고통이 따르겠지만, 지은 죄 없음이, 죄는커녕 오히려 패륜적 만행의 끔찍한 희생자요 피해자라는 사실이 이내 밝혀질 테니 아버지가 조만간에 풀려날 것은 불문가지였다. 이미 잡혀 들어간 아버지보다 아직 잡히지 않고 도피중인 동생들에 훨씬 더 신경이 쓰였다. 철딱서니 없는 것들이 지금쯤 어디서 어떤 모양으로 경찰 검거망을 피해다니고 있을까. 상해일까, 아니면 간도일까. 강탈해 간 반동 지주 재물은 제놈들 혁명놀음에 얼마나 보탬이 되었을까……

"빌어먹을 놈들! 이왕지사 큰일 저지를 거라면, 밤쥐도 낮새도 눈치 못 채게코롬 감쪽같이 저지른단 말이지, 어리석게들……"

부용은 무심코 중얼거렸다. 거처 분명한 아버지보다 부지거처 귀용과 낙철의 안위에 더 집착하는 그 태도가 기어이 사촌형 지청구를 불러들였다.

"이 사람아, 마당 터지는 꼴 뻔히 봄시나 시방 솔뿌렁구 다칠라 솔낭구 걱정허는가? 상곡 어르신으로 말헐 것 같으면 시방 산서 최문을 떠받치는 상기둥이나 대들보 같은 분이신디, 시방 그 어르신께서 지우뚱지우뚱 흔들거리는 신대목 고등판에 시방 자네는 덜컥거리는 문짝 푼수도 못 되는 귀용이나 낙철이 걱정에다가 시방 언지까장 목매달고 있을 작정인가?"

"형님 눈에는 귀용이랑 낙철이가 게우 문짝 정도로 하찮게 뵐지 몰라도 저한티는 상기둥 대들보 못잖은 존재들이지요."

"이보게, 부용이 동상!"

진용의 목청이 한층 더 높아지고 한결 더 날카로워졌다.

"찬물도 시방 우아래가 있는 법이고, 일에도 시방 선후가 있는 법이네! 어떤 일보담도 시방 어르신을 호랭이 아갈머리에서 빼내는 것이 시방 기중 화급헌 일 아닌가! 자네 혼자만 시방 몰르고 있을 뿐이지, 춘풍이 같은 버꾸들도 시방 그 이치를 죄다 알고 있다네! 자네는 시방 딴소리 말고 그냥 얌전허니 있기나 허소!"

"아버님을 빼낼 묘책이라도 찾아내셨습니까?"

"묘책? 이 사람아, 묘책 보따리 옆구리에 척 끼고 있다면 나가 시방 뭣 땜시 동상들 면전에서 애간장만 바싹바싹 태우고 자빠졌겠는가!"

자신의 말상대가 중환자라는 사실마저 잊은 채 진용은 버럭 소가지를 부렸다. 매사에 계산속 빠르고 행동거지 잽싸기로 소문난 진용도 이번만큼은 도무지 뭘 어떡해야 좋을지 전연 기맥이 잡히지 않는 눈치였다.

잠자다 끌려나와 동옷바람으로 압송당한 영감을 위해 관촌댁이 나들잇벌 일습으로 챙겨 꾸린 보퉁이 받아들고 진용은 새벽바람 맞으며 읍내로 달려갔다. 하지만 까마아득히 높은 경찰서 문턱 끝내 넘어서지 못한 채 공연히 헛물만 켜고 돌아서야 했다. 워낙 불온사상과 국체문란 사건에 연루된 피의자인고로 돈주머니 활짝 열어놓고 백방으로 경찰 쪽과 접촉을 시도해봐도 당최 바늘귀만한 가능성조차 안 보이더라는 이야기였다. 장조카 수완만 꽉 믿고 잔뜩 기대 걸었던 관촌댁은 영감 코쭝배기조차 구경 못 했다는 보고에 그만 망연자실하고 말았다. 일껏 꾸려 보냈던 보퉁이 돌려받기 무섭게 관촌댁은 수건으로 머리통 질끈 테메운 채 안방에 몸져누워버렸다.

"나 원 참, 기가 맥혀서! 그 좋고도 좋은 돈 보따리를 짊어지고는 시방 발싸심허고 찾어댕겨도 당최 맥혀들 기미가 시방 안 뵈드라니깨!"

진용은 자존심이 몹시 상해 있었다. 상곡 어른이 일찍부터 친자식 제쳐놓고 집안 대소사들 일임하다시피 맡길 정도로 중용해 온 인물이었다. 여자 턱수염 뽑아 오는 일 빼고 뭐든지 다 주문대로 척척 해치우던 사촌형이 그렇듯 낙담할 지경이라면, 호랑이 아갈머리에서 상곡 어른 빼내기는 사실상 불가능에 가까운 셈이었다.

"딱 하나, 자라 콧구녁 같은 가망이 시방 남어 있는 것 같기는 헌디……"

진용이 혼잣말 비슷한 가락으로 슬쩍 운을 떼었다. 순금과 부용이 깜짝 반색하면서 진용의 입을 주시했다. 다음 이야기 다그치는 부용을 슬그머니 외면하면서 진용은 무심한 듯 방문 밖으로 고개를 돌렸다.

"저 뭣이냐…… 고것이 시방…… 말을 끄내기가 시방 쪼깨 거시기헌 것 같어서 시방……"

"이 판국에 우리가 찬밥 더운밥 개릴 형편입니까? 자라 콧구녁이든지 바늘구녁이든지 좌우지간 눈에 뵈는 구녁이라면 무신 수를 쓰드래도 일단 부닥쳐봐야지요. 말씀을 허십쇼, 형님."

거푸 채근을 받고서야 진용은 망설거림에서 빠져나왔다. 그는 사촌누이 자리한 윗목으로 자칫 빗나가지 않게끔 자신의 시선을 공들여 단속하면서 오로지 부용만을 상대로 떠듬떠듬 입을 열었다.

"산서 바닥에 시방 떠돌아댕기는 소문으로는…… 시방 그 동척농장……"

"형님!"

난데없는 동척농장에 대경실색한 부용은 이부자리에서 용수철처럼 펄쩍 튀겨 일어앉으며 날카롭게 소리쳤다. 무방비 상태에서 불시에 허를 찔린 꼴이었다. 부용의 과격한 반응에 진용은 돌덩이처럼 얼굴이 굳어졌다.

"부용이 동상이 시방 그런 눈으로 날 대헐 것 같어서 나도 시방 내 입으로 그런 말 끄내기가 차마 거시기허다고 내둥 망설망설 안 허든가!"

한번 쏟뜨린 말 도로 주워담으려고 허겁지겁 변명 서두르는 사촌형을 부용은 부릅뜬 눈으로 되알지게 꾸짖었다. 누님이 마음에 걸려 얼른 윗목으로 시선을 보냈다. 아니나 다를까, 몸에 두른 소복담장만큼 하얗게 표백된 누님 낯꽃 대하자 부용은 가슴속을 내리훑는 서늘한 기운을 느꼈다. 시종일관 음전한 자태로 묵묵히 윗목을 지키던 순금에게서 변화가 보이기 시작했다. 치맛사락이 소리 없이 들려 올라가고 있었다. 위아래 어금니 꽉 사리문 채 버선볼로 발소리 눌러가며 순금은 가만가만 구석방을 빠져나갔다.

"도대체 이게 무신 짓입니까? 누구보담도 사리가 분명허신 형님이잖습니까! 평소 형님답잖게 초상집에 색동옷 나들이도 유분수지, 우리 누님 듣는 자리서 어떻게 그런 추잡시런 생각을 거론헐 수가 있습니까?"

"순금이 동상 표정을 보니깨 나가 시방 큰 실수를 저질러뿌린 것 같으네."

"실수가 아니라 망발입니다, 망발!"

천석꾼 집안에서 암묵리에 지켜온 금기 중의 금기를 어긴 그것은 망발 중에서도 아주 고약하기 이를 데 없는 망발이었다. 그처럼 돌이킬 수 없는 잘못을 저지른 사촌형한테 여지없이 낯박살을 주었음에도 부용은 부글부글 끓어오르는 분노를 좀처럼 가라앉힐 수 없었다. 그것은 다른 누구 아닌, 바로 자신을 겨냥한 분노였다. 겉으로는 망발의 장본인을 공박하는 형식을 취했지만, 기실 그것은 제 손으로 제 궁둥이 까고 스스로 형틀에 엎드려 곤장을 청하는 거나 다름없는 행위였다. 부용은 망발 저지른 사촌형을 도저히 용서할 수 없었다. 하마터면 사촌형을 한 발짝 앞질러 똑같은 망발을 저지를 뻔했던 자신을 부용은 더더욱 용서할 수 없었다.

참으로 공교로운 노릇이 아닐 수 없었다. 자라 콧구멍 운운하며 진용이 뭔가를 암시하려던 순간, 실인즉슨 사촌지간에 미리감치 손발이라도 맞춘 듯 부용 또한 같은 생각을 품고 있었다. 썩는 냄새 맡고 달라붙는 쉬파리 같은 놈이라고 제 입으로 욕했던 그 기꾸찌란 작자 화상이 퍼뜩 뇌리를 스치는 것이었다. 막다른 골 같고 고립무원 사면초가 같은 위난지경에서 그나마 도움이 될 성싶은 인물 군이 찾자면, 그것은 악연으로 얽힌 동척농장 관리인 정도일 거라는 막연한 생각이었다. 면내 일본인 사회에서 유지에 속할 뿐 아니라 동향 출신이 경찰 간부로 있다 하지 않던가. 바로 그 순간에 사촌형 입에서 불거진 동척농장 한마디에 부용은 소스라치게 놀랄 수밖에 없었다. 사촌형 아니라 제 주둥이에서 튀어나온 말인 양 그 느낌이 너무도 생생했다. 마치 감추고 있던 제 치부를 누가 강제로 홀랑 까발리기라도 한 것처럼 부용은 수치심에 치를 떨어야 했다.

"꾀를 낸다고 죽을 꾀를 내신 겁니다! 아시겠습니까? 누님한티 백배사죄를 허드래도 용서 못 받을 겁니다! 그런 생각은 범죄적 발상이란 말입니다!"

한 사람은 이미 발설하고 다른 한 사람은 아직 발설하지 않은 차이밖에 없었다. 그럼에도 불구하고 부용은 한순간 비열하기 짝이 없었던 자신을 벌하기 위해 똑같은 형태, 똑같은 규모로 비열했던 사촌형을 소리소리 꾸짖지 않을 수 없었다.

"언감생심 우리 누님 면전에서 그런 말을 입초시에 올릴 수가 있습니까? 아버님 빼내는 용도로 그 작자를 써먹자는 생각은 결국 누님을 정략적 제물로 희생시키자는 발상 아닙니까? 참말로 천부당만부당헌 일입니다!"

"나가 시방 얼매나 똥끝이 빠작빠작 타들어갔으면 시방 궁여지책으로 그런 생각까장 복장 속에 품어봤겄는가. 철창에서 어르신 빼내는 공사에다 시방 몰두허다보니께 말이 쪼깨 헛나와뿌렀네. 부용이 동상이 시방 너그러이 이해허고, 순금이 동상한티도 오해가 없게코롬……"

진용이 서너 발 길이로 깔아놓는 변명을 부용은 난도질하듯 무자비하게 썩둑 잘라버렸다.

"형님, 절대로 그럴 수는 없습니다! 수단방법 안 개리고 무신 짓이든지 다 허드래도 그런 짓만은 절대로 안 됩니다! 설령 아버님 한 분만이 아니라 집안 전체가 모개로 참변을 당허는 한이 있드래도 누님을 정략적 희생물로 삼는 건 수치를 아는 인간으로 차마 헐 짓이 못 됩니다! 여러 소리 허실 필요 없습니다! 폐일언허고, 인제부텀 형님이 허실 일은 어디서 돈 만원을 급전으로 변통허시는 겁니다!"

"에잉? 돈을 시방 만원씩이나?"

진용의 두 눈이 화등잔같이 커다래졌다. 내친걸음에 부용은 인정사정 안 두고 사촌형을 강팔지게 몰아세웠다.

"그렇습니다. 더도 말고 덜도 말고 만원입니다. 낭중에 후회허지 않게코롬 조리전에서 체곗돈을 내서라도, 아니헐 말로 어느 놈 부자지 틀어쥐고 용을 쓰는 한이 있드래도 그 돈을 반다시 변통허셔야 됩니다. 그것도 몽땅 현찰로 말입니다!"

"만원이면 시방 백미로 쳐도 자그만침 백 가마 템이 되는 거금인디……"

"그런 거금이니께 수완 좋은 형님한티 부탁허는 것 아닙니까. 고리로 급전을 끌어와도 좋고, 사불여의헐 경우 전답을 저당 잽히는 것도 무방헙니다."

"뭣이여? 전답을 잽혀?"

한번 벌어진 입 도로 다물 새 없이 진용은 거듭거듭 놀라움을 드러냈다.

"어르신 불꽃같으신 성미를 시방 자네가 몰라서 이러는가? 어르신께서 낭중에라도 아시는 날이면 시방 자네나 나나 무신 수로 뒷감당을 허겄다고 시방 이 난리를 꾸미는가?"

"뒷감당은 몽땅 저 혼자 떠안을 작정이니께 형님은 그냥 아버님 앞에서 모든 책임을 무조건 저한티 떠둥그치시기만 허면 됩니다."

"자네 혼자 책음을 지기만 헌다면사……"

일단 말은 그렇게 하면서도 진용은 심각한 갈등의 기색을 좀처럼 지우지 못하고 있었다. 물위에 동동 뜬 기름같이 언제나 제각각 따로 노는 천석꾼 집안 유별난 부자 관계를 누구보다 속속들이 아는 진용이었다. 사촌동생 따르자니 삼촌이 눈에 밟히고, 그렇다고 삼촌 불같은 성깔 감안하자니 사촌동생 강고한 의지가 명치에 걸리는 바람에 차마 이러지도 저러지도 못하겠다는 표정이었다.

“그런디 시방 한 가지 궁금헌 대목이 있네. 대관절 그 거금을 시방 언다가 쓸라고 번갯불에 콩 볶딧기 시방 변통을 서둘러대는가?”

“언다가 쓰다니요? 천석꾼 어르신 옥체 더 망가지시기 전에 하루라도 빨리 철창에서 빼내자면 최소한 그 정도는 지출헐 각오를 혀야 되지요!”

“원판 큰 사건이고, 죄목도 시방 보통 죄목이 아니라 국사범 죄목 아닌가. 그 코밑엣 진상도 요번에는 시방 헛공사로 끝날 것 같으단 말이네.”

“맞는 말씀입니다. 게우 쌈짓돈 헐어갖고는 어림도 없는 일이겄지요. 그러니깨 한번 통 크게 맘먹고 요번에 돈 보따리 한번 확 풀어뿔자는 겁니다. 뭔가 약점만 잡었다 허면 껄떡거리고 뎀비는 왜놈들 아갈머리에다 낱낱이 한 뭉텡이씩 돈다발을 쑤셔박는 겁니다.”

“긍깨 시방 부용이 동상 생각은, 말허자면 소곰 잔뜩 처먹은 놈들이 시방 맹물을 몽씬 들이키게코롬 맨들자, 요런 것이고만? 허기사 돈다발로 쌔리는 매질 앞에 시방 끝까장 버티는 장사 없다는 옛말도 있기는 허네만!”

비로소 진용의 얼굴에 웃음기가 번지기 시작했다. 거금 만원

젊어지고 이영차 이영차 읍내로 달려가 관헌들 상대로 흔전만전 인정을 팍팍 쓴다면 유치장에 갇힌 노인 하나쯤 빼내는 건 별로 대수로운 일도 아니라는 투로 자신감을 드러내는 웃음이었다.

"부용이 동상이 시방 요번맨치로 맴보재기 크게 먹는 걸 여적지 본 적이 없기 땜시 시방 돈 만원 소리 듣고는 간 떨어지는지 알았네. 장차 어르신 면전에서 시방 자네가 독담으로 책음만 져준다면사 나가 섶을 지고 불구뎅이로 못 뛰어들 것도 없지. 더 생각허고 자시고 헐 것도 없이 시방 자네 쇠견대로 험세. 뒷감당은 시방 자네한티 맽기고 나는 인제부텀 사추리에서 딸랑딸랑 쇠방울 소리 나게코롬 백방으로 뛰어댕김시나 시방 노린내 나는 산동강 부자 돈이건 샛냇다리 밑에 지린내 나는 용천뱅이 돈이건 좌우지간에 시방 오날 해거름 안으로 기연시 만원 돈을 변통헐 모냥이네."

마땅히 있어야 될 자기 자리 드디어 찾아낸 것처럼 진용이 횡허케 밖으로 나갈 채비를 했다. 자신의 활약상을 미리 상상하는 것만으로도 벌써 신명이 솟구치는지 진용은 구닥다리 가따마에 안쪽 낡은 와이셔츠 앞섶을 넓게 벌리며 가슴 부위를 거풍했다. 셔츠 앞자락 펄럭여 바람을 보낼 적마다 움죽움죽 부푸는 탄탄한 가슴 근육이 잠시 시선을 끌었다. 부용은 백상암에서 하산할 때 귀용에게 들었던 사촌형의 부병자자 시술 소문을 언뜻 상기했다.

"형님도 입묵을 허셨다고 들었습니다. 어느 부위에다 어떤 문신을 새기셨습니까?"

뜬금없는 질문에 진용이 방문 앞에서 우뚝 걸음을 멈추었다.

"왜, 자네도 허고 잪어서?"

몸뚱이는 이미 부용의 시야 밖으로 빼돌린 채 진용은 말소리만 단출하게 방안으로 들여보냈다.

"개발바닥에 주석편자지요. 저 같은 산송장 몸에다 먹물 새겨 넣는 것이 무신 의미가 있겄습니까."

"어찌 의미가 없기야 헐꼬마는…… 허기사 자네 처지는 시방 목심줄 저당 잽히고 험지로 원행 떠날 염려가 시방 별로 없기는 허지."

"타관에서 타관으로 정처 없이 떠돌아댕길 귀용이랑 낙철이가 생각나서요. 도피행 떠나기 전에 그놈들도 신체 어느 구석에다 먹물을 넣었을지……"

진용이 시야 밖으로 빼돌렸던 얼굴을 다시 방문 안으로 불쑥 들이밀었다.

"친부모는 나 몰라라 허고는 시방 지놈들이 양부모로 받들어 뫼시는 그 빌어먹을 사상이 시키는 대로 시방 지놈들이 자진혀서 죽을 구뎅이 찾어나선 질 아닌가! 그따우 인간 말짜들한티 입묵은 시방 애시당초 가당치도 않지! 나는 죽을 구뎅이로 끌려갔다가 시방 송장으로 돌아오는 한이 있드래도 시방 천륜 찾고 인륜 찾어 내 고향 내 선영에 묻히고 잪은 일념으로 시방 입묵을 결행헌 것이라네!"

"형님, 제 말은 그게 아니라……"

"여러 소리 헐 것 없네, 시방! 그놈들은 시방 입묵을 논헐 자격도 없는 망종인간들이여!"

퍼르르 한바탕 소가지 부리고 나서 진용은 방문을 탁 닫아버렸다. 부용은 통나무 쓰러지듯 이부자리에 벌러덩 몸을 부렸다. 그러자 방문이 도로 벌컥 열리더니만, 이미 안채를 빠져나간 줄 알았던 진용이 또다시 머리통을 불쑥 들이밀었다.

"자, 궁금허다면 실컨 한번 귀경허소!"

진용이 가따마에와 와이셔츠 왼편 깃 부분을 한목에 싸잡아 확 열어젖혔다. 근육으로 똘똘 뭉친 어깨 부위가 홀랑 드러나면서 파르댕댕한 그림인지 글씨인지가 얼핏 눈에 들어왔다. 그것이 '生歸'라 새긴 문신임을 알아차리는 순간, 진용은 어느새 얼굴과 문신서껀 자기한테 딸린 것들을 한목에 거둬들여 갑자기 사라져버렸다.

방금 전까지 사촌형이 앉아 있던 문지방을 부용은 한동안 무연히 건너다보았다. 병정으로 뽑혀 사지로 향하게 된 젊은 남정들이 모여 품앗이로 상대방 신체 어느 부위에 부병자자를 새기지 않으면 안 되었던, 왜란과 호란 거쳐 동학란에 이르기까지 내우외환으로 뒤발한 역사가 연대순으로 달려와 문지방 위에 엉덩이 걸치고 일렬로 늘어앉는 광경을 목도하는 기분이었다. 불행과 비극으로 점철된 역사의 험준한 고빗사위들이 고향과 가족들 두고 멀리 떠날 수밖에 없는 젊은 남정들 신체에 입묵된 부병자자 하나하나에 돋을새김으로 강조되어 있는 듯싶었다. 산서 땅 조선인들 위에 군림하는 천석꾼마저도 결국 일제의 강제 동원으로부터 복심 중 복심인 장조카 하나 지켜줄 능력이 없다는 사실을 일찍이 간파한 결과일까. 그래서 진용이 형님은 끌려갈 경우에 대비하느라 그처럼 왼쪽 어깨 아래 상박 부위에 부병자자를 새길 수밖에 없었던 것일까. 굵다란 대바늘로 살을 쪼고 그 생채기에 먹물 넣어, 반드시 살아서 고향집 가족들에게 돌아오고 싶다는, 죽을 경우 시신으로라도 고향에 돌아와 선영에 묻히고 싶다는, 마지막 비원이 담긴 '生歸'를 자자하던 그때, 죽음을 전제한 그 입묵 행위에 임할 당시 진용이 형님은 기분이 어떠했을까. 방구석에서 노점 앓다 송장 되어 산에 묻힐 병자한테는 부병자자가 과연 사치스러운 낭비에 지나지 않는 것일까. 만일 살날 얼마 남지 않은 폐병쟁이한테도 부병자자 기회가 주어진다면, 철골되고 껑더리된 병구 어느 부위에 무슨 글씨 또는 그림을 마치 탁송화물 꼬리표 붙이듯 새겨넣어야 주검의 모습이 기중 맵시 있는 형태로 최종 목적지까지 잘 배달될까.

부용은 절레절레 머리 흔들어 연락부절로 오가는 잡생각들을 한꺼번에 털어버렸다. 전쟁 마당에 병정으로 끌려갈 가능성이라곤 쥐뿔만치도 없는 폐인에게 부병자자란 역시 개발바닥의 주석편자 매일반이었다. 그 주석편자는 어쩌면 낙철이나 귀용의 발바닥에 더 어울릴지도 모른다 생각하며 부용은 쓴웃음을 머금었다. 그러다가 방금 전에 동네 강아지 이름 부르듯 함부로 입길에 올린 거금 만원에 문득 생각이 미치자 부용은 부르르 진저리를 쳤다. 난생처음 파격적 결단을 내린 저 자신에 스스로 경악하고 있었다. 언제 봐도 됨됨이에 늘품성 없고, 너울가지 모자라고, 우유부단하기로 이미 정평 난 아낙군수에게 그것은 서쪽 하늘에 떠오르는 해만큼 이변에 속하는 결기였다. 인색하기 그지없는 천석꾼 영감 씀씀이 감안할 때, 회수할 가망조차 막막한 용처에 자그마치 만원 돈을 더뻑 꼬라박는 건 사실 이만저만 대단한 모험이 아니었다. 그러잖아도 살얼음판 위를 걷듯 항상 조마조마하던 부자 관계를 어쩌면 영구히 회복 불능 상태로 만들어버릴지도 모르는 결정이었다.

"까짓것, 결과가 잘못 나와봤자 죽는 일 말고 뭣이 또 있을라고!"

부용은 깍지 낀 손으로 뒤통수를 감쌌다. 엄청난 부담 무릅쓰는 일인데도 심사숙고 과정 거치지 않은 채 덜컥 저질러버린 자신에 대해 거듭거듭 놀라워했다. 아버지 구명을 위해 아버지 신체 일부, 어쩌면 육신과 영혼의 합체라 해도 과언이 아닐 그 피눈물 나는 재물 뚝 떼어 관헌들 아가리에 갖다 바칠 생각을 하다니, 다른 한편으로 통쾌한 기분이 들기도 했다.

"어차어피에 최부용이란 인간은 일찌감치 죽은목숨 아니든가. 금년에 죽을지 내년에 죽을지 알 수는 없지만, 좌우지간 한식에 죽으나 청명에 죽으나 이왕지사 죽기는 마찬가지 아니든가. 죽는 년이 미주알 감출 여유 없딧기 목숨이 경각에 달린 판에 무신 짓인들 못 저지를까. 저승 갈 적에 쓸 노잣돈 미리감치 천석꾼 아버지 쌈지에서 빼돌렸다 생각허면 고만이지."

마치 제 말상대 눈앞에 앉혀놓고 얘기하듯 부용은 속생각을 기탄없이 털어놓았다. 이를테면 그것은 아직도 피둥피둥 살아 있는 최부용이 시나브로 죽어가는 최부용을 상대로 똑 부러지게 입장을 밝히는 형식이었다.

"나중 일이사 내가 알 게 뭐여!"

하늘이 두 쪽 나는 한이 있더라도 아버지 목숨 구걸하기 위해 동척농장 관리인에게 누님을 제물로 바칠 수는 없는 노릇이었다. 하나밖에 없는 누님을 희생물로 삼느니 차라리 아버지 애첩에 해당하는 재물 시켜 왜놈 관헌들한테 수청 들게 하는 편이 훨씬 더 삼강오륜에 부합되는 처사임에 틀림없었다. 그 결단 한번 잘 내린 거라면서 시나브로 죽어가는 부용이 보내오는 응원과 격려에 피둥피둥 살아 있는 부용이 조용히 귀를 기울이고 있었다.

부용은 그새 깜빡 잠이 들었다. 아무런 졸가리도 맥락도 안 닿는 황탄무계한 꿈의 세계를 무시로 들락거리며 원근각처 산야를 헤매고 다니느라 너무 대근한 나머지 식은땀 뻘뻘 흘리는 중이었다. 눈 귀도 없고 입도 코도 없는데다 팔다리마저 안 달린, 십전짜리 동전 모습의, 웬 흉측한 괴물한테 정신없이 쫓기던 끝에 부용은 화들짝 소스라쳐 눈을 떴다. 부용은 끔찍한 악몽의 감옥에서 좀처럼 헤어나지 못하던 제 몸뚱이 꺼들어 꿈과 현실의 경계 밖으로 데리고 나온 귀인이 다름아닌 누님인 줄 비로소 알아차렸다. 언제 들어왔는지, 순금이 머리맡에 다소곳이 앉아 닿는 듯 닿지 않는 듯 섬세한 손놀림으로 동생 이마에 맺힌 땀방울을 훔쳐내는 중이었다.

"미안헙니다, 누님."

"잠꼬대가 솔찮이 우심허드라. 가위눌리고 있었냐?"

"거북선 타고 신나게 왜적들 무찔르는 중인디, 누님이 갑째기 불러내는 바람에 승전을 코앞에 둔 채로 그냥 돌아오고 말었지요."

순금이 입가에 잔잔한 미소를 머금었다.

"누님, 아까막시 그 일은 참말로 미안허게 되얐어요. 진용이 형님도 엉겁결에 어불성설 뱉어내고 나서는 낭중에 입설거지허느라고 한참 정신이 없었지요. 형님 대신 제가 누님한티 정식으로 사과를 허겄습니다."

동생 이마에 얹었던 손길 거두면서 순금이 가볍세 노리머리를 했다.

"무신 소리냐? 아까막시 나는 어떤 말도 못 들은 것 같은디?"

"만일 못 들으셨다면, 저는 그 고장난 귀한티 감사헐 겁니다."

"진용이 오라버님이 뭣 땜시 그러콤 황급허게 떠났는지 모르겠다고 어머님이 궁금허게 생각허시드라."

그것은 다만 어머니 관심사일 뿐, 자기는 그런 일에 전연 관심없다는 듯 순금이 심상한 말투로 가만가만 말했다.

"누님, 제가 어마어마헌 사건을 팍 저질러뿔고 말었습니다. 누님도 들으시면 틀림없이 기절허고도 초풍허실 사건입니다."

"요새 우리집에 기절초풍헐 일이 어디 한둘이냐? 나는 항상 놀랠 채비를 만단으로 갖추고 지낸다."

"진용이 형님더러 오날 해전까장 돈 만원을 급전으로 변통허라고 단단허니 일러 보냈습니다."

놀랄 채비 만단으로 갖추었노라 큰소리쳤음에도 불구하고 순금의 양쪽 눈썹 끝이 꿈틀 치켜졌다.

"그 거금을 왜놈 관헌들 아갈머리에다 덜퍽 쏟아붓는다면 아버님 구명 사업도 얼매든지 도모헐 수 있겄다 생각혀서요."

하지만 누님은, 의례건 그럴 거라 짐작했었다는 듯 이내 담담하게 받아들이는 눈치였다. 남매 모두 잠시 아무 말도 꺼내지 않았다. 장차 거금 만원이 집안에 몰고 올 거센 풍파를 계산하느라 그처럼 누님 반응이 갑자기 진중해진 거라고 부용은 지레짐작했다.

"돈이 제갈공명 행세허는 세상이고, 돈만 많으면 귀신도 맘대로 부린다, 허지 않습니까. 돈으로 해결책 삼는 것이 시방 우리 형편에 유일무이헌 방법입니다. 아버님도 그 점을 십분 이해허시고, 풀려나신 연후에는 요번 급전 변통을 금세 추인허시리라 믿습니다."

"새중간에 다리 놓아줄 유력자 하나 없는 처지에 무작정 돈만 억수로 쏟아붓는다고 과연 구명이 성사될까? 돈을 쓰드래도 계통을 잘 잡고 요처적소를 정확허니 개려서 본때 있게 써야 뇌물도 지대로 효험을 발휘허지 않을까? 더군다나 요번 사건은 아버님 한 분 빼내는 것으로 끝날 일도 아니잖냐. 아버님보담도 더 고약허게 얽히고설킨 귀용이나 낙철이 문제까장 겹치고 포개진 사건이잖냐."

새삼스러운 지적에 부용의 아픈 구석이 버르집혀 나왔다. 사건을 돈으로 해결하겠다는 생각 자체는 누님도 굳이 반대하지 않는 눈치였다. 단지, 돈의 위력 과신한 나머지 물불 안 가리고 덤비는 무모함만 넌지시 지적하는 듯했다. 그럼에도 불구하고 그 지적이 부용을 급작스레 혼란 속으로 몰아넣었다. 다리 놓아줄 유력자, 계통, 요처적소, 뇌물 효험, 얽히고설킨 문제 등등, 참으로 아스라하게 멀어만 보이는 그 말들이 갈고랑이 걸어 부용의 속을 연방 켕기게 만드는 것이었다. 말들의 고리와 고리가 맞물려 쇠사슬 이루고, 긴 쇠사슬이 다른 무엇하고 다시 긴밀히 연결되어 있는 느낌이었다. 부용이 의문의 쇠사슬 한쪽을 잡아당기자 그 끝에 매달린 웬 사람이 질질 딸려왔다. 다름아닌 동척농장 관리인

기꾸찌였다. 누님 말마따나 눈 씻고 사면팔방 두루 살펴봐도 요긴한 때 생광스레 다리 놓아주고 경찰 계통 요처적소에 영향력 행사해줄 인물은 산서 일대 통틀어 그자 한 사람밖에 없었다. 뒤늦은 깨달음이 별안간 둔기로 돌변해 부용의 뒤통수를 강타했다.

"안 됩니다, 누님! 그럴 수는 없습니다!"

부용은 다따가 목청 드높이며 누님 손을 덥석 움켜잡았다. 창졸간에 손을 빼앗긴 순금이 뜨악해하는 낯꽃 감추지 못했다.

"그것만은 절대로 안 됩니다, 누님!"

부용은 꽉 움켜잡은 손을 위아래로 연방 세차게 흔들며 소리쳤다.

"대관절 뭣이 안 된다는 말이냐?"

어루만지는 손길처럼 귓바퀴에 가만가만 감겨드는 목소리에 부용은 비로소 정신을 차렸다. 눈부처가 정좌하고 있는 누님의 웅숭깊은 동공을 멀뚱히 쳐다보았다. 누님은 평활한 마음으로 아무런 꿍꿍이도 품고 있지 않은데 괜스레 저 혼자 초조해서 터무니없이 앞질러 간 것일지도 모른다는 자각이 찾아들었다. 붙잡고 흔들던 손 맥없이 놓으면서 부용은 옆으로 돌아누웠다.

"죄송헙니다. 제가 쪼깨 과민혔던 것 같습니다. 별일 아니니께 누님은 당최 괘념허지 마십시요."

"무신 말인지 나는 시방도 통 못 알어듣겄다."

"별수 있습니까? 그저 진용이 형님만 꽉 믿고 일처리를 전부

맽겨야지요. 진용이 형님 출중헌 수완을 저는 전적으로 신뢰헙니다."

순금은 거금 만원 문제를 더는 화젯거리로 삼지 않았다. 남매간 대화가 다시 중단되었다. 침묵의 어색한 틈서리 비집으며 얼씨구나 하고 몰려드는 피곤을 상대로 부용은 승산 없는 힘겨루기를 벌이기 시작했다.

"약부텀 먹고 잘래, 자고 나서 약 먹을래?"

부용은 목직이 내리감기는 눈꺼풀을 힘겹게 밀어올렸다.

"약 먹고 잪은 생각도, 잠들고 잪은 생각도 없습니다. 집안이 왼통 위난지경에 빠진 판국에 잠이나 처자는 건 사치라는 생각이 듭니다."

염치도 분수도 모르는 수면 욕구 때문에 부용은 되알지게 고초겪을 아버지와 필사적으로 도피 행각 벌이고 있을 동생들에게 죄책감을 느끼곤 했다.

"누님, 가지 말어요. 제 옆에 있어줘요. 무신 말이든지 좋으니깨 계속 말을 잇어봐요."

저 혼자 남겨지는 걸 두려워하는 섬약한 어린애처럼 부용은 약을 가지러 나가려는 누님을 붙잡고 늘어졌다.

"무신 말이든지 다 괭기찮어요. 귀신담도 좋고, 호랭이 댐배 먹든 시절 전설도 상관없어요. 제발 누님, 입 꾹 함봉허고 가만있지만 말어줘요."

“내 말솜씨가 젬병인지는 너도 잘 알잖냐.”

“누님이란 사람이 갑째기 무섭다 생각되기 시작혔어요. 뭣 땜시 그러는지는 저도 잘 모르겄어요. 좌우지간에 무섭게 느껴져요. 전에도 늘 말수 적은 누님 대허기가 불편허고 조심스러웠는디, 어젯밤 그 난리 치른 뒤부텀 누님은 더 눈에 띄게 말수가 확 줄었어요. 더 입이 무거워졌어요.”

순금이 보일락 말락 미소를 지었다. 자못 호젓하고 고즈넉한 분위기를 자아내는, 몹시도 허전하게 느껴지는 미소였다.

“빗장을 걸어 닫은 누님 흉중에 시방 어떤 생각이 똬리를 감고 들어앉었는지 당최 짐작이 안 갑니다. 제가 혹간 잘못 짚었는지는 몰라도, 누님은 시방 맘속으로 뭔가 힘든 결단을 준비허시는 것만 같습니다. 그런 예감 땜시 미칠 지경입니다. 물론 그 예감이 틀렸기를 바래지만, 어젯밤 그 일 있은 뒤부텀 누님이 저를, 저뿐만 아니라 우리 모두를 버려두고 혼자서 어디로 멀리멀리 떠나고 있다는 생각에서 한시도 벗어날 수가 없습니다. 그렇기 땜시 누님이 무섭다는 겁니다.”

“나는 어저께도 최부용이 누님이었고, 오날도 최부용이 누님이다. 마찬가지로 내일도 똑같은 최부용이 누님으로 남어 있을 게다.”

“제발 누님, 신신부탁입니다. 식구들 등지고 멀리 떠나뿔라고 당최 애쓰들 마십시요! 역부러 자청혀서 자기 일신 지금보담 더

불행헌 처지로 맨들겄다고 무리허들 마시란 말입니다!"

"무신 근거로 그런 소리를 허는 게냐?"

그제야 비로소 순금이 정색하면서 따지는 투로 물었다. 부용은 누님 눈찌에서 불티처럼 타닥타닥 튀는 꾸지람의 파편들이 제 얼굴로 분분히 흩날리는 느낌을 받았다. 그러나 지금 말하지 않으면 앞으로 말할 기회는 영영 없어질 것만 같았다. 뭔가를 결단하기 위해 속으로 단단히 별러대는 누님을 한사코 만류하는 것이야말로 기꾸찌와 연관지어 잠시나마 불측한 마음 품었던 제 허물을 다소라도 덜어내는 길이라고 생각했다.

"뭐가 뭔지 저도 잘 모르겄어요. 허지만 말입니다, 누님허고 대면헐시락 방정맞은 예감이 앞서는 통에 참말로 환장허겄습니다. 물론 아버님 땜시, 또 귀용이나 낙철이 땜시 신경이 곤두선 탓도 있겄지요. 그렇다 허드래도 말입니다, 좌우지간 누님이 자기 일신 짐승 단계로 끌어내리면서 치명적인 고통을 자청허실 필요는 없다는 뜻입니다."

"나는 시방 결단허는 일도, 고통을 자청허는 일도 없다. 괘얀시리 억지소리로 생사람 잡을라 말거라."

"누가 모를지 아십니까? 겉으로는 암시랑토 않은 척허면서 속새로는 정초에 매귀굿 허딧기 뭔가를 쿵덕쿵덕 다지는 것 같은, 바로 그 결단을 말허는 겁니다. 그 결단을 제발 접어주십사, 허고 제가 요로콤 누님한티 애원허는 겁니다."

"쓰잘디없는 소리 고만해라. 나, 약 가질러 간다."

"우선 당장은 고생이 우심허시겠지만, 결국 아버님은 불원간에 풀려나실 겁니다. 무소불위 군국일제라 헐지래도 백줴 무고헌 사람을 단지 수배자 부친이라는 이유로 마냥 붙잡어둘 건덕지는 없으니께요."

말은 그렇게 했지만, 실인즉슨 아버지 문제는 낙관은커녕 비관과 절망에 싸여 있었다. 법으로 다스려지는 세상이 결코 아니었다. 똘똘 뭉친 일억 인구 군국 의지가 판치는 식민지에서 총독부 경찰은 피식민 조선인들 상대로 무차별 폭력 휘두르는 거대한 철퇴 바로 그것이었다. 그까짓 무명에 가까운 산골 부자 하나 혹독한 고문으로 허위자백 받아 중죄인 만드는 수고쯤이야 총독부 경찰에게는 식은 죽 가장자리 둘러먹기로 손쉬운 노릇일 것이었다.

"진짜로 심각헌 것은 아버님 문제가 아니지요. 귀용이 문제지요. 그 녀석 문제는 애시당초 우리 능력 범위에서 까마득허게 동떨어져 있으니께요. 더군다나 낙철이까장 복잡허게 얽혀 있어서 억만금을 쏟아붓드래도 해결이 무망헌 노릇이지요."

"부용아, 너도 인제는 안심헐 처지가 못 된다. 강도 행위 방조헌 사실 말이다. 형사들이 그걸 밝혀내는 날이면, 너도 결국 무사허지 못헐 것이다. 만약에 그런 사태까장 벌어지는 날이면, 우리 집안은 쑥대밭이 되고 말겄지."

"그건 그 녀석들이 체포된 다음 일이지요. 설령 그 녀석들이 고문에 못 이겨서 사실을 토설헌다 허드래도 저는 상관없습니다. 산송장 매일반인 폐인 잡어다가 무신 장난을 얼매나 치겄습니까."

"부실헌 신체에서 진기 다 빠져 도망갈라. 말수라도 쪼깨 애껴서 기력을 보전허거라."

야들야들한 손결이 나붓나붓 내려앉으면서 부용의 입술을 지그시 눌렀다. 어느 틈에 다변가로 변해 있는 자신을 의식하면서도 부용은 아무 말이나 계속 지껄이고 싶어 바싹 메마른 입술을 침으로 축였다.

"누님도 그때 보셨지요? 저는 그때 엎어져 있었으니깨 누님이 저보담 자세허니 보셨을 겁니다. 도대체 그자가 누구 같습디까?"

"누구 말이냐?"

"두억시니같이 복면허고 나타나서 쇠갈쿠리 같은 손구락질로 천석꾼 아버지허고 아들만 찍어 바치든 그자 말입니다. 어떻게 생겨먹은 낯짝인지 대강 짐작이라도 안 가든가요?"

"면상을 감추기도 허고, 또 어둡기도 혀서……"

복면 사내 보는 순간 느꼈던 전율이 고스란히 되살아난다는 듯 순금이 온몸을 흠칫 떨었다.

"저 복면을 확 벳길 수만 있다면 죽어도 여한이 없겄다, 허고 그때 당시 치를 떨었습니다. 순사들이 휘둘러대는 총대보담도 그자 손구락질 땜시 더 아프고 더 분통이 터졌지요."

부용은 앙가슴 거푸 쓸어내리는 동작으로 복면 사내 손가락질에 의해 생겨난 마음속 생채기를 다시금 확인했다.

"유 아무갠가 허는 그 건달 아닐까?"

"유병택이는 절대로 아닙니다. 면민들한티 신분이 거지반 노출된 건달인디, 새퉁빠지게 복면까장 허고 나타나서 왜경 앞잽이라고 구태여 광고 돌릴 이유가 없지요. 그러고 순사들이 복면을 향도로 내세운 목적이 게우 낙철이나 귀용이 용모 식별허는 일이라면, 꼭 그자 아니라도 우리 집안을 손금 들여다보딧기 훤히 아는 앞잽잇감은 사방에 지천으로 널려 있잖습니까."

"니 말은, 우리 집안이랑 잘 알고 지내는 인물일 것이다, 그런 뜻이냐?"

"그렇다마다요. 그냥 얼쩍지근허게 알고 지내는 정도가 아닐 겁니다. 동네 고샅길 오며가며 조석으로 얼굴 마주치고 살어가는 아무개일 수도 있고, 심지어는 우리 친인척들 중에 아무개일지도 모르는 일이지요."

"설마 그럴 리가!"

순금이 또다시 온몸을 흠칫 떨었다.

"아닙니다. 아버님이 오랜 세월 산서에서 실인심한 것을 생각헌다면, 그게 터무니없는 억판만은 아닐 겁니다."

"그 생각이 제발 틀렸기만 바랜다."

"그자허고 아버님을 같은 저울에다 올려놓고 무게를 단다면,

저울추가 누구 쪽으로 기울 것 같습니까?"

"부용아, 시방도 고초를 겪고 계실 아버님을 생각허드래도 그런 농담은 자제허는 것이 자식 된 도리 아니겄냐?"

"누님, 다시 한번 신신당부 드립니다. 절대로 그자를 믿지 마십시요. 그러고 그자를 항상 조심허십시요. 그자한티는 터럭만침도 뭘 기대허들 마십시요. 애시당초 눈꼽재기만헌 자비심도, 긍휼지심도 바래지 마십시요. 그자는 절대로 우리 편이 아닙니다. 교활허고도 사악헌 적입니다."

"그자라는 게 대관절 누구를 지칭허는 거냐?"

부용은 혀끝에 날름 올라앉는 이름을 침과 함께 허겁지겁 도로 삼켜버렸다. 끝내 기꾸찌란 이름은 소리로 바뀌어 입 밖으로 나오지 않았다.

"그걸 시방 몰라서 묻습니까? 저나 누님이나 입초시에 이름 올리기조차 거시기헌 바로 그자 말입니다!"

순금이 몸을 발딱 일으켜 세웠다. 치마꼬리 붙잡고 매달려봤자 이제는 더 병자 머리맡 지켜주지 않기로 작심한 듯 매우 결연한 동작이었다. 말없이 방을 나서는 누님 뒤통수에 대고 부용은 말했다.

"집안 일꾼들 중에 춘풍이 한 사람이라도 무탈헌 것이 그나마 다행입니다. 만약에 춘풍이마저 순사 손에 붙들려서 몸땡이가 고장이 나뿌렀다면, 집안 꼴이 훨낀 더 엉망진창이 되고 말었겄지요. 춘풍이 지켜주시느라고 누님 수고가 이만저만이 아니었다고 들었습니다."

순금이 고개를 홱 돌렸다. 낯꽃이 어느새 발갛게 물들어 있었다.

"너마저 언필칭 춘풍이, 춘풍이고나. 따른 사람들이사 뭐라고 부르든지 간에 너는 춘복이 아저씨로 불러줬으면 좋겄다."

"앞으로 조심허지요. 세월이 하수상허고 시국이 지랄 같은 요 때, 춘복이 아저씨 몸에도 부병자자를 새겨주는 게 어떨까 허고 생각중입니다."

"부병자자는 또 뭣이다냐?"

"여적지 모르고 계셨습니까?"

남정들이 병정으로 뽑혀 전쟁터로 나갈 적에 몸에 문신 새기던 옛날 풍습에 관해 부용은 간략히 설명했다. 만일 전쟁터에서 살아 돌아오지 못할 경우, 죽어 시신으로나마 고향에 돌아와 선영에 묻힐 수 있게끔 가족들한테 자기 혈육 식별하는 일 도와주는 장치가 바로 문신이라는 걸 똥겨주었다.

"귀용이나 낙철이한티 일찌감치 부병자자를 권유허지 않은 것이 지금 와서 후회막급입니다."

비상한 관심으로 부병자자 이야기에 귀를 기울이던 순금이 가타부타 대꾸 없이 그림자처럼 조용히 방을 빠져나갔다. 부용은 탱탱한 오기로 애면글면 지탱하던 기력마저 지나친 입놀림으로 죄 탕진해버렸다. 골방 안에 다시 혼자가 되자 불씨조차 남기지 않은 채 호로록 타버리는 건초 더미처럼 정신이 순식간에 사위어 들었다. 순금이 약사발 챙겨 다시 골방을 찾았을 때, 부용은 기함해버린 듯 이미 깊은 잠 저 밑바닥에 푹 잠겨 인사불성이 되어 있었다.

제6장

피난처 있으니

1

유치장에 갇힌 영감 그리느라 식음을 전폐할 수는 없었다. 열녀 소리 듣는 것도 나쁜 일은 아니지만, 다른 무엇보다 보전하던 이부자리 한시바삐 떨치고 일어나 팔소매 걷어붙이고 잘못 감긴 실타래처럼 뒤엉킨 집안 살림 앞장서서 수습하는 일이 급선무였다. 관촌댁은 한나절 전에 딸이 방에 들여놓았던 소반을 무릎도리로 끌어당겨 오랜만에 수저를 손에 잡았다. 애오라지 까라진 기운 벌떡 일으켜 세우려는 일념으로 텅 빈 뱃구레 채우기 위해 목구멍으로 꾸역꾸역 음식물 욱여넣는 일이 그리 쉬운 노릇은 아니었다. 워낙 혓바늘 돋고 입술 부르튼 상태라서 마치 보리까끄라기 한줌 털어넣은 듯 입안이 온통 깔깔했다. 경찰서에서 이 매질에 저 단근질 고루 맛보며 밤낮없이 허위허위 된비알 타느라 그 고생이 말로 못다 형용하리만큼 우심할 영감 처지만 떠올릴작시면 안방에 앉아 독상 받으며 때우는 끼니에 애당초 먹성이 동할 리 만무했다. 관촌댁은 깨지락깨지락 에멜무지로 몇 숟갈 다루던 중 목구멍 중간에 딱 걸린 밥덩이를 식은 국물로 간신히 넘기고 나서 그예 소반을 윗목으로 멀찌막이 밀쳐버렸다.

"대처나 이 노릇을 워찌혀야 좋을꼬!"

관촌댁은 방고래 폭삭 주저앉으리만큼 대짜배기 한숨을 내뿜었다. 이마에 질끈 동였던 수건 매듭이 그새 약간 느슨해져 있었다. 관촌댁은 금간 물동이 테메우듯 매듭을 단단히 고치자마자 다시 한번 요란한 한숨을 토했다.

"집안이 망혈 징조지! 필시 우리 집안 지둥뿌리가 지우뚱 자빠질 징조여!"

최씨 가문에 며느리로 들어온 이래 관촌댁이 처음 겪는, 가장 신산스럽고도 가장 소름 끼치는 재변이요 횡액이었다. 그야말로 전대미문의 망조임에 틀림없었다. 그렇지 않고서야 어떻게 한 집안 가장인 영감과 장차 관직으로 겁나게 입신양명하리라 믿어 의심치 않았던 둘째아들이 그처럼 한목에 어마어마한 죄목들 더뻑 뒤집어쓰고 그토록 흉악망측한 관재에 휘말려 피똥 싸는 지경까지 내몰릴 수가 있단 말인가.

관촌댁이 품은 분심은 어느 틈에 시위 떠난 화살 되어 대뜸 오암리의 과녁 향해 쌩쌩 날아가기 시작했다. 집안 망조 뒷전에 친정동생이 저승사자처럼 음험하게 도사리고 있었다. 천석꾼 집안

하루아침에 쫄딱 망하게끔 온갖 사특하고 악독한 기운들 뭉뚱그려 감나뭇골로 몰아쳐달라고 고사 지내는 거나 다름없는 몹쓸 행티 부린 것들이 바로 오암리 동생 모자였다. 애당초 오암리 동생 없었더라면 배낙철 같은 천하 망종 조카가 이 세상에 태어날 까닭이 없고, 배낙철 그놈 없었더라면 통째로 눈에 담아도 쓰리거나 아리지 않을 귀동아들이 사회주의 둠벙 속에 함빡 빠져들 리 만무하고, 귀용이 그놈이 학업에만 열중하며 무탈하게 지냈더라면 자식 잘못 건사한 죄로 영감이 축생처럼 관가에 끌려가 직사하게 고생하는 불상사하고는 지금도 남남지간으로 피차 무관하게 지내고 있으리라. 대충 그런 내용이 관촌댁 나름대로 논리정연하게 터득한 문리였다.

"장터 사거리 난장바닥에다 짱짜란허니 뉩혀놓고는 연자맷돌로 직신직신 눌러서 넙치포를 맨들어도 분이 안 풀릴 웬수들 같으니라고!"

입정 사납기로 둘째가라면 애고대고 통곡할 야마니시 아끼라 영감과는 전연 달리 후덕하고 속정 깊기로 정평이 난 관촌댁 입에서 행랑채 아랫것들 찜쪄먹을 걸쭉한 욕지거리가 마구 쏟아져 나왔다. 어느 겨를에 오암리까지 득달같이 달려간 관촌댁 분심은 철천지원수 조카 퍼질러낸 불공대천지수 친정동생 머리채 단단히 꺼들어 손아귀에 움켜쥐고 있었다. 동생 면상을 보이지 않는 손톱으로 인정사정없이 마구 할퀴고 꼬집어 뜯었다. 팔다리 등허리 가릴 것 없이 닥치는 대로 시뻘겋게 불에 단 상상의 인두 휘둘러 마구 지져대고 있었다. 관촌댁 분풀이는 그쯤에서 끝나지 않았다. 금쪽같은 남의 자식한테 사회주의 구정물 양껏 퍼먹임으로써 이모 집안을 단단히 동티나게끔 만든 망나니 이질 녀석 팔다리를 상상의 이빨로 뭉텅뭉텅 물어뜯어 우적우적 씹기도 했다. 그래봤자 반분도 풀릴 기미가 안 보이자 관촌댁은, 요런 때 소리 안 나는 육혈포라도 있었더라면, 하고 턱없이 모지락스러운 마음까지 품던 참이었다. 그런데, 공교롭게도 바로 그때였다.

"성님 기시유?"

다름아닌 원수 조카의 원수 어미 목소리였다. 원수는 외나무다리에서 만난다더니만, 호랑이도 제 말 하면 나타난다더니만, 방금 전까지 상상 속에서 분풀이 공사 한바탕 강팔지게 벌인 바 있던 그 낙철이네가 고무신짝 질질 끌면서 상상 아닌 현실 한복판으로 허위단심 뛰어드는 게 아닌가.

"섭섭이 거그 있냐?"

관촌댁은 발작적인 몸놀림으로 방문을 우당탕 열어젖뜨림과 동시에 마당 쪽에 대고 냅다 날 선 소래기를 팽 날렸다. 표창처럼 날아드는 고함에 마빡을 정통으로 얻어맞은 낙철이네가 어이쿠, 하는 표정과 함께 냉큼 한 발짝 뒤로 물러섰다. 비록 상상 속이긴 했지만, 그래도 손톱으로 할퀴고 주먹으로 쳐대고 이빨로 물어뜯고 인두로 지지는 등 온갖 행패 다 부린 기억이 아직도 생생한데,

언뜻 보아하니 의외로 멀쩡해 뵈는 외관이 아닌가. 그래서 관촌댁은 더더욱 분통이 터질 수밖에 없었다.

"성님, 지여라. 지가 왔고만이라."

"섭섭이 이것아, 작년에 왔든 각설이가 뒤어지지도 않고 또 왔는갑다! 싸게 저 웬수를 배깥으로 쫓아낸 연후에 왕소금 한 박적 듬뿍 퍼다가 대문간에다 짝짝 찌클거라!"

눈앞의 친정동생 거들떠도 안 보면서 관촌댁은 아직 시야에 들어오지도 않은 부엌어멈만 계속 상대했다.

"친동구간에 그러콤 박정허게 말씸허시는 성님 심정, 지가 알고도 남지라. 베룩이란 놈도 낯짝이 있고 빈대란 놈도 콧잔등이 있는 법인디, 황차 인피 뒤집어쓴 이년이 시방 무신 헐말이 있겄어라. 암먼요, 입주뎅이가 열두 개 달렸어도 유구무언이 마땅허지라. 지는 참말로 우리 성님 찾어뵐 낯짝도 없고, 성님을 성님이라 부를 염치도 없고만이라."

"섭섭이 요 잡것아, 느그 서방 무사생환헌 것만 좋고 또 좋아서 벌건 대낮부텀 방구석에서 내오간에 희희득거리고 자빠졌냐? 대문 단속 잘허라고 나가 고만침 신칙을 혔건만, 개나 걸이나 오사리잡것들 다 들어오라고 대문 활딱 열어놓고는 작년에 왔든 각설이패 지달리고 있었드란 말이냐?"

연거푸 쏟아지는 고함소리에 대경실색한 섭섭이네가 행랑채에서 허둥지둥 맨발로 뛰쳐나왔다. 상전인 상곡리 관촌댁 눈치 살피랴, 찾아올 적마다 늘 반갑게 맞이하던 오암리 관촌댁 눈치 살피랴, 섭섭이네는 경황없는 기색이었다. 두 관촌댁 새중간에 끼여 이러지도 저러지도 못하고 갈팡질팡하는 부엌어멈을 난처한 지경에서 건져준 사람은 순금이었다.

"잘 오셨어요, 이모님. 어서 안으로 드시지요."

오금팽이가 빳빳이 굳는 바람에 졸지에 뻗정다리 꼬락서니로 토방에서 오도 가도 못하고 쩔쩔매는 이모를 순금이 눈치껏 마루 위로 모셨다. 관촌댁은 팔만 뻗으면 상대방 귀싸대기에 닿을 지근거리에 불공대천지수 같은 친정동생을 세워두고 있었다. 하지만, 분풀이할 절호의 기회가 제 스스로 길을 잡아 눈앞에 나타났음에도 불구하고 관촌댁은 감정이 너무 격해진 탓에 본때 있게 실력 행사를 할 엄두를 내지 못했다. 관촌댁은 풀무질하듯 가슴을 연방 가쁘게 부풀렸다 꺼뜨리기만 되풀이할 따름이었다.

"야야, 순금아, 청천하늘에 뇌성벽력도 유분수지, 요로콤 황망헌 경우를 당허시고는 느그 엄니 심정이 월매나 웬통허고 월매나 절통허시겄냐! 참말로 우리 성님 집안에 이 무신 천붕지괴헐 재변이란 말이냐, 순금아!"

두 손 꽉 부여잡은 채 낙철이네는 곧장 순금 앞에서 본격적으로 울먹거림과 눈물바람 비치기 시작했다.

"풍편으로 소문 듣자마자 감나뭇골 바라보고 뛰어가고 잪어서 한나절 내둥 벨르고 벨렀는디, 나가 시방 지은 죄가 태산이고 쌓은 업이 땅 두께 같으니깨 내 맴대로 발걸음이 당최 떨어지들 않드라! 순금아, 작둣날 우에 낼름 올라선 지집맨치로 간담이 졸아붙는 느그 이모 이런 심정, 너라도 잘 헤아려서 너글너글헌 도량으로 잘 이해를 허거라!"

친정언니 애써 외면하면서 낙철이네는 중재인 자격으로 만만한 조카딸 새중간에 세워 전하고 싶은 말 에둘러 표현하고 있었다. 관촌댁은 불똥이 뚝뚝 듣는 살벌한 눈초리로 낙철이네를 한바탕 무섭게 꼬느질했다.

"썩을 년, 퍽도 일찌가니 문안행차 납셨네! 차라리 나 죽은 연후에 내 묏등 앞에서나 문안인사 올린단 말이지, 나 복장 터져 숨넘어가는 꼴 보고 잖어서 못 지달리겄드란 말이냐, 이 오살에 육시를 헐 년아?"

마침내 관촌댁은 대놓고 직접 친정동생을 홀닦기 시작했다.

"성님, 분 녹고 한 풀릴 때까장 이년을 사정없이 욕허시고, 낯짝이건 등짝이건 간에 성님 원대로 맴껏 쌔려주시기라!"

툽상스럽기 그지없는 관촌댁 말본새를 마치 무슨 칭찬의 말이라도 되는 양 낙철이네는 깜짝 반색하고 맞이하면서 친정언니 향해 무릎걸음으로 문칫문칫 다가앉았다.

"지금이라도 오시기를 참 잘허셨어요. 당장은 어머님이 다소 섭섭허게 말씀허시드래도 야속허다 생각 마셔요. 하도 기가 맥힌 꼴을 당허신 뒤끝이라 별로 악의 없이 그냥 더빽더빽 던지는 말씀이라고 알어들으셔요."

어미 눈치 살필 것도 없이 순금은 제 이모 다독거리는 공사에만 잔뜩 공을 들이는 중이었다. 대웅전에 좌정한 주지스님 제쳐두고 부엌 아궁이 앞에 앉은 불목하니한테 시주하는 거나 다름없는 망발이었다.

"니가 시방 정신머리가 있는 년이냐, 없는 년이냐? 처제 하나 잘못 둔 죄로 시방 가막소 콩밥 물리드락 장복허게 생긴 냥반이 아부지 아니라 옛날 옛적에 도솔천 근너 저승 간 느그 이모분지 알었냐?"

"어머님, 요번 사달은 이모님 탓이 아니지요. 그러니깨 애먼 이모님 원망헐 수는 없지요. 인제 고만 고정허시고 이모님 진정을 받어들이셔요."

"고정 못 허겄다, 이년아! 그러고 느그 에미는 애시당초 살모사 같은 동상 둔 적 없으니깨 앞으로 다시는 이모란 소리 입초시에 올리지도 말어라!"

제 집안 내팽개치고 도리어 원수네 집구석 역성드는 몹쓸 딸년 호되게 잡도리하고 나서 관촌댁은 다시 낙철이네를 검질기게 물고늘어졌다.

"니년 신세나 내 신세나 피장파장이 되야뿌렀다. 내 신세 요로콤 옹골지게 절딴내고, 내 집안 요 모냥 요 지경으로 망쳐뿌린 재미가 얼매나 오지드냐? 니년이랑 나랑 똑같은 과부 신세 되고 나니깨 니년 속이 후련허드냐? 가막소에서 죽어가는 우리 영감 당장 물어내거라, 웬수 같은 년아! 니년 속으로 퍼질러낸 낙철이란 놈 땜시 횡액 만나서 창졸간에 죽은 목심 되야뿌린 느그 성부 살려내란 말이여, 옘병헐 년아!"

시르죽는 시늉으로 낙철이네가 뭐라뭐라 중얼거렸지만, 그따위 허드렛소리가 귓바퀴 언저리에도 닿을 리 만무했다. 기왕지사 팔소매 걷어붙인 김에 아예 낙철이네를 반죽음 시켜버릴 작정으로 관촌댁은 입에 게거품 부걱부걱 물면서 온갖 애먼 소리 폭포수처럼 쏟아냈다. 삿대질 틈틈이 주먹총질 곁들이며 원도 한도 없이 마구 험구 놀려대던 끝에 관촌댁은 제풀에 지쳐 기진하고 말았다.

"은공을 웬수로 갚는다드니만, 그 말이 똑 니년 두고 허는 말인지를 나가 무신 재주로 미리감치 알어챘겄냐. 친동구간 아니라 금시초면 넘넘지간도 고로콤 웬수지간맨치로 패악질헐 수는 없는 법이니라. 관촌리 친정동네 살든 시절, 콩알 하나도 둘로 짜개서 반쪽씩 노나 먹음시나 의초롭게 지내든 성제간이 오날날 요모냥으로 한없이 틈새가 벌어질지를 누가 짐작이나 혔겄냐!"

"성님 말씀이 구구절절이 다 옳으신 말씀이고만요."

낙철이네가 방바닥에 코방아 찧으리만큼 머리 깊숙이 조아리며 말했다. 관촌댁은 백태라도 낀 듯 뿌옇게 흐려진 눈 들어 친정동생을 멍하니 건너다보았다.

“우리 집안허고 배가네 집구석허고 전생에 무신 악업을 고로콤 걸판지게 지었길래 오날날 니년허고 내 처지가 요로콤 철천지 웬수 맺어서 죽는 날까장 척을 지고 살어가게 되얐단 말이냐!”

“말짱 다 지 잘못이지라. 원판 인복 없이 타고난 팔자에다 배움까장 짤룹다보니께 낙철이 즈그 아부지 초저녁에 잡어먹고는 한밤중에 단손데기 홀에미 처지로 딸랑 하나뿐인 자식 조동으로 잘못 키웠기 땜시 생긴 사달이 영축 없지라. 그것이 어찌 우리 성님 허물이겄어라.”

일찍이 청상 되어 애오라지 아들만 바라보며 고단하게 살아가는 낙철이네를 그동안 앞에서 챙겨주고 뒤에서 보살펴준 은주(恩主)가 바로 관촌댁이었다. 젊고 팔팔하던 제랑이 느닷없이 병명조차 모를 중병 얻어 시난고난 앓다가 선대로부터 물려받은 전장(田庄)과 실팍진 재산 솔래솔래 다 갉아먹고 저세상으로 가버린 다음부터였다. 관촌댁은 수전노 영감 눈치채지 못하게끔 수단껏 동생네 애옥살림 부축하면서 동기간 우애를 더욱 돈독히 다져나갔다. 곳간에서 빼돌린 쌀자루 머리에 이고 밤중에 재 너머 오암리로 옮기다 영감 눈에 꼬리 밟혀, 화적패 노략질보다 울안 인쥐 좀도적질이 더 무섭고 괘씸하다는 맹비난과 함께 차마 필설로 형용 못할 엄청난 수모를 겪은 적이 한두 번이 아니었다. 명절이나 집안 기제사 때마다 낙철이네 불러 부엌일 감독 맡긴 다음 푸짐한 음식 보따리 손에 들려 보내는 광경이 영감 눈에 박히는 바람에 집안 아랫것들, 집밖 동네 사람들 면전에서 관촌댁 두 자매 쌍지어 치욕을 당한 적도 여러 차례였다.

뿐만이 아니었다. 조반석죽 마련조차 막막한 형편에 감히 꿈조차 못 꿀 높은 공부를 낙철에게 시킬 수 있었던 것 역시 관촌댁 덕분이었다. 남달리 영특하게 타고난 이질의 두뇌가 가난 때문에 땅에 묻힐까봐 관촌댁은 매양 안타까이 여겼다. 사사건건 의심하는 영감으로부터 상추밭에 똥 눈 강아지 취급당하면서도 관촌댁이 음으로 양으로 계속 뒷배 봐준 덕택에 낙철의 상급학교 진학과 경성 유학이 성사되었다.

"까막깐치 같은 즘생들도 은덕을 입으면 훗날 반다시 보은을 헐지 아는디, 황차 인두겁 덮어쓴 느그 모자는 보은은 고사허고 으떻게 즘생들도 허들 않는 패역질을 고로콤 여반장으로 저지를 수가 있단 말이냐!"

"이년 한 목심 벌러덩 죽어 나자빠지는 것으로 죗값을 치룰 수만 있담사 시방 당장 칼을 물고 자진을 허고 잪은 심정이어라."

"시끄러, 이년아! 아가리를 짝 찢어발길 년!"

거듭되는 호통에도 불구하고 낙철이네는 비는 장수 목 베지 못한다는 옛말 어디서 주워들었는지 아까부터 연방 저두평신으로 죽는시늉만 일삼고 있었다. 눈물 쫄쫄 쥐어짜며 머리 꾸뻑꾸뻑 조아려대는 꼬락서니가 오히려 관촌댁 성깔 버르집어 분노를 덧들이는 역효과를 낳고 말았다.

"지발덕분 나한티 적선허는 폭 잡고 눈앞에서 썩 없어져뿌러라, 이년아! 뻔뻔시럽고 징글징글헌 그 낯반대기 귀경허는 것도 오날이 마지막인지 알거라, 이년아!"

순금이 제 이모 허벅지를 손가락으로 꾹 찔렀다. 관촌댁 눈길 회피하면서 낙철이네가 대청마루 쪽으로 슬금슬금 무르와가기 시작했다. 작별을 고할 겨를도 없이 코싸쥐고 도망치는 낙철이네를 그래도 이모랍시고 대문간까지 친절히 배웅나가는 딸년 뒤통수 겨냥해 관촌댁은 찢어지게 눈을 흘겨댔다.

아무 말이나 가리지 않고 한바탕 모지락스레 암상 떨고 포달부렸음에도 아직 반분도 풀리지 않은 상태였다. 낙철이네 오사바사한 말주변과 뺀질뺀질한 낯바대기가 사라지고 나니 여태껏 바깥으로만 뻗쳤던 부앗살이 이번에는 슬하의 것들 향해 안쪽으로 급격히 옮아가기 시작했다. 관촌댁은 다른 자식보다 특히 더 귀애하던 둘째아들을 이제는 도무지 용서할 수 없었다. 용서 여부 떠나 우선 이해부터 되지 않는 것이었다. 인간으로서 어찌 그럴 수가 있는가. 어떻게 자식이 천하 불한당과 동패 되어 야밤중에 제집 월장해서 제 아비 멱에 비수 들이대고 제 집안 재물 강탈하는 화적질에 가담할 수가 있단 말인가. 그런 놈을 낳아놓고 뭐가 그리도 장한 과업 수행했다고 미역국을 냄비째로 벌컥벌컥 들이켰던가. 그런 물건도 인간 축에 든단 말인가. 그따위 인간말짜 가리켜 자식이라 불러야 옳단 말인가.

천석꾼 영감이 배낙철이란 이름 위에 화적패 수괴 깃발 꽂을 때도 관촌댁은 대뜸 코를 동으로 두르며 묵살했다. 오랜 세월 오암리 쪽에 무던히 공을 들인 가늠이 있는지라 낙철이 이모부한테 그런 행티 저질렀을 리 만무하다는 확신 때문이었다. 그런데, 철야로 취조당한 끝에 경찰서에서 풀려난 여러 머슴 이야기 엮어 졸가리를 타본 결과, 놀랍게도 지난날 영감이 품었던 의심이 터무니없는 억단만은 아니었다는 사실이 백일하에 밝혀진 것이었다.

"참말로 자알허는 짓이다! 저런 것을 시방도 이모로 대접헌답시고 멀리 대문 배깥까장 그 예펜네 바양허고 오는 질이냐?"

낙철이란 놈 불측한 소행머리 하나만으로도 관촌댁은 하늘이 온통 샛노래지는 충격을 맛보았다. 그런데 꼬리에 꼬리 물고 같은 꿰미로 엮어지는 다음 충격에 비하면 그것은 그래도 약과인 셈이었다. 자기 속에서 조성하고 자기 배로 생산한 자식마저 처음부터 화적패하고 한통속이었음을 알아차리는 순간, 관촌댁은 하늘이 삽시에 와그르르 무너져 쏟아지는 기분이었다.

"내 눈에 흙 들어가기 전에는 내 앞에서 이모란 소리 다시 입초시에 올릴 생심도 허들 말어라! 그 웬수한티 또 이모 대접허는 날이면 우리 모녀 사이도 버그러질지 알란 말이여, 이년아!"

문전 축객해도 시원찮을 인간을 귀인 대접하듯 살갑게 배웅하고 돌아오는 딸년이 불밤송이로 등허리 벅벅 문질러주고 싶으리만큼 밉살맞아 보였다. 어미한테 뭔가 할말 있다는 듯 순금은 마당 가운데서 잠시 머뭇거리는 시늉이다가 그냥 아무 말 없이 뒤란으로 스적스적 물러가버렸다.

"눈치코치도 몰르는 버꾸 같은 년!"

워낙 조상 따로 업고 나온, 한 다리 건넌 척분이니까 백보 양보해서 낙철이란 놈은 그럴 수도 있다고 치자. 하지만 귀용이란 놈은 도대체 어느 동네 어떤 밭에서 불거져나온 돌씨종자이기에 인륜은 물론 천륜마저 거스르는 행악질과 패역질을 그처럼 여반장으로 저지를 수가 있더란 말인가.

무엇보다도 관촌댁이 이해하기 지난한 점은, 산서 제일 대지주를 아버지로 둔 아들이 사회주의 둠벙 속에 풍덩 빠져 허우적거리는, 바로 그 대목이었다. 세상에 지천으로 널리고 깔린 사상들 가운데 하필이면 왜 사회주의를 골라잡았단 말인가. 관촌댁 무식바탕 안에 들어앉은 사상만 하더라도 열 손가락으로 못다 꼽을 지경이었다. 본존불사상에 미륵불사상, 동학사상에 서학사상, 한울님사상에 옥황상제사상, 공맹사상에 노장사상, 주역사상에 토정비결사상, 풍수지리사상에 정감록사상 등속이 바로 그것들이었다. 개중에는 해서 이로울 뿐만 아니라, 해도 순사한테 붙들려 갈 염려 없는 알짜배기 사상도 분명히 끼여 있었다. 그런데도 귀용이란 놈은 삼용(蔘茸)보다 몸에 이롭고 정신에도 좋은 사상들 뒷전으로 밀쳐둔 채 하필이면 왜 먹으면 즉사할 양잿물 같은 사회주의를 추켜들었단 말인가. 천석꾼 아들이 일평생 점잖은 양반

사상, 때깔 좋은 선비사상만 섬겨도 모자랄 판에 어쩌다 머슴이나 작인 따위 무지몰각한 것들한테나 제격일 상놈사상에 코 처박고 엎드러짐으로써 제 일신 망침은 물론 가문의 명운마저 캄캄칠야 속으로 몰아넣는단 말인가.

내친걸음에 관촌댁은 한 발짝 더 나아갔다. 과녁을 바꿔가며 관촌댁은 비난의 화살을 번차례로 날리기 시작했다. 아무런들 영감 잃고 자식 놓친 어미 속이 아비 고초나 동생 불행 먼발치로 구경만 하는 저희들 속보다 편할 리가 있을까. 걱정의 무게나 슬픔의 켜로 따져도 저희들보다는 어미 쪽이 훨씬 더 무겁고 두꺼울 것은 정한 이치였다. 그런데도 딸년과 큰아들은 당초부터 제 어미 아예 따돌려놓은 채 저희들끼리 골방 안에서 툭하면 쑥덕공론이요 걸핏하면 귀엣말 주고받기를 일삼는 것이었다. 전답 저당 잡혀 거금 만원 급전으로 변통하는 일도 그런 식으로 뚝딱 해치워버렸다. 집안에 새로운 분란의 씨앗 뿌릴 수도 있는 중대 결정이니만큼 사전에 어미한테 귀띔이라도 해주는 것이 자식들 도리 아닌가. 그 겁나는 결정을 뒤늦게 딸을 통해 알았을 때, 관촌댁은 광활하고 황막한 세상에 자기 혼자 덩그러니 남겨진 기분이었다. 그것은 고적감보다 배신감에 가까운 감정이었다.

"죄다 소용없다. 말짱 다 소용없어. 무자식 상팔자라는 옛말이 똑 나를 두고 허는 말인지를 나가 어찌 알어채들 못혔든고!"

관촌댁은 장탄식 틈틈이 곤고하기 그지없는 자기 신세 한탄을 결들였다. 가슴앓이처럼 몹시도 쓰리고 켕기는 속을 도저히 견뎌낼 재간이 없어 관촌댁은 저고리 앞섶을 손으로 북북 쥐어뜯기까지 했다.

"그나저나 그 에린것이 이역만리 타관으로 도망질을 댕기드래도 몸가축이나 지대로 허고 댕겨야 쓸 것인디! 그나저나 여적지 귀동으로만 곱다시 커온 자식인디, 그 에린것이 시방 강줄기 건느고 산날망 타고 도망질 댕김시나 얼매나 쌩고상을 허고 있을 꼬! 이구, 불쌍헌 내 새끼……"

방금 전까지 화톳불처럼 활활 타오르던 분심은 잠깐 사이에 질척질척한 눈물바람으로 바뀌어 있었다. 어느새 해거름이었다. 최진용이 돌아오마고 약속했던, 바로 그 무렵이었다. 관촌댁은 무슨 수를 쓰든 간에 기필코 돈 만원을 변통하겠노라 장담하며 길을 나선 장조카를 눈알이 짓무르도록 기다리던 참이었다. 그때 대문 두드리는 소리가 쾅쾅 울렸다.

"뉘여? 진용이여?"

깜짝 반가운 사품에 관촌댁은 하마터면 버선발로 흙바닥을 밟을 뻔했다.

"계십니까?"

걸쭉한 목청 임자가 진용이 아님을 깨닫자 관촌댁은 활짝 열어젖혔던 방문을 도로 닫아버렸다.

"아마니시 상, 계십니까?"

몹시 귀에 선 목소리였다. 매번 귀청에 닿을 적마다 왠지 모르게 낯간지러운 느낌을 아직도 떨치지 못하는, 그 얄망궂은 창씨명 앞세워 주인장 찾을 만한 작자는 산서 일대 통틀어 고작 한두 명에 불과한 형편이었다.

"춘풍아!"

관촌댁은 엉망진창으로 흐트러진 몸가짐과 옷매를 황급히 단속하는 한편, 천석꾼 마나님으로서의 위엄을 새된 목소리 위에 빵빵하게 얹어 아랫것을 불렀다.

"춘풍이 거그 없느냐? 손님이 찾어오신 모냥인디, 어서 나가보거라!"

간밤 난리 이후, 드넓은 울안 어느 구석에서 무슨 짓거리로 하루해 까먹고 지내는지 숫제 코쭝배기조차 안 비치는 칠푼이 머슴을 소리쳐 불렀다. 그러자 춘풍이 대신 섭섭이네가 마당에 모습을 드러냈다.

"워매, 저게 누구다냐!"

봉창에 붙은 유릿조각 너머로 마당을 살피던 관촌댁은 소스라치게 놀라고 말았다. 콩밭 고랑에서 김매기에 고부라져 있다가 무심결에 미끈둥한 능구렁이라도 만진 푼수로 섬뜩한 기운이 온몸을 훑으며 지나갔다.

"아, 아니, 저, 저런 오사리잡놈이 무신 먹잘 것이 남었다고 우리집에 또 발걸음을 헌다냐!"

다름아닌 동척농장 도마름이었다. 그자가 섭섭이네 뒤따라 마당으로 성큼성큼 들어서는 중이었다. 관촌댁은 배꼽노리 아래로 덜컥 내려앉은 심장을 본디 자리로 되돌리기 위해 참새처럼 한바탕 숨을 할딱거렸다.

"마님, 동척 사람이 찾어와서는 야마니시 어르신 상을 뵙고 잪으다고 자꼬만 안채에다 청을 집어옇고 있고만이라."

"그 사람이 누군지는 몰라도 번지수를 잘못 알고 찾어왔는갑다. 야마니시 어르신은 시방 집에 안 기신다고, 경찰서 유치장에서 시방 콩밥 먹고 피똥 싸고 기실 거라고, 그러니깨 야마니시 어르신 뵙고 잪으면 읍내 경찰서로 가시라고 니가 알어듣게코롬 말씸 잘 사루거라!"

관촌댁은 방문도 열지 않은 채 안에서 목청만 암상스럽게 드높임으로써 외간남자 내외하는 조선 여인의 본을 보였다. 오랏줄에 묶여 순사들한테 끌려가는 천석꾼 영감 꼬락서니 간밤에 제 눈으로 다 지켜본 주제에 엉뚱한 수작질로 가뜩이나 곤고한 사람 복장 박박 긁어대고 염장 팍팍 질러대는 그 소행머리가 여간 괘씸한 게 아니었다. 마당에서 키를 잔뜩 낮춘 말소리가 두런두런 몇 고팽이 오가는 눈치였다. 섭섭이네가 봉창 근처로 되돌아왔다.

"고게 아니라고 그러누만요. 야마니시 어르신 상이 아니라 야마니시 큰되린님 상을 만나러 왔다고 동척 사람이 새칠로 곤쳐서 말허고 있고만요."

"요 댁 큰되린님은 엊저녁에 넙치포가 되드락 순사들 총대로 뚜딜겨 맞으신 덕분에 시방 산송장이 다 되야갖고는 자리보전허고 둔눠서 옴짝달싹도 못허신다고 말씸 사루거라!"

"자기도 안다고, 그런지 다 알고 왔다고, 허지만서도 야마니시 큰되린님 상한티 꼭 전헐 말씸이 있다고 자꼬만 뽀득뽀득 우겨쌓누만요."

"에라, 이 지지리 눈치도 없는 것아! 그러다가 뇌짐 환자한티서 병이라도 덜퍽 덤테기써뿔면 낭중에 누구한티 또 해꼬지헐라고 시방 억지를 부리냐고 섭섭이 니가 알어듣게코롬 잘 일러서 보내들 못허겄냐!"

마침내 관촌댁은 앵무새처럼 저쪽 말 고스란히 이쪽으로 옮기는 공사에만 골몰하는 부엌어멈에게 부아통을 터뜨렸다. 마당에서 일본 남자와 조선 여자가 옥신각신 다툼질 벌이는 기척이 또렷이 잡혔다. 곧이어 무례하게도 부녀들 거처하는 규방 근처로 저벅거리는 구둣발 소리가 바투 다가들었다.

"부인, 저는 폐결핵 같은 병은 조금도 겁내지 않습니다. 잠깐이면 됩니다. 큰아드님한테 긴히 드릴 말씀이 있습니다. 야마니시 가문에 해가 될 일은 절대로 아닐 테니까 아드님하고 면담을 꼭 허락해주십시오."

고래심줄같이 질기고 부레풀처럼 끈끈한 작자였다. 기어이 야마니시 상을 만나봐야겠다며 안방 속으로 거푸 소청을 들이밀고 있었다. 기꾸찌란 작자가 만나고자 하는 인물이 딸이 아니고 아들이라는 사실 때문에 관촌댁은 마음이 약간 흔들렸다. 바로 그때였다. 구석방에서 기침 소리가 쿨룩쿨룩 빠져나왔다. 기침 소리에 얹혀 섭섭이네 찾는 부용의 목소리도 같이 나왔다.

"요짝편으로 올라오시기라."

잠깐 구석방에 들렀다 총총걸음으로 돌아온 섭섭이네가 손님을 부용에게 안내하는 듯했다. 관촌댁은 한쪽 눈을 냉큼 봉창 유리에 갖다 붙였다.

"섭섭아, 뭣 땜시 손님을 그짝으로 델꼬 가냐?"

"기왕에 찾어온 손님이니깨 만나보시겄다고, 구석방으로 뫼시고 오라고 큰되린님 상이 말씸을 허시누만요."

기꾸찌와 관련된 일이라면 당자인 제 누이 제쳐두고 한 길이나 펄쩍 뛰면서 소가지 부리던 부용이었다. 그런 작자를 대관절 어떡할 작정으로 불러들이는지, 관촌댁은 큰아들 속셈을 당최 종잡을 수가 없었다. 그때부터 관촌댁은 기민하게 움직이며 바삐 나부대기 시작했다. 천석꾼 마나님으로서 내처 방에 틀어박혀 강 건너 불구경하듯 방관만 하고 있을 때가 아니었다. 딸을 만나 대비책을 의논하지 않으면 안 될 것만 같았다. 관촌댁은 마치 운동회에 참가한 소학교 학동마냥 이미 질끈 동인 머리띠를 오랜만에 풀어 던졌다.

"만약에 기꾸찐가 묵은진가, 싱건진가 짠진가 허는 저 화상이 왜놈만 아녔드래도……"

딸이 있는 베틀 공방으로 발걸음 급히 서두르면서 관촌댁은 저도 모르게 혼잣말을 흘렸다. 그 말이 궁극적으로 무엇을 뜻하는지 스스로 깨닫기 무섭게 관촌댁은 땅이 꺼져라 한숨을 내쉬었다. 어미로서 차마 복장 안에 품어서는 안 될, 어쩌면 날벼락 맞아 마땅할, 몹쓸 속생각을 품고 있었다는 자책감이 비수처럼 관촌댁 가슴을 저몄다. 밖에서 주객 간에 시끌짝하게 오가는 수작질 들어 저간의 사정 번연히 다 꿰고 있으련만, 순금은 베틀 공방에 틀어박힌 채 옴짝달싹도 하지 않았다. 숨소리조차 삼가며 근신하고 있을 딸년 착잡한 심중을 관촌댁은 너끈히 헤아리고도 남음이 있었다.

"에미다. 쪼깨 들어가봐야 쓰겄다."

관촌댁은 문고리를 조심스럽게 잡아당겼다.

"저 육시럴 놈이 또 무신 지랄버릇이 도져갖고는 저 행짜를 다 부리는가 몰르겄다. 부용이를 기연시 만나봐야 쓰겄다고 저러콤 우리집 대들보에 목을 매달고 야단이다."

농담 엇비슷한 가락으로 엉너리치다 말고 관촌댁은 갑자기 자기 입에 스스로 재갈을 물려버렸다. 문을 본때 있게 등진 자세로 베틀에 오도카니 앉아 있는 딸년 뒤태에서 뭔가 예사롭지 않은 낌새를 언뜻 엿본 까닭이었다. 잔잔히 물결치는 가냘픈 어깨선이 소리 죽여 흐느끼는 모양새와 방불해 있었다. 제가 지성으로 섬기는 야소귀신 옷자락 붙들고 매달리며 한창 치성 드리던 참인 듯했다. 어미 있는 방문 쪽으로 딸년이 고개 돌리려는 거니를 채고 관촌댁은 몹시 당황했다.

"아니다, 아니여! 그냥 돌쳐서 나갈 티니께 이 에미 상관헐라 말고 너는 드리다 만 치성공사나 열성으로 끝내거라!"

관촌댁은 문턱 너머로 밀어넣었던 다리 한 짝 어마뜨거라 도로 뽑아 얼른 뒤쪽으로 물렸다. 그런 다음 총총걸음으로 베틀 공방에서 멀어지기 시작했다.

"헛간에 숨어서 눈물 쫄쫄 쥐어짜고 자빠졌을지 누가 짐작이나 혔간디? 썩을 년! 야소구신 붙잡고 통사정헌다고 그게 해결될 일이여? 신통력이라고는 눈꼽만침도 없는 야소구신한티 통사정 아니라 백일치성 올려본들 도통 효험이 없다는 이치쯤 고릿적에 터득을 혔어야지!"

도나캐나 혼잣말 구시렁거리면서 부엌 모퉁이 돌아 마당으로 막 나서려는 순간, 관촌댁은 불시에 기꾸찌하고 정면으로 맞닥뜨리고 말았다.

"애고마니나!"

근본 다르고 출신 다른 외간남자 상대로 내외하고 말 겨를도 없이 관촌댁은 그 자리에 우뚝 서버렸다. 몹시 당황해서 어쩔 줄 몰라 하기는 상대방 역시 피차일반이었다. 기꾸찌는 농익은 수박 속같이 시뻘게진 상판 한옆으로 외틀고는 아, 예, 어쩌고 하면서 허둥지둥 삼십육계를 놓기 시작했다. 대문간에 처음 발을 들여놓을 당시의 당당하던 태도와는 영 딴판으로 몰골이 눈에 띄게 확 달라져 있었다.

"고놈 쌍판대기 한번 귀경헐 만허네!"

그때까지 어느 구석에서 훔쳐보다 나타났는지, 섭섭이네가 꽁지 빠지게 달아나는 기꾸찌 뒷모습 감상하면서 십 년 묵은 체증 싹 내려간 만큼 후련하다는 표정을 짓고 있었다.

"저 빌어 처먹을 작자가 으쩌다가 저러콤 우거지상이 되야뿌렀다냐?"

"큰되린님 상한티 배지가 터지드락 낮박살 실컨 읃어먹드니만 저 지경으로 혼백이 십 리는 확 달어나뿌렀고만이라."

"우거지상한티 뭣이라고 낮박살을 줬간디?"

"꼭 드리고 잪은 말씸이 있어서 야마니시 상 만나고 잪어 찾어왔노라고 우거지상이 말허니깨 큰되린님 상 허시는 말씸이……"

"섭섭아, 콧등 우에 왕사마구 앉은 것맨치로 멀쩡헌 말 꼬랑지에다 껄핏허면 무신 상, 무신 상, 허고 되나 못 되나 왜말 찌끄레기 달어매는 그 잡상시런 말버릇 조깨 못 곤치겄냐?"

"죄송혀라. 그런디 우리 큰되린님 상이 그 우거지상한티……"

나는 야마니시 상 아니라고, 내 이름은 옛날이나 지금이나 여일하게 최부용이라고 큰도련님이 똑 부러지게 기꾸찌한테 대거리했다. 부친이 야마니시면 자제분도 야마니시래야 마땅하지 않겠느냐고 기꾸찌가 지지 않고 응수했다. 그러자 큰도련님은 다시 한번, 내 성씨는 엄연히 최가이며 이날 입때 아마니시 성씨 달고는 숨을 쉬거나 밥을 먹거나 측간을 출입한 적이 단 한 번도 없었노라고 옹골지게 오금을 박아버렸다.

섭섭이네가 들려준 이야기는 대충 그런 내용이었다. 부엌어멈 통해 전달된 것만으로는 당최 성에 차지 않았다. 관촌댁은 당자한테서 직접 자초지종 들어볼 요량으로 구석방을 향해 발걸음을 재우쳤다.

"그 즘생 같은 놈이 뭣이라고 씨월거리디야?"

그때까지 이부자리에 드러누워 멀뚱멀뚱 천장만 올려다보는 중이던 병골 아들이 갑자기 어미 쪽으로 고개를 홱 돌렸다.

"어머님은 왜 그놈이 뭣이라고 씨월거렸는지를 일착으로 물어보십니까? 제가 그놈 면상에 대고 뭣이라고 퍼붓었는지부텀 물어보시는 게 옳은 순서 아니겄습니까?"

사시장철 늘 어둠침침한 구석방인데도 부용의 안광은 섬뜩하리만큼 형형하게 빛을 발하고 있었다. 이상야릇한 광기 그득 머금은 그 눈초리 접하는 순간, 관촌댁은 오싹 소름이 끼쳤다. 부용은 겁나게 짓고 있던 험상을 삽시에 구기지르면서 뜬금없이 너털웃음을 터뜨리기 시작했다. 한바탕 낭자하게 쏟아지던 웃음소리는 오래지 않아 듣는 사람 애간장 녹이는 기침 소리로 바뀌었다. 관촌댁은 한동안 해수증에 동반되는 고통 때문에 몸부림치는 아들을 속수무책으로 바라보기만 했다.

"혹시라도 내지인 출신 최초로…… 창씨개명 기록 한번 세워볼 의향은 없느냐고…… 기꾸찌라는 일본 성씨 헌신짝맨치로 내팽개쳐뿔고는…… 최라는 조선 성씨로 갈어탄 연후에…… 새 성씨를 민적에다 올리기만 헌다면…… 우리집 울안 출입을 너그럽게 용납헐 용의가 있다고…… 그러기 전에는 앞으로 두 번 다시 우리집에 발걸음헐 생각일랑 허들 말라고…… 제가 그 작자한티 똑 부러지게 통고를 혔지요."

기침이 겨우 좀 잦아들기 시작할 무렵, 부용의 입에서 띄엄띄엄 흘러나오는 중얼거림이었다.

2

서럽도록 곱디고운 태깔이었다. 처연하리만큼 아름다운 놀빛이었다. 서녘 하늘 아랫자락부터 알게 모르게 야금야금 먹어들던 저녁놀이 어느덧 중천을 거쳐 동녘에 이르기까지 궁륭 대부분을 온통 붉디붉게 물들여놓고 있었다. 야지에 비해 최소한 서너 뼘 정도 더 길고 깊은 산골의 밤이 오래지 않아 산서분지에 들어설 것임을 알리는 주홍색 경보가 감나뭇골 모가치로 할당된 하늘자락에 마치 새댁의 다홍치마처럼 현란하게 발령되는 중이었다.

순금은 사랑채 마루 끝에 오도카니 앉아 장관을 이룬 하늘 풍경에 눈을 함빡 빼앗기고 있었다. 평상시라면 박복하고 박행한 딸년 범접을 끔찍이도 꺼리는 아버지 유난한 성깔 때문에 순금의 사랑채 출입은 엄두도 못 낼 일이었다. 더군다나 아버지 호통 소리 들을 염려 없이 사랑채 마루에서 마음놓고 시간을 보내는 건

애당초 꿈도 못 꿀 노릇이었다. 비록 가장이 부재중일망정 여느 때나 다름없이 사랑채 아궁이에 군불을 지펴두고 싶었다. 그럴 가능성은 매우 희박하지만, 만분지일이라도 아버지가 구속에서 풀려나 불시에 귀가하게 될 경우, 그동안 모진 고초 겪느라 심신이 두루 피폐해 있을 아버지를 따뜻한 아랫목에 모시고 싶었다. 그런데 하늘이 그런 일을 시작하도록 순금을 가만 내버려두지 않았다. 저녁놀 붉게 물든 하늘이 순금의 넋을 온전히 사로잡고는 여간해서 놓아주지 않는 것이었다. 대관절 어쩌자고 놀빛 하늘은 저토록 환심장하리만큼 곱디곱기만 할까.

하마터면 잊을 뻔했다는 듯 순금은 허둥지둥 부엌으로 달려갔다. 그러고는 아궁이 안에 마른 솔가지를 듬뿍 집어넣었다. 불땀 세게 솔가지를 활활 불태운 다음, 순금은 대청마루로 되돌아와 다시 놀빛에 푹 빠진 채 시간을 보냈다. 솔가지 태우면서 맡았던, 향긋하고도 알싸한 냇내가 옷가지는 물론이고 온몸 구석구석까지 함빡 배어 있었다. 서녘 하늘 붉디붉게 물들이려고 저녁놀이 구름을 불사를 때 공중에서 내려온, 향긋하고도 알싸한 냇내가 바람에 업혀 감나뭇골까지 솔솔 운반되고 있었다. 아궁이 속에서 마른 솔가지 사르던 해맑은 불꽃이 위로, 자꾸만 위로, 더욱더 위로 높이 솟구치면서 마침내 하늘 전체를 깡그리 불사를 작정으로 부쩍 더 기세를 올리고 있었다.

어저께도 하늘이 맑았다. 그저께도 날씨가 좋았다. 연일 비슷한 시간, 비슷한 자리를 똑같은 빛깔의 저녁놀이 빼곡히 차지하고 있었으련만, 순금의 머릿속에는 어찌된 셈인지 그 놀빛을 눈여겨보았던 기억이 전연 없었다. 그만큼 바삐 나부대느라 경황없는 며칠을 보낸 셈이었다. 그래서 그런지, 오늘은 참 별난 날이고 별난 저녁 같다는 생각이 자꾸만 들었다. 서럽도록 곱고 처연하리만큼 아름다운 놀빛을 연방 경탄의 눈으로 어루만지며 한가로운 저녁 한때를 보낼 기회는 앞으로 제 인생에서 두 번 다시 찾아오지 않을 성만 싶었다. 어쩌면 저것이 감나뭇골에서 감상하는 마지막 저녁놀이 될지도 모른다는, 몹시도 자발없는 생각이 문득 들기도 했다.

순금은 치렁치렁 펼쳐진 저녁놀 자락에 휘휘친친 감겨 있는 하늘을 일삼아 우러르다 말고 소스라치게 놀랐다. 자신이 방금 무슨 마음을 품고 있었는지 알아차리기 무섭게 순금은 붉은 저녁놀 자락을 제 얼굴에 냉큼 뒤집어쓰고 말았다. 생각이란 원래 행동 앞에 거치적거리는 걸림돌 같은 존재였다. 지금은 행동을 위해 그 걸림돌을 무용지물로 만들어 마땅한 때였다. 아주 오래전, 약혼자 정세권과 함께 일본인이 경영하는 광주부내 중심가 제과점에서 입천장이 홀랑 벗겨지리만큼 뜨거운 젠사이에 곁들여 맛있게 먹었던, 한가운데 커다란 구멍이 뻥 뚫린 도나쓰처럼 순금은 그저 마음 복판을 커다란 구멍 상태로 휑하니 비워두고 싶을 따름이었다.

순금은 저녁밥 짓느라 동네 집집마다 하얗게 피워올리는 연기 가닥들이 중간 집결지인 산기슭에 일단 모여 한참 진을 치고 머물다가 마침내 초저녁 어스름 속으로 야간행군 떠나는 광경을 줄곧 지켜보고 있었다. 집집이 굴뚝 통해 하얀 연기 뽑아올리는 걸 보면 끼니가 간데없는 애옥살림에도 뭔가 솥단지 안에 안칠 것이 있는 모양이었다. 저렇듯 고즈넉한 산골마을에, 저토록 평화로운 저녁 풍경 속에 끔찍한 불행을 잉태한 임부가 숨어 있어 만삭인 채 분만의 순간을 기다린다는 사실이 순금은 도무지 믿기지 않았다.

사위의 모든 사물이 어둠 속에 완전히 함몰된 다음에야 순금은 사랑채를 떠나 자신의 쉼터이자 일터인 베틀 공방으로 돌아갔다. 그니는 만감이 엇갈리는 낯꽃으로, 정감이 듬뿍 어린 눈빛으로 공방 내부를 찬찬히 둘러보기 시작했다. 비록 짧은 기간이지만, 그동안 그 공간 안에 쏟아부었던 자신의 땀과 눈물을 돌이키면서 감회에 젖을 수밖에 없었다. 공방에 자리잡은 구닥다리 베틀이 눈에 들어왔다. 그것 말고 눈에 띄는 세간붙이가 따로 더 있을 턱이 없었다. 더군다나 결단의 밤이 지나고 날이 밝자마자 공방 내부를 말끔히 정리해놓았기 때문에 가외로 손볼 대상은 도통 눈에 띄지 않았다. 공방뿐만이 아니었다. 어머니가 잠시 출타한 틈을 타 안채 곳곳에 흩어진 옷가지와 화장도구, 소지품서껀에 이르기까지 처분 절차를 이미 깔끔하게 마무리했다.

젊은 주인보다 훨씬 나이 먹은 구닥다리 베틀이 철부지처럼 순금에게 어리광을 부리고 있었다. 고물단지 베틀이 주인과 저 사이에 끊으려야 끊을 수 없는 긴밀한 유대 관계가 있음을 강조하면서 순금의 이름을 목메어 불러대고 있었다. 그니는 베틀의 부름을 차마 외면할 수 없었다. 오랫동안 자신의 체중을 받쳐주던 앉을깨부터 손바닥으로 부드럽게 매만지기 시작했다. 어머니와 딸 두 세대에 걸쳐 쌓인 손때와 세월의 더께가 까맣게 배어 반질반질 윤기 흐르는 북과 바디 등 부속들을 차례차례 공들여 쓰다듬었다. 반나마 짜이다 중단된 상태로 잉앗대에 걸려 있는 옥양목 끝자락을 손끝으로 집어 뺨에 비비대기도 했다. 미처 마무리하지 못한 그것을, 푸른빛 감돌 정도로 새하얀 그 무명필을 마저다 완성할 수 있을지 없을지는 오직 전지전능하신 하나님만이 아실 터이었다. 밤낮 가리지 않고 베틀에 매달려 수고하고 애쓴 대가로 그럭저럭 충당할 수 있었던 부용의 약값 중 상당액을 이제 잃게 된다 생각하니 동생에게 차마 못할 짓거리라도 저지르는 기분이었다.

밤이 나우 깊기를 기다려 순금은 마치 팔자 기박한 여인의 표상인 양 노상 몸에 걸치고 지내던 소복담장 벗어던지고 검정 통치마에 옥양목 저고리차림 수수한 나들잇벌로 갈아입었다. 갖가지 돌발적 상황들로 말미암아 진종일 북새 떨던 집안 분위기는 멍석 같은 어둠자락에 깔린 채 고즈넉이 가라앉아 있었다. 순금은 집안 식구 누구도 거니채지 못하게끔 아무런 기척도 없이 혼자만 아는 비밀 행보에 나섰다. 꽤나 싸늘한 밤기운이 소슬바람 타고 달려와 얼굴을 대고 건드렸다. 치한처럼 바람이 자꾸만 옷자락 안으로 파고들기도 했다. 순금은 면소재지로 이어지는 큰길 따라 빠른 걸음으로 완만한 내리막을 타면서 바람의 희롱에 너풀너풀 놀아나는 머리쓰개를 단단히 고쳐 매었다. 아버지 가위질에 의해 삭발당한 후 처음 써보는 머리쓰개였다. 무지막지한 가윗날이 싹둑싹둑 잘라먹었던 머리칼이 그새 제법 되살아나긴 했다. 하지만 워낙 시기가 시기고 사정이 사정인지라 모처럼 만에 방안퉁수 신세 벗어나 바깥나들이 도모하기 위해서는 여인의 치욕스러운 수난 흔적 가려줄 머리쓰개의 도움이 필요했다.

동척농장 위치쯤 진작부터 익히 알고 있었다. 눈 열리고 귓구멍 뚫린 산서 사람이라면 죄다 알고 있는 사실이 바로 동척농장 어마어마한 경작 규모고, 일본인과 조선인 불문코 그것을 관리하고 감독하는 자들이 부리는 세도고, 또한 농장 울타리 안에서 세도가들 집단이 거주하는, 물매 급한 기와지붕 얹힌 일본식 목조 건물들이었다. 순금은 면소재지 좌평리를 지난 다음 묵장산 쪽으로 방향을 꺾었다. 그곳에서 한참 더 가야 동척농장이 들어앉은 선돌마을에 다다르니까 이제부터 걸음발을 부쩍 더 재우치지 않으면 안 되었다.

순금이 동척농장 윤곽을 머릿속에 구체적으로 떠올리기 시작한 것은 아버지가 경찰서에 붙잡혀 간 직후부터였다. 울며불며 몸부림치는 어머니와 인사불성으로 몸져누운 동생을 번갈아 돌보면서 그니는 그날 밤을 꼬박이 밝히다시피 했다. 하루종일 금식하면서 눈물도 쏟뜨릴 만큼 쏟뜨리고 기도도 드릴 만큼 드렸다. 그랬음에도 기도에 대한 응답을 끝내 받을 수 없었다. 자신이 어떤 마음가짐으로 어떻게 처신하는 것이 집안 모두를 위해 유익을 낳는 길인지, 당최 궁리가 서지 않았다. 온갖 잡살뱅이 생각들을 힘겹게 일으켜세웠다가 맥없이 도로 자빠뜨리기를 밤새 열두 번도 더 되풀이해야만 했다. 그러다 결국 기꾸찌 주둥이에서 비어져나온 마지막 언질에 매달리면서 마치 거친 여물로 뱃구레 채운 소처럼 기나긴 시간에 걸쳐 끊임없이 되새김질하기에 이르렀다.

"순금씨한테 인사받고 싶어서 그랬던 게 아닙니다. 곤경에 처한 순금씨 일가족을 진심으로 도와드리고 싶었습니다. 저한테는 그럴 만한 힘이 있습니다. 읍내 본서에 절친하게 지내는 동향 출신 간부도 있고, 또……"

저만치 앞쪽에서 무슨 소리가 들려온 듯했다. 스무남은 걸음 상거에서 뭔가 분명히 움직이는 게 있었다. 어둠 속에서 울툭불툭 고르지 않은 노면을 더듬으며 느릿느릿 다가오는 자전거 기척이었다. 상곡리 일대 통틀어 자전거를 보유한 집은 딱 하나, 천석꾼 집밖에 없었다. 어린 중학생 밤늦은 귀갓길 도와 먼길 달려오느라 지칠 대로 지친 자전거가 토하는 신음일 거라고 순금은 짐작했다. 집안이 풍비박산할지 모르는 위난지경에 처하자 덕용은 며칠 전부터 하숙생활 접고 본가로 돌아와 가족들과 고통을 분담하면서 읍내 중학교까지 장거리를 매일 자전거로 통학하기 시작했다.

"덕용이냐?"

얼김에 막냇동생 마주친 반가움을 불쑥 드러내고 나서 순금은 곧바로 후회막급을 느꼈다. 지척지간에 제 누님 숨어 있는 줄 전연 모르는 채 덕용이 무심코 그냥 지나치게끔 차라리 어둠 속 길가 미루나무 뒤로 얼른 몸을 피하는 편이 훨씬 현명한 처신일 뻔했다고 그니는 거듭거듭 후회했다.

"어, 누님!"

이미 때는 늦어버렸다. 덕용이 부쩍 더 기운을 내면서 달려와 순금의 발치에 자전거를 바투 세웠다.

"이 오밤중에 누님이 무슨 일로……"

"시방 학교에서 오는 질이냐?"

혼자만의 은밀한 행보를 덕용에게 들킨 성싶어 당황한 나머지 순금은 하지 않아도 될, 어쩌면 하지 말았어야 할 질문을 불쑥 던지고 말았다.

"누님도 참! 오늘이 공일날인지도 몰랐어요?"

딴은 맞는 말이었다. 반공일 지났으니 공일, 그러니까 일요일이었다. 기독교인이라면 마땅히 거룩하게 지켜야 할 주일이었다.

하룻밤 자고 새면 날짜와 요일이 한 칸씩 앞쪽으로 옮아간다는 사실조차 까먹으리만큼 경황없는 나날을 보내다보니 순금은 본의 아니게 주일을 범하는 죄까지 짓고 말았다.

"공일날에 어디로 원행을 댕겨오는 질이냐?"

"읍내 조깨 나갔다가……"

"학교도 쉬는 날인디 읍내는 뭣 땜시?"

순금은 저도 모르게 목소리에 노기를 담았다. 그러고 보니, 아침나절부터 저녁나절까지 울안에서 막냇동생과 얼굴 마주친 기억이 한 번도 없었다. 아무리 어린 탓이라 해도, 아버지 유고로 말미암아 온 집안이 초상마당 매일반인 판에 혼자만 살짝 빠져나가 철딱서니 없이 진종일 읍내나 쏘다니다 깜깜해져서야 귀가하다니. 생각할수록 덕용의 소행이 한심하고 괘씸했다.

"여적지 경찰서 문전 지키다가 오는 참이어라."

덕용의 목소리가 갑자기 울먹임으로 바뀌었다. 순금은 아, 하고 튀어나오려는 외마디 소리를 목구멍으로 얼른 삼켜버렸다. 억세디억센 탱자나무 가시에 손이라도 쿡 찔린 것처럼 날카로운 통증이 가슴에 전해졌다.

"누가 너더러 그런 쓰잘디없는 사무 떠맡으라 허드냐?"

순금은 자전거 쪽으로 바투 다가붙으면서 덕용의 양어깨를 힘주어 껴안았다. 덕용의 어깨가 위아래로 연방 들썩거리고 있었다. 이제 막 시작된 들썩임은 아닌 듯했다. 어쩌면 읍내부터 산서까지 자전거 타고 오는 동안 내내 소리 죽여 흐느끼고 있었는지도 모를 일이었다. 순금은 잘팍히 젖어 있는 막냇동생 눈언저리를 저고리 소매 끝으로 닦아주었다.

"덕용아, 걱정 말어라. 막둥이 아들 효심을 봐서래도 아버님은 불원간에 풀려나실 것이다."

"그렇게 되겠지요. 그런디 누님은 시방 어디를 가시느라고……"

"나? 느그 누님 말이냐?"

순금은 얼결에 말도 안 되는 반문을 던지면서 덕용한테서 냉큼 한 발짝 물러섰다.

"하도 가슴이 답답허고 뱃속에 뭣이 징건허게 고인 것 같어서 바람 조깨 쐴라고 나왔다. 요 앞말 사는 동무네 집에 잠깐 마실갔다 돌아올 모냥이니깨 너 먼저 집에 들어가거라. 왼종일 경찰서 문전에서 보초 서니라고 얼매나 피곤허고 시장헐꼬."

순금은 자전거 뒤를 떼밀다시피 해서 반강제로 덕용을 감나뭇골로 떠나보냈다. 자전거 양냥이줄 돌아가는 쇳소리가 어둠 속으로 차르랑차르랑 멀어지자 그니는 잠시 지체했던 발걸음을 서둘러 옮기기 시작했다.

가던 날이 장날이라더니, 뭔가 일판 꾸미고자 잔뜩 별렀던 그날이 공교롭게도 공일이었다. 하필이면 안식일인 주일을 골라 결행 날짜로 잡은 그 실수가 순금의 다리에 자꾸만 딴죽을 걸어오고 있었다. 이제부터 도모하고자 하는 일이 실인즉슨 거룩히 지켜 마땅한 주일과 너무 동떨어진 성격이라는, 사특한 행위임에 틀림없다는 자괴지심으로 말미암아 순금의 마음은 몹시도 켕겼다. 하지만 주님께서도 바리새인들이 걸어오는 왈시왈비 모조리 물리치면서 안식일에 병자를 고치시지 않았던가. 그것은 결코 탈선도, 악행도 아니었다. 머리털 한 올까지 다 세시는 주님께서는 한 여인의 심중을 속속들이 꿰뚫어 보실뿐더러 그 여인의 사정 또한 너끈히 이해하실 것이었다. 내 몸 던져 솔가지처럼 불사름으로써 혈육들 발 뻗고 누울 자리 뜨뜻하게 덥히겠다는 일념으로 소매 떨치고 나선 길이었다. 활인적덕이라는 이타적 목적을 달성하고자 안식일을 범할 수밖에 없었던 죄인이라면, 아마 진노의 하나님께서도 그 영혼을 어여삐 보시고 긍휼히 여기셔서 결국 너그러이 용서해주실 것임에 틀림없다고 순금은 제멋대로 결론을 내렸다. 장시간 심사숙고와 고심참담의 과정을 거친 다음에야 어렵사리 내린 결정인데도 순금의 복안 속에는 구체적인 행동 계획이 전연 갖추어지지 않은 상태였다. 다만 한 가지, 되도록 빨리 동척농장으로 가서 그자를 만나지 않으면 안 된다는 절박성만이 낭떠러지처럼 까마아득히 눈앞에 펼쳐져 있을 뿐이었다. 낭 끝에서 몸을 던지는 것도, 낭 바로 못미처에서 갑자기 생각을 바꿔 몸을 돌려세우는 것도 형편 봐가며 나중에 결정할 일이었다. 그자 만난 연후에 벌어질 상황도, 그자 만남으로써 장차 발생할 일신

상의 변화도 온전히 주님 뜻에 일체를 맡기겠다는 것이 결국 순금의 복안 아닌 복안인 셈이었다.

속곳이 축축이 젖으리만큼 마냥 부지런을 떨어댄 끝에 순금은 마침내 선돌마을 초입에 접어들었다. 어둠 속에 불티처럼 앙증스럽게 박힌 등불 서너 개가 마을 안에서 자울자울 밀려드는 졸음을 가까스로 견디는 중이었다. 동척농장 외곽에 띄엄띄엄 흩어진 초가집들은 칠흑색 어둠으로 뒤발해 있는 반면, 일본인들이 취락 속의 또다른 취락을 형성한 농장 안쪽은 아직도 불을 환히 밝히고 있었다. 선돌마을 한가운데 드넓게 자리잡은 농장 건물들 윤곽이 거무칙칙하게 눈에 들어왔다. 갑자기 개들이 짖기 시작했다. 해가 졌다 하면 으레 인적이 뚝 끊기게 마련인 산골의 밤길을 자박자박 밟는 그 어떤 수상쩍은 발소리를 한입씩 덥석덥석 베문 채 농장 지키는 번견 몇 마리가 한꺼번에 사납게 짖어대고 있었다.

동척농장 전경을 막상 눈으로 확인하고 나니 도무지 엄두가 나지 않았다. 굳게 닫힌 농장 입구 철문은 무슨 수로 통과할 것이며, 설령 통과하는 데는 어찌어찌 성공한다 해도 농장 관리인은 또 어떻게 밖으로 불러낼 것인가. 생각만으로도 지레 오금팽이가 굳어 단박에 뻗정다리로 변하는 느낌이었다. 육중한 철문 양옆으로 기다랗게 둘러선 산울타리를 끼고 순금은 어둠 속을 초조한 걸음걸이로 한참이나 바장였다. 차가운 밤공기 속에 안개처럼 혹은 는개처럼 서늘하게 내려앉는 향기가 비로소 짙게 맡아졌다.

산울타리에서 풍기는 측백나무 냄새였다. 농장의 밤을 파수하는 번견들 짖어대는 소리가 그새 한층 더 극성스러워져 있었다. 산울타리 너머에서 인기척 동반한 작은 불빛이 얼핏 비치는 것 같았다.

"아노……"

순금은 턱없이 모자라는 용기를 힘껏 쥐어짜 가까스로 입술을 떼었다. 일본인 농장이니 방금 그 인기척 임자 또한 십상팔구 일본인일 거라고 멋대로 단정하면서 순금은 속에 든 일본말을 우물우물 입으로 끄어올리기 시작했다.

"아노……"

고무신짝 찍찍 끄는 소리가 철문을 향해 바투 다가왔다. 어두워서 잘 보이지는 않지만, 지척지척 끌리는 예리성으로 미루어 짐작건대 상대방은 아마 나잇살 꽤 지긋한 남정인 듯했다.

"이 밤중에 누구요?"

전연 예상치 못했던 조선말이 측백나무 가지들 조밀한 틈새로 불쑥 비어져나왔다.

"거그 있는 게 뉘시요?"

그것도 산서에서 나고 자란 토박이 말씨가 분명했다. 생판 낯모르는 일본인 상대하는 경우보다 훨씬 더 고약한 상황이 눈앞에 벌어지고 있었다. 야밤중 방문객이 다름아닌 감나뭇골 천석꾼 딸임을 쉽게 알아차릴 만한 토박이 남정을 이제부터 상대해야 된다 생각하니 갑자기 온몸에서 떡심이 쫙 풀려나가는 것이었다.

"거그 섰는 게 사람이냐, 구신이냐?"

수상쩍은 방문객이 너무 오래 대꾸를 망설거리자 농장 사내는 갑자기 신경질을 부리기 시작했다.

"사람이면 싸게 말을 허고, 구신이면 써억 물러가거라!"

"아노……"

데엥!

바로 그 순간, 느닷없는 종소리가 순금의 귓전을 강타했다. 천만뜻밖의 종소리가 산서분지의 산야를 뒤흔들며 산지사방으로 울려 퍼지기 시작했다.

데엥 데엥 데에엥 뎅그러엉……

종소리가 별안간 벼락으로 돌변해 순금의 정수리에 일직선으로 내리꽂혔다. 정신이 온통 혼미해진 상태에서 순금은 잠시 우두커니 서 있다가 종소리의 진원지 쪽으로 천천히 돌아섰다. 어둠자락 갈기갈기 찢으면서 먼 거리를 댓바람에 달려온 종소리 파편들이 수많은 날벌레처럼 귓속으로 꾸역꾸역 몰려들었다. 그리고 그 옹색스러운 공간을 무대 삼아 끊임없이 맴돌이하면서 대고 잉잉거렸다. 종소리 진원지는 깔축없는 동천리였다. 동천리 샛내교회가 분명했다. 샛내교회 앞 높다란 종탑 꼭대기에 매달린 놋종이 방아깨비처럼 연신 위아래로 기우뚱거리면서 토하는 외침이자 부르짖음임에 틀림없었다.

뎅그러엉 데엥 뎅그러엉 뎅 뎅그렁 뎅……

엇박자로 어설프게 출발한 종소리는 울리는 횟수가 점차 늘어날수록 규격에 맞는 소리를 찾아 산한테 묻고 들한테 물으며 여기저기 수소문하고 다니던 끝에 드디어 샛내교회 놋종 본래의 소릿값을 찾아내는 데 성공했다. 바야흐로 본궤도에 오르기 시작한 종소리에 잠시 귀를 기울이다가 순금은 그만 아아, 하고 길게 부르짖고 말았다. 샛내교회 종소리 울려퍼질 그날은 대관절 언제쯤일까, 하고 너무 오래 기다리고 기다리다 지친 나머지 한동안 까마아득히 잊은 채로 지내왔었다. 그동안 전지전능하신 하나님은 너무도 멀리 떨어져 계셨고, 일제 총독부 사법 당국은 마치 등에 업힌 '사망의 몸'과도 같이 찰싸닥 들러붙어 있었다. 악몽 같은 현실에 쫓겨 산지사방한 교인들은 저마다 버림받은 고아나 과부처럼 고독지옥에 빠져 허우적거리고 있었다. 그런데 문목사 사모가 지난날 쪽지를 통해 넌지시 암시했던 '그날'이 하필이면 왜 오늘이란 말인가.

뎅그렁 뎅……

사모가 비상한 관심으로 귀를 기울여줄 것을 성도 모두에게 당부했던, 바로 그 종소리였다. 귓것에 더뻑 씐 것처럼 혼몽한 정신으로 광야 같은 속악세상을 작정 없이 헤매고 다니다 심판의 나팔소리 다름없는 그 종소리에 정수리를 된통 난타당하는 기분이었다. 순금의 귀에 그 종소리는, 당장 그곳으로부터 네 발길을 돌이키라는 지상명령처럼 들렸다. 또한 그 종소리는, 그간 길 잃은 어린 양 되어 범했던 영혼의 실족을 뼈아프게 꾸짖는 경책의 말씀으로 다가오기도 했다.

"시방 거그 섰는 게 대관절 사람이여, 구신이여? 그림자 안 생기는 구신이면 써억 물러가고, 머리터럭 껌은 짐승이면 싸게 사람 숭내를 내거라!"

농장 사내의 감때사나운 호통이 마치 고들개철편 주렁주렁 달린 채찍처럼 밤공기를 쩍쩍 가르고 있었다. 사냥감 냄새 맡은 엽견처럼 농장 지키는 번견들이 더욱더 극성스러운 우짖음으로 어둠자락을 쿨렁쿨렁 흔들었다. 농장 내부 예서제서 급히 문 여닫는 소리들이 울리는가 하면, 철문 앞에서 등불 들고 호통 치는 사내와 합세하기 위해 우줄우줄 다가오는 사람들 발소리도 끼어들었다. 그제야 순금은 어마뜨거라, 단거리 육상선수처럼 들입다 줄행랑치기 시작했다. 금세라도 도망하는 발뒤꿈치 물어뜯을 기세로 기승을 떨어대는 번견들 우짖음을 뒤로한 채 그니는 밤의 어둠 속을 천방지축 헤집으며 무작정 앞만 보고 달려갔다.

뎅그렁 뎅 뎅그렁 뎅 뎅그렁 뎅……

정신없이 뜀박질 놓는 와중에도 신심을 담는 가슴속 그릇은 감사의 염으로 철철 넘쳐흐르고 있었다. 미혹의 영한테 단단히 덜미 잡혀 죄당만사(罪當萬死)의 행로를 걸을 수밖에 없었던 당신의 백성을, 당신의 자녀를 불쌍히 보시고 긍휼히 여기신 결과라고 확신했다. 만군의 여호와께서 의로우신 오른손을 뻗으시어 저로 하여금 사망의 골짜기 벗어나 생명의 봉우리로 오르도록 섭리하신 결과임을 순금은 믿어 의심치 않았다. 가장 절박하고 화급하게 구원의 손길이 필요한 순간에 샛내교회 종소리를 당신의 사자로 파송하심으로써 절체절명 위기에서 저를 건져주신 만유의 주 하나님께 감사하고 또 감사했다. 그니는 종소리의 근원지 동천리를 바라보면서 도롱태 굴러가듯 어기찬 뜀박질을 잠시도 멈추지 않았다.

"볼지어다. 때가 이를 것이니 곧 지금이라……"

면소재지 한복판 관통하는 신작로를 무슨 정신으로 어떻게 통과했는지, 산서 땅을 남북으로 갈라놓는 샛내다리는 또 언제 건넜는지, 순금은 도무지 기억할 수 없었다. 이스라엘 자손들 앞에서 출애굽을 향도하던 시내 광야의 불기둥과도 같이 캄캄칠야 속에서 길라잡이 역할 수행하던 예배당 종소리가 어느 순간에 딱 멎은 채 아까부터 일절 귀에 들어오지 않았다. 아무튼 고꾸라져 무릎 까이고 넘어져 팔꿈치 쓸려가며 멀고도 험난한 밤길을 마냥 죽살이쳐 달음박질한 끝에 마침내 그니는 샛내교회에 당도하는 데 성공했다.

"너희가 다 흩어져 각각 제 곳으로 돌아가고 나를 혼자 두나, 내가 혼자 있는 것이 아니라. 아버지께서 나와 함께 계실 터이니라……"

예배당 앞마당을 훤히 밝히는 불빛들을 먼발치로 보면서 순금은 잠시 가쁜 숨결을 다스렸다. 먹이라도 감은 듯 온통 땀으로 뒤발한 몸뚱이 구석구석을 뱀처럼 차디찬 혓바닥으로 널름널름 핥으며 오스스한 한속(寒粟)이 빠른 속도로 통과하는 중이었다.

"이것을 너희에게 이름은 나를 힘입어 평안함을 얻게 함이라. 세상에 있을 제 너희가 환란을 받으나, 안심하라. 내가 세상을 이기었노라."

문목사 사모가 보낸 쪽지에 적힌 요한복음 16장 말씀을 소리내어 읊조리다 말고 순금은 언뜻 생각이 미쳐 머리를 더듬었다. 바람을 가르며 어둠 속을 정신없이 뜀박질하는 사품에 머리쓰개가 벗겨져 어디론지 달아나버렸음을 그제야 비로소 깨달았다.

교회에서 순금이 맞닥뜨린 것은 참으로 놀랍기 그지없는 광경이었다. 아마도 산서 분견대 소속 병력이 총출동한 듯싶었다. 예닐곱 명 정도로 어림되는, 누른빛 제복 헌병들이 총검을 꼿꼿이 겨눈 채 삼엄한 자세로 예배당 앞마당을 지키고 있었다. 그 대척점에는 남녀 성도 수십 명이 땅바닥에 무릎 꿇은 채 총검 앞에 고개를 푹 숙이고 있었다. 얼핏 보기에 항복하는 자세처럼 느껴지는 광경이었다. 그러나 성도 각자 얼굴에 깃발처럼 나부끼는 결기에 찬 표정을 읽으면서 순금은 그것이 항복 아닌 항거의 몸짓임을 금세 알아차렸다. 말없이 무릎 꿇은 자세로 수십 명 남녀 성도가 서슬 퍼런 헌병들 총검에 맞서 대치하는 형국이었다.

"사랑하는 성도 여러분!"

더욱더 놀라운 것은 문목사 행동이었다. 문목사는 어둠 속으로 모습을 빼돌린 채 목소리만의 존재로 예배당 앞마당을 활보하는 중이었다. 예배당 내부에서 터져나오는 사자후가 교인들과 헌병들 사이 경계선을 자유자재로 넘나들고 있었다. 설교가 진행되는 동안, 남녀 성도 모두는 두 손을 가슴에 모아 간구하는 자세로 헌병들과 어둠 세력 저 건너편 예배당 내부를 투시하고자 애쓰는 모습이었다. 설교에 귀를 기울이는 가운데 소리 죽여 흐느끼는 여성도 모습도 눈에 띄었다.

"아바지께서 특별히 사랑하시고 또 내가 사랑하는 믿음의 형제자매 여러분, 나는 이제 아모것도 두렵지 않습니다. 나에게는 이제 두려워할 게 하나도 없습니다. 제아모리 몽둥이 같고 철퇴 같은 대일본제국 형법이라 할지라도 이제부터는 나로 하야곰 두려워 떨게 만들 수는 없습니다. 내가 진심과 진정을 다하야 두려워하는 대상은 오즉 한 분, 천상천하에 유일무이하신 창조주 하나님밖에 없습니다. 내가 전심전력으로 신봉하고 청종하는 것은 오즉 한 가지, 성부 하나님께서 친히 말씀하시고 성자 하나님께서 조목조목 풀어 가라치신 만고불변 절대적 진리뿐입니다. 여호와 하나님께서 친히 제정하신 계명과 율법이 내 육신을 포박하야 기왕에 나를 종으로 삼으시고, 우리 주 예수 그리스도의 진리의 말씀이 내 영혼을 온전히 사로잡아서 진즉에 나로 하야곰 자유케 하셨습니다. 여호와 하나님께서 그 광대하시고 엄위하신 성호 앞에 나로 하야곰 두 손 높이 들고 가장 낮은 바닥에 무릎을 꿇게 하셨습니다. 그런데 진리의 말씀으로 말매암아 기왕에 자유민의 지위를 득한 내가 이제 와서 무삼 이유로 인간들이 정해놓은 법령 앞에 자유를 반납한 채로 두려워 떨어야만 된단 말입니까!"

육성임에도 불구하고 예배당 안에서 행해지는 설교가 한뎃마당까지 쩌렁쩌렁 울려나오고 있었다. 뒤늦게 현장에 도착한 순금은 헌병들 감시 아래 놓인 성도들 틈으로 끼어들려 하지 않고 예배당 옆쪽으로 살금살금 걸음을 옮겼다. 강대상 앞에 선 문목사 모습이 창문에 어른거렸다. 다시금 놀랍게도 문목사는 휑뎅그렁한 예배당 내부에서 달랑 교인 하나, 그것도 자기 아내만을 앞에 두고 설교하는 중이었다.

"사랑하는 믿음의 백성, 믿음의 자녀 여러분, 이제 나는 언젠가 하나님의 때에 이르면 흙으로 돌아가서 형체도 없이 사라지고 말 서푼짜리 육신을 벗어바리고저 합니다. 그 육신 팔아 천당에서 영생 복락 누리게 될 억만금짜리 영혼을 흥정하고저 합니다. 이 생에서, 이 따에 사는 날 동안에 이만큼 크게 이문이 남는 거래는 실로 찾아볼 수 없을 거라고 문목사는 확신합니다. 값없는 육신하고 감히 값을 매길 수조차 없는 영혼을 맞바꾸는 이 흥정을 통하야 어느 일방이 이문을 보고 어느 일방이 손해를 보게 되는지를 산중 금식기도중에 임재하신 하나님께서 이 어둡고 지혜 모자라는 아둔패기 목사로 하야곰 밝히 깨달아 알게스리 인도하셨습니다. 할렐루야!"

"아아메엔!"

강대상 바로 앞에 앉은 사모가 째지는 목청으로 아멘을 선창했다. 그러자 기다렸다는 듯 한뎃마당 쪽 교인들도 일제히 목청 드높여 아멘과 할렐루야를 연호하기 시작했다. 그 함성이 산서분지 첩첩이 에워싼 험산준령들 하나하나를 차례차례 들이받은 다음 작은 가닥으로 갈라진 여러 벌 메아리로 변해 본래 자리인 샛내교회로 차례차례 되돌아왔다. 이 산이 할렐루야를 던지면 저 산은 아멘으로 받고, 다른 산이 아멘을 외치면 또다른 산은 할렐루야로 화답하고 있었다. 순금은 설교가 거의 막바지 단계로 접어들었음을 직감했다. 어쩌면 문목사 설교에 접할 기회가 앞으로 다시는 오지 않을지도 모른다는 생각이 퍼뜩 뇌리를 스쳤다. 지각하는 바람에 말씀 선포 자리에 뒤늦게 참예한 만큼 초조감이 클 수밖에 없었다. 볼썽사납게 드러난 짧은 머리칼로 말미암아 만좌중에 공개될 수난과 징벌의 흔적을 개의치 않은 채 그니는 뭇시선이 집중된 불빛 속으로 부나비처럼 무작정 뛰어들었다.

"정지! 정지!"

헌병 하나가 날카롭게 소리쳤다. 다행히도 예배당과 목사관 사이 좁은 통로를 지키는 헌병은 눈에 띄지 않았다. 금세라도 저고리 깃고대 잡아챌 기세로 군홧발 소리가 쿵쾅쿵쾅 뒤를 따라붙었다. 그러나 그니는 겁심 없이 예배당 측벽을 돌아 잽싸게 내달았다. 그리고 헌병 손이 깃고대에 닿기 전에 통로에서 강단으로 연결되는 통용문 안으로 발을 들여놓는 데 성공했다.

“사랑하는 형제자매들이여, 우리 주님 절대적 진리를 밝히는 빛의 사자들이여, 일찍이 우리 앞에서 십자가를 지시고 형극의 길을 순종함으로, 그리고 감사함으로 걸어가신 우리 주님 발자취를 문목사는 본받고저 합니다. 이제부터 문목사는 이방 신상 뫼시고 우상 앞에 절하는 패망의 도를 바리고 죽도록 충성하는 종의 자세로 승리의 도를 걷고저 합니다. 총칼로 인간의 육신은 죽일 수 있어도 그 영혼마자 죽일 수는 없습니다. 비록 진흙으로 빚은 토기같이 연약한 우리 육신은 산산조각으로 부서져 스러진다 할지라도 창조주 하나님께서 친히 생기를 불어넣으셔서 생령으로 빚으신 우리 영혼만은 청청하게 살아서 진리의 말씀 따라, 진리의 말씀이 당도하는 처처마다 청량한 바람으로, 때로는 다사로운 햇볕으로 성신 하나님과 영영세세토록 동행하게 될 줄로 믿습니다.”

통용문 안으로 뛰어들던 순금의 시선과 강단에서 내려다보는 문목사 시선이 얼핏 마주쳤다. 그 순간 문목사 얼굴에서 한 가닥 웃음을 본 것 같았다. 보일락 말락 찰나에 그치긴 했지만, 그것은 웃음이 분명하다고 순금은 생각했다.

“마즈막으로 문목사는 위대한 믿음의 선진이요 지혜로운 선생이신 바울 사도께서 들려주시는 고린도 후 사장 말씀을 높이 받들어 뫼심으로 성도 여러분 애통하는 심령에 심심한 위로와 격려를 드리고저 합니다. 말씀 봉독하겠습니다. 우리게 있는 보배가 질그릇에 담겼으니 이는 권능의 심히 큰 것이 하나님의 것이요 우리의게서 난 것이 아닌 줄을 알게 함이라. 우리가 사방으로 욱여쌈을 당하여도 눌리지 아니하며 답답한 일을 당하여도 락심하지 아니하며 핍박을 받아도 바린 바 되지 아니하며 꺼꾸러터림을 당하여도 망하지 아니하고 우리가 항상 예수 죽인 것을 몸에 짊어져 예수의 사신 것도 우리 몸에 나타나게 하노라! 할렐루야!"

"아메엔! 아아멘!"

무릎 꿇고 마룻바닥에 앉아 있던 사모가 눈물에 콧물 범벅 이루어 추저분하게 변한 얼굴을 높이 들어 강단의 문목사를 우러르며 목구멍이 찢어지도록 새되게 소래기를 내질렀다. 사모는 눈으로 울면서 입으로 연방 함박웃음 짓는, 참으로 기묘하기 짝이 없는 낯꽃을 보이고 있었다. 예배당 밖 한뎃마당에서 남녀 성도가 장단 맞추어 일제히 할렐루야와 아멘을 연호하는 소리가 한바탕 또 기세를 올리기 시작했다. 그 연호 물결에 순금도 재빨리 편승했다. 한적하고 고요하던 두메산골의 밤을 뒤흔드는 어기찬 함성은 이내 닮은꼴 메아리를 무더기로 생산했다. 가까운 산들이 부지런을 떨어 할렐루야를 선창하면 먼 산들은 게으름 피우며 늑장 부리다 굼뜬 가락으로 아멘이라 응수했다. 그때 헌병 둘이 정면 출입문 박차고 예배당으로 들어섰다. 그들은 군홧발로 낡은 마룻바닥 삐꺼덕삐꺼덕 울리며 강단으로 다가들었다. 헌병들을 숫제 무시한 채 문목사는 잠깐 중단되었던 설교를 다시 이어갔다.

"사랑하는 성도 여러분, 비록 우리 육신은 현실계라는 감옥 속에 갇힌 바가 되어 징역살이하면서 죄와 사망의 법에 지배당한다 할지라도 우리 영혼이 주님 성품과 주님 행적을 본받아서 일마다 때마다 성신 하나님과 동행하는 믿음생활만 계속한다면, 성도 여러분은 예수 그리스도 우리 구주께서 진즉에 선포하신 생명의 성령의 법으로 말매암아 이 시간 이후부터는 바벨논 노예 신분에서 해방된 백성이자 천국 시민 자격으로 천상의 홍복을 이 따에서 양껏 누리게 된다는 사실을 굳게 믿으시기 바랍니다. 이 놀랍고도 망극하신 진리의 가라침을 반다시 성심 복판에 깊이 새겨놓고 믿음생활에 임하시기를 문목사는 마즈막 기력 모두어 사랑하는 성도님들에게 적극 권면하는 바입니다!"

노란 줄 하나에 별 하나짜리 오장 계급장 붙인 헌병이 문목사의 팔을 낚아채기 무섭게 강단에서 와락 끌어내렸다. 문목사는 온유하고 겸손한 자세로 헌병 앞에 잠자코 두 손을 내밀었다. 순순히 포승을 받으면서 문목사는 순금 쪽을 힐끔 돌아다보았다. 시선과 시선이 마주치는 순간, 순금은 마룻바닥으로 급히 몸을 낮추면서 머리 숙여 반절을 올렸다. 벌겋게 상기된 문목사 얼굴은 진땀으로 말미암아 동백기름이라도 흠빽 뒤집어쓴 듯 반들반들 윤기가 흐르고 있었다. 두 헌병 손에 양팔 단단히 붙잡힌 문목사가 예배당 밖으로 나가자 마룻바닥에 꿇어앉아 꼼짝도 않던 사모가 비로소 조용히 일어섰다. 사모는 성가대석으로 다가간 다음 갑자기 두 팔을 번쩍 치켜들었다. 지난날 주일예배 때마다 노상 하던 방식대로 사모는 입으로 찬송하는 한편 손으로는 텅 빈 성가대석의 부재중인 성가대원들을 지휘하기 시작했다.

피난처 있으니
환난을 당한 자 이리 오게……

절대로 부르지 못하게끔 일제가 오래전부터 교회들에 강제해 왔던 금지곡들 가운데 한 곡이었다. 순금은 잠시 어리둥절한 눈초리로 사모의 행동을 지켜보았다. 그러다 퍼뜩 정신을 차려 성가대석 앞에 자리한 풍금한테 달려갔다. 반주자 의자를 꿰차고 앉자마자 그니는 지난날 평강과 희락이 넘치는 예배 시간마다 능숙하게 다루던 솜씨로 발판을 힘차게 구르면서 풍금을 다그치기 시작했다. 뱃구레 터질 지경으로, 너무 많이 먹어 자귀가 나리만큼 풍금한테 바람을 그뜩 먹인 다음, 찬송가 곡조에 맞추어 건반을 눌러댔다. 그러자 기나긴 휴업 끝에 오랜만에 제 일거리 되찾은 풍금이 반주자 뜻을 좇아 힘찬 화음들을 예배당 바닥에 콸콸 토해내기 시작했다.

땅들이 변하고 물결이 일어나
산 위에 넘치되 두렵잖네

이방이 떠들고
나라들 모여서 진동하나
우리 주 목소리 한번 발하시면
천하에 모든 것 망하겠네……

아버지 금족령에 묶여 집 울안에만 갇혀 지내느라 교회 향해 길을 나설 엄두조차 못 내던 처지였다. 예배 참예할 기회를 일절 빼앗긴 지 몇 달째, 그러니까 실로 오랜만에 마음껏 발휘해보는 반주 솜씨였다. 건반 누르는 손끝에서 잔잔하게 출발한 기쁨의 물결이 어느새 격랑으로 돌변하면서 마치 방조제를 유린하고 뭍을 휩쓸듯 순금의 가슴을 거센 감격의 해일로 휘덮었다. 가슴속에 충만한 기쁨이 반주하는 손으로 하여금 파들파들 경기를 일으키게 했다. 풍금 반주에 곁들여 사모와 목청을 연합해 금지곡 찬송을 부르는 동안, 그니는 그칠 새 없이 비어지는 눈물을 도무지 주체할 수 없었다.

만유주 여호와
우리를 도우니 피난처요……

예배당 내부에서 부르는 두 가닥 찬송보다 훨씬 더 대규모 찬송이 갑자기 외부에서 울려퍼지기 시작했다. 창문 밖에서 목청 드높여 부르는 여러 가닥 찬송이 예배당 안으로 우르르 쏟아져 들어오고 있었다. 감사납게 호통치며 해산을 명령하는 헌병들 상대로 숨바꼭질 벌이듯 남녀 성도는 총검의 저지를 요리조리 피해 예배당 둘레를 뱅뱅 도는 틈틈이 몇 사람씩 창문에 달라붙으면서 풍금 반주에 맞추어 금지곡 찬송 고창하기에 잔뜩 고부라지고 있었다. 예배당 안팎이 합력해서 급조한 대규모 성가대가 지휘봉 없이 맨손 휘젓는 사모의 동작에 충실히 따르고 있었다. 온 성도가 목청껏 불러대는 찬송가 제창이 밤을 맞아 이제 그만 잠자리에 들려는 참이던 산서의 산야를 연신 흔들어 깨우고 옆구리 꾹꾹 찌르며 자꾸만 성가시게 굴고 있었다.

세상에 난리를 그치게 하시니
세상에 창검이 쓸데없네……

순금은 수십 명 성도가 보내오는 뜨거운 호응에 힘입어 풍금 반주에 더욱더 신명을 낼 수 있었다. 그니는 가랑이에서 너운 바람 폴폴 일 만큼 온 힘과 온 정성 기울여 미친듯이 발판을 굴러댐으로써, 사람으로 친다면 거지반 환갑 나이에 가까울, 구닥다리 풍금으로 하여금 도무지 견딜 재간이 없도록 마구 닦달질하고 있었다.

> 높으신 여호와
> 우리를 구하니 할렐루야
> 괴롬이 심하고 환난이 극하나
> 피난처 있으니 여호와요……

못질하는 소리가 예배당 전체를 텅텅 울리기 시작했다. 정면 출입문이었다. 헌병들이 출입문에 두꺼운 널판때기 두 장을 가위표 모양으로 어긋매껴 대못을 박는 살치기 작업을 하는 중이었다. 못질이 계속됨에 따라 창문 밖 찬송 소리는 어느새 울음을 동반한 통성기도로 바뀌어 있었다. 곧이어 종탑에서 놋종이 연방 덜그렁거리며 내뱉는 볼멘소리가 들려오기 시작했다. 헌병들이 병력을 나누어 한 패는 출입문에 살치는 작업을 맡고 다른 한 패는 허공중에 매달린 놋종을 땅으로 끌어내리는 모양이었다. 통성으로 부르짖는 기도 소리가 한층 더 기승스러워졌다. 순금은 반주자석에서 몸을 발딱 일으켰다. 그러자 사모가 팔 내려 마룻바닥 꾹꾹 다지는 동작을 통해 뛰어오르는 마음의 음계(音階)를 대폭 낮출 것을 반주자에게 지시했다.

"최선생, 저따위 훤화에 일일이 대응할 필요 없어요. 저들이 무삼 행패를 부리더라도 우리 목사님은 승리하신 게 분명하니까요. 결국 우리 하나님께서 승리하신 것이지요."

별수없이 순금은 반주자석에 도로 엉덩이를 붙이고 말았다. 한 계단 높은 지휘자석에 머물던 사모가 반주자석으로 내려왔다.

"최선생한테 드릴 선물이 있어요."

사모는 소맷부리 안에서 뭔가를 꺼내 순금에게 내밀었다.

"최선생을 만나게 되면 전하려고 오래전부터 준비해두었던 선물인데, 그동안 그럴 기회가 통 없었지요."

쪽지였다. 마치 첫사랑이 건네는 연서 대하듯 순금은 사뭇 두근거리는 심정으로 쪽지를 받았다. 그리고 강단 주변을 밝히는 남포등의 조력을 받아 쪽지에 적힌 내용을 단숨에 읽었다.

로마 八장 三一절로 三五절 말솜

그런즉 이 일에 ᄃᆡᄒᆞ야 우리가 무솜 말ᄒᆞ리오 만일 하ᄂᆞ님이 우리를 위ᄒᆞ야 힝ᄒᆞ시면 누가 능히 우리를 ᄃᆡ뎍ᄒᆞ리오…… 누가 능히 하ᄂᆞ님의 ᄐᆡᆨᄒᆞ신 ᄇᆡᆨ셩을 숑ᄉᆞᄒᆞ리오 하ᄂᆞ님이 의롭다 ᄒᆞ시ᄂᆞ니 누가 능히 죄를 뎡ᄒᆞ리오…… 누가 능히 우리를 그리스도의 ᄉᆞ랑에셔 ᄭᅳᆫ흐리오 환란이나 곤고나 핍박이나 긔근이나 젹신이나 위험이나 ᄏᆞᆯ이랴

3

"조오지부쓰오 와즈라우 야쓰 같은 놈들 같으니라고!"

매우 편리하게도 형편과 처지에 따라 능소능대할 줄 아는 천석꾼 영감이었다. 때로는 내선일체 황국신민 야마니시 아끼라로 변신하는가 하면, 또 때로는 된장 냄새 물씬 풍기는 토종 조선사람 최명배로 머물기를 여반장으로 하는 위인이었다. 자기 근본 엿 바꿔 먹듯 자기 태생 갈마들이기를 자유자재로 해치우는 산서 제일 갑부 입에서 악에 바친 욕지거리가 토악질하듯 꾸역꾸역 쏟아져나오고 있었다. 몸뚱어리 안팎, 사대삭신 전후좌우, 온몸 상하 구석구석 안 가리고 무시로 출몰하면서 뼈마디들 낱낱이 욱죄고 오장육부 점점이 해체할 기세로 무시무시한 동통이 엄습할 적마다 최명배는 으드득 사리문 위아래 어금니 틈새로 짐승의 울부짖음 엇비슷한 소리를 간단없이 밀어내곤 했다. 순사들한테 총개머리로 늘씬하게 두들겨 맞고 경찰서로 잡혀간 이래, 그는 조선사람 최명배 신분으로 내내 숨쉬고 밥 먹고 똥 누고 잠을 자고 지냈다. 특별한 변수가 생기지 않는 한 최명배는 앞으로도 당분간은 태생과 근본이 어정쩡한 야마니시 아끼라하고 일정한 거리 유지한 채 그냥 데면데면하게 지낼 심산이었다.

"조오지부쓰오 와즈라우 야쓰맨치로, 아니지, 조오지부쓰오 와즈라우 야쓰보담 훨낀 더 고약시럽고 징상시런 종자들 같으니라고!"

워낙 딸년한테 귀동냥으로 익힌 엉터리 실력인데다 임의대로 매끄럽게 잘 돌아가지도 않는 혓바닥 놀려 수고스럽게 내뱉는 토막 국어 욕지거리인지라 마치 귀엽지도 않은 의붓자식 잠지 만져주는 것처럼 번번이 성에 차지 않았다. 결국 황국신민 근처까지 얼추 다가갈 뻔했던 자기 신분 불러 세워 깔축없는 조선 종자 최명배 입장으로 되돌아올 수밖에 없었다.

"슥 달 열흘 꼬빡이 옘병을 앓다가 땀 한 방울도 못 내고 뻿뻿허니 꾸드러질 잡탕패 놈들 같으니라고!"

최명배 영감은 한 파수 또 기승스레 치솟는 동통을 증오심 가득찬 조선말 욕지거리에 버무리고 더운 입김으로 양념을 쳐 또다시 잇새로 뿌직뿌직 밀어냈다. 알맞추 잘 고아진 조청처럼 혓바닥에 착착 감겨드는 조상 전래 조선말 욕으로 한바탕 험구를 놀리니 그제야 비로소 난생처음 욕다운 욕 뱉은 듯 후련해지는 기분이었다. 살점 발기발기 찢어 헤집고 뼈마디 우지끈 부러뜨리는 듯싶은 삭신의 통증까지는 아니더라도 최소한 자갈돌처럼 단단하게 은결든 마음의 통증은 얼추 다스려지는 느낌이었다.

"웬수가 따로 없지! 왜놈들만 웬수 아니라 자식들도 웬수여!"

그동안 최명배 영감이 퍼부었던 욕지거리 대상은 죄 없는 늙은 이한테서 잠을 빼앗고 온갖 폭행과 고문 자행한 고등계 형사들이 아니었다. 영감의 증오와 저주는 큰아들과 둘째아들, 그리고 장조카까지 한통으로 묶은 피붙이들을 겨냥하고 있었다. 그놈들이 저지른 소행머리야말로 도무지 용서가 불가능한 것이었다. 그 가운데서도 기중 괘씸한 원수는 노점귀신 큰아들이었다. 소유권도 없는 주제에 주인하고 사전에 일언반사 상의도 없이 남의 재물 멋대로 저당잡히고 거금 만원을 끌어다 제멋대로 처든지른, 그야말로 파천황 행악질을 서슴없이 저질러버린 큰아들 소행머리와 비교할작시면, 무고한 황국신민 유치장에 가둔 채 장장 닷새에 걸쳐 밤낮으로 치고 차고 박고 꺾고 비틀고 돌리고 메어꽂는 등등 늙은 몸뚱어리에 모진 고문 자행한 고등계 형사들은 차라리 학식과 덕망 갖춘 사대부 양반과 동격으로 우러르고 괄목상대해야 마땅할 판이었다. 제 친부 상대로 고등계 형사보다 훨씬 더 극악무도한 만행을 저지른 천하잡놈이 바로 큰아들 부용이었다. 더군다나 제딴은 아비 극진히 위한답시고 그따위 고얀 짓거리를 앞장서 도모하고 지휘했노라 벅벅 우겨대고 자빠졌다니!

"나 죽겄다, 이놈들아! 나 죽는다, 이년들아! 아고고고, 거그 시방 어느 연놈이건 누구 없느냐?"

이부자리 안에서 연방 버르적거리며 최명배 영감은 냅다 고함을 뽑았다. 아침나절에 일차 복용했던 탕제에 섞인 앵속(罌粟) 기운이 거지반 다 떨어져가는 모양이었다. 경찰서 유치장에서 풀려난 지 엿새째인데도 몸 상태가 좋아지기는커녕 갈수록 더 형편없이 망가지고 바짝 짜부라지는 듯싶었다. 옴나위조차 못하리만큼 초주검 되어 짐짝처럼 달구지 위에 얹힌 채 닷새 만에 집에 돌아온 상곡 어른을 가권들은 흡사 불기 닿았다 하면 뻥 터질 폭발탄 다루듯 되우 조심조심 맞아들였다. 지리멸렬 상태로 철두철미 망가지고 고장나버린 신체를 본래 형상으로 꿰맞추기 위해 가권들은 장독 푸는 데 탁효가 있다는 온갖 약재를 연락부절로 대령하는 공사에 저마다 팔소매 걷어붙이고 나섰다. 며칠 품 들여 갖은 정성 기울이며 병구완에 매달렸으니 이제는 웬만큼 차도를 보일 법도 하건만, 늙은 사대삭신 안에 한번 터전을 잡아버린 골병은 하루가 다르게 점점 더 고황으로 파고드는 듯했다.

"모다들 뒤어졌냐, 이놈들아? 하늘 같으신 가장께서 시방 거진 다 숨넘어가는 판국인디, 으째 사람 새끼 한 마리 코빼기도 안 비치냐, 이 열두 토막을 내뿌러도 시연찮을 연놈들아아!"

"가요, 가! 사랑채 거진 당도혔어라!"

다급스러운 대꾸에 이어 관촌댁이 헐떡이는 숨결 턱자가미에 대롱대롱 매단 채 허위단심 사랑채로 뛰어들었다.

"부르셨어라우?"

"뭣이여? 부르셨냐고? 오냐, 불렀다! 나가 불렀으니께 할망탕구가 억지 춘향이로 마지못혀 왔겄지, 자진혀서 나타날 리가 있냐?"

대장간 풀무 바람 주머니처럼 터질 듯 부풀었다 납작 꺼지기를 반복하는 가슴팍 가라앉히기 위해 숨결 고르는 중인 마누라 향해 최명배 영감은 여느 때보다 훤자위 유난히 승한 목자 함부로 부라리며 불량을 떨었다.

"영감 죽은 연후에 팔자 곤칠 궁리를 허니라고 고로콤 안채에 콱 틀어백혀서 왼종일 꼼지락도 않고 자빠졌냐?"

"이녁도 참! 무신 그런 천부당만부당헌 억단에 말씸을……"

"안 그러면 뭣 땜시 금방 숨 꼴까닥 넘어가는 영감 내싸두고 자빠져 있었냐? 여태까장 어느 동네 누구랑 노닥거리다가 인자사 그 잘난 쪽제비 낯짝 실무시 내비치고 자빠졌냐?"

"성미 한번 유난시럽소. 약탕관 쪼깨 굽어다볼라고 사랑채 비우고 잠시잠간 정주간에 갔다가 후딱 돌아왔는디, 영감 시계로는 그게 왼종일이다요?"

"요망시런 예펜네가 얻다 대고 눈자우 흐연허니 뒤집고 콩콩 말대꾸여?"

목청껏 소래기 내지르기 무섭게 최명배 영감은 에구구 구슬픈 비명 뽑으며 허구리께로 손바닥을 척 올렸다. 그러자 관촌댁이 이부자리 위로 철퍼덕 엎드러지면서 마냥 시름에 겨운 낯꽃을 영감 면전에 바싹 들이댔다.

"요참에는 또 신체 어느 대목이 생사람 잡을라고 난리법석을 떤다요?"

"아이고, 이 깝깝허고 폭폭헌 할망탕구야! 왼 몸땡이 사면팔방으로 맷독이 퍼져서 동서남북 전후좌우 안 개리고 통증이란 놈이 유람 댕기는 바람에 어디 성헌 구석 하나 없이 골골샅샅 쑤시고 절리고 땡겨서 죽게 생긴 판국인디, 나가 내 입으로 어느 동네 어느 대목이라고 꼭 명토 박어서 표시를 혀줘야만 말귀를 알어먹겄냐?"

"신체 전부가 개차반 같은 사정이라 허드래도 기중 우심허게 우리 영감 닦달허는 못된 자리가 있을 게 아니요?"

"아이고, 내 허구리가 시방 두 동갱이 날라 그러네! 아이고, 아이고, 내 엉치뼈가 당장 사추리로 삐져나올라고 요동치네!"

철부지 어린애처럼 엄살 위에 어리광까지 곱빼기로 얹는 늙마의 영감 말귀를 똑같은 늙마의 마누라가 그제야 제대로 알아들었다. 관촌댁 손이 이불 속으로 들어와 영감 신체 사정 더듬더듬 탐색하는가 싶더니만, 이내 한쪽 허구리부터 알뜰살뜰 주무르기 시작했다. 오글쪼글 시들긴 했을망정 그래도 마누라 손이 약손 구실 제법 해낸 덕택에 알게 모르게 조금씩 통증이 졸아붙는 듯했다. 마누라한테 한바탕 투정질 부리고 나니 부글부글 끓던 가슴 속 부아통도 한결 가라앉는 듯했다. 최명배 영감은 한 파수 또 휩쓸고 지나간 통증의 꼬리를 물면서 갈마드는 전신권태를 입에 물고 알사탕처럼 천천히 음미하느라 눈을 거슴츠레하니 내리깔았다. 영감이 툭하면 밉네 곱네 생트집 잡으며 만판 못살게 구는데도 마누라는 그동안 군소리 별로 없이 유난한 성깔 쓸어 담는 쓰레받기 노릇을 착실히 감당해왔다.

"뭣이네 뭣이네 혀도 몸에 들어온 장독 몰아내는 디는 똥국 덮어먹을 영약이 없다고 열 입이 한 입으로 말헙디다. 접때 춘풍이 맨치로 이녁도 요참에 그 영약 한번 잡솨보시는 게 으뗗겄소?"

"뭣이여? 날더러 시방 똥물을 퍼먹으라고?"

일껏 사그라지려던 부아가 기승스레 도지는 바람에 최명배 영감은 스르르 감았던 눈을 번쩍 칩뜨면서 늙정이 마누라를 쨋쨋이 노려보았다.

"이왕지사 머심살이를 헐 바에는 같은 새경이라도 과붓집 머심을 살으라고 안 그럽디여? 똥물도 사람 입으로 들어가면 음식이요. 남세시럽게 똥물이라 칭허들 말고 기왕이면 영약 똥국이라 칭허시요. 쌩마늘 두어 쪽 곁들여서 콧사배기 꽉 틀어잡고 한 대접 벌떡벌떡 마셔뿔면 생각만침 별로 역허지도 않고 그럭저럭 목구녁으로 넹길 수도 있다고들 그러든디……"

"춘풍이 그놈허고 나허고 같으냐? 같은 사람이라고 천석꾼이랑 머심놈이랑 지체도 같어? 헐수할수없는 처지다보니께 상것들이 이판사판으로 쓰는 막뵈기 물건이 그 똥국인지를 임자가 시방 몰라서 허는 소리여?"

"내 육신 무탈허고 내 정신 강단져야 양반도 있고 상놈도 있는 법 아니겄소? 이녁 코가 시방 석 자허고도 네 치 닷 푼은 삐져나왔는디, 한유허게 반상이나 따지게 생겼소? 천석꾼 체통 돌본답시고 언지까장 요로콤 우황 든 소맨치로 복통 앓는 소리를 벗삼어 지낼 작정이요? 허구헌 날 자리보전허고 둔눠서는, 나 죽는다, 나 살려라, 소리소리 질러댐시나 몸부림허는 정상을 인자 더는 못 보겄소. 당장에라도 이녁 응덩짝에다 애편 주사 한 대 콱 찔러주고 잪은 생각이 하로에도 열두 번씩 솟습디다."

"뭣이여? 말이면 다 말인지 알어? 즈그 영감 애편쟁이 맨들어서 댓바람에 살림을 홀라당 들어먹고 잪어 환장이라도 혔냐, 시방?"

최명배 영감은 몹시 불량한 목자 부라리며 늙정이 마누라를 노려보았다. 고등계 형사들에 의해 눈알 뽑힌 채 소경 되어 집에 돌아오지 않은 것만도 다행으로 여겨야 할 판이었다. 몸뚱어리는 요모조모 결딴나다시피 했지만, 누구한테 해코지할 때 늘 흉기처럼 사용하던 두 눈은 아직도 제구실 하느라 번뜩번뜩 빛을 발하고 있었다. 허옇게 부라려대는 목자에 기가 질린 나머지 늙정이 마누라는 단박에 쥐며느리 형상으로 찔끔 오그라들고 말았다. 은

결든 상처 어혈 푸는 탕제 안에 극미량 섞인 앵속마저 여간만 마음에 걸리는 게 아니었다. 어질병이 지랄병 되듯 통증 잠재우는 맛에 빠져 시나브로 앵속 기운에 길들다가 종당에는 진짜배기 아편쟁이로 전락해 끝내 패가망신할까봐 그러잖아도 신경이 잔뜩 곤두서 있던 참이었다.

"그놈한티 단단허니 약조를 받어놨는가?"

이왕지사 사나운 목자 허옇게 부라려대는 김에 최명배 영감은 또다른 트집거리 찾아내 늙정이 마누라 내처 들볶기로 작심했다.

"약조라니, 무신……"

"부용이 그놈 말이여! 임자 허가도 없이 지놈 자량으로 무단시 축낸 그 거만재산 말이여! 아무 날 아무 시까장 끝전 한 닢 안 틀리게코롬 그 재산 도로 다 채와놓겄다는 약조 말이여!"

"참말로 망령이요, 망령! 뇌짐이 고황까장 뻗쳐서 어느 때 무신 꼴 당헐지 모르는 몸땡이로 갸가 시방 무신 여력이 있다고 그 재산 물어내라, 채와놔라, 쌩야단이다요?"

"애시당초 그럴 여력도 없는 놈이 대관절 무신 보짱으로 금쪽 같은 재산 함부로 축내고 그 지랄을 다 떨었냐, 그 말이여!"

"설사 여력이 있다 치드래도 그렇지요. 그게 어디 지집질에다 노름질로 활수허니라고 탕진헌 재물이요? 이녁이 칠성판 신세 면허고 요로콤 숨줄 붙은 채로 풀려난 게 누구 덕인지 알고나 허는 소리요? 무신 수를 쓰드래도 즈그 아부지 살려내겄다는 일념으로 갸가 통크게 맴먹고 도모헌 효행 아니겄소? 그런 자식한티 상은 못 내릴망정 아부지라는 사람이 아무 날 아무 시까장 반다시 갚으라고 빚쟁이 추달허딧기 종지목 들이댐시나 어음 받고 하낭다짐 시켜야만 똑 직성이 풀리겄소?"

"하따, 그놈 효행 두 번 받었다가는 천석꾼 살림 말짱 다 거덜나겄네! 뭣이여? 그놈한티 상을 안 내린다고? 마빡에다 날베락 쌔려도 시연찮을 그놈한티 나가 미치고 설쳤다고 상을 내려?"

"참말로 남우세시러서 낯짝 들고 동네 고샅길도 못 나가겄소. 이녁 그 말뽄새가 담장 넘어가는 날이면 창천에 무지갯살 뻗치딧기 괘얀시 망신살만 쌍무지개로 뻗치고 말 거요. 관가에서 치도곤 맞은 것만으로 부족혀서 요참에는 재물 잃어, 인심도 잃어, 요로콤 양수겸장에 외통수로 몰릴 판국이요. 그러니깨 차후로는 당최 그런 억설 입초시에 올릴 생심도 허들 마시요! 금수 같은 축생도 아니고 명색이 인간인디, 우리네 인간이 한세상 살어간다는 게 뭣이겄소? 인명이 중허요, 재물이 중허요? 있다가도 싹 없어져뿔고, 없어졌다가도 도로 뿔딱 생겨나는 것이 바로 재물 아니겄소? 허지만 인명이란 것은 한번 없어져뿔고 나면……"

"예에끼, 순!"

벽력같은 고함과 동시에 최명배 영감은 마누라 도움 없이 자력으로 윗몸을 일으키고자 한바탕 모질음을 쓰기 시작했다.

"요망시런 할망구가 시건드러지게 시방 관운장 앞에서 턱쉬염 과시허는 거여, 뭐여? 없어졌다가도 도로 뿔딱 생겨나는 것이 재물이라고? 없어지기는 쉬워도 도로 생겨나기는 무진장 심든 것이, 꼭 춘풍이란 놈 과거시험에 장원급제허는 일만침이나 에룹디에룬 것이 바로 재물인지 알고나 있으란 말이여, 이 할망구야! 땅속을 열 질을 파봐라, 고린전 한 닢 나오는가! 뼈매디가 녹고 피땀이 졸아붙드락 한평생 땅띠기를 혀도 못 장만헐 거만대금이여! 조자룡이 헌 창 쓰딧기 그놈이 그 거만대금 안 휘둘렀어도 쪼깨만 더 이를 악물고 버티면 제절로 무죄방면될 판이었어. 그런디 그 육시럴 놈이 안 써도 괭기찮은 재물을 왜놈들 아가리에다 몽땅 꼬라박고 말었으니, 나가 시방 잠인들 오고 밥인들 목구녁 넘어가게 생겼냐? 여러 소리 씨월거릴 것 없어! 지놈 혼자 지놈 멋대로 자초헌 손재수니깨 지놈 똥구녁으로 날이날마닥 한 꾸레미씩 금닭알을 까든지 은닭알을 까든지 혀서 좌우지간 요번 달 안으로 내 돈을 에누리 없이 다 채와놓으라고 그놈 귓구녁에 굳은살 백이게코롬 임자가 경을 읽어대란 말이여!"

분격 대상에 순번을 매기자면, 단연 수석은 큰아들이고 차석이 둘째아들이었다. 최명배 영감이 천륜을 범한 자식보다 아비구명에 나름대로 힘쓴 병골 자식한테 가일층 분격을 느낄 수밖에 없는 소이연은 자신이 입은 재산상 피해액의 차이에 있었다. 화적패 손에 강탈당한 재물보다 왜놈들 아가리에 활수한 재물 쪽이 훨씬 클 뿐만 아니라 훨씬 아깝기 때문에 최명배 영감은 작은 아들보다 큰아들을 특히 더 용서할 수 없었다. 더군다나 큰아들로 말할 것 같으면, 강도 사건으로 연극 꾸며 배낙철 일당에게 독립운동 거사자금 대줬다는 혐의 뒤집어쓴 채 참담한 고초 겪게끔 제 아비한테 매를 잔뜩 벌어 보탠 장본인이었다. 화적패 다녀간 사실을 주재소에 신고하려 할 당시, 그보다 몇 배 더 많은 재물을 잃게 될지도 모른다며 신고를 극구 만류하던 놈이었다. 그 감언이설에 속아넘어간 실수야말로 자신의 일생일대 불찰이 아닐 수 없었다. 그 때문에 맞지 않아도 될 공매까지 덤으로 흠씬 맞아야 했다. 강도 사건에 관해 끝까지 입을 다문 이유를 이실직고하라며 업어치기와 메어꽂기를 되풀이하는 형사들 무지막지한 유도 기술 앞에서 최명배 영감은 억울한 사연들로 가득한 자기 가슴속을 버선목처럼 홀렁 뒤집어 보여줄 방책을 도무지 찾을 수 없었다.

오랜만에 일어앉아 늙정이 마누라 한바탕 욱대기느라 너무 무리한 탓인지 한동안 물러간 듯싶던 동통이 또다시 엄습했다. 최명배 영감은 빨랫줄 같은 비명을 뽑음과 동시에 이부자리 위를 가로세로 휘저으며 데굴데굴 구르기 시작했다. 영감이 몸부림치느라 경황없는 기회 틈타 관촌댁은 사랑채 밖으로 멀찌감치 내뺄 채비를 서둘렀다.

"핑허니 가서 얼른 약사발 챙겨갖고 올 모냥이니께 쪼깨 지달리셔라!"

마누라 발소리가 귀에서 멀어지자 최명배 영감은 줄곧 입에 달고 있던 비명을 뚝 멈추었다. 들어줄 사람 이미 떠나고 없는데 혼자서 괜스레 비명 꽥꽥 내지르는 건 매우 어리석은 짓일 뿐이라는 계산속 때문이었다. 비명 대신 끙끙 앓는 소리 어금니로 질겅질겅 씹어가며 최명배 영감은 이미 왜놈들 뱃속 지나고 측간 거쳐 어디론지 멀리멀리 흘러가버렸을 거금 만원의 잘생긴 얼굴을 상사병 앓듯 못내 그리워했다. 고문 후유증이 고통을 부르고, 그 고통이 잃어버린 재물 향한 병적인 집착을 낳고, 그 집착이 칠칠찮기 그지없는 큰아들 겨냥한 불신과 증오와 저주를 차례차례 불러들이고 있었다.

매에 견디는 장사 없다는 옛말 그대로였다. 그것은 인간의 인내심으로 차마 감당하기 어려운 악형이었다. 최명배 영감은 범강장달이 같은 형사 몇 놈이 시시때때 갈마들며 번차례로 가하는 갖가지 폭압과 고문에 견디다못해 까무러치기를 여러 차례 되풀이했다. 길래 그렇게 부대끼고 시달리며 고초 겪느니 차라리 혓바닥 작신 깨물어 자진하는 편이 낫지 않겠느냐고 머릿속에서 웬 정체불명 목소리가 자꾸만 충동질하고 있었다. 목소리의 주인은 아마도 야마니시 아끼라라는 반쪽짜리 왜놈인 듯했다. 하지만 최명배가 누구더냐. 앉았던 자리에 풀도 안 나고, 찔러도 피 한 방울 안 비칠 독종 중의 독종 아니더냐. 최명배가 어떤 인간인데, 누구 좋아 죽는 꼴 보겠다고 혓바닥 깨물어 단 하나뿐인 제 목숨을 스스로 버리겠는가.

특히나 고등계 취조 과정에서 형사 입 통해, 자신의 재물을 강탈했던 화적패 수괴가 남남지간도 아닌 이질이며, 더더군다나 자기 둘째아들이 화적패 일원으로 강도 사건에 가담했다는 사실을 최초로 접하는 순간, 최명배 영감은 하마터면 기함할 뻔했다. 생전에 오역죄(五逆罪) 지은 적 없으므로 죽은 후에도 갈 기회 없을 줄 알았던 무간지옥을 멀쩡히 살아서 들어간 것 같았다. 최명배 영감은 그때까지 악착같이 붙잡고 늘어지던, 어떡하든 우선 살고 봐야겠다는 집념의 동아줄을 자칫 놓아버릴 뻔했다. 휘황찬란한 미래와 입신양명에 잔뜩 기대를 걸었던, 그토록 끔찍이 귀애하면서 학업 뒷바라지 비용 아까운 줄 모르고 듬뿍듬뿍 투자했던 그 아들이 어찌 아비 상대로 그렇듯 무참한 짓거리를 저질렀단 말인가. 낙담과 절망의 극에 다다른 나머지 최명배 영감은 하마터면 유치장 벽 꽈당 들이받는 자해 행위로 머리통을 바싹 깨뜨릴 뻔했다. 하지만, 최명배가 누구더냐. 최명배가 어떤 인간인데, 어떤 놈들 좋아 자지러지는 꼴 보고 싶어 스스로 머리통 바싹 부수뜨려 제 목숨을 헌신짝처럼 버리겠는가.

취조 기간이 길어질수록, 그리고 형사들 닦달질이 우심할수록 두억시니 같은 최명배 영감 복장에는 섣달 그믐밤의 까마귀 털빛만큼이나 시커먼 오기가 꿈틀꿈틀 요동치곤 했다. 오냐, 좋다. 어차어피에 나는 버린 몸이다. 생목숨 압수해 가는 공사만 빼고는 무슨 짓이든 네놈들 맘대로 죄다 하거라. 늙은 몸뚱어리 한두 군데 불구로 만든다 해도 나는 끄떡없다. 사불여의해서 불구자 신세 되더라도 전답문서랑 금은보패 꽉 부둥켜안은 채 바람벽에 똥칠할 때까지 수복을 누리기만 한다면, 그것만으로도 꽤나 오달진 한평생 아니겠는가.

"에라, 이 금수 같은 놈아! 형사질 수십 년에 네놈같이 지독한 악종은 처음 본다!"

마침내 형사 입에서 얼토당토않은 감탄성이 흘러나왔다. 금수같이 지독한 악종이라니, 도대체 그게 누가 누구더러 할 말인가. 개도야지 취급하듯 사람 가둬놓고 묶고 치고 패고 차고 박고 꺾고 비틀고 던지고 굴리고 지지고 쑤시기를 수없이 되풀이하면서 자그마치 나흘 밤낮 잠도 한 숨 안 재워가며 각양각색 고문에 고부라지던, 다른 동네 금수 들먹일 것 없이 제가 바로 금수 중의 금수 영락없는 형사 주둥이에서 나올 법한 소리는 결코 아니었다. 하지만, 금수 들먹이는 입장이 뒤바뀐 감은 있어도, 실인즉슨 왈칵 틀린 말도 아니었다. 아닌 게 아니라 최명배 영감은 금수 이상의 오기와 독기로 무장해서 항우장사도 두 손 번쩍 들 고문들을 끝끝내 이겨내고 만 것이었다.

어쩌다 운수불길해서 크게 손재수 만나려고 그처럼 일이 꼬였던지, 큰아들 지시 따라 장조카가 관공서와 잘 통하는 읍내 유지들한테 어찌어찌 연줄을 대어 관헌들 상대로 다급히 손을 쓰기 시작한 것은 공교롭게도 그 무렵이었다. 다른 무렵이었다면 혹간 또 모르겠다. 예컨대, 형사들 취조가 초동 단계에 들어설 무렵이나 뒤달질하는 손길이 한고비 판에 다다르기 전에 그런 돈지랄을 벌였더라면, 최소한 몸이라도 덜 축나고 덜 망가졌을 게 아닌가. 그런데 때를 골라도 하필 왜 승리를 목전에 둔 그때를 골랐단 말인가. 살인적 고문을 초인적 의지로 견디면서 '그게 아니다' 또는 '나는 모르는 일이다' 두 가지 답변으로 시종일관한 덕분에 드디어 수사가 마무리 단계에 접어들던 때였다. 기다렸다는 듯 장조카가 그 무렵에 딱 맞추어 거만대금을 왜놈들 아갈머리에 쏟뜨리는 어리석음을 범하고 말았다. 매는 매대로 실컷 얻어맞는 한편, 먼저 본 놈이 임자인 난장바닥에다 돈은 또 돈대로 흥청망청 흩뿌림으로써 천석꾼으로 하여금 거푸 두 번이나 사서 병신 되도록 만들어버린 망발이자 폭거임에 틀림없었다.

"예라, 이 능지처참으로 초벌 징치헌 연후에 부관참시로 재벌 징치헐 놈들 같으니라고!"

탕제에 섞인 앵속 기운의 부조에 힘입어 전신을 빼개고 찢어발기던 동통을 웬만큼 가라앉힌 후에도 가슴 밑창에서 여전히 화톳불처럼 맹렬한 기세로 타오르는 심화만큼은 도무지 어찌할 재간이 없었다. 차마 입에 담지 못하리만큼 흉악망측한 욕지거리들 죄 동원해봐도 말짱 소용없는 노릇이었다. 시시리 못나터신 소견 구멍 아무렇게나 휘둘러 일을 결정적으로 그르침으로써 졸지에 엄청난 가산을 축낸 것들에 대한 악감정은 시간이 꽤 지났음에도 당최 수그러들 기미조차 안 보였다.

"예라, 이 똥물에 재운 연후에 가마솥에 처옇고 불땀 좋은 참나무 장작불로 슥 달 열흘 고아대봤자 반분도 안 풀릴 오사리잡놈들 같으니라고!"

유치장 밖에서 장조카와 관공서 거간꾼 노릇하는 읍내 유지들 사이에 어떤 야합이 이루어지는지 꿈에도 알 리 없는 최명배 영감은 어느 순간부터 형사들 태도가 갑자기 야들야들해지고 말투마저 나긋나긋한 가락으로 개비된 사실을 뒤늦게 알아차리고 잠시 어안이 벙벙해졌다. 곧이어, 매질은커녕 제법 예의까지 갖추고 피의자를 상대하는 형사들 보면서 최명배 영감은 영문도 모르는 채 승리를 직감하기도 했다. 그러면 그렇지. 아닌 것을 아니다, 모르는 것을 모른다, 하고 곧이곧대로 사실만을 진술하는 데야 제아무리 날고뛰는 고등계 형사들이라도 달리 용빼는 재주 없었겠지. 방면되기 직전 마지막 절차로 신문조서 작성할 당시, 조선인 형사가 최고급 시끼시마 궐련에 불까지 댕겨 권하는가 하면, 터지고 찢어진 상처에 손수 아까징끼까지 발라주는 등 친절을 베푸는 바람에 최명배 영감은 하마터면 천석꾼 지체마저 잊은 채 치신머리도 없이 더운 눈물마저 왈칵 쏟을 뻔했다.

그러나 승리를 목전에 둔 기쁨도 잠시잠간이었다. 실인즉슨 그것이 병 주고 약 주는 술책에 지나지 않는다는 사실을 최명배 영감이 똑 부러지게 알아차린 것은 유치장에 갇힌 지 닷새째 되는 날이었다. 집안 대소사 도맡아 관장하는 장조카 진용이 불쑥 경찰서에 나타났다. 구속된 이후 처음이자 마지막 면회였다. 며칠 사이에 만신창이가 돼버린 상곡 어르신 건강부터 대뜸 염려하는 장조카 앞에서 최명배 영감은 나우 자신 있는 어조로 귀띔했다.

"금명간에 풀려날 조짐이 뵈는 것 같드라."

"아니, 지가 시방 쥐도 새도 몰르게 시방 감쪽같이 추진허든 일인디, 어르신께서 시방 으떻게 그런 낌새를……"

놀라움의 북데기가 만만찮은 규모임을 표현하느라 진용의 두 눈이 별안간 휘둥그레졌다. 그 순간, 최명배 영감은 왠지 모르게 일판이 아주 요상한 방향으로 꼬여가는 듯한 느낌을 받았다.

"그게 뭔 소리냐? 아니, 그렇다 허이면, 무죄방면이 나만 아는 게 아니라 너도 벌써 알고 있는 일이란 말이냐? 그러니깨 니놈 눈구녁에도 그런 조짐이 뵈드란 말이냐?"

"저어, 그러니깨 시방…… 어르신……"

유치장 간수가 눈 없고 귀 없는 시늉으로 짐짓 딴전 보는 체하는 기회를 틈타 진용이 재빨리 귀엣말을 건네왔다. 빠를 경우 오늘 아니면 내일 중으로, 늦어도 모레까지는 틀림없이 방면될 거라는 얘기였다. 물론 최명배 영감은 장조카가 전하는 희소식을 사필귀정의 일환으로 받아들였다. 뒷박 소금 심긴 적 없으니 애먼 사람이 양동이째로 맹물 들이켤 까닭이 없지 않은가. 그런데, 그게 아니었다. 장조카 입에서 그다음 이야기가 건너오는 순간,

최명배 영감은 눈앞이 온통 샛노래지는 충격에 휩싸이고 말았다.

"에잉? 돈을 만원씩이나?"

이 무슨 경천하고도 동지할 대참변이란 말인가. 방금 전 희소식이 어느새 비보로 뒤바뀌는 순간이었다. 자그마치 열 마지기템 되는 논을 헐값으로 처분해서 급히 변통했다는 거금 만원 그림자가 머릿속을 연락부절로 말달리기 시작했다. 여태 고등계에서 겪었던 고문보다 훨씬 더 혹독한 고통을 안겨주는, 이를테면 돈다발로 때리는 그 매질이야말로 최명배 영감으로서는 도저히 감당 못할 신종 고문인 셈이었다. 이미 허공중에 흩어져 어디론지 가뭇없이 사라지고 말았을 열 마지기 논배미들 아련한 잔상이 그예 최명배 영감을 미치도록 흥분하게 만들었다.

"안 된다, 이놈아! 하늘이 두 쪽 나는 한이 있드래도 그 논배미만은 절대 안 된다, 이놈아!"

드디어 최명배 영감 입에서 헛불 맞은 맹수 울부짖음이 대포알처럼 터져나왔다.

"그게 시방 니놈이 본정신으로 허는 소리냐? 이 내 몸 늙어 죽드락 가막소 콩밥 먹고는 살어도 그 논배미 없이는 못 산다! 그 논배미가 으떤 논배민지 니놈이 알기나 허냐? 그게 으뜷게 장만헌 논배민디 니놈이 감히……"

"쉿, 조용히 햇!"

그때껏 무심한 척 딴전만 보던 간수가 득달같이 달려오면서 감때사납게 으르렁거렸다. 하지만 최명배 영감은 간수 경고도 아랑곳없이 마구잡이 고함을 뽑아댔다. 다 된 죽에 코 빠뜨리기도 유분수지, 소위 피붙이라는 것들끼리 작당해서 어찌 나한테 이런 봉변을 안길 수가 있는가. 길어봤자 하루 아니면 이틀 정도 더 어금니 사리물고 매품을 판다면, 그놈의 지긋지긋한 관재수도 결국 끝장을 볼 판이었다. 이제는 방귀만 한 번 살짝 뀌어도 뽕 하고 유치장 밖으로 빠져나갈 수 있게끔 상곡 어른이 손수 모든 조처를 만단으로 끝내놓은 상태였다. 그런데 꿈에도 생각지 못했던 재물, 자그마치 열 마지기 논배미가 새중간에 불쑥 끼어들면서 일을 결정적으로 그르치고 말았으니, 그야말로 억장이 무너질 노릇이었다.

"주둥이 닥쳐라!"

새파랗게 젊은 간수한테 눈에서 불이 번쩍 튀게끔 귀싸대기 차지게 얻어맞으면서도 최명배 영감은 계속 시악을 써댔다. 이미 멀리 달아나버린 열 마지기 논배미가 본래 주인 수중으로 고스란히 되돌아올 때까지는 설령 우격다짐으로 유치장에서 쫓아낸다 할지라도 결단코 바깥세상으로 나가지 않겠노라고, 열 마지기 논배미 꿀꺼덕 삼킨 놈들이 그 땅덩이 도로 게워낼 때까지는 설령 비명에 옥사하는 한이 있더라도 유치장 안에서 부지하세월 버틸 작정이니 그리 알라고 최명배 영감은 장조카에게 무가내하로 억지를 부렸다.

"장차 이 원한을 무신 수로 다 갚을꼬!"

끄응 하는 신음 소리와 함께 최명배 영감은 옆으로 비스듬히 돌아누웠다. 때마침 약사발 쟁반 받쳐 들고 들어서던 늙정이 마누라가 된비알 타는 영감 신음 소리 듣더니만 양미간을 잔뜩 찌푸렸다.

"지발덕분 잊으시요, 팍 잊어뿌러. 깨구락지 쉬염 나드락 천년 만년 목놓아 불러봤자 그 돈 절대로 영감 품안으로 안 돌아오요. 벌써 오래전에 산 넘고 물 근너서 북망산천 근방까장 가뿌렀을 그 돈 못 잊겄다고 지나새나 연연허는 건 죽은 자식 붕알 만지딧기 말짱 다 헛공사니깨 일찌가니 냉수 자시고 속이나 채리시요."

"이런 옘병헐!"

부앗김에 최명배 영감은 누운 자세 그대로 한쪽 다리 높이 올려 마누라 손에 들린 쟁반을 걷어차려 했다. 그때 마당 쪽에서 인기척이 들려왔다. 뚜벅거리는 황소걸음이 누구를 거리끼거나 무엇을 삼가는 기색 없이 대청마루로 곧장 다가들었다. 그처럼 방약무인한 태도로 천석꾼 영감 거처에 접근할 위인은 집 안팎 통틀어 오로지 춘풍이밖에 없었다.

"왔어."

"왔다니? 뭣이 왔단 말이냐?"

사랑채 주인 제쳐두고 늙정이 마누라가 뜨악한 낯꽃으로 춘풍이를 추궁했다. 집안을 송두리째 뒤엎는 끔찍한 사달 겪은 뒤부터 마치 더위 먹은 소 초승달만 봐도 헐떡거리듯 관촌댁은 뭣이 왔다는 소리 슬쩍 비칠라치면 또다시 난리 쳐들어왔다는 기별이라도 받은 양 지레 앙가슴부터 쓸어내리는 몹쓸 버릇이 도지곤 했다.

"으, 왔어."

"저런 단매에 쌔려 눕힐 기사마 같으니라고!"

방문 저편에서 무척 흘게 늦은 말대꾸만 되풀이하는 춘풍이 향해 최명배 영감은 벌컥 웅기를 부렸다. 누가 찾아오긴 찾아온 모양이었다. 춘풍이 말고 다른 발소리 한 벌이 마당에서 사뭇 주눅 든 기색으로 신중하게 움직거리고 있었다. 마누라가 방문을 열고 목을 길게 뽑아 바깥을 내다보았다.

"어서 오시게나. 참말로 오래간만이네."

난리 쳐들어온 게 아님을 눈으로 확인한 늙정이 마누라가 적이 안도하는 낯꽃으로 방문객에게 알은체했다.

"상곡 어르신께 문안인사 조깨 올릴라고 왔고만이라."

"뉘여?"

세상만사 죄 귀찮고 인생행로 그저 시들하기만 하다는 투로 최명배 영감은 마냥 심드렁하게 물었다.

"낙촌 사는 신서방이고만요."

옆에서 마누라가 똥겨주기 무섭게 최명배 영감은 그 우환중에도 신파극 배우처럼 깜짝 놀라 나자빠지는 시늉을 제법 그럴싸하게 연기해 보였다.

"하이고, 낙촌이라 허이면 요 감나뭇골에서 자그만침 천릿길이나 되는 원지원방 아니드라고? 그런디 신서방이 오날은 무신 바람이 불어서 그 험산준령 넘고 넘어 요로콤 내 집구석까장 원행을 도모허셨단가?"

엎드러지면 코방아 찧기 십상인 동네가 바로 낙촌이었다. 초장부터 대뜸 궁지에 몰리기 시작한 신서방이 너무 가긍해 보였던지, 늘 정이 헤픈 게 탈인 늙정이 마누라가 제꺼덕 토를 달고 나섰다.

"일트레면 어르신 말뽄새는, 요로콤 쪼깨 늦게라도 병문안을 와주니깨 참말로 고맙다, 요 비슷헌 뜻이네. 그러니깨 신서방은 혹시라도 섭섭허니 알어듣들 말으시게."

"참말로 어르신 뵐 면목이 없고만이라. 이놈 입주뎅이가 바작으로 한 짐 까뜩이라도……"

"면목이 없다니? 무신 그런 천천만만에 말씀을! 신서방이 안 잊어뿔고 요로콤 원행을 도모허신 것만도 나 야마니시 아끼라는 눈물이 매라울 만침 고맙다 생각을 혀야겠지. 안 그런가? 요새 신서방 사무가 많이 바뿌신 모냥인디, 문안인사 다 딲었으면 어서 자네 집으로 돌아가소."

방금 전만 해도 뭔가 특별한 변수가 생기지 않는 한 당분간은 근본과 출신 두루 어정쩡한 그 야마니시 아끼라하고 일정한 거리 유지한 채 피차 무관한 처지인 양 데면데면하게 지낼 심산이었다. 그런데, 무지렁이 작인 앞에서 떠세할 요량으로 한번 불러낸 뒤부터는 그 반쪽짜리 왜놈 이름이 저도 모르게 자주 최명배 영감 입길에 오르내리기 시작했다. 어쩐지 최명배가 아는 신가보다 야마니시 아끼라가 아는 신가 쪽이 한층 더 나쁜 놈이고 훨씬 더 괘씸한 놈인 것처럼 느껴졌다. 산서에서 상곡 어른 훈김에 기대어 뱀치 땅뙈기라도 부치고 사는 작인들치고 그새 문안인사 안 다녀간 자가 아무도 없는 형편이었다. 그런데 유독 낙촌 사는 신가만은 어째 여직 코쭝배기도 안 비친다 싶어 그러잖아도 최명배 영감은 총기 좋은 머릿속에 그 싹수머리 없는 작인 성명 삼자를 굵은 획으로 치부해놓고 단단히 벼르던 참이었다.

"어르신께서 쪼깨 오해가 있으신 것 같은디요. 실은 처갓집에 대사가 생겨갖고는 구례까장 댕겨오니라고……"

"오해고 육해고 간에 이 사람아, 입설 부르트게 여러 소리 콩팔칠팔 따질 필요 없네. 그 멀고먼 낙촌까장 갈라면 날이 꼴딱 샐 판인디, 어서 해 떨어지기 전에 발행을 허소."

시종일관 고약한 입정 놀려대는 심술통이 영감한테 눈 한번 째지게 흘겨주고 나서 관촌댁이 얼른 대청마루로 나섰다.

"염생이란 놈도 살나보면 물찌똥 쌀 때가 있다 그러잖든가. 심성 곱고 인삿갈 밝기로 원근 삼동네에 소문이 왜자헌 자네가 아니든가. 신서방이 그동안 역부러 상곡 어르신을 안 찾어뵈얐을

텍이 없지."

"참말로 유정허신 말씸이십니다요. 그새 옥고 치루시니라고 고상이 이만저만이 아니셨을 틴디, 어르신 신수는 조깨 으떠신지……"

"집안 중시조 뫼시딧기 모다들 내남없이 어르신을 얼싸절싸 떠받드는 염려지덕에 인자는 어르신 신수가 쪼깨 좋아지신 것 같기는 허네."

"좋아지셨다니깨 참말로 다행이고만이라. 저어, 요것 조깨……"

"고것은 또 뭣이단가?"

"구례 처갓집서 갖고 온 지리산 석청인디, 변변찮은 물건이지만 어르신 몸보신에 쓰시라고 지가 성의로……"

"맨손으로 그냥 찾어와주는 것만도 고맙고 유정헌 일인디, 뭣헐라고 그 귀헌 석청까장……"

최명배 영감은 밖에서 주객 간에 오가는 수작질에 귀를 쫑긋 기울이고 있다가 쿵 하고 대청마루 둔중하게 울리는 소리 듣고 이맛전을 찌푸렸다.

"지리산 석청인지 묘향산 독청인지 몰라도 그 물건 도로 챙고 얼른 자네 집구석으로 돌아가기나 허소!"

석청 가리켜 독청이라 칭한 데는 '돌 틈에서 채취한 꿀'과 '독이 든 꿀'이라는 이중적 의미가 담겨 있었다. 그 정도 야유라면 아무리 아둔하게 타고난 산골 무지렁이라 할지라도 단순한 말장난 이상 깊은 뜻 내포한 천석꾼 어른의 지혜를 너끈히 헤아리고도 남을 것이었다.

"나 야마니시 아끼라, 귀헌 석청 못 먹어서 입설에 물집 잽힌 사람 아니네. 늙은 이 내 몸 위헐라 말고 젊은 신서방 몸보신이나 실팍지게 잘 도모허소. 지리산 석청 먹고 기운발 쑥쑥 뻗쳐야 내년 봄부텀 읍내 정거장에 마루보시 같은 일자리라도 새칠로 읃어서 지겟벌이라도 혀야 처자식들 멕여살릴 수 있을 게 아닌가!"

이를테면, 내년부터 절대로 소작을 주지 않겠다는 협박인 셈이었다. 그것은 신서방에게 내리는 사형선고나 마찬가지였다. 댓바람에 하얗게 표백되었을 신가의 오종종한 낯짝 상상하면서 최명배 영감은 속으로 깨소금 맛을 즐겼다. 아니나 다를까, 대청마루 일대가 동이째 찬물 끼얹은 듯 갑자기 조용해졌다. 짧은 침묵 건너 사랑채로부터 황급히 멀어지는 발소리가 들렸다. 시야 벗어나 있어 잘은 모르겠으되, 보나마나 뻔한 풍경이었다. 작인들이나 머슴들한테 지나치리만큼 인정 베풀고 선심 쓰기 즐겨하는, 그 몹쓸 버릇 아직도 개한테 주지 못한 주책바가지 할망구가 사색이 된 신가 등짝 떼밀어 안채 쪽으로 데려가는 참임에 틀림없었다.

"춘풍아, 이놈아! 하루가제, 이 기사마야!"

최명배 영감은 방문 저편에 대고 감때사나운 고함을 돌팔매처럼 날렸다.

"으째 기척도 없냐, 이 기사마야!"

"으, 기사마."

벗삼아 놀자고 초대라도 받은 것처럼 춘풍이가 벌쭉벌쭉 웃는 낯꽃으로 느럭느럭 나타났다.

"육갑 대강 떨고, 득달같이 뛰어가서 진용이란 놈 당장 델꼬 오니라, 이 기사마야!"

"으, 당장 오니라, 기사마."

"저, 저런, 입주뎅이 잘게 찢어서 꼬치장에다 장아찌 박어뿔 놈이 얻다 대고 감히!"

주인영감이야 제 분에 못 이겨 정수리로 천장 들이받도록 길길이 뛰든 말든, 우화등선하듯 허공중으로 두둥실 떠오르든 말든 상관할 바 아니라는 투로 춘풍이는 보무도 당당하게 곧장 심부름 행보에 올랐다. 반편이 머슴 발소리가 사랑채 마당 채 벗어나기도 전에 오랜 세월 귓구멍에 딱지 앉으리만큼 신물나게 들어왔던 꼴머슴 노래가 어느새 또 흥얼흥얼 비어지기 시작했다.

님은 보고 잪으지요오

쏘내기는 쏱아지지요오……

"저런, 오살에다 육시를 곱쟁이로 덧보탤 놈 같으니라고!"

험구 거쳐 말소리는 몹시 거칠게 나왔지만, 춘풍이에 관해서라면 그것은 결코 욕설이 아니었다. 이를테면, 그것은 피차 빰 어루만지고 머리 쓰다듬는 위로요 애무 행위인 셈이었다. 집 안팎 통틀어 최명배 영감이 발사하는 분노의 육혈포 사정권에서 멀찌막이 벗어나 있는 유일한 인물이 춘풍이였다. 주객 간에 너나들이 하면서 서로 희영수 주고받는 맛으로 최명배 영감은 시름겨운 세월을 그럭저럭 견디고 있었다.

"참말로 영감 웅뎅이 밑자리에는 풀 한 포기도 안 나겄소!"

춘풍이랑 길이 엇갈려 사랑채로 돌아오던 늙정이 마누라가 마치 마당에 피어오른 흙먼지 재우느라 개숫물 확 끼얹듯 먼발치부터 원성을 좍좍 끼얹어댔다. 관촌댁은 마당가에 잔소리 한 바가지 질펀하게 뿌린 다음 섬돌 위에 넋두리 한 짐 푸지게 부려놓더니만, 이윽고 대청마루로 올라서기 무섭게 푸념 보따리를 송두리째 풀기 시작했다.

"말로 천냥 빚 갚는다는 소리도 여적지 못 들어봤소? 말로 인심 쓰는 공사에도 돈이 든다요? 비용 안 나가는 허드렛말 한두 매디쯤 작인들한티 따숩게 근네면 동티라도 난답디여? 이렇다헐 허물도 없는 사람 무단시 읍내 정거장 마루보시로 내친 연후에 산서 바닥 들들 뒤지면, 신서방같이 착실헌 일꾼 새칠로 찾어낼 성부르요? 이녁 입만 벌어졌다 허이면, 그 시커먼 구녁 속에서 또 구렝이가 나올지 시궁쥐가 나올지 몰라서 노상 맴자리가 조마조마히요. 대관절 벌썽헌 냥반이 무단시 왜 놀부심청 부려갖고는 집안 인심 동네 인심 죄다 잃어뿐다요? 소도 비빌 언턱이 있어야 개려울 적에 등허리 호사허는 법인디, 막판에 작인들 인심까장 몽땅 잃어뿔고 나면 우리 집안은 장차 무신 언턱에다 대고 비빈다요? 몽니 사납고 승깔 고약헌 영감 땜시 원한이 골수에 맺힌 사람들이 똘똘 뭉친다면 무신 짓인들 못허겄소? 최가네 집구석 폭삭 망조 들어뿔라고 사람들이 조석으로 고사지낼 일만 생각헐라치면 나는 시방도 눈앞이 아시무라허고 팔다리가 떨려서 잠도 안 오요!"

"이 할망구가 재수 옴 붙게코롬 웬 자발을 다 떨고 지랄이여?"

방까지 푸념 그득 실린 수레를 이영차, 이영차, 끌고 들어오는 늙정이 마누라한테 최명배 영감은 허연 목자를 부라렸다.

"가장은 동으로 가자는디 식솔들은 서으로 가겄다고 빠득빠득 우겨대고 자빠졌으니, 참말로 잘되야가는 집구석이다! 그 인심이란 놈이 우리 집안에 쌀알갱이 하나라도 보태주는 꼴 봤냐? 그 인심이란 놈이 우리 집안에 나뭇단 한 짐이라도 져다 주는 꼴 귀경헌 적 있어! 동네 인심 작인들 인심, 그따우 것들 아모짝에도 소용없는 물건들이고, 백해무익헌 버럭지들이여! 인심이 바로 도적이고 날강도 같은 흉당이란 말이여! 변덕이 죽 끓는 세월에도 요지부동으로 버티는 것은 땅뎅이뿐이여! 그것만 죽자사자 꽈악 부둥키고 있으면, 그따우 동네 인심 작인들 인심 을축년 물난리에 집채 떠내려가덧기 몽땅 다 떠내려가드래도 걱정헐 필요 없단 말이여! 사방천지 둘러봤자 도와줄 놈 하나 없는 적막공산일시락 우리한티는 그저 땅뎅이가 비빌 언턱이고, 그 땅뎅이에서 나오는 소출이 바로 진짜배기 비빌 언턱이다, 요런 말씀지여!"

고문 후유증으로 인한 동통에 시달리던 사실마저 잠시 까먹은 채 최명배 영감은 헤프기 그지없고 활수하기 즐겨하는 아둔패기 마누라를 깨우친답시고 열변을 이어갔다.

"날더러 작인들 심허게 닦달헌다 욕허지만, 임자가 몰라서 허는 헛소리여. 낙촌 신가놈이 나 최명배 떠받드는 숭봉사상으로 몸보신 시키고 잪어서 그 아까운 석청 단지 싸들고 찾어온지 알어? 천천만만에 말씀! 애시당초 나 최명배는 심있는 지주고 저 신가는 심없는 작인이기 땜시 그러는 게여. 호구지책 소작 문제 땜시 신가놈이 맴에도 없는 짓을 허는 게여. 지주한티 밉뵈야서 소작권 끊겨뿔고 나면 처자식들 굶어 죽으니께 속으로는 아니꼽살시럽고 배창시가 배배 꾀야도, 아나, 이 영감아, 요것 처먹고는 꿀 먹은 벙어리나 되야뿔거라, 허는 맴보로 느지막이 석청 들고 나타난 놈이란 말이여!"

"이녁이 신서방 흉당에 들어갔다 나왔소? 열 질 물속보담도 짚다는 사람 속을 이녁은 으찌 그리 잘도 아시요?"

여느 때와는 영 딴판으로 천석꾼 영감 권위에 내처 맞설 작정인 듯 관촌댁은 뻣센 자세를 끝내 허물지 않았다.

"아서요, 아서! 지주한티는 하찮은 일인지 몰라도 넘에 전답 부쳐 먹고사는 작인한티는 밥줄에 목심줄이 왔다갔다허는 막중대사요. 칼자루 쥐었다고 애먼 모가지 함부로 치다가는 필경 죄로 가는 법이요. 우리 집안 자식농사 연년세세 대흉 드는 것도 이 녁이 허구헌 날 작인들 앙가심에 염장 처지르고 부지기수 사람들 눈에서 피눈물 찍어낸 그 업보 탓인 성싶소."

"아니, 이 요망시런 할망탕구가 왜 사사건건 쌍지팽이 짚고 나서서 하늘 같은 가장 면전에 악담 퍼붓고 지랄이여? 뭣 땜시 지 복을 지 발로 걷어차고 자발을 떨어? 경찰서 끌려가서 동네북맨치로 흠씬함씬 뚜딜겨 맞고 산송장 되야서 돌아왔다고 시방 나 최명배를 시삐 보는 거여, 뭐여? 인자는 집안 가장 알기를 똥친 막대기로 알고 빠락빠락 대드는 거여, 시방?"

"지렝이도 밟히면 꿈틀댈지 안다고 안 그럽디여? 산서 사람들 원성이 시방 땅을 다 덮고도 모잘라서 구천까장 뻗쳤다고 그럽디다. 불원간에 그 원성들이 똘똘 뭉쳐서 우리집 대문간으로 앙화가 화적패마냥 들이닥칠깨미 겁이 더럭더럭 나서 시방 이러요!"

"시끄러, 이 할망탕구야! 자라 콧구녁맨치로 좁아터진 쇠견머리 궁글려서 가장께서 허시는 일에 왈시왈비 참섭헐라 말고 정주간 솥뚜껑이나 똑 부러지게 운전허란 말이여, 이 늘품성 없는 할망탕구야!"

최명배 영감은 마누라를 얀정머리 없이 윽박질러 사랑채에서 쫓아버렸다. 지척지척 땅바닥에 끌리는 예리성에 잠시 귀를 기울이다 말고 낙촌 신가가 뇌물로 바친 지리산 석청이 방금 전까지 대청마루에 날름 올라앉아 있었다는 사실을 불현듯 상기했다.

"그 석청인가 독청인가 허는 물건 조깨 욜로 갖고 와봐! 진짜배긴가 가짜배긴가 어디 한번 맛이나 보게!"

하지만 이미 때는 늦었다. 하늘 같으신 영감님 분부가 에누리없이 귓구멍에 꽂혔으련만, 잔뜩 심정 상한 관촌댁은 일부러 못들은 체하면서 석청 단지와 더불어 안채로 사라져버렸다. 나이나 지체에 도무지 어울리지 않게끔 아직도 단것을 유난히 바치는 버릇을 못 버린 최명배 영감은 공연히 군입만 다셨다. 석청 놓친 아쉬움 달랠 요량으로 별수없이 문갑 서랍 속에서 비장의 군입정거리를 꺼냈다. 수완 좋은 장조카가 읍내 일본인 양과점에서 비싼값 치르고 어렵사리 구해 나른 곤뻬이당이었다.

"그나저나 참말로 꺽정시럽고만!"

꿩 대신 닭에 해당하는 곤뻬이당 탐하는 것으로 귀한 석청 눈앞에서 놓쳐버린 아쉬움을 달래기 시작했다. 뾰쪽뾰쪽한 별 모양을 가진, 콩알 크기의 곤뻬이당을 욕심 사납게 한 움큼 털어넣은 다음, 최명배 영감은 한입으로 우적우적 씹는 한편 다른 한입으로는 연방 장탄식을 뽑아댔다.

"이놈에 폭폭헌 노릇을 대관절 으찌혀야 옳단 말인고!"

최명배 영감은 혓바닥 위로 날름 올라앉는 단맛을 허겁지겁 탐하기 시작했다. 그러나 곤뻬이당이 가슴속 시름 덩어리까지 녹여주지는 못했다. 이만저만 고약한 시름이 아니었다. 시름의 규모나 정도가 어지간해야 누구 붙잡고 하소연하고 푸념도 쏟아내는 법이었다. 둘째아들로부터 비롯된 그 시름 덩어리는 사실 너무도 기가 막히고 만정이 뚝 떨어지는 종류라서 누구한테 입도 벙끗 못할 지경이었다. 마치 문갑 속에 곤뻬이당 숨겨놓고 약략스레 조금씩 꺼내 먹듯 자기 혼자 속마음으로 연방 끌탕만 하는 중이었다.

"이놈에 세상이 장차 으찌 될라고 삼강오륜까장 왕창 고장이 나뿔고 말었는지! 그나저나 참말로 꺼억정이라니깨!"

자그마치 열 마지기 논배미를 왜놈들 아갈머리에 진상하는 데 앞장선 노점귀신을 난장바닥에 엎어놓고 흙감태기 짚신발로 직신직신 짓밟아 뭉개듯 한동안 큰아들만 아귀세게 물고 늘어지다 보니 어럽쇼, 노점보다 훨씬 더 고약한 사회주의 역병에 걸린 다른 아들이 제 형 곁에서 순번을 기다리고 있는 게 아닌가. 최명배 영감은 둘째아들을 통째로 입안에 욱여넣고는 곤뻬이당과 함께 우적우적 씹기 시작했다.

고등계 취조실에서 최명배 영감이 맨 처음 맞닥뜨린 날벼락은 배낙철과 최귀용의 은신처를 이실직고하라는 엄포였다. 두번째 날벼락은 배낙철 일당에게 건네준 금품의 액수와 물목을 소상히 토설하라는 겁박이었다. 범강장달이 같은 형사들이 번차례로 갈마들면서 저마다 입길에 올리는 명칭 또한 각양각색인지라 자칫하면 어질병에 걸릴 지경이었다. 혹자는 군자금, 또 혹자는 독립자금 아니면 혁명자금, 또다른 혹자는 그냥 간단히 거사자금이라

칭하곤 했다. 애먼 사람 죄인 만들 작정으로 편리하게 끌어다 덮씌우는 것이니까 어차어피 자금의 명칭이야 아무런들 상관은 없었다. 문제는 그 자금으로 말미암아 불원간에 당할지도 모르는 교수형 또는 총살형의 공포였다. 충량한 황국신민 야마니시 아끼라에게 덮씌워지는, 그 어마어마하고도 무지막지한 혐의 앞에 까무러치게 놀란 나머지 최명배 영감은 지레 바짓가랑이에 산똥을 지릴 지경이었다.

하지만 남남지간도 아닌 배낙철이 그날 밤 사랑채 덮친 화적패 수괴였다는 사실이 취조 과정에서 밝혀지는 순간, 최명배 영감은 엉뚱깽뚱하게도 남다른 자부심 한 벌을 고의춤에 꿰차면서 그 사실을 매우 뿌듯하게 받아들였다. 그러면 그렇지. 그놈인 줄 진즉에 알아봤지. 제깟 놈이 땅에서 뛰어봤자 벼룩이고 하늘로 날아봤자 바구미지. 그렇게 생각하면서 회심의 미소마저 지었다. 마누라를 위시해 입 달린 사람 모두가 이구동성으로 망령된 억측이라 주장하면서 이질한테 의심 두는 이모부를 맹비난했는데, 결국 민완형사님들 수고 덕분에 자신의 추측이 백일하에 사실로 드러났으니 어찌 뿌듯하지 않겠는가. 일찍이 정곡 찔러 핵심 꿰뚫어 볼 줄 알았던 혜안에 스스로 감탄하지 않을 수 없었다. 낙철이 네놈이 기껏 손오공 푼수라면 나는 자그마치 부처님 손바닥이시다, 이놈아!

그렇지만 애당초 의심이 한 치 버그러짐 없이 진상과 찰싸닥 맞아떨어졌다 해서 자신의 번뜩이는 혜안과 놀라운 직관에 길래 환호작약할 수도 없는 노릇이었다. 막연히 배낙철 한 놈만 의심했을 뿐, 설마 패역무도한 화적패 속에 자기 친자식마저 끼어 있으리라고는 꿈에도 생각지 못했다. 처음에는 자신의 귀부터 먼저 의심해야만 했다. 내 아들이 그런 망나니짓 저질렀을 리 만무하다고, 뭔가 오해가 생겨도 아주 단단히 생겼음에 틀림없다고 완강히 도리머리를 해대곤 했다.

하지만 그 또한 어김없는 사실인 걸 어쩌랴. 배낙철의 군자금 모금 활동에 일원으로 가담해서 천석꾼 집안 터는 화적질에 동참했다가 중도에 변심해 경찰에 자수한 학생의 자백을 형사들이 증거로 들이대는 데야 달리 용빼는 재주 없었다. 소경 제 닭 잡아먹듯 이종형 도와 아비 재물 강탈하는 천인공노할 화적질에 한몫 단단히 거든, 눈뜬 자식 눈먼 소행이 요지부동의 사실로 굳어지자 최명배 영감은 결국 하늘과 땅과 대대조상들 두루두루 원망하지 않을 수 없었다.

둘째아들 귀용이 어떤 놈이던가. 삼형제 가운데 기중 잘생긴 데다 기중 영특하게 타고난 동량지재 아니던가. 그 나이 먹도록 최명배 영감이 자기 일신 외에 누구한테 본때 있게 애정 베푼 것은 둘째아들 귀용이 유일무이한 경우였다. 오로지 그 아들만이 자기 인생에 돌올하게 솟은 희망이요 둘도 없는 자랑거리였다. 숨쉴 때마다 콧구멍에서 쇳내 물씬물씬 풍기는 인색한인데도 그

아들 위해서라면 비용 아까운 줄 전혀 모르고 더빽더빽 써 버릇했다.

"다리몽생이를 작신작신 뿐질러뿔고 손모갱이를 팔랑개비맨치로 홱홱 비틀어 돌려뿔 놈 같으니라고!"

그토록 온갖 정성 기울여 원도 한도 없이 애정 쏟뜨린 그놈이 아비 가슴에 평생 뽑히지 않을 대못 질러놓고는 화적패 수괴이자 이종형 배낙철이랑 작반해 가뭇없이 종적을 감춤으로써 끝내 부지거처가 되고 만 것이었다.

"그나저나 참말로 꺼억정이고만! 땅바닥에 내려놓기도 참 거시기허고, 그렇다고 손에 들고 있자니 그 짐짝 무게를 감당허기도 참 거시기허고! 대처나 이 폭폭헌 노릇을 으찌혀야 옳단 말인고!"

다디단 곤뻬이당이 다 녹아 없어진 입안에서 쓰디쓴 한숨 줄기만 연거푸 뻗어나왔다. 설령 그놈들 도피 행각이 성공한다 해도 걱정이고, 경찰에 검거되는 날이면 더더욱 심각한 걱정거리가 아닐 수 없었다. 이래저래 사면팔방이 온갖 걱정거리로 욱여쌈을 당한 듯 궁색하고 곤비하기 짝이 없는 형세였다. 군국일제 식민치하에서 사회주의자로 낙인찍히는 건 이미 사망 진단 받은 거나 진배없는 치명상이 분명했다. 둘째아들 인생은 일찌감치 해 떨어지고 날 저문 꼴이었다.

"이놈에 시국이란 물건이 얼매나 더 미치고 설쳐서 돌아갈라고 요 모냥 요 지경으로 무고헌 양민한티 무단시 매암을 돌리고 어지럼을 태우는고! 그나저나 참말로 꺼억정이라니깨!"

몸뚱어리 전체가 형편없이 부수뜨려져 이제는 원상으로 되돌리기 어려우리만큼 우심하게 망가지긴 했지만, 그래도 우여곡절 끝에 어찌어찌 독립자금 제공자 혐의를 벗은 것은 그나마 불행 중 다행이었다. 용케 안 죽고 그럭저럭 살아서 방면된 것만도 감지덕지해야 할 판이었다. 이번에 치른 곤욕은 앞으로 다시 만나게 될 관재에 비하면 약과일지도 모른다는, 참으로 자발없는 예감이 머릿속을 연락부절로 출입하고 있었다. 대일본제국이 비상과도 같이 끔찍하게 꺼려하는 국사범 자식을 둔 아비의 여생이 결코 순조롭고 평탄할 리 만무한 까닭이었다.

"그나저나 참말로……"

오랜 세월 입버릇으로 굳어진 푸념 한 토막 더 되작이려는 참인데, 마당 쪽에서 흠흠 하고 헛기침 소리가 두어 방 울렸다.

"부르셨습니까요, 어르신?"

춘풍이한테 전갈받기 무섭게 숨이 턱에 닿도록 허위단심 달려오는 장조카였다. 거금 만원 사건 계기로 두 사람 관계는 어느덧 숙질간보다 주종 관계 쪽으로 완연히 기울어지리만큼 어조나 행동거지 등 모든 면에서 몹시 불편한 처지로 변질되어 있었다.

"나가 안 불렀는디도 니놈이 맥없이 달려올 텍이 없잖냐, 이놈아!"

최명배 영감은 곤뻬이당 봉지가 고스란히 노출된 상태로 방만하게 열려 있던 문갑 서랍을 허겁지겁 단속하면서 버럭 역정을 부렸다.

"왔으면은 이놈아, 젊은 니놈이 욜로 후딱 올라설 일이지, 서낭고개 벅수맨치로 은제까장 우두머니로 버티고 서서 늙은 나가 버선발 마중나오기 지달리고 자빠졌을 작정이냐?"

"아, 예……"

연방 쩔쩔매는 시늉으로 진용이 주춤주춤 방에 들어섰다.

"요런 사매난장을 쳐댈 놈을 봤는가! 참말로 그 허우대가 아깝다, 허우대가 아까워! 멀쩡허니 타고난 사대육신허이며 개 핥어먹은 죽사발맨치로 흐여멀끔헌 쌍판대기허이며, 어느 구석이 그러콤 허술허고 어느 대목이 그러콤 고장이 나뿌러서 도모허는 사업마닥 빙신짓만 골라서 허고 자빠졌냐?"

"아, 예……"

장조카와 대면하자마자 최명배 영감은 유치장에서 풀려난 이래 골백번도 더 자주 입길에 올린 바 있는 천편일률적 맹비난을 마치 방금 고안한 신종 비난인 양 새삼스럽게 되작이기 시작했다.

"아, 찾고 예, 찾음시나 절굿대맨치로 고갯방애만 끄떡끄떡 찧고 자빠졌으면 고만이냐? 날 잡어잡수, 허고 그러콤 버팅개질만 허고 자빠졌으면 장땡이냔 말이여, 이놈아!"

"아, 예, 참말로 시방 죄만시럽고만요, 어르신."

“인명 해친 연후에 죄만시럽다고 말허면 다냐? 나잇살 층하 져도 한참 층하 지는 사촌동상이 철모르는 쇠견 구녁으로 저승질 동무허자고 옆구리 콕콕 찔른다고 니놈은 무신 영문인지 알어도 안 보고는 그냥 덮어놓고 팔한지옥까장 따러가뿔 작정이었냐, 이 급살을 맞고 뒤어질 놈아!”

“아, 예, 참말이지 시방 어르신 뵐 면목이 없고만요.”

“니놈이 말끝마다 꼬박꼬박 들멕이는 그 어르신 턱 빠지겄다! 대관절 니놈은 은제까장 우두머니로 촛대만 잡고 섰을 작정이냐, 이놈아!”

고개 바짝 치켜들고 잔뜩 부릅뜬 눈으로 훤칠하게 큰 장조카 짯짯이 올려다보는 일도 힘에 겨워 최명배 영감은 결국 고개를 외로 꼬고 말았다. 비로소 진용이 뒤퉁스러운 키를 대폭 낮추면서 제법 조신한 앉음새로 윗목에 슬그머니 자리를 잡았다. 잠시 숨결 고르는 듯하던 동통이란 놈이 갑자기 활동을 재개해 온몸 구석구석 맹렬히 휘저으며 사통팔달로 싸질러 다니기 시작했다. 천석꾼 어르신 부재중인 틈을 타 엄청난 중죄 저지른 장조카로 하여금 두 눈구멍으로 똑똑히 보고 두 귓구멍으로 확실히 듣고 죄책감에 시달리도록 만들기 위해 최명배 영감은 다른 때보다 훨씬 더 처절한 핏빛 신음을 방바닥에 낭자하게 깔아놓았다.

“나가 니놈한티 심바람 조깨 시킬 일이 있어서 화급허게 불렀니라. 애고, 나 죽겄네!”

"아, 예, 어르신……"

"애고애고, 내 팔다리 등허리 머리 어깨 물팍이야! 요것들이 서로 저부텀 먼첨 뽀사져 달어날라고 사방 간디서 요동치고 야단법석을 떨고 지랄이네!"

"아, 예, 어르신……"

"애고고, 진용이 너 으디 가서 똥국 한 사발 사리살짝 챙겨 오니라."

너무도 뜻밖의 분부였던지, 진용은 한동안 어르신 말씀에 아무런 반응도 드러내지 않았다. 최명배 영감은 애써 장조카 외면하면서 한바탕 또 자지러지게 신음 소리를 토했다.

"애고대고, 갑째기 긴헌 용처가 생기는 바람에 당장 그 물건이 화급허니 필요혀서 그러니라. 애고, 애고고……"

"아, 알겄습니다요, 어르신!"

깜빡 잊을 뻔했다는 듯 진용은 그제야 대답을 서둘렀다.

"따른 놈한티 시키들 말고 진용이 니가 즉접 나서서 기중 깨깟헌 자리로 신중허니 물색허거라. 언뜻 들으니께, 거번에 춘풍이란 놈 장독 다스릴 적에는 백상암 칙간, 겁나게 유서 깊은 칙간에서 농주맨치로 농창 잘 익은 놈을 골라서 한 됫박 챙겨 왔다 허드라. 손님상에 올릴 접내 음식 장만허딧기 진용이 니가 즉접 니 손으로 정갈허니 자알 다뤄야만 쓰느니라. 그러고 거 뭣이냐, 요번 심바람은 진용이 너허고 나, 요로콤 우리 숙질간만 아는 비밀이니께 절대 배깥으로 말이 새나가들 않게코롬 입주뎅이 단속을 철저허니 혀야만 쓰느니라. 내 말 짚이 명심허고 실수 없이 거행헐 수 있겄냐?"

"아, 예, 시방 여부가 있겄습니까요, 어르신. 감히 시방 어느 어르신 분부시라고 지가 시방……"

잃었던 신뢰 되찾을 절호 기회다 싶었던지, 진용이 자못 비장한 어조로 자신의 변함없는 충성심을 과시했다. 최명배 영감은 장조카 등진 자세로 빙그르르 돌아누우면서 심드렁한 가락으로 덧붙여 말했다.

"무신 말인지 알어들었으면 사추리에서 딸랑딸랑 쇠방울 소리 울리게코롬 어서 득달같이 백상암으로 뛰어가서 니놈 볼일 싸게 보거라. 애고, 나 죽겄네! 애고, 애고고, 참말로 나 죽네, 나 죽어!"

제7장

잡는 손 뿌리치는 손

1

적막공산 진배없는 산골마을 특유의 께느른한 분위기 마구 훌닦으며 호적(號笛)이 면소재지 방면에서 느닷없이 방성대곡을 시작했다. 시골 사람들 거개가 아직도 왕조시대 유물인 오포(午砲)라는 이름으로 구태의연히 불러 버릇하는 호적 소리가 그날따라 웬일인지 최부용에게는 원한에 사무친 뭇사람 호곡성으로 들렸다. 방공 훈련 시작을 알리는 신호였다. 반도 전체에서 일제히 실시되는 훈련이었다. 각 마을 단위 애국반(愛國班)에서 차출된 경방단(警防團) 요원들이 동네 고샅길을 천방지축 뛰어다니며 불어대는 호각 소리가 사방에서 서슬 퍼렇게 치솟기 시작했다.

하지만, 긴급 상황 연출하는 갖가지 인위적 장치에도 불구하고 감나뭇골은 여전히 께느른한 분위기에서 벗어나지 못하고 있었다. 면소재지라면 혹간 또 모를까, 감나뭇골에서는 송곳니 같은 경방단원들 호각 소리와 호통 소리에 엉덩잇살 물어뜯기며 아무데나 황급히 의지간 찾아 뛰어드는 행인들 기척 따위는 도통 느껴지지 않았다. 최부용은 호가호위하듯 오포 소리 등에 업고 그 오포 소리보다 한층 더 떠세하며 거추없이 날뛰는 호각 소리에 잠시 귀를 기울였다. 제아무리 호각 소리가 겁주고 윽박지른들 농부들은 아마 논틀밭틀에서 굽혔던 허리 펴고 하늘 한번 힐끗 올려다본 다음 잠시 놓았던 일손 다시 잡고 있으리라. 금시초면에 생면부지인 방공훈련이란 놈이 우리하고 사돈의 팔촌 인연이라도 닿는단 말이냐, 하고 아낙들은 빨래터나 공동 우물 둘레에 끼리끼리 모여 앉아 아마 어느 마을 어떤 집안 아무개 흉보고 성토하는 이른바 '우물가 공론'에 잔뜩 고부라져 있으리라. 동네 조무래기들은 아마 거추없이 신바람 나서 자치기나 제기차기 따위 놀이판 걷어치우고 저마다 소리소리 지르면서 경방단원 뒤꽁무니를 졸래졸래 따라붙고 있으리라.

반도 공습에 나선 적기 편대를 얼떨결에 품에 안은 채 부르르 한바탕 진저리치고 있어 마땅할 하늘마저도, 이 무슨 객쩍은 수작질이냐고 비웃는 듯 바야흐로 가을빛 온 누리에 만작(滿酌)했음을 알리는 짙푸른 궁륭 아래로 새하얀 구름장들만 일없이 흘려보내고 있었다. 일제 관공서와 연관된 극소수 사람들만이 무슨 살판이라도 난 듯 바삐 나부대며 한창 법석을 떨어쌓는 중이었다. 훈련 상황 아닌 실제 상황과 맞닥뜨렸다 해도 결과는 틀림없이 대동소이했을 것이다. 사실 적기가 건공중을 맴돌이하며 폭탄 투하하는 광경을 산서분지 안에 옴팍 들어앉아 상상하기란 거지반 불가능에 가까운 노릇이었다. 방공훈련 참여를 독려하는 총독부 지시가 제아무리 엄혹하다 할지라도 궁벽한 산골오지 산서는 평상시와 다름없는, 그저 그런 산서일 뿐이었다.

성깔깨나 고약한 오포가 마침내 기나긴 숨결을 멈추었다. 부용은 입가에 쓴웃음을 잔뜩 머금었다. 천지를 한바탕 들었다 놓는 굉음의 찌꺼기가 귓바퀴에 더께로 내려앉아 왱왱거리며 꽁지 긴 여운을 명주실처럼 가늘게 늘어뜨리고 있었다. 부용은 손바닥으로 제 귀퉁머리 철써덕 후려갈김으로써 쇠파리처럼 성가시게 얼굴에 달라붙는 오포의 여운을 단방에 때려잡았다.

도대체 누가 적이란 말인가. 일본의 적은 누구고, 조선의 적은 또 누구인가. 방공훈련으로 공습에 대비하지 않을 수 없도록 겁주는 가상의 적기란 대관절 어느 국적 군용기를 가리키는 말인가.

일종의 희극이었다. 이역만리 반도 상공까지 폭격기나 전투기 편대를 출격시켜 이름 없는 땅, 기력 쇠잔하고 의욕 피폐한 피식민 백성 머리 위로 폭탄 퍼붓고 기총소사 가할 적국이란 사면팔방 살펴봐도 있을 턱이 없었다. 오히려 아시아 전역을 전쟁터 삼아 가상 아닌 구체적 실상으로 무자비한 공습 자행하고 포탄 퍼붓는 나라는 다름아닌 군국주의 대일본제국 아니던가.

이른바 만주사변 일으켜 일찍이 동북아에 본격적으로 전단(戰

端)을 열었던 일제는 쇼와 12년(1937년) 이른바 지나사변을 또 일으켰다. 장개석군과 모택동군의 국공 내전을 기화로 양편을 일거에 밀어붙여 대륙 전체를 석권하다시피 함으로써 일제는 중국 대륙에서 톡톡히 재미를 보았다. 총독부 지시로 조선의 각급 학교들이 학생들 총동원해 황군의 광동(廣東) 입성을 경축하는 기념행사를 대대적으로 벌인 것이 벌써 재작년 가을이었다. 근자 들어 일제 내각회의는 '대동아 신질서 건설'을 결의하는가 하면, 일본군 대본영은 무력을 수단으로 한 남진정책을 발표하기도 했다. 그 같은 정책과 전략에 따라 일제는 지난 구월 불령 인도지나 반도에 대규모 군대를 진주시킨 데 이어 며칠 후에는 독일, 이태리와 함께 추축동맹을 결성하기에 이르렀다.

건강 상태가 제법 양호하던 시절, 부용이 신문이나 라디오를 통해 마지막으로 접한 국제정세와 일본군 전황이 그러했다. 결국 와병으로 말미암아 시국에 대한 관심은 결핵균한테 거지반 잡아먹힌 꼴이 되고 말았지만, 노점 환자 조선 청년 하나가 신문과 라디오를 멀리하는 사이에도 일본군은 내닫던 발걸음을 멈추지 않았다. 여전히 파죽지세로 아시아 각국을 거침없이 유린하고 석권하는 모양새였다. 두려워 떨며 제국주의 침략으로부터 자국 영토 지키기에 전전긍긍할 나라는 대일본제국 아니라 오히려 아시아권 약소국들이었다. 실상이 그러함에도 일제는 터무니없이 엄살떨고 궤변 늘어놓으며 마냥 법석을 떨어댔다. 적기 공습에 대비하기 위한 방공법이 제정되고, 경방단 조직이 결성되었다. 학생과 주민 들을 강제 노역에 동원해 두더지굴처럼 반도 지하에 방공호나 대피소를 수없이 구축했다. 주기적인 방공훈련에 곁들여 야간 등화관제를 시험적으로 실시하기도 했다. '전시 국민 생활 체제'를 새로 시행하는가 하면, 최근에는 학생들 복장마저 군인과 똑같은 국방색 일색으로 통일시키기도 했다.

황국신민화 명분 아래 일제는 나날이 조선을 가혹한 전시체제 속으로 몰아넣고 있었다. 거세게 밀어붙이고 마구 홀닦아대는 품새로 미루어 짐작건대, 현재보다 더 대규모 전쟁 준비에 광분하고 있음을 너끈히 헤아릴 수 있었다. 모르긴 몰라도, 만주사변이나 지나사변 따위는 유가 아닐 것이었다. 교전 상대국 또한 국공내전 와중에 이빨 빠진 호랑이 신세로 전락한 중국이나 동남아 약소국들과는 비교 대상조차 안 되리만큼 강대국일 것이었다. 그게 대관절 어떤 나라일까. 조선반도 상공까지 장거리 공습 마다하지 않을 정도로 막강한 공군력을 보유한 채 동아 맹주 자처하는 대일본제국으로 하여금 미리감치 경계하지 않을 수 없도록 압박을 가하는 그 강대국은 지금쯤 어디에서 무엇을 준비하고 있을까.

"부용이 동상, 시방 안에 있는가?"

사촌형 진용이 뜬금없이 안채에 모습을 드러냈다. 방공훈련 종료를 알리는 오포 소리가 아직 울리지 않았는데도 사촌형이 불쑥 들이닥친 것은 통행금지 위반으로 경방단원 눈 밖에 나는 한이 있더라도 급히 달려오지 않으면 안 될 정도로 긴박한 사태가 발생했기 때문일 것이었다.

"적기 공습도 같잖게 보고 함부로 마실 댕기다가 관헌들한티 찍혀서 비국민 딱지라도 붙으면 어쩌실 작정으로 방공훈련에 비협조적이십니까?"

사촌형 출현 자체는 그다지 이상할 게 없었다. 지난번 거금 만 원 사건 이후, 진용은 가을걷이 코앞에 둔 천석꾼 도마름이라는 자신의 본분마저 접다시피 하면서 풀방구리 드나드는 생쥐 꼬락서니로 뻰질나게 읍내 요소 각처 들쑤시고 다니면서 각종 정보를 열심히 물어 날랐다. 그리고 수집한 정보들 상곡 어른에게 상납하기 위해 하루 한두 차례씩은 으레 감나뭇골에 들르곤 했다. 다만, 의당 사랑채부터 먼저 들러야 할 진용이 들입다 안채부터 찾아 사촌동생한테 직행한 점이 여느 날과 약간 다를 따름이었다.

"시방 한유허게 앉어서 실없는 농설이나 시방 까불러댈 때가 아니란 말이네, 시방!"

이맛전에 숭얼숭얼 맺힌 땀방울을 손등으로 썩썩 문지르면서 진용이 사뭇 정색을 했다. 두메산골 산서에 비하면 대처나 다름없는 읍내 출입한답시고 깜냥에는 양복 차림으로 제법 태깔을 낸 모양인데, 대물림한 것처럼 낡고 협수룩한 입성인네나 후줄근히 땀국에 절어 있어 그 꼴이 도무지 말이 아니었다. 진용은 엿보는 눈 엿듣는 귀 어디 없나 몹시 경계하는 눈초리로 주변부터 힐끔 힐끔 살피고 나서 문지방에 반쪽 엉덩이만 걸치고 앉았다.

"시방 큰 탈이 났네! 시방 큰 탈이 나뿌렀어, 동상!"

부용은 일어앉은 것도 아니고 누운 것도 아닌, 어정쩡한 자세로 사촌형을 멀거니 건너다보았다.

"귀용이가 기연시 붙잽혔다네, 시방!"

처음에는 날벌레 날갯짓 푼수로 시원찮게 다가오던 사촌형 말소리가 별안간 맹금류 날갯죽지 퍼덕이는 푼수로 돌변하는가 싶더니만, 급기야 굉장한 소리가 부용의 귓전을 난타하기 시작했다. 오포의 장난이었다. 드디어 방공훈련이 끝났다고 왜장치는 오포 소리가 두 사람 사이로 끼어들면서 대화 통로를 가로막았다.

"낙철이란 놈도 시방 귀용이랑 한목에 붙잽혀서 시방 경성으로 압송되야 갔다네, 시방!"

오포란 놈이 주둥이 닥치기를 기다려 사촌형은 또다시 날벌레 날갯짓 비슷한 소리를 부용의 귓구멍으로 소곤소곤 들여앉히기 시작했다. 부용은 말없이 그저 고개만 끄덕거리고 있었다.

"귀용이가 시방 경성으로 붙잽혀갔다는디도 자네는 시방 암시랑토 않은 것맨치로 놀래는 시늉도 허들 않는가, 시방?"

자기랑 얼싸둥둥 합세해서 똑같이 놀라 나자빠지기를 사촌형은 당초부터 기대했던 것일까. 자기보다 한술 더 뜨지는 않더라도 최소한 사촌지간인 자기만큼은 친형제 쪽에서 놀라움을 드러내기를 바라고 있었던 듯했다.

"언제 어디서 붙잽혔답디까?"

부용은 놀라움과는 동떨어진 질문으로 사촌형을 또다시 실망시키고 말았다. 하지만 동생의 피체 소식 덕분에 부용은 그동안 얼키설키 꼬여 있던 생각의 가닥들이 댓바람에 정리되면서 마음이 차분히 가라앉는 기분이었다.

"엊그저께 귀용이랑 낙철이랑 둘이서 시방 경상도 산청 들머리에서 지리산 입산을 도모허다가는 시방 왜경들 포승줄을 받어뿔고 말었다네."

"게우 지리산이요?"

녀석들 은신처 후보지로 독립운동이나 망명생활과 궁합이 잘 맞을 성싶은 몇몇 곳을 점찍고 있었기 때문에, 부용은 지리산 입산 시도가 뜬금없다는 느낌을 지울 수 없었다.

"못나빠진 놈들 같으니라고! 혁명과업 도모허겄다고 시퍼렇게 장담 늘어놓길래 나는 하마 지금쯤 그 녀석들이 상해 아니면 간도로 건너가서 항일유격활동에 매진허고 있을지 알었드니만, 게우 도주헌다는 풍신이 산서에서 엎으러지면 코방아 찧을 경상도 산청이라니……"

"이봐, 부용이 동상!"

송곳날 같은 눈초리를 사촌동생 미간에 깊숙이 꽂으면서 진용은 마치 혀끝에 담뱃진 한 덩이 올려놓은 사람처럼 쓰디쓴 기색을 감추지 못했다.

“자네는 시방 그놈들이 시방 이역만리 타국에서 붙잽히들 않고 조선 땅 지리산에서 붙잽힌 것이 시방 그러콤 아숩고 서운타, 요따우 말뽄샌가?”

“형님 말마따나 큰 탈이 난 것만은 여부없는 사실이지요. 허지만, 그 녀석들이 왜경들 손에 붙잽히는 것이사 애시당초 받어놓은 밥상 아니든가요? 한 모숨이라도 고통을 덜자면 하루라도 일찍 붙잽힌 것이 차라리 잘된 일인지도 모르지요. 어차어피에 조선 땅 벗어날 탈출로가 꽉 맥혀 있는 상황이라면, 동가식서가숙 도피 행각으로 매일같이 겪어야 될 고생살이 일찌감치 끝내게코롬 지금 붙잽히는 편이 외려 그놈들 신상에는 이로울 겁니다.”

너무도 기가 막히는지, 진용은 우두망찰한 채 잠시 먼산을 보다가 깜빡 잊을 뻔했다는 듯 서둘러 입을 열었다.

“어르신께 시방 당장 말씸 사루는 것이 옳은 일인지 그른 일인지 시방 분간이 안 서누만. 어르신께서 시방 얼매나 상심이 크실지 뻔허니 다 아는 판국에 시방 숭칙시런 소식 짊어지고 사랑채로 올라가자니 시방 입설이 차마 안 떨어질 것 같고, 그런다고 시방 입주뎅이 함봉허고 어르신 눈치만 살피자니 그것도 시방 아랫사람 도리가 아닌 것 같고……”

이를테면, 가자니 태산이요 돌아서자니 숭산이라는 실토정인 셈이었다. 사촌형이 사랑채로 직행하지 않고 안채부터 먼저 찾은 이유를 이해할 만했다.

"한시라도 빨리 알려야 될 소식인디, 그걸 형님 혼자 끌어안고 차일피일 보고를 지체헐 이유가 뭣이 있습니까? 다른 경로로 흉보가 아버님 귀에 들어가기 전에 형님이 후딱 알려드리는 편이 외려 득이 되지 않을까요?"

"그건 또 왜?"

"고름이 살 되는 법 없지 않습니까? 쇠뿔은 단김에 빼고, 호박떡은 더운 김에 먹으라고 허지 않습니까? 어차어피에 곧 곪아터질 사달이 분명허고, 또 부모 입장에서 아버님도 일찍 아셔야 될 소식인디, 괘얀시리 그걸 뒷전으로 빼돌리고 쉬쉬허니라고 형님 혼자 고생허실 필요가 뭣이 있습니까? 어차어피에 피헐 도리 없는 매라면 한시라도 일찍 맞는 편이 덜 아픈 법이지요."

부용의 설명을 진용은 잠자코 듣기만 했다. 마치 남의 집안 불행 대하듯 매우 심상한 어조로 들으나마나 한 훈수 따위나 건네고 있는 사촌동생한테 진용은 정나미가 뚝 떨어지는 기색이었다.

"자네 말에 시방 틀린 구석은 없는 것 같으네. 내 귀에는 시방 자네 말이 낱낱이 다 옳은 방구 뀌어대는 소리로 들리네. 그렇기는 헌디……"

"형님, 막중헌 짐을 죄다 형님한티 떠둥그치고 노상 도움을 못 드려서 참말로 죄송만만입니다."

"죄송은 시방 무신 죄송……"

정말 그랬다. 부용이 항상 부채감 안고 사촌형을 대하는 건 깔축없는 사실이었다. 부용이 제 임의대로 사촌형 시켜 논 잡히고 급전 변통해 읍내 관가에다 홍청망청 뇌물을 뿌림으로써 온 집안에 거센 풍파 몰고 왔던 지난번 소동도 예외는 아니었다. 뒷감당을 책임지겠다고 장담하는 사촌동생 믿고 진용이 소유권자 대리인 자격으로 벌인 공사인데, 결과적으로 죄는 개천 도깨비가 짓고 벼락은 당산 고목나무가 맞은 꼴이 되고 말았다. 주인 잘 섬기려는 일념으로 힘든 심부름 감당한 죄밖에 없었다. 그런데 모든 허물 뒤집어쓴 채 걸핏하면 사랑채로 불려다니면서 곤욕 치르느라 진용의 수고가 이루 말로 표현 못할 정도였다.

"알겠네. 자네 훈수대로 시방 사랑채로 근너가야 쓰겄네. 어르신 뵙고는 시방 상황이 여사여사허고 사건 속내는 약차약차허다고 시방 이실직고허는 편이 암만혀도 시방 하지상책인 것 같으네."

마침내 진용이 결기 어린 동작으로 문지방에 걸쳤던 반쪽 엉덩이를 들어올렸다. 홍보 배달이라는 고약한 임무 한 짐 짊어지고 사랑채로 향하는 진용의 뒷모습이 아무래도 안심찮게 느껴졌다. 왠지 모르게 부실하게만 느껴지는 사촌형 아랫도리가 부용의 시야에 우연히 잡혔다.

"잠깐만요, 형님!"

검정 고무신이 문제였다. 헌털뱅이일망정 그래도 명색이 양복차림인데, 거기에 검정 고무신이 어디 당키나 한 조합인가. 하이

칼라 머리에 망건 되똑 얹은 꼴불견 바로 그것이었다. 더군다나 눈만 세게 흘겨도 금세 찢어지리만큼 밑창이 종잇장처럼 얇게 닳아빠진 고무신이었다. 진용이 가던 걸음 되짚어 뜨악해하는 낯꽃으로 돌아왔다. 부용은 불편한 몸 일으켜 얼른 밖으로 나섰다. 그리고 방문 곁 선반 위에서 먼지 켜켜이 덮어쓴 채 오랜 세월 혼수상태에 빠져 있던 외출용 구두를 흔들어 깨웠다. 고무신 품귀현상이 극에 다다른 실정이었다. 근자 들어 장터거리나 잡화가게에서 고무신 구경하기가 폭풍우 몰아치는 밤 북두칠성 찾는 일만큼이나 어려워졌다.

"형님, 요놈 한번 신어보시지요."

전시경제체제하에 군수산업 쪽으로 고무 원료를 빼돌리는 바람에 신발 공장들 거개가 문을 닫다시피 했다. 그런데다 재생고무로 만든 하등품 고무신마저 워낙 소량 생산인지라 그나마 돈 짊어지고 장터마다 발싸심하며 다녀봐야 괜스레 헛고생만 하기 십상이리만큼 지난날 사람들 발밑에서 놀던 고무신은 어느 틈에 지체가 엄청나게 높아져 있었다.

"자네가 시방 뭣 땜시 그 구쓰를 나한티……"

다시 뜨악해하는 낯꽃으로 진용은 상견례 치르듯 먼지 덮어쓴 그 신사용 구두하고 어색하게 수인사를 마쳤다.

"형님 발에 맞는지 한번 알어볼라고요."

"아니, 자네 구쓰가 내 발에 맞고 안 맞는 건 시방 알어서 얻다가 써먹을라고 이 장난인가, 시방?"

부용은 양손에 구두 한 짝씩 나눠 들고 사촌형에게 다가갔다. 중고품일망정 칠피(漆皮)로 지은 맞춤 구두일 뿐만 아니라 그동안 멀리 출타할 경우에나 잠시잠간 아껴 신었던 까닭에 신품하고 별반 차이 안 나는 꽤짜 물건이었다.

"실례를 무릅쓰고 발 조깨 빌리겄습니다."

"뜬금없이 시방 뭔 야단인가? 자네가 시방 이 무신 객광시런 장난인가!"

남의 발에서 헌털뱅이 고무신 벗겨내고 그 자리에 호사품 신사용 구두 신기려 우격다짐하는 부용의 해괴망측한 행동에 진용은 적잖이 당황했다.

"요 구쓰가 인제사 임자를 만났고만요. 주인집 찾어 들어간 머슴맨치로 형님 발에 기가 맥히게 잘 들어맞누만요."

실인즉슨 맞춤 구두처럼 사촌형 발에 썩 맞는 건 아니었다. 구두 뒤축과 발꿈치 사이에 손가락 하나 너끈히 들락거릴 정도 여분의 공간이 있었다. 하지만 작으면 못 신어도 큰 경우는 얼마든지 신을 수 있는 것이 고무신이고 양혜(洋鞋) 아니던가. 구두코 안쪽에 적당히 솜뭉치 끼워 신으면 경성까지 몇 왕복을 하더라도 발병이 날 염려 없으리라.

"한번 신으신 짐에 그냥 신고 가시지요. 형님한티 드리는 선물입니다."

"아니네, 아니여! 나가 시방 이렇다 헐 명분도 없이 시방 자네가 기생첩맨치로 애지중지허든 구쓰를 시방 뭣 땜시 공으로 챙겨간단 말인가. 자네가 시방 이러면 참말로 못쓰는 법이네! 당최 이러들 마소, 시방!"

"형님도 아시다시피, 요 구쓰허고는 인제 인연이 다 끝나뿌렀습니다. 저한티는 인제 쓸모없는 물건입니다. 멋쟁이 구쓰 신고 팔도유람 댕기는 호사는 제 평생에 다시는 찾어오지 않을 겁니다. 그렇다고 요놈을 관에다 담고 순장을 시켜서 저승길에 신고 갈 수도 없는 노릇 아니겄습니까."

그게 결코 엄살만은 아니라는 걸 사촌형 앞에 입증할 요량으로 부용은 가래 끓는 기침을 쿨룩쿨룩 터뜨리기 시작했다. 기침이 가라앉은 다음에도 사촌끼리 서로, 제발 받으라느니, 절대로 못 받겠다느니, 하면서 승강이질이 한바탕 더 이어졌다. 헌 구두 둘러싸고 벌이는 승강이가 정도 이상 길어지기 전에 부용은 등을 떼밀다시피 해서 사촌형을 사랑채로 떠나보냈다.

부용은 두툼한 솜이불 자락 욕심껏 끌어올려 머리끝까지 뒤집어썼다. 그다지 울고 싶은 기분이 아닌데도 어찌 된 셈판인지 눈물이란 놈이 저 스스로 길을 잡아 비어지기 시작했다. 주인의 의지와 별로 상관없는, 뜨내기손님 같은, 문전에서 쫓아내려 해도 무가내하로 버티는 각설이패 같은, 그야말로 불가항력의 눈물이었다. 눈물이 걷잡을 수 없이 흘러나오면서 눈시울 거치고 볼

따구니 지나 베갯잇까지 속속들이 적시는 중이었다. 좀처럼 그칠 기미 안 보이는 그 눈물더러, 네놈 하고 싶은 대로 양껏 해보라고 한동안 방치해 두었다. 남은 평생 멋쟁이 칠피구두 신을 기회가 다시는 없을거라는 영혼의 귀띔을 받고 육신이 흘리는 눈물일 것이었다. 영혼은 일찌감치 체념의 경지에 들었을지 모르지만, 육신에게는 아직도 세상에 대한 미련이 만만찮게 남아 있는 듯했다. 영혼으로부터 최후통첩 접수한 육신이 비탄에 잠기는 것도 결코 무리는 아닐 성싶었다. 부용은 자기 존재를 영혼과 육신으로 양분한 다음, 이해가 상충되는 두 존재 어느 쪽도 역성들지 않는 방관자 입장에서 그것들의 갈등 양상을 잠자코 구경만 하고 있었다.

그때였다. 이불자락이 소리 없이 들려올라갔다. 곧바로 보드라운 손길이 이마 위로 명주 손수건처럼 나긋이 내려앉았다. 그 손길이 아직도 속눈썹에 그렁그렁 맺혀 있는 눈물방울을 앵두알 거두듯 조심스럽게 따냈다. 어느 겨를에 방에 들어와 있었던지, 머리맡에서 누님이 웅숭깊은 눈빛으로 부용을 가만히 내려다보고 있었다.

"형님이랑 주고받든 말, 엿듣고 계셨든가요?"

부용의 추궁조에 순금은 보일락 말락 미소부터 지었다.

"기생첩맨치로 애지중지허든 구쓰를 진용이 오라버님한티 선사헌 것은 참말로 잘헌 일이다."

"잘잘못간에 따질 것도 없는 일이지요. 인제는 쓸모가 없어져 뿌렀기 땜시 그냥 쓰레기 버리는 폭 잡고 형님한티 인심 한번 쓴 겁니다."

"아니다, 쓸모가 뻘딱 살어나는 날이 반다시 돌아온다. 그날이 오면, 내가 새 구쓰를 너한티 선사허마. 아까막시 그놈보담도 몇 곱은 더 비싸고 잘생긴 놈으로 말이다."

"그런 날이 올 거라고 누님은 진짜로 믿으시는 겁니까?"

"너는 안 믿는단 말이냐?"

오누이는 서로 어긋물린 톱니바퀴에서 삐거덕거리는 소리 비어지는 것 같은 대화를 몇 고팽이 더 주고받았다.

"누님, 희망이라는 에미는 재를 넘다가 죽어뿌렀습니다. 절망이라는 호랭이한티 벌써 잡어멕힌 것이지요. 누님은 그런지도 모르고 절망한티 속아서, 희망이 반다시 돌아온다고 헛다리짚고 있지요. 절망이 고갯마루에서 에미 희망 잡어먹고 에미 희망 옷으로 갈어입고 에미 희망으로 변장허고는 새끼 희망 집에 나타났지요. 누님은 시방 그 털북숭이 절망이 새끼 희망 남매한티, 에미 희망이 돌아왔으니께 어서 문을 열으라고 속살거리는 소리를 듣고 있는 겁니다. 누님, 속지 마십쇼! 털북숭이 가짜 희망이란 놈한티 절대로 문을 열어줘선 안 됩니다!"

"어쩐지 많이 귀에 익은 줄거리 같고나."

"아니지요. 그게 아니고, 그 반대지요. 에미 희망이 벌써 죽어뿌렀는디 어린 새끼 희망들이 문고리 붙잡고 밤새드락 죽살이쳐 봤자 무신 소용이 있겄습니까. 차라리 문 활라당 열어제치고 절망이란 호랭이를 안으로 불러들여서 속전속결로 끝장을 봐뿌리는 편이 더 좋은 방법인지도 모르지요."

"부용아, 내 눈치 볼 필요 없다. 눈물주머니건 울음보따리건 여직 덜 풀었거든 시방 다 풀거라. 한바탕 더 울고 나면 기분이 한결 개붓헐 게다."

"인생 살어오는 동안에 누님은 눈물새암이 바닥나드락 여한없이 울어보고 잪은 적은 없었습니까? 없었다면, 우리 남매찌리 시방 의초롭게 작반혀서 밤이 새드락 거쿨지게 한번 같이 울어봅시다."

"남매가 한목에 같이 울어뿔면 한물이 져서 동네가 둥둥 떠내려갈깨미 나는 울고 잪어도 못 울겄다."

"누님이 싫으시다면, 별수없지요. 저도 그만둘랍니다."

"잘 생각혔다. 귀용이랑 낙철이 문제는 진용이 오라버님한티 떠맽기고, 너는 그저 약이나 꼬박꼬박 잘 챙겨 먹거라. 너까장 덩달어서 노심초사헌다고 당장 해결될 일은 아니잖냐."

"산송장 매일반인 물건이 무신 기력으로 그 녀석들 걱정까장 떠맡겄습니까. 엿들으신 것 같으니깨 허는 말이지만, 그 녀석들 일찌감치 붙잽힌 것이 참말로 다행이라고, 한근심 덜었으니깨 인제는 두 다리 쭉 뻗고 자도 되겄다고 형님한티 진정을 토로혔습니다."

"위악도 위선 못지않게 질이 낮은 종자니라. 역부러 그런 식으로 자신을 몰아세우고 학대헌다고 사정이 달러질 게 뭐가 있겄냐. 부용아, 제발 부탁이다. 모쪼록 자중자애허기 바란다."

"과연 누님은 우리 집안에서 고등계 민완형사시고 인정사정 모르는 헌병대 군조십니다그랴."

"참말로 못허는 소리가 없고나."

실업쟁이의 객쩍은 말장난만은 아니었다. 마치 참새가 봉황으로 변하듯 누님은 불과 달장근에서 달소수에 걸친 단기간에 가문의 새로운 실력자이자 능력자로 몰라보리만큼 지위가 격상해 있었다. 오나가나 노상 구박만 받던 욕감태기 지청구꾸러기에서 한 집안을 실질적으로 이끄는 영솔자 신분으로 놀랍도록 변신했다. 집안이 풍비박산 위기에 처하자 누님은 충격과 허탈감에 휩싸인 분위기를 잽싸게 다잡고 나섰다. 여태껏 소복담장 안쪽 은밀한 구석에 잠들어 있던 자신의 능력을 깨워 일으켜 부재중인 아버지와 심약한 어머니 대신 안팎 대소사를 도맡아 관장하기 시작했다. 한갓 여리고 가냘픈 처자로만 알았던 누님이 어느 순간에 여장부로 돌변해서 댓바람에 살림꾼 역할 꿰차고 나서는 광경을 부용은 내내 경탄의 눈으로 지켜보고 있었다.

"누님이랑 저랑 성별을 바꿔서 태어났드라면 피차간에 얼매나 좋았을까요. 만약에 누님이 아들로 태어나고, 제가 딸로 태어났드라면……"

"그렇게 되았다면, 나는 강제 모집 바람에 휩쓸려서 지금쯤 북해도 탄광으로 끌려갔을지도 모르지. 인제 와서 딸로 태어난 것도로 무르고 아들로 바꿔달라고 삼신할미 붙잡고 떼쓸 생각, 나는 추호도 없다. 그러니깨 너도 그냥 아들로 남어 있는 편이 신상에 이로울 게다."

"누님이 정 싫다고 끙짜를 놓으신다면 저도 달리 뾰쪽수가 없지요."

달라진 누님의 위상은 아버지가 유치장에서 풀려나 귀가한 뒤로도 여전했다. 호랑이 같고 그 호랑이 앞의 토끼 같던 지난날 부녀 관계는 어느덧 가뭇없이 사라져버렸다. 어찌 된 셈판인지 누님은 상처 입은 호랑이 꼴로 성질이 더욱 광포해져 돌아온 아버지한테 겁먹는 기색을 전연 안 보였다. 겁먹기는커녕 오히려 아버지 앞에 고개 빳빳이 쳐든 채 낱낱이 입바른 소리만 골라 또박또박 주워섬기는 것이었다.

놀라운 변화는 신앙생활에도 나타났다. 어쩌다 예수 소리 언뜻 귀에 얻어걸릴라치면 자다가도 벌떡 일어앉는 아버지인 줄 번연히 알면서 누님은 여봐란듯이 검은 가죽 표지 성경책 천연덕스레 옆구리에 끼고 이따금 밤마을에 나서곤 했다. 어느 동네 은밀한 처소에서 목사 부인을 비롯한 신자들과 함께 수시로 집회를 갖는 눈치였다. 지난번 심야 타종 사건으로 샛내교회는 그야말로 쑥대밭이 되고 말았다. 목사는 헌병대에 끌려가 영어(囹圄)의 몸이 되었고, 목사 부인과 몇몇 간부 신자 또한 피의자 내지 참고인 자격으로 헌병대 문턱이 닳도록 뻔질나게 불려다니는 실정이었다. 그럼에도 불구하고 누님은 집 안팎 가릴 것 없이 아무데서나 노골적으로 자신의 신심을 드러내 보이곤 했다. 사랑채까지 낭랑히 울려퍼지게끔 목청 가다듬어 찬송가 가락을 망아지떼처럼 텃밭에 풀어놓는가 하면, 중얼중얼 끊임없는 기도 소리를 새떼처럼 풀어 허공중으로 날리기도 했다. 이를테면, 여태 음지에만 머물던 예수가 최순금 성도 방조에 힘입어 어느 날부터 갑자기 양지의 예수로 바뀌면서 박해자네 집 울안을 멋대로 활보하는 형국이었다.

"어리석은 질문 하나 던져도 될까요? 만약에 말입니다, 최순금 성도가 신봉하는 예수 그리스도허고 야마니시 아끼라 영감이 받드는 덴노헤이까허고 둘이서 씨름판에서 맞붙는다면, 어느 쪽이 이길 것 같습니까?"

"그것참, 어리석기 짝이 없는 질문이고나. 그것이사 뭐 보나마나 덴노헤이까 쪽이겄지."

"어째서 그렇습니까?"

"그것이사 뭐 뻔헌 노릇이시. 교회가 폐문되고 목사님이 잽혀가신 것만 보드래도 알 수 있는 일 아니냐?"

"그렇다면 예수 그리스도허고 맑스 레닌이 맞붙을 경우는요?"

"그것도 노서아 혁명을 보면 얼매든지 짐작헐 만헌 일 아니냐?"

"그렇지요? 틀림없이 그렇게 생각허시지요? 그런디 누님은 뭣땜시 인간허고 겨뤄도 단 한 판도 못 이기고 번번이 나가떨어지기만 허는 그런 헛신을 그러콤 참신맨치로 알뜰살뜰 뫼시고 지성으로 섬기는 겁니까?"

"아까도 어리석드니만 시방도 어리석고나. 너는 하나만 알지 둘은 모르는 곁똑똑이다. 예수 그리스도 우리 주님으로 말헐 것 같으면, 번번이 지시면서 번번이 이기시는 분이니라. 역부러 상대방한티 지는 척허는 허허실실 전법으로 막판에는 됩데 이기시는, 참말로 지혜로우신 장수란다."

"말도 안 되는 소리!"

"아니다. 절대 그렇지 않다. 예수 그리스도께서는 스사로 낮아지심으로 결국에는 하늘로 높이 들리셨다. 국사범 신분으로 법정에 서심으로 종당에는 빌라도 총독으로 하야곰 영원형벌 면치 못허게코롬 인류 역사의 법정에다 그자를 꽁꽁 묶어놓으셨다. 세상만민 죄를 대신 지고 십자가에 달려 돌아가심으로 치욕을 영광으로 바꾸셨고, 사망권세 깨트리고 부활허심으로 끝내 천국보좌에 오르셨다. 가이사를 인정허고 수용허심으로 대로마제국을 기연시 영구불변 절대적 진리 앞에 복속시키셨다."

"무신 사연들이 그러콤 복잡허고 기괴망측헙니까?"

"진실이 이런디도 너는 씨름판에서 예수 그리스도 아니라 덴노헤이까나 맑스 레닌 쪽에다 돈을 걸 작정이냐? 날더러 매번 패배허심으로 판판이 승리허시는 우리 주님 저바리고 다른 종교로 개종허라고 충고헐 작정이냐? 당장은 승리허는 것 같어도 종당에는 패망으로 끝장나고 말 덴노헤이까를 섬기지 않는다고 나한티 시방 따지고 잪은 건 아니겄지?"

"박수갈채라도 짝짝짝 보내드릴까요? 차라리 집안 살림 죄다 접어뿔고 요번 기회에 전도부인으로 나서보시지요."

"꼭 그런 식으로 빈정댈 일만은 아니다. 너만 웬만침 건강이 회복되고 나면 혹시 또 누가 아냐, 최순금이 진짜 전도부인으로 나서게 될지?"

"우리 누님께서 진짜배기 전도부인으로 나서는 꼴 보고 잪지 않어서래도 제 병은 죽는 날까장 낫지 않을 겁니다."

톱니바퀴가 어긋물려 계속 삐거덕거리기만 하던 남매간 대화는 뜬금없는 훼방꾼으로 말미암아 그만 막설되었다. 울부짖음과 호통이 한목에 터져나오기 시작했다. 명부전 같은 사랑채에서 염라대왕 노릇하는 상곡 어르신 상대로 무척 망설거리며 오래 뜸들이던 끝에 사촌형이 마침내 흉보 배달이라는 막중한 임무를 수행한 모양이었다. 사랑채에서 아버지의 노호와 어머니의 호곡성이 한바탕씩 번차례로 자지러지는 중이었다.

"나 조깨 근너가봐야 쓰겄다. 너는 꼼짝 말고 그냥 누워 있거라."

누님이 서둘러 몸을 일으켰다. 집안 전체를 통틀어 어머니야말로 쉽디쉽게 목을 놓아가며 몸부림칠 자격을 가장 실하게 갖춘 인물이었다. 일부러 멍석 널찍이 깔아주면서 실컷 통곡하게끔 부추길 필요마저 있는 어머니였다. 그럼에도 불구하고 부용은 어머니 입 틀어막으러 달려가는 누님을 굳이 말리고 싶지 않았다. 어머니 울음통 단속하든 더욱 충동질하든 좌우간 그런 일은 이제 집안에서 실력자 자리에 올라선 누님이 어련히 알아서 결정할 문제였다.

"아참, 내 정신 조깨 봐라. 깜빡 잊어먹을 뻔혔네."

구석방 나서기 직전에 누님이 요령부득의 말을 끄집어냈다.

"접때 니가 부탁헌 일, 며칠 전에 내 자량으로 처리를 마쳤다."

"부탁이라니, 무신……"

느닷없는 소리에 부용은 뜨악한 낯꽃을 지을 수밖에 없었다.

"똘스또이 말이다."

누님이 운을 떼기 무섭게 부용의 낯꽃은 홧홧이 달아오르기 시작했다. 부아가 댓바람에 머리꼭지까지 차올랐다.

"최부용이를 벌써부텀 송장 취급허시는 겁니까? 나 죽은 연후에 주인 찾어서 돌려주라고 분명허니 말허지 않었습니까!"

"그 점은 미안허게 되얐다. 그런디, 알고 보니깨 니 기억이 쪼깨 잘못되야 있드라. 똘스또이 책 뒤표지 안쪽에 니가 말헌 주소지는 없고, 교명이랑 인명만 딸랑 적혀 있드라. 책 주인 모교에다 졸업생 주소지 조회하느라고 솔찮이 애를 먹었다. 그 바람에 시일도 다소 오래 걸렸고."

그런 이야기 꺼낼 경우, 동생이 내보일 격한 반응 충분히 예견했다는 듯 누님은 짐짓 무심한 어조로 뒷갈망 마친 후 슬며시 물러가버렸다. 누님이 시야에서 사라지자 부용은 다시 솜이불을 머리 위까지 뒤집어쓰고 말았다. 그 유언 아닌 유언은 이를테면 신열에 들떠 정신이 혼미해진 상태에서 도나캐나 마구 지껄여댄 헛소리에 불과했다. 나중에 기력을 회복하고 맑은 정신 되찾은 다음, 부용은 가당찮은 유언을 너무 일찍 토설해버린 그때의 어리석음과 경솔함을 곧바로 후회하지 않을 수 없었다. 제발 누님이 그따위 허무맹랑한 소리 당최 마음에 새겨두지 않았기만 바랐다. 그러다 문제의 책이 서가에서 자취를 감춘 사실을 어느 날 우연히 알아차렸을 때, 부용은 가슴이 철렁 내려앉는 기분이었다. 그런 일이 있은 뒤로 누님은 부탁받은 건에 관해 여태 아무런 내색도 비치지 않았다.

이불자락 뒤집어쓴 채 부용은 또다시 자살이란 것에 대해 골똘히 생각하기 시작했다. 삼시 세끼 중간에 새참까지 꼬박꼬박 챙겨 먹듯 하루에도 대여섯 번씩 자살을 생각하고 그 자살을 꿈꾸면서 마냥 느리광이 걸음으로 더디게 흘러가는 시간을 잡도리하는 것이 요즘 낙이라면 유일한 낙이었다. 왠지 스스로 목숨 끊는 일이 그다지 두렵거나 고통스럽게 느껴지지 않았다. 죽음은 결코 낯설거나 험상궂은 얼굴이 아니었다. 오래전에 헤어졌다 우연히 해후한 동무인 양 죽음은 친숙하고도 정겨운 모습으로 부용에게 사붓사붓 다가오곤 했다. 마지막 순간에 찾아오는 일시적 고통만 그럭저럭 참고 넘긴다면, 거개의 경우 황홀감의 극치에서 죽음을 맞게 된다는 이야기를 지난날 어느 책에선가 읽은 기억이 있었다. 손목 동맥을 면도날로 절단하는 경우도, 독사로 하여금 몸에 독액을 주입하도록 시키는 경우도, 강물 속으로 투신하거나 나뭇가지에 목을 매다는 경우도 결과는 매한가지라는 것이었다. 살아 있는 자들 눈에 비치는 주검의 모습은 매우 참혹하게 느껴질지 모르지만, 겉보기와 딴판으로 자살에 임하는 자의 마지막 속내평은 평온하고도 안락하다는 주장이었다. 마치 저자 자신이 갖가지 방식으로 여러 차례 죽음을 직접 체험했다가 살아난 것처럼 그 책 속에는 당최 진위를 확인할 길 없는 주장들이 잔뜩 담겨 있었던 것으로 기억되었다.

병약한 인간 허깨비 같은 체중 감당할 물건이라면 뭐든 상관없긴 하지만, 그래도 같은 값이면 은가락지 낀 손에 맞으라 하지 않던가. 기왕지사 매달릴 바에야 애꿎은 나뭇가지나 다른 들보 택하기보다 모양새도 어연번듯하고 의미 또한 심장한 사랑채 대들보를 택하는 쪽이 더욱 가관일 듯싶었다. 사랑채야말로 두고두고 야마니시 아끼라 영감 괴롭히기에 가장 제격이었다. 야마니시 영감으로 하여금 끼니때마다 밥맛 싹 잡치게 만들고, 밤마다 가위눌리는 악몽에 식은땀 흘리게 만들 수 있는 안성맞춤 자리임에 틀림없었다.

출타했다 귀가하던 아마니시 영감이 사랑채로 들어서기 무섭게 큰아들 시신과 덜컥 맞닥뜨리는 그 극적인 순간을 부용은 상상 속에서 자주 지켜보곤 했다. 두 눈 홉뜨고 혓바닥 기다랗게 빼문 채 대들보에 디룽디룽 매달린 시신 목격하고 아마니시 영감이 내지를 비명과 천석꾼 영감이 받을 충격, 그리고 노점병자 최부용의 부친이 맛볼 낭패감, 이렇게 세 사람 입장으로 나누어 상상하는 것만으로도 벌써 일거삼득인 양 기분이 족히 세 곱절은 좋아지는 바람에 부용은 이불 밑에서 저도 모르게 미소를 짓곤 했다. 죽음으로 연결된 공상의 끈을 자꾸만 잡아당기고 있노라면, 풍비박산 지경에 근접한 폭풍전야 집안 분위기도, 난마처럼 얼키설키 헝클어져 도무지 손쓸 엄두조차 나지 않는 가족들 문제도, 각종 고문으로 말미암아 지금쯤 초주검 다 되어 있을 귀용과 낙철의 운명도, 시시각각 목숨을 야금야금 갉아먹는 폐질환에 빌붙어 파충류처럼 제 신변에 서식하는 갖가지 불상사들도 어느덧 뇌리에서 가뭇없이 사라지는 듯했다. 무능력하고 무기력하기만 한 자신을 끊임없이 비웃고 손가락질하는 그 버거운 적들을 일거에 물리칠 수 있는, 가장 확실하고도 효과적인 해결책은 스스로 목숨 끊는 그 길밖에 없음을 부용은 재삼사지(再三思之)하고 있었다.

공상놀이가 거의 끝나가는 그 어름에서 부용은 낯익은 얼굴과 그예 또 정면으로 마주치고 말았다. 기억 속의 여인이었다. 그 여인은 사시장철 여학교 교복 차림의 단정한 모습이었다. 결코 초청한 적 없는데도 어느새 교복짜리 여학생 하나가 방으로 소리 없이 숨어들어 머리맡에 다소곳한 앉음새로 자리를 잡는 것이었다. 소스라치게 놀라 눈 번쩍 뜨면서 양손 휘휘 내저어 쫓으면 여학생은 머쓱한 낯꽃으로 뒷걸음질하는 척하다 어느 겨를에 처음 자리로 되돌아와 다소곳한 앉음새를 취하곤 했다. 애당초 세상에 존재한 적조차 없는, 순전한 가공인물인 양 부용은 오랫동안 여인을 망각 속에 묻어버린 채 지내왔다. 지난날 둘이서 함께 보냈던 어느 시간, 어떤 장소에 얽힌 추억의 파편조차 수중에 남아 있지 않은 듯 부용은 그동안 여인과 철두철미 절연된 상태로 과거지사와 동떨어진 생활만 고집해왔다.

부용이 기억의 웅덩이에 깊이 잠겨 있던 여인을 다시 현실 속으로 길어 올린 것은 불과 얼마 전이었다. 야소병원에서 폐결핵 진단받고 전주부에서 집으로 돌아오다가 버거운 상대 낙철과 덜컥 마주쳐 예정에 없던 승강이질 한바탕 힘겹게 벌이던 상황에서 부활이란 단어를 퍼뜩 떠올리고 말았다. 그와 동시에 노서아문학 전집 속에 들어 있던 텁석부리 영감과 더불어 여고보생 이연실이랑 천만뜻밖으로 재회하기에 이르렀다. 자신의 내부에 깃들여 있던 잠재의식의 장난에서 비롯된 몹쓸 재회였다. 이미 한 번 비열했던 것으로 모자라 두 번 비열해지려는 수작일시 분명했다. 죽음을 목전에 둔 따라지목숨임을 직시하라고 끊임없이 호들갑떠는 위기감의 충동질에 따라 지난날 가해자가 오늘날 되레 피해자 향해 조난 신호를 보내는 꼴이었다. 『부활』의 주인 찾아 돌려주라고 누님에게 뜬금없이 당부한 것도 따지고 보면 이기심의 발로에 지나지 않는 것이었다. 자신을 도저히 용서할 수 없는 것도 바로 그런 연유에서였다. 그래서 조난 신호에 접하고 찾아온 이연실을 곧바로 야멸치게 쫓아버림으로써 다시금 자신을 지난번보다 한층 더 가혹한 형벌에 처하려 하는 것이었다.

"좋아. 연실군 소원이 정 그렇다면, 어디 한번 들어와보시지."

아까부터 문지방 사이에 두고 진퇴를 거듭하면서 자신의 머리맡을 탐내는 이연실을 향해 부용은 나지막이 말했다. 하지만 정작 허락이 떨어지니까 여인은 태도를 싹 바꿔버렸다. 여인은 싸늘한 미소와 함께 절레절레 도리머리를 했다. 비로소 부용은 남정 혼자 거처하는 구석방을 자꾸 기웃거리는 여인의 속셈을 올바로 알아차렸다. 남정에게 복수할 기회 노리고 벌이는 수작질임에 틀림없었다. 오뉴월 된서리 내리게 하는 여인의 지독한 원념이 비수로 변해 곡두 세계와 현실 세계 경계를 무시로 넘나들면서 유혈이 낭자하도록 남정의 가슴팍을 찌르고 도려내는 짓거리로 앙갚음을 꾀하는 것이었다.

"아니라고? 싫으면 고만두시든가!"

이불을 도로 뒤집어쓰자마자 전주부내 길거리 풍경이 시간을 거스르며 몇 년 전으로 재빨리 뒷걸음질하기 시작했다. 눈을 감자마자 전주역 근처 오거리에 자리한 책방 풍경이 활동사진처럼 생동감 있게 눈앞에 펼쳐지기 시작했다. 문학서들이 꽂힌 서가를 훑어나가던 부용의 시야 안으로 마침내 노서아문학전집이 퐁당 뛰어들었다. 똘스또이의 『復活』을 겨냥하고 팔을 길게 뻗는 순간, 거의 동시에 같은 목표물 향해 다른 각도에서 다가드는 누군가의 손이 얼핏 눈에 들어왔다. 오밀조밀 자그맣고 새하얀 손매였다. 남녀칠세부동석이어야 마땅할 시절에 남녀의 손끝과 손끝이 맞닿을 듯 근접하는 위기를 가까스로 피하면서 부용은 자신의 무렴한 손을 황망히 거둬들였다. 명문 여고보 교복 차림이었다. 여학생은 허둥지둥 남학생 눈길 회피하면서 발그레하게 꽃물 밴 낯꽃을 외로 꼬고 있었다. 용력을 발휘해 부용은 서가에서 문제의 책을 얼른 뽑아 들었다.

"찾으시는 책이 이겁니까?"

교복짜리 여학생은 고개를 깊이 수그린 채 아무런 대꾸도 하지 않았다.

"똘스또이 선생 복활을 찾고 계셨습니까?"

그러자 여학생 입에서 부지중에 웃음소리가 쿡쿡 새나왔다.

이것이 찾으시는 책입니까?

부용은 이불자락을 얼굴 아래로 약간 끌어내렸다.

찾으시던 책이 똘스또이 선생 복활입니까?

해묵은 기억의 통로 빠져나오는 동안, 한 줄짜리 연극 대사는 점점 더 발효되고 숙성되면서 제각각 미묘한 차이를 지닌 여러 형태 대사로 변조되는 과정을 거치고 있었다. 부용은 눈을 한껏 칩떠 허공을 응시하면서 별안간 킥킥거리기 시작했다. 지난날 기억 더듬기와 추억 어루만지기는 잠깐에 그치고 말았다. 기억의 치부책 위에 앉은 먼지 떨고 갈피 열어 속을 들여다보는 그때, 또 다시 통곡 소리가 자지러지기 시작했다. 사랑채 출발한 통곡이 안채로 빠르게 다가오고 있었다. 딸의 만류에도 불구하고 관촌댁은 호곡성 멈출 의사가 도무지 없는 모양이었다. 근자 들어 집 울안에서 울음소리와 맞닥뜨리는 일은 부용에게 항다반사처럼 익숙해져 있었다. 그래서 듣고 또 들어도 별다른 감회를 못 느끼리만큼 이제는 울음소리에 거의 면역이 되어 있었다.

호곡성에 잠시 귀를 기울이다 말고 부용은 하마터면 잊을 뻔했다는 듯 다시금 자살과 관련된 생각들로 머릿속을 그득 채우기 시작했다. 골똘히 자살을 꿈꾸면서, 그것만이 이생의 질곡에서 헤어날 유일한 탈출구임을 재삼 확인했다. 어떤 방식과 수단을 택하든지 간에 죽음의 고통은 삶의 고통에 비해 결코 악질적이지도 않을뿐더러 오히려 황홀지경에 가까워질 수 있다는 사실을 자신에게 주지시키고자 부용은 무수히 노력했다. 자살을 결행할 경우, 반드시 사랑채 대들보를 죽음의 장소로 정해야 한다고 다시금 자신을 상대로 당조짐을 주고받았다. 최후 순간을 여인의 품안에서 맞고 싶다는 소망, 그 분수 모르고 염치도 없는 욕심이란 파충류가 아직도 흉중 어딘가에 똬리 틀고 있을 성싶어 부용은 세차게 도리머리를 했다. 그따위 소망은 사랑채 대들보에 목매다는 행위하고 시간상으로나 공간상으로 상충되는 생각임에 틀림없었다. 그따위 허황한 미련일랑 이제는 깨끗이 지워버리는 게 신상에 이로울 거라고 부용은 자신을 상대로 간곡히 타일렀다.

"에잇, 빌어도 못 처먹고 배창시가 시방 등까죽에 들어붙어서 뒤어져뿔 사회주의 놈들 같으니라고!"

풀밭에 부룩송아지 방목하듯 고삐 안 걸린 욕설들 건공중으로 질펀하게 풀어놓으며 진용이 사랑채 마당 건너지르는 중이었다. 성난 발걸음은 이미 방문한 바 있는 안채에 재차 들르지 않고 곧장 대문간으로 직행할 태세였다. 제때 그 발걸음에 제동 걸 요량으로 부용은 기신기신 방을 나섰다.

"어떻게 되았습니까?"

불변의 법칙인 양 둘 사이에 묵계가 굳어진 대화 방식이었다. 상당한 간격 유지한 채 사촌지간은 또다시 구석방 안쪽과 문지방에 제각각 따로 자리를 잡았다. 부용이 입 벌려 방안에 결핵균 산포하면서 선제공격에 나서자 진용은 지체 없이 방어 태세에 돌입했다.

"자네가 시방 몰라서 묻는가? 내 입주뎅이로 시방 재탕을 끓여다가 바쳐야만 사랑채 나발 소리가 시방 자네 귓구녁에 들어가

백히겄는가?"

칠피구두 두 짝을 구두끈으로 연결해 목수건처럼 목덜미에 두른, 몹시 우스꽝스러운 모습으로 진용이 툽상스럽게 쏘아붙였다. 사촌형 말마따나 반드시 재탕 사연을 들어야만 사랑채 상황을 파악할 수 있는 건 아니었다. 구석방에 국으로 틀어박혀 있어도 방금 전 사랑채에서 벌어졌을 광경은 머릿속에서 활동사진으로 재구성하고도 남을 정도였다. 다만, 귀용과 낙철의 피체 소식에 접한 첫 반응으로 천석꾼 영감한테서 나온 개구일성이 무엇이었는지는 좀더 구체적으로 알아보고 싶었다.

"날더러 시방 산서면민들 가가호호 찾어댕김시나 시방 연판장 돌리라고 그러시데. 금수만도 못헌 화적패 놈들 시방 총살형을 시키라는 탄원서를 작성혀서는 시방 총독각하 앞으로 올리라고 저러콤 생야단이시라네."

천생 천석꾼 영감다운 개구일성이었다. 과연 야마니시 아끼라 영감다운 발상이 아닐 수 없었다.

"지시 받들어서 면민들 상대로 탄원서 작성허러 나가시든 참입니까?"

"자네가 시방 날 미친놈으로 취급허는가? 어르신께서 부앳짐에 시방 되나 못 되나 마구잽이로 뱉으신 말씀인지를 시방 몰라서 그러는가? 어르신 승질을 누구보담 잘 아는 자네가 시방 쪼깨 에누리혀서 들을지도 알어야지!"

"아버님 분부가 추상같은 판국에 탄원서 작성이 불가허다면 형님은 인제부텀 무슨 일을 도모허실 작정입니까?"

"나가 도모헐 사업이 시방 뭣이 있겄는가? 간에 쉬가 슬고 씰개에 곰이 핀 사회주의 놈들 시방 원망허고 저주허는 사업 빼고, 지발덕분 그놈들 시방 싸게 잡어가시라고 시왕전에 비손이질허는 사업 빼고는 시방 달리 도모헐 사업이 없는 것 같으네!"

"듣고 보니깨, 형님 말씀은 사회주의 놈들보담 폐장에 쉬가 슬고 곰이 핀 노점쟁이한티 더 어울리는 저주 같습니다그랴."

진용의 낯꽃이 갑자기 멀뚱하게 변했다. 그는 방금 문지방에 쏟뜨린 말들 도로 주워담으려는 듯 설레발을 놓기 시작했다.

"그 말이 시방 자네 귀에 그러코롬 들렸다면, 자네한티 시방 사과허겄네. 그렇지만 그 말은 시방 자네를 염두에 두고 헌 말이 절대로 아니네."

"형님 말뜻이사 저도 잘 알지요. 그냥 웃자고 한번 던져본 소립니다."

좀전에 있었던 누님과의 대화처럼 톱니바퀴 어긋물린 사촌형과의 대화에서도 삐거덕거리는 소리가 요란하게 비어지고 있었다. 대화마다 불거지는 불협화음이 신경에 거슬리는 바람에 부용은 이야기를 중단했다. 하지만 그 침묵을 게걸스레 먹어치우며 순식간에 몸집을 어처구니 규모로 부풀리는 불협화음 때문에 부용은 되레 다음 이야기를 서두를 수밖에 없었다.

"아버님 성격에 무신 맴인들 못 잡숫고 무신 말씀인들 못허시겄습니까? 그러다 시간이 지나면 당신 생각도 차차 바뀔 겁니다."

"자네 생각에는 시방 백비탕맨치로 펄펄 끓는 어르신 노염이 시방 시간 조깨 지난다고 제절로 바싹 쫄아붙을 성부른가? 새비젓 도가지맨치로 시방 노염이 푹 곰삭으면 어르신께서 그놈들을 너그러이 용서허실 성부른가, 시방? 어림도 없네, 어림 반 닷곱도 없어! 어르신 아니라 나 최진용이 좁디좁은 쇠견 구녁으로도 시방 소리 안 나는 육혈포라도 있다면 시방 그 사회주의 잡탕패들 탕탕 쏴뿔고 잪으네!"

"소리 안 나는 육혈포로 탕탕 소리를 낸다는 건 쪼깨 앞뒤가 안 맞는 말씀 아니겄습니까?"

부용은 씁쓰레하게 웃음을 지었다. 그러자 진용이 단박에 한소끔 퍼르르 끓어올랐다.

"자네가 시방 나 미쳐서 날뛰는 꼴 보고 잪어서 시방 실실 약을 올리는가? 송곳 다발 우에 올라앉은 것맨치로 시방 사세가 위중헌 판국에 시방 자네 입에서 고따우 객광시런 농설이 나와야만 쓰겄는가?"

"진정허십쇼, 형님. 형님까장 흥분허시면 우리 집안 문제는 더 복잡허게 얼크러지고 맙니다."

"나가 시방 흥분 안 허게 생겼는가? 그 천하잡놈 사회주의자들이 저지레를 벌려놓은 행투만 생각헐라치면 나는 시방 치가 떨리고 속에서 천불이 치밀고 올라오는 바람에 시방……"

"사회주의자라고 말짱 다 천하잡놈 일색일 리가 있겄습니까?"

"아니, 그렇다 허이면 자네 말은 시방 그 옘병헐 사회주의를 두남두고 잖으다, 요따우 말뽄새 아닌가!"

공중으로 치솟는 진용의 목소리가 먼저 천장을 들이받은 다음 타래송곳처럼 뱅글뱅글 돌면서 보꾹에다 숭숭 구멍을 뚫으려 했다. 방문 여닫는 소리에 잇대어 다급한 발소리가 안방 쪽에서 빠르게 굴러왔다.

"어머님이 혼절에서 막 깨어나셨어요. 앞으로 한참 더 안정을 취허셔야 될 정도로 상태가 안 좋으셔요. 오라버님, 안채에 시방 환자가 둘이나 있다는 걸 잊지 마시고 제발 자중허셨으면 좋겄어요."

목소리가 한 걸음 먼저 달려오고, 그 뒤를 좇아 목소리 주인이 나타났다. 진용은 문지방 앞을 가로막고 있던 몸뚱이 엉거주춤 일으켜 순금이 안으로 들어갈 수 있게끔 길을 터주었다.

"미안시럽고만. 부용이 동상이 시방 그 빌어도 못 처먹을 사회주의를 두남두는 바람에 시방 나가 고만……"

"제발 부탁 조깨 드리겄어요, 오라버님."

단지 그 말만 남기고 순금은 구석방에 들지도 않은 채 휭허케 가버렸다. 진용의 성깔이 한결 몬존하게 가라앉았다. 그러나 부용은 거금 만원의 후환 때문에 저한테 유감이 많던 사촌형한테서 불거진 언중유골이 마뜩찮게 느껴졌다. 기왕지사 사회주의 말 나온 김에 부자지간에도 얼마든지 달리 품을 수 있는 것이 바로 사상이란 점을 사촌형에게 밝혀둘 필요가 있다고 생각했다.

"형님, 저는 사회주의를 두남둔 적 없습니다. 사상계에서 사회주의가 천하절색 미인이라고 생각헌 적도 없습니다. 형님맨치로 저 역시 요번 사달이 생기기 전까장은 천하절색인지 알고 그 사상 꽁무니 졸래졸래 쫓아댕기는 녀석들을 안심찮게만 생각허고 있었었지요. 그런디 막상 그 녀석들이 사상 문제로 고초를 겪는 꼴 보자니께 제 생각이 쪼깨 달러지는 것 같습니다."

"달러지다니, 으떻게?"

진용이 두 눈을 한껏 지릅떠 보였다.

"그 녀석들 생각만 헐라치면 맴이 짠헙니다. 위험천만헌 놀음인지 번연히 알면서도 뭣 땜시 섶 지고 불구뎅이로 뛰어드는 모험을 택허게 되얐는지, 그 이유를 생각헐라치면 인제는 그 녀석들을 쪼깨 이해헐 것 같기도 헙니다."

"아니, 그렇다 허이면 자네는 시방 그놈들이랑 얼싸절싸 동무허고는 시방 개도 안 물어갈 그 사회주의를 동업허고 잪으다, 요따우 말뽄샌가?"

진용의 목청이 다시 높아졌다. 그러나 혼절에서 겨우 깨어난 큰어머니 의식한 탓인지, 깜냥대로 성량 조절에 신경쓰는 기색이었다. 참아라, 하고 부용은 자신에게 권유했다.

"넘겨짚다가는 팔목 뿌러지는 수도 있습니다, 형님. 이해허는 것허고 동업허는 것은 천양지차고, 전연 별개 문젭니다, 형님."

"간이 소핵교만 나온 대그빡으로 시방 고등보통핵교 나온 우리 사춘동상 높은 식견 따러잡을라 허니깨 나가 시방 황새 숭내를 내다가 다릿가랭이 찢어지는 뱁새 꼴 영락없네그랴. 본시 사상이란 게 시방 이해를 허다보면 지절로 동조를 허게 되고, 또 동조를 허다보면 시방 지절로 동업도 허게 되는 것이 이치에 맞는 쇠견 아니겄는가?"

상곡 어르신 곤경에 빠뜨린 것도 모자라 가문 전체를 송두리째 결딴낼 작정으로 덤비는 불온사상에 대한 적개심 때문에 물불 안 가리고 왈시왈비에 고부라지는 기색이었다. 진용은 일단 상대방 상투 붙잡은 김에 아예 동곳마저 뽑아버릴 기세로 말싸움에 임하고 있었다. 참는 김에 조금만 더 참아라, 하고 부용은 다시 자신에게 간곡히 권유했다.

"그 녀석들이 독립운동 방편으로 여러 개 중에서 어쩌다 하나 골라잡은 것이 해필이면 사회주의였을 거라고 이해허고 잖습니다. 장차 조선이 독립헌 연후에 나라 틀거지를 사회주의 우에다 세우는 꿈을 품고 그 사상을 덥석 움켜잡었을 거라고 짐작헙니다. 나라를 통째로 일본에 갖다 바친 이씨 왕조한티 독립된 조선을 돌려줄 수는 없는 노릇 아니겄습니까? 그 녀석들이 꿈꾸는 나라는 이씨 조선이나 대한제국허고는 많이 다를 겁니다. 오날날 서양 문명국들이 나라 틀거지로 삼는 사상은 단벌이 아니라 여러 벌입니다. 말허자면, 조선 백성한티는 여러 벌 사상이 다 전인미답 신대륙 같고 먹음직시런 화중지병 같은 것이지요. 여태까장 조선 백성 누구도 가본 적이 없는 초행길들이기 땜시 어떤 사상이 조선 형편에 기중 잘 맞는 길이라고 누구도 함부로 단정헐 수가 없는 일이지요. 말허자면, 어떤 사상 길이건 간에 조선 백성 앞에는 똑같은 가능성이 고루 열려 있는 셈이지요. 그렇기 땜시 장차 조선이 독립된 연후에 걸어가야 헐 길, 기중 순조롭고 평탄헌 길이 어느 쪽인지는 누구도 선불리 장담헐 수가 없는 일이지요. 그러니깨, 여러 벌 사상 중에서 해필이면 왜 그 빌어도 못 처먹을 사회주의를 골라잡었느냐고 그 녀석들을 손가락질허고 손찌검헐 수도 없는 노릇이지요."

"그렇다 허이면, 많이 배운 자네 쇠견으로는 시방 지 뱃구레 속으로 들어온 퇴깽이를 능구렝이가 시방 웩웩 토악질혀서 도로 게워낼 성부른가? 자네 눈에는 시방 언필칭 대동아 맹주라고 큰소리 떵떵 쳐대는 저 일본이라는 왜뚜리 능구렝이가 시방 고로코롬 몰캉몰캉헌 상대로 뵌단 말인가?"

"그것이사 저도 모르고 형님도 모르는 일이지요. 누구도 답을 아는 사람 없고, 누구도 선불리 장담을 못 꺼낼 난세가 바로 조선 독립 문제겄지요. 그런디, 그 녀석들은 형님이나 저허고는 종자가 쪼깨 다릅니다. 넘들이 어렵고 힘들다고 기피허는 길을 역부러 골라서 가는 별종들이지요. 한 치 앞도 안 뵈는 암야에 전인미답 초행길을 앞장서서 걸어가는 건 사실 겁나는 노릇이겄지요. 용기를 못 타고난 자라면 애시당초 엄두도 못 낼 도전이겄지요. 전에는 치기 아니면 만용이라고 그 녀석들을 비웃기도 혔는디, 요샛날에 와서는 그 녀석들 용기나 열정이 부럽기도 헙디다."

"예끼, 이 사람! 시방 말이 되는 소리를 허소, 말이 되는 소리를!"

"형님, 어불성설 한 두름 더 엮을까요? 그 녀석들은 노동자나 농민맨치로 돈 없고 힘도 없는 조선 백성 전부가 골고루 잘사는 세상 맨들고 잪어서 목숨 걸고 사회주의에 고부라진 거라고 저는 너그럽게 이해허고 잪습니다."

"예끼, 사람! 시방 자네 말대로 허자면, 사둔에 팔춘도 인연이 안 닿는 노동자 농민 잘살게코롬 맨들겄다고 시방 화적질에 나선 것도 독립운동 축에 든단 말인가? 야밤중에 화적패 끌고 고향 동네 쳐들어와서는 시방 즈그 아부지, 즈그 이모부 멱에다 비수 꼬느질혀서는 시방 재물 강탈허는 짓거리도 독립운동이니께 백번 무방허다, 요따우 말뽄샌가?"

"사상에 뚫린 눈으로 세상을 볼 적에는 아부지나 이모부는 당최 뵈들 않고, 오즉 즈그들이 징치 대상 제일호로 꼽는 악덕지주 야마니시 아끼라 영감만 큼지막허니 눈에 띄었을 수도 있겄지요."

"예끼, 사람! 고따우 말 같지도 않은 소리는 시방 내 앞에서 두

번 다시 비칠 생심도 허들 마소!"

"자식 한 목숨 죽일 수도 있고 살릴 수도 있는 중대사를 두고 요샛날 천석꾼 영감님 마음자리 펼치는 모냥새로 본다면 말입니다, 어쩌면 그 녀석들 애시당초 판단이 옳았는지도 모른다는 생각이 들기도 헙니다."

"이봐, 부용이 동상!"

진용이 갑자기 몸을 벌떡 일으켰다.

"요번참에 톡 까놓고 말허겄는디, 자네도 시방 배낙철이 패거리랑 얼싸둥둥 껴안고는 시방 사회주의 화적패 동문계라도 묻어두는 편이 자네한티 훠낀 잘 어울릴 것 같으네!"

별의별 한심한 인간 다 보겠다는 듯 진용은 비웃음 그득 머금은 눈초리로 부용을 내립떠보았다. 기왕지사 참는 김에 끝까지 참아라, 하고 부용은 자신을 상대로 삼세번째 간곡히 타일렀다.

"방금 전에 제가 똑 부러지게 입장을 밝혔잖습니까? 이해허는 것허고 동업허는 것은 본시 촌수도 다르고 항렬도 다르다고 말입니다."

사촌형이 눈에 불을 담든 입에 거품을 물든 상관없이 부용은 제 입장 밝히기 위해 무겁게 내려앉는 눈꺼풀을 애써 밀어올렸다. 도마 위에 사회주의 뉘어놓고 사촌형과 벌이는 칼솜씨 겨루기 같은 입씨름이 폐결핵을 상대로 오랫동안 벌여온 사투보다 훨씬 더 심신을 까라지게 만들고 있었다.

“시초에는 사회주의가 좋은 목적으로 출발혔을지 몰라도, 내남없이 다들 잘사는 세상 맨들기란 애시당초 실현 불가능헌 이상이라고 믿습니다. 그렇기 땜시 저는 낙철이랑 같은 계꾼이 되고 잪은 생각은 호리만침도 없습니다. 본시 이상은 무지개나 신기루 같어서 때깔 곱고 사람 맴 잡어끄는 안길성이 있는 것도 사실이지만, 실체가 없다는 점이 흠처지요. 잡을라고 쫓아가면 꼭 쫓아간 만침 뒤로 물러나는 게 바로 무지개고 신기루 아닙니까? 인간이 비루허고 척박헌 현실계를 살어가는 동안 이상을 꿈꾼다는 건 물론 의미 있고 아름답기도 헌 행위지요. 그 이상 덕분에 인류 역사랑 세계 문명이 한 발짝씩 전진을 거듭헌 것도 사실이지요. 다만 한 가지, 어린애 같은 순진무구헌 맴으로 하늘에 뜬 무지개 잡겄다고 천방지축 뛰어댕기는 그 녀석들을 어마어마헌 국사범으로 몰고는 엄벌에 처허겄다고 별러대는 현실이……”

미처 이야기 뒤끝 마무르기도 전인데, 토방 흙바닥 다지는 발소리가 쿵쿵 울렸다. 간다는 인사도 없이 사촌형은 벌써 저만치 멀어져가는 중이었다. 혹시라도 무슨 일이 벌어질까봐 조바심하면서 부용은 방문 밖 기척에 청력을 모았다. 우려했던 기척은 다행히도 귀에 잡히지 않았다. 선물로 받은 칠피구두를 홧김에 토방에다 패대기치지 않은 것이 그나마 고마울 따름이었다. 애당초 누구를 설득하거나 누구한테 설득당할 상대가 아닌 줄 피차 번연히 아는 처지였다. 그럼에도 불구하고 부질없는 왈시왈비로 사촌형 복장을 들쑤셔놓은 자신의 무람없는 처신에 부용은 고대 후회를 느꼈다.

2

오암리 관촌댁이 국사범 외아들 구명자금 마련한답시고 넉넉지도 않은 전장 가운데 일부를 뚝 떼어 헐값에 처분했다는 소문이 귀 달린 인간이면 누구나 들을 수 있게끔 산서 일원에 왜자하게 나돌았다. 그런가 하면, 자그마치 천 석도 넘는 대규모 광작 자랑하는 상곡리 관촌댁 집안은 둘째아들 구명활동은 고사하고 바스락거리는 움직임조차 없다더라, 하는 소문 역시 어미 등에 업힌 새끼처럼 오암리 쪽 소문에 덤으로 얹힌 채 산서 바닥을 떠돌아다녔다. 자매간 처신이 흑과 백으로 극명하게 대비되는 바람에 소문은 금세 또다른 소문 낳고, 소문마다 날개 돋쳐 산서 바닥 휩쓸며 어지럽게 흩날리다가 뭇사람 얄망궂은 혓바닥 위에 사붓사붓 내려앉곤 했다.

어미 소문 새끼 소문 가릴 것 없이 소문이란 소문은 죄 최순금

귀에 어김없이 들어와 꽂히곤 했다. 일부러 발싸심하고 다닐 것도 없이 집에 가만히 앉아만 있어도 저절로 귀에 걸릴 지경으로 쌔고 쌘 소문들인데, 그것들이 유독 천석꾼 영감만 멀리 에돌아 지나쳤을 리 만무했다. 그런데도 아버지는 초지일관 요지부동이요 오불관언이었다. 어머니가 울며불며 매달려 애소하고 읍소해도 별무소용이었다. 아버지는 여전히 오약눈 하나 깜작하지 않았다.

순금은 구속된 피의자들 면회차 상경하는 문제를 상의할 요량으로 모처럼 만에 오암리를 방문했다가 허탕만 쳤다. 나간 놈의 집구석같이 괴이쩍은 적요감과 쇠락한 기운만이 낙엽으로 뒤덮인 울안을 주인 대신 지키고 있었다. 달랑 종로경찰서라는 명칭 하나 머릿속에 담은 채 관촌댁이 새벽 기차 타러 읍내 정거장으로 향발했노라고 이웃집 아낙이 귀띔해주었다.

"솔가리 나뭇간에서 바늘 찾기 매일반이지라. 그 크고도 널룬 한양대처에서 무신 수로 회오리밤 같은 외동자식 찾어내겄다고 뽀득뽀득 외고집 앞세우고 훨훨단신 원정을 떠나뿌렀는지! 참말로 동네가 왼통 걱정투셍이랑께요. 당최 넘에 일 같지가 않어라. 쯧쯧쯧……"

찔러도 핏방울 안 비칠 천석꾼 딸 들으라고 짐짓 과장되게 말하는 듯했다. 이모 또래 아낙은 말끝마다 혀 차는 소리를 후렴처럼 덧붙이고 있었다.

"그나저나 지척이 천리란 말이 맞기는 맞는갑디다. 엄지손구락허고 새끼손구락 새가 한 마장 상거라드니만, 오암리허고 상곡리 새가 한양천리보담 훠낀 더 먼 만리타향인지를 요번참에 알어뿌렀고만요. 하마하마 오날이나 니알 중으로 만석꾼 성님한티서 무신 기별이 오겄지, 상곡리도 사람 사는 동네니께 무신 기별이든지 보내겄지, 허고 관촌댁은 요 메칠간 눈구녁 짓물르드락 지달렸지라. 쯧쯧쯧. 고로콤 지달렸는디, 상곡리에서 널러오는 소문들이 낱낱이 다 까마구 아재비맨치로 시컴시컴헌 것뿐이지 않겄어라. 인자는 싹수 글렀다고 신세 자탄허고 한울님 원망험시나 관촌댁은 눈두뎅이가 짐짝맨치로 퉁퉁 붓드락 한나절 울어쌓드니만, 고만 새복바람으로 훨훨단신 질을 잡어 나서뿔고 말었고만요. 쯧쯧쯧쯧!"

언중유골이 약여했다. 아낙은 한편으로 자기 자식뻘 젊은 처자 깍듯이 높이는 듯하면서도, 다른 한편으로 천석꾼 집안 전부를 싸잡아 땅바닥에 태질치는 듯한 말들 또박또박 주워섬기고 있었다. 주워섬기는 족족 죄 옳은 소리뿐이었다. 유구무언인 채 순금은 내내 고개만 끄덕거렸다. 강도 사건 이후부터 상곡리와 오암리 사이는 내왕이 완전히 끊기다시피 격절해 있었다. 낙철과 귀용이 경찰에 체포되어 경성부로 압송된 뒤로도 여전히 천석꾼 영감 눈치 살피느라 가족들이 차일피일 연락을 미루다가 결국 아까운 시간만 야금야금 까먹고 만 꼴이었다.

"욕을 바가지로 읃어먹을시락 장수허는 법이라든디, 날이면 날마다 삼시 시 끄니로도 모잘러서 시시때때 새참거리 삼어 욕을 삼태기로 까뜩 은어잡수시니께 상곡 얼씬네는 참말로 백수를 허시고도 남겄어라. 그 뭣이다냐, 삼천갑자 동방색이맨치로 천년만년 무병장수 누리시겄어라. 쯧쯧쯧쯧쯧."

고개 끄덕이는 시늉으로 연방 받자해주는 순금의 태도에 더욱 짓이 났는지, 아낙은 내친걸음에 꽤 아슬아슬한 대목까지 서너 발짝 과감히 나아갔다.

"상곡 얼씬네 그늘에서 천둥지기 다랑논이나 돌서덜 자드락밭 한 뙈기라도 은어 부쳐서 알탕갈탕 목구녁에 풀칠허는 작인들치고 상곡 얼씬네 손구락질 않는 사람이 하나도 없고만요. 입 없는 인간 빼고 산서 사람들 거지반 다 얼씬네 함자 최, 명, 배, 슥 자를 동네 빨래터 회삼물 바닥에다 깔어놓고는 내남없이 왁작 뎀벼들어서 이불빨래 다루딧기 발로 직신직신 밟어댐시나 얼씬네 인품을 사정없이 낮추보고 웃어쌓고 그러지라. 요번 일만 보드래도…… 애기씨 앞에서 요런 소리 욍기기가 쪼깨 거시기허지만서도…… 그게 다 한울님 부애나게 맨들어서 생긴 사달 아니겄냐고, 만석꾼 영감이 그간에 아랫것들한티 엔간히 모지락시럽게 대헌 업보 아니겄냐고, 그러니께 요번에 얼씬네가 숭칙헌 꼴 당허는 것도 백번 싸다고 그럼시나 되나 못 되나 막말허는 입들이 산서 바닥에 수두룩벅적 깔렸어라. 됫박 욕만 은어먹고도 백수는 실히 허실 판인디, 날이날마닥 말 욕에 섬 욕을 장복허시니께 천수 아니라 만순들 못 허시겠어라?"

"그저 죄송허다는 소리 말고는 달리 드릴 말씀이 없네요."

"아, 아녀라! 아니고만요! 애기씨랑 상곡리 관촌댁을 두고 낮은말 함부로 놀리는 주뎅이가 시상천지 몇 개나 있겄어라. 지 말은 상곡 그……"

"무신 뜻으로 허시는 말씀인지 저도 잘 알어요. 죄송헙니다만 아주머님, 저 냉수 한 대접 마실 수 있을까요?"

"아이고, 이년 정신머리 조깨 보소이! 귀헌 손님한티 이왈저왈 쓰잘디없는 소리 씨부랑싸부랑허니라고 쓴물 한 사발 대접을 못 허고 자빠졌네그랴!"

비로소 아낙은 평상에 지남철처럼 들러붙어 있던 엉덩이를 떼어 다른 곳으로 옮기기 시작했다. 처음부터 평상 모서리에 옹색하게 걸터앉아 죄인 자세 유지하던 순금은 펑퍼짐한 엉덩판 홰홰 휘저으며 부엌으로 씨암탉걸음 놓는 아낙네 뒤태를 멀거니 건너다보았다.

"일트레면, 산서 바닥 인심 돌아가는 모냥이 그런다는 야그지, 지 생각이 똑 그런다는 건 아니니깨 애기씨는 어느 동네 강생이가 왈왈 짖느냐, 허고 당최 고깝게 생각허들 마시기라."

한달음에 부엌을 다녀온 아낙이 물방울 뚝뚝 듣는 사기대접을 순금에게 들이밀면서 한바탕 또 중절거리기를 잊지 않았다.

"고맙게 잘 마시겄어요."

가슴속에서 화르르 화르르 타오르는 심화를 잠재울 요량으로 순금은 냉수 한 대접을 단숨에 벌컥벌컥 들이켰다.

"물맛이 참 다네요."

순금은 빈 대접을 주인에게 돌려주었다. 작별인사 건넨 후 삽짝 밖으로 나서는 참인데, 등뒤에서 또 익숙한 솜씨로 혀를 차는 소리가 들렸다.

"쯧쯧쯧! 으쩌다가 믿지 말라는 교를 믿어갖고는 그 곱디곱든 낯꽃이 오날날 저 지경으로 처참허니 절딴나뿌렀을꼬! 쯧쯧쯧쯧!"

교를 믿는다는 말은 사람들이 기독교인 가리켜 항용 써 버릇하는, 경멸투 또는 비난투 표현이었다. 아낙은 삽짝 밖까지 따라오면서 천석꾼 아비 무지막지한 손길이 야소꾼 딸 머리에 남긴 징벌 표적을 남의 일 같잖이 안쓰러워했다. 머리카락이 비교적 빨리 자라는 편이라서 이제는 다복솔처럼 제법 앙증한 모양새 갖춘 덕분에 차마 눈뜨고 못 봐주리만큼 흉측한 꼬락서니는 모면한 상태였다. 그런데도 아낙의 반응은 그렇듯 요란했다.

순금은 가을볕 내리쬐는 들길을 타박타박 걸었다. 스스로 알아서 걸으라고 맥풀린 다리한테 온전히 길을 맡겼다. 여름내 기름진 풀잎 갉아먹고 통통히 살 오른 메뚜기가 항라 헝겊 쪼가리 같은 날개 파닥거리며 머리끝을 스칠 듯 낮게 날아갔다. 그 순간, 일 년 내내 뼈빠지게 농사 지어 메뚜기 좋은 일만 시킨다던 농부들 푸념이 퍼뜩 되살아났다. 당나귀 귀 떼고 거시기 떼고 나면 남는 건 털가죽밖에 없다며 천석꾼 딸년 들으라고 튀는목으로 쩌렁쩌렁 왜장치는 작인들과 동구 밖 논둑에서 딱 마주친 적이 있었다. 가을걷이 눈앞에 둔 시점에 별의별 몰풍정한 언사들과 살풍경한 장면들이 귀 따갑고 눈 아리도록 사면팔방에서 난무하는 실정이었다. 가을 기운 완연한 황금들녘 어느 구석에서도 결실의 보람이나 수확의 기쁨 따위는 도무지 찾아볼 수 없었다. 해도 해도 정말 너무한다는 핏빛 원성들이 천석꾼 집 대문간으로 우심하게 쏟아져 들어오는 판국이었다.

장조카 시켜 백상암 유서 깊은 측간에서 손님상에 올릴 접대음식 다루듯 정성 들여 수습한 똥국 덕을 단단히 봤던지, 천석꾼 영감은 맷독 굴레에서 웬만큼 놓여나자마자 병석을 떨치고 일어나 본의 아니게 한동안 중단했던 감농 행차에 또다시 팔소매 걷어붙이고 나서기 시작했다. 아직도 부실한 대목 처처에 남아 있는 몸뚱어리 소달구지에 실은 채 도마름 격 장조카 앞장세우고 이 마을 저 마을 타조마당 찾아다니는 것이 천석꾼 영감 일과였다. 행차가 한차례 훑고 지나간 논밭마다 구름 같은 메뚜기떼가 휩쓸고 지나간 들판처럼 황막해지고, 벌집 쑤셔놓은 듯 작인들 불평불만과 원망원성이 하늘에 사무친다는 소문이었다. 하긴 천석꾼 영감 타조 방식은 워낙 고릿적부터 악랄하기로 호가 나 있었다.

혹독한 가뭄 애면글면 견딘 끝에 간신히 결실기 맞은, 몹시도 가년스럽고 빙충맞은 논배미 휘뚜루마뚜루 둘러보는 척하다 미리 눈여겨두었던 벼 포기 가운데서 하필이면 기중 실팍진 이삭들만 쏙쏙 뽑아 올릴 것을 장조카에게 지시한다. 그런 다음, 천석꾼 영감 손수 벼이삭 죽 훑어 손바닥에 떨어진 낟알 숫자 일일이 헤아리고 나서 의례건 한다는 소리가, 평년작은 실히 되고도 남을 소출이라는 판정이다.

대충 그런 식이었다. 수십 년래 최악이라는, 반도 안 모든 논바닥이 거북등처럼 쩍쩍 갈라져 터지게끔 바싹 메말랐던 재작년 큰 가뭄에 이어 삼 년째 지속되는 대흉으로 말미암아 작인들은 저마다 모닥불 한 무더기씩 앙가슴에 품을 수밖에 없는 처지였다. 천석꾼 영감 터무니없는 판정 따라 조상 전래의 법도와 규범에 어긋나는 살인적 도조를 지주한테 바쳐야만 하는 작인들 입장에서는 앙앙불락하지 않는 것이 오히려 비정상으로 느껴질 판이었다.

"주여, 어리석고 부족헌 죄인을 굽어살피소서."

순금은 걷는 동작 일체를 다리에 일임한 채 그때까지 빈둥빈둥 놀리고만 있던 머리한테 멀찌막이 떨어져 느릿느릿 따라오는 신앙심을 얼른 불러오라고 심부름을 시켰다.

"이 죄인 집안을 불쌍히 보시고 긍휼히 여기소서. 저의 육신의 아버지를 불쌍히 보시고 그 영혼을 긍휼히 여기시사 한시바삐 구원의 은총을 베푸소서. 만군의 여호와 하나님을 모독허고 핍박허는 그 강퍅한 심령을 죄악세상 흑암세력 가운데 버려두지 마시고 하루속히 대명천지 영구진리 권역으로 건져 올려주소서. 주여, 때가 많이 급허나이다!"

순금은 중얼중얼 기도하며 걸었다. 자신도 의식하지 못하는 사이에 발걸음이 스스로 알아서 주인의 곤고한 영혼과 쇠잔한 육신을 동천리 방향으로 운반하고 있었다. 오암리와 동천리는 지호지간이었다. 샛내교회 낯익은 종탑을 먼발치로 보고서야 그니는 이미 동천리 경역으로 들어섰음을 알아차렸다. 이미 폐문당한 상태임에도 예배당 건물은 겉보기에 멀쩡하게 느껴졌다. 전쟁 수행에 필요한 군수품 재료라 해서 교회나 사찰 막론하고 쇠붙이로 만들어진 물건이면 뭐든 다 징발하는 흉흉한 시국정세 속에서도 샛내교회 놋종은 그동안 종탑에 튼실하게 매달린 채 오랜 세월 꿋꿋이 버텨왔다. 하지만 지난번 타종 사건 당시 공중의 놋종은 감때사나운 헌병들에 의해 땅으로 끌려내려와 문목사와 함께 읍내로 압송되고 말았다. 그뒤로 빈 종탑은 숫제 소리를 압수당한 채 내내 불구의 모습으로 예배당을 지키는 중이었다.

빈 종탑 외에 다른 생채기는 예배당 안팎에서 별달리 눈에 띄지 않았다. 비록 제구실 못다 하는 성전이나마 아직까지 건재하다는 사실을 눈으로 확인할 수 있음에 순금은 감사했다. 예배당 지붕 위에 파수꾼처럼 높다랗게 솟은 십자가 첨탑이 햇빛을 받아 풍랑 흉용한 바다 지키는 등대처럼 하얗게 빛나고 있었다. 그

등대가 좌초 위기에 처한 조각배 신세 다름없는 순금에게 크나큰 용기와 부픈 소망을 안겨주는 듯했다. 십자가 첨탑이야말로 목자 잃고 산지사방 헤매던 양들을 한군데로 불러모으는, 양들의 갈급한 영혼을 촉촉이 적셔주는 생명의 샘 구실을 묵묵히 수행하고 있었다.

"어서 오시기라우, 최선상!"

예배당 앞마당에 쭈그리고 앉아 그새 우부룩이 돋아난 잡초를 뽑고 있던 사찰(伺察)집사가 허리 쭉 펴면서 반가이 소리쳤다. 초로의 사찰은 교회 폐문에도 아랑곳없이 평상시 모습 그대로 성전 돌보기에 고부라져 지내느라 언제 보나 지저분한 흙손을 하고 있었다.

"그동안 별고 없으셨어요? 집사님은 오날도 제초 작업중이시네요?"

"인적이 끊친 것을 제일 먼첨 거니채고 득달같이 침노허는 사단마귀 세력이 바로 잡초들이지라우. 잡초들이 뭣 땜시 그러는지, 최선상은 그 이치를 아시겄소?"

"저 같은 게 그런 이치를 어떻게 알겠어요? 집사님이 일러주셔야지요."

"훈장님 가르치겄다고 뎀비는 학동 보셨소?"

사찰이 밝게 웃어 보였다. 연전에 순금한테 배워 한글 깨우친 덕택으로 늙바탕에 문맹자 신세 가까스로 면한 사람이었다.

"인적이 끊치고 나면 인내도 덩달어서 끊치는 법이지라우. 인내가 끊치고 나면 왼갖 잡것들이 용케도 알어채리고는 무데기로 뎀벼드는 법이지라우. 인내 중에서도 사단마귀가 제일 맡기 싫어허는 인내가 바로 성신이 충만헌 성도 몸에서 풍기는 인내라고 사모님이 일러주십디다."

"그러콤 중헌 이치를 저는 인제사 게우 깨달었네요. 가르침을 주셔서 참말로 고맙습니다."

순금 쪽에서 밝은 웃음으로 화답할 차례였다. 젊은 훈장 한 수 지도한 늙다리 학동 자격으로 사찰은 엔간히 흡족해하는 기색이었다.

"안에 계셔요?"

순금이 턱짓으로 슬쩍 목사관을 가리켰다. 그러자 사찰집사 눈이 단박에 회동그라졌다.

"여적지 소식 못 들으셨든가? 오날이 바로 목사님 재판 날이라서 사모님은 어젯밤에 전주로 떠나셨는디."

아, 하고 순금은 속으로 탄식했다. 가로 뛰고 세로 뛰며 집안일에 매달리느라 총망중에 그만 문목사 공판 날짜를 까먹고 있었다. 신사 참배 거부하고 국체문란 조장하는 불온사상 전파한 혐의로 문목사는 읍내 헌병대 거쳐 전주형무소 미결감에 수감되어 있었다.

"최선상은 접때 그 점촌말 사경회에 안 가셨든가?"

"예, 집안에 복잡헌 사정이 생기는 바람에……"

"그러셨겠지. 그러니깨 목사님 재판 날도 몰르고 기셨겠지. 동상 일은 참말로 안되얐소. 사경회 때마닥 사모님이랑 성도님들이 최선상 동상 문제를 놓고는 모다들 지성으로 합심 기도 올리는 중이라고 들었소."

"고맙습니다. 점촌말 사경회 때도 성신이 충만허셨다지요?"

"말도 마시요. 성신께서 사경회 자리에 임재허신 증거로 사방에서 왼갖 방언들이 한목에 왁작왁작 터져나오고, 참말로 굉장혔답니다. 이 늙은이도 사경회에 꼭 참예허고 잪어서 미치겄는디, 최선상도 아시다시피 늙은 육신을 성전 지둥나무에다 꽉 붙들어 맨 종에 몸이라서……"

순금 역시 집회에 참예하지는 못했어도 다른 경로 통해 사경회 속내를 소상히 꿰고 있었다. 얼음장 밑으로 맑은 시냇물 끊이지 않고 흐르듯 혹한의 겨울 같은 종교 탄압 속에서도 성도들 신앙심은 장성한 분량까지 계속 차오르고 있었다. 어마지두에 목자 잃은 양들인데도 멀리 달아나지 않았다. 사모가 목자 대역 맡아 흩어진 양들 불러모으고 소규모 사경(査經) 형식 빌려 변칙적으로 예배를 인도해온 덕분이었다. 사모는 형무소로 남편 면회 갈 적마다 문목사로부터 사경회 운용에 필요한 성경적 지침을 받아오곤 했다.

"사모님 돌아오시면, 일간에 다시 찾어뵙겄다고 말씀드려주셔요. 성신께서 항상 교회와 집사님 댁내에 함께허시기를!"

"아멘! 교회와 최선상 댁내에도 성신께서 함께허시기를!"

"아아멘!"

예배당 앞에서 사찰집사하고 헤어진 다음, 순금은 곧장 상곡리로 길을 잡아 나아갔다. 이번에도 집 찾아가는 길눈을 두 다리에다 위임했다. 그니는 방심 상태에 가깝도록 시나브로 무아지경에 빠져들면서 소리 높여 찬송가를 부르기 시작했다.

피난처 있으니
환난을 당한 자 이리 오게
땅들이 변하고 물결이 일어나
산 위에 넘치되 두렵잖네……

집에 가까워질 무렵, 순금은 대문간에 옹기중기 몰려 있는 사람들을 먼빛으로 발견했다. 집안에서 뭔가 또 사달이 벌어졌음을 직감케 하는 풍경이었다. 어떤 종류, 무슨 내용의 사달인지도 대충 짐작이 갔다. 동네 사람들은 닫힌 대문 안쪽에 대한 궁금증을 견디다못해 끼리끼리 쑤군덕거리며 의견 나누기에 고부라져 있다가 뒤늦게 순금을 발견하고 입을 굳게 다물었다. 그리고 양옆으로 얼른 외어서면서 순금에게 길을 터주었다.

"아이고, 아씨!"

섭섭이네가 새파랗게 질린 낯꽃으로 들입다 순금의 손목부터 덥석 거머쥐더니만 무작정 대문 안으로 끌어들였다.

"아씨, 큰일나뿌렀어라! 싸게싸게 사랑으로 가보시랑깨요!"

맹수 포효만큼이나 무시무시한 노호로 누군가를 질타하는 천석꾼 영감 목소리가 울안을 쩌렁쩌렁 흔들고 있었다. 된불 맞은 암노루처럼 울부짖는 관촌댁 목소리가 노호와 노호 틈새기 비집으며 힘겹게 끼어들고 있었다.

"언제부텀 저러고들 계셔요?"

마치 항다반사 대하듯 심상한 투로 묻는 아씨 향해 섭섭이네는 사개가 제대로 안 들어맞는 대답을 징징 우는 가락으로 늘어놓기 시작했다.

"까딱허다가는 필시 살인이라도 내시겄어라. 큰되련님 얼골이 시방 상처투셍이에 선지 범벅이 되야뿌렀어라. 물고를 내뿔자고 작심허신 것맨치로 어르신께서 시방 큰되련님을 지팡막대로 막 뚜딜겨 패고, 난리가 나뿌렀어라. 사랑채 근방에는 승불리 범접을 못허는 형편이니깨 모다들 먼발치기로 서서 요로콤 발만 동당동당 굴러대든 챔이어라."

음식 솜씨 좋은 부엌어멈답게 찬거리에 온갖 양념 듬뿍듬뿍 치듯 매사에 과장 섞어 허풍 떨어 버릇하는 섭섭이네였다. 하지만 요번만큼은 달랐다. 그 말은 조금도 과장이 아니었다. 실제로 사랑채에서 벌어지는 광경은 그야말로 목불인견 참상이었다. 부용의 몸에 걸친 하얀 핫옷이 온통 피로 물들어 시뻘겋게 변색해 있었다. 목질 단단하고 때깔 곱기로 소문난, 그래서 출타 때마다 천석꾼 영감이 물고 떠는 애첩같이 노상 손에서 놓지 않는, 남방산 흑단나무 개화장이 부려놓은 조화였다. 죽은 지 오래된 송장처럼 대청마루에 너부러져 옴짝달싹 않는 부용을 향해 천석꾼 영감 애첩이 한차례 또 무지막지한 일격을 가하려는 참이었다. 관촌댁이 잽싸게 몸을 날리며 한사코 지팡막대를 저지했다. 천석꾼 영감은 눈자위 허옇게 뒤집은 채 양쪽 입아귀에 허연 거품 북적북적 물고 있었다.

"당장 뒤어지거라! 지체 말고 칵 뒤어져뿌러, 이놈아!"

"날 치시요! 나가 죄 많은 에미니깨 차라리 날 쌔려줘이란 말이요!"

지팡막대 끝에 대롱대롱 매달린 상태로 관촌댁이 바락바락 시악을 써댔다.

"그 지팽이, 이리 주시지요."

듣는 사람 모두 움찔하리만큼 순금은 매우 담박하고 차분한 어조로 말했다. 그리고 허공중에 높이 들린 흉기 밑으로 머리통을 얌전히 들이밀었다. 뜬금없이 쑥 불거져나온 적의 정체를 파악하느라 어릿어릿한 눈에 총기를 모으는가 싶더니만, 천석꾼 영감은 이내 또 길길이 뛰기 시작했다.

"뭣이여, 이년아? 저놈이랑 한통으로 작반을 혀서 남매찌리 한

목에 뒤어져뿔고 잚어 안달복달이냐?"

소래기 뻰지름과 동시에 천석꾼 영감은 지팡막대 붙잡고 늘어지던 마누라를 엄청난 기운으로 떠둥그뜨려 넉장거리를 시켰다. 순금은 당장에라도 허공을 가르며 제 정수리 두 쪽 낼 기세로 살벌하게 쳐들린 지팡막대를 가만히 올려다보았다. 그토록 위풍당당하던 흑단나무 개화장이 왠지 모르게 나무젓가락 푼수밖에 안 되는, 왜소하고 꾀죄죄한 물건인 양 하찮게 느껴졌다. 몇 대 맞아도 그다지 아플 성싶지도 않았다. 지팡막대 힘껏 움켜쥔 아버지 또한 왠지 모르게 전연 두려움의 대상으로 느껴지지 않았다.

땅들이 변하고 물결이 일어나 산 위에 넘치되 두렵잖네……

"그 지팡막대, 어서 이리 주시라니깨요."

순금은 방금 전하고 대동소이한 어조로 차분하게, 그러면서도 기실은 암팡지게 요구하면서 아버지 눈을 똑바로 응시했다. 그러자 천석꾼 영감 얼굴에 놀라운 변화가 일기 시작했다. 유례없이 뻣세고 방자무기한 태도로 나오는 딸한테 위협을 느끼기라도 한 것처럼 별안간 찔끔 움츠러드는 기색이었다. 대찬 딸년 앞에서 순간적으로 우두망찰하는 그 기회 틈타 관촌댁이 잽싸게 지팡막대를 채뜨려버렸다.

"일어나거라, 부용아."

순금은 대청마루에 아무렇게나 너부러져 있는 동생을 양팔로 부둥켜 가까스로 일으켰다.

"죄 많은 에미가 먼첨 뒤져뿌러야지! 전생에 죄업을 깍짓동만침 짊어지고 나온 에미가 자식들 앞질러서 일등으로 죽어 없어지는 것이 백번 옳은 이치고 마땅헌 순번 아니겄냐!"

관촌댁이 느닷없이 머리통을 지팡막대로 쳐대기 시작했다. 퍽퍽 울리는 소리도 야무지게 지팡막대에 난타당하는 이마에서 단박에 핏기가 비치기 시작했다. 딸이 재빨리 어머니 손에 들린 흉기를 채뜨려야 할 때였다. 순금은 마당과 터알 어름에 멀찌막이 자리잡은 채 오들오들 떨고만 있는 섭섭이네 겨냥하고 관촌댁한테서 빼앗은 지팡막대를 힘껏 집어던졌다. 마당 가운데 떨어진 흉기를 냉큼 수습하자마자 섭섭이네는 횡재한 도둑 같은 발놀림으로 순식간에 멀리 달아나버렸다.

"나가자, 부용아. 일단 요 자리를 벗어난 연후에 나랑 상의를 허자."

순금은 피투성이 동생을 재차 부둥켰다. 그새 흑단나무 개화장한테 얼마나 오지게 모진 매 맞았던지, 머리통 사방 군데 울룩불룩 남북이 난데다 여기저기 박이 터져 피를 철철 흘리는, 그야말로 처참을 극한 몰골이었다. 그런 주제꼴을 한 채로 부용은 흉물스럽게 히죽히죽 웃고 있었다.

"이건 우리 부자지간에 해결헐 문젭니다! 누님은 당최 상관헐라 마십쇼. 요번 판에는 무신 일이 있드래도, 불초 소생 따라지목숨 통째로 거는 한이 있드래도 기연시 아버님허고 아퀴를 짓고 말 작정입니다!"

"언 놈 맴대로 아퀴를 짓고 말고여, 이놈아? 헹, 엿장시 맴대로 아퀴를 짓어, 이놈아? 암짝에도 쓸모없는 니놈 하나 싹 없어져뿔고 나면 우리 집안은 만사가 지절로 형통허게 풀리는디, 아퀴는 무신 얼어죽을 아퀴여, 이놈아!"

잠시 주춤하는 듯싶던 천석꾼 영감 기세가 어느 겨를에 또 벌떡 되살아났다. 콧방귀 탱탱 뀌어대는 아버지 향해 부용은 소름 끼치리만큼 괴이쩍은 웃음을 연방 히쭉히쭉 날리고 있었다.

"만약에 말입니다, 제가 아버님허고 부자지간 인연 끊고 혼자서 제금나 산다면, 저한티 얼매를 주시겄습니까?"

"하이고, 그놈 말뽄새 한번 기특도 허다! 불효막심헌 자식이 생전 첨으로 애비한티 효행을 도모헐 작정이라니깨 눈두덩이가 뜨뜻헐 만침 고맙기는 허다만, 이왕지사 효도허는 짐에 이놈아, 당장 애비 눈앞에서 쎗바닥 작신 깨물고 팍 자진헐 생각은 없드란 말이냐?"

"만약에 말입니다, 제가 당장 혓바닥 작신 깨물고 팍 자진허기로 약속헌다면, 아버님은 저한티 유산으로 얼매를 노나주시겄습니까?"

"이놈아, 산 인간이 죽은 송장 몫으로 유산 노느는 경우 봤냐? 돌아가신 부모가 살어 있는 자식한티 물려주는 것이 바로 유산이다, 이놈아!"

"맞는 말씀입니다. 그렇다면 말입니다, 최씨 집안에서 송장 한 구 쳐내는 값으로 아버님은 돈을 얼매나 내놓으시겄습니까?"

"허어, 세상 오래 살다보니깨 참말로 베라벨 미친놈을 다 보겄네! 송장은 이놈아, 살어 있는 인간이 치는 것이지 이놈아, 죽은 놈이 무신 재주로 지 송장 지 손으로 친단 말이냐, 이놈아! 숨넘어간 송장이건 숨줄 붙어 있는 송장이건 좌우지간에 이놈아, 니놈 모가치로 돌아갈 재물은 애시당초 녹난 구리돈 한 닢도 없으니깨 이놈아, 그런지나 알고 송장값 흥정헐 생각 따우는 꿈도 꾸들 말거라, 이놈아!"

"후회막급이실 겁니다! 불원간에 아버님은 반다시 후회허실 날 있을 겁니다! 두고 보십쇼. 요번 일 땜시 아버님은 돌아가시는 날까장 남은 평생을 후회 속에 파묻혀서 땅을 치고 통곡허면서 사실 겁니다. 이건 절대로 허튼소리도 빈말도 아닙니다!"

천석꾼 아버지 얼굴 쨋쨋이 우러르며 부용은 또다시 괴이쩍은 웃음을 히쭉히쭉 날렸다. 두억시니 영락없는, 참으로 끔찍한 몰골이었다. 피칠갑 이룬 얼굴을 연방 실룩거리고 일그러뜨리며 히쭉히쭉 웃어쌓는 참경을 차마 더 지켜볼 수 없어 순금은 아예 외면하고 말았다.

"인제 두고 보십쇼! 밤새드락 악귀들 붙들고 오약씨름 벌리니라고 단 하루도 편안헌 잠자리 못 들게코롬 맨들어뿔 겁니다. 우웩우웩 토악질 나오는 바람에 단 한 끄니도 맛난 진지 못 드시게코롬 맨들고 말 겁니다. 다시 말씀드리지만, 이건 절대로 허튼수작이 아닙니다. 절대로 빈말이 아닙니다!"

"하따, 그놈 공갈 한번 흐벅지게 잘도 쌔리고 자빠졌네! 나가 밤마닥 불면불휴로 악몽에 시달리고 끄니마닥 밥맛 떨어지기 지달리느니 차라리 등짝에 갈기털 북실북실 돋친 능구렝이 나타나기 지달리는 편이 훠낀 속빠를 것이다, 이놈아! 시방도 기운발 너무 뻗쳐서 걱정인 나허고 노느매기헐라 말고 이놈아, 비루먹은 강생이 같은 니놈이나 뱃구레 터지드락 그 후회 양껏 처먹고 살조깨 찌거라, 이놈아!"

"영감 혼자서 잘먹고 잘사시요!"

부자 사이에 천륜과 인륜이 연락부절로 오가는 대판거리 싸움마당 한복판으로 관촌댁이 불쑥 뛰어들었다.

"뻘건 핏물 단지에다 푹 절여낸 손으로, 피비린내 몰씬몰씬 풍기는 손으로 처자식들 모가지 홱홱 비틀어 줘여뿔고 영감 일신 낙락장송맨치로 오래오래 살어남으시요! 입에서 두엄 남새 펄펄 풍기드락, 벼랑박에다 치덕치덕 똥칠허드락 수수백년 부귀영화 누림시나 원도 한도 없이 오래오래 사시요!"

결코 지옥이 따로 있는 게 아니었다. 내 집이 바로 지옥이었다. 당장 발붙이고 선 그 자리가 다름아닌 무저갱 지옥이었다. 저도 모르게 순금의 두 손이 가슴으로 모아졌다.

괴롬이 심하고 환난이 극하나 피난처 있으니 여호와요……

순금은 텅 빈 거푸집같이 중량감 별로 안 느껴지는 부용의 고삭부리 육신을 끄어들다시피 부액하면서 서둘러 사랑채를 벗어나기 시작했다. 부부끼리 서로 고성 주고받으며 드잡이 진배없는 싸움질에 골몰하는 기척이 사랑채를 온통 시끌벅적 뒤흔들고 있었다. 동생을 부액한 채 순금은 아버지 욕지거리와 어머니 악다구니에 등덜미 떼밀려가며 부리나케 안채로 대피했다.

"귀용이를 사지에서 구출허자면, 그것 외에 다른 방도가 없습니다. 누님이랑 저랑 합작으로 강도단을 조직허는 겁니다. 야밤중에 우리 남매가 사랑채를 재차 터는 겁니다. 아버님이야말로 호열자나 장질부사보담도 위험천만헌 역병 같은 존재 아닙니까! 재물에 대헌 병적인 집착심을 뚝 뿐질러서 아버님을 골탕 멕일 사람은 넓으나 넓은 세상천지에 달랑 우리 남매뿐입니다!"

어느 구석에 숨어 있다 나타났는지 섭섭이네가 곁에 바투 따라붙었다. 그런데도 부용은 객식구 이목마저 아랑곳하지 않은 채 뚱딴지같은 소리만 계속하고 있었다.

"제발 자중허고 자애허거라, 부용아."

기운이 남정네 못잖은 섭섭이네 조력으로 피투성이에 상처투성이 부용을 구석방에 욱여넣는 데 성공했다. 순금은 다시 한번 부용에게 신칙했다.

"부용아, 나한티도 생각이 있다. 그러니께 요번 일은 내 손에 맽기고 너는 그저 니 몸 하나 잘 간수허면 된다."

순금은 바람 세게 불면 허공중으로 날아갈 검부잿불같이 작고 가볍게 느껴지는 부용을 이부자리에 조심스레 누였다. 피칠갑을 한 겉더께에 비해 상처가 예상보다 그리 심하지 않은 점이 그나마 다행이었다. 순금은 터지고 깨지고 부푼 부용의 머리에 빨간약을 바르고 붕대 대용으로 헌 옷자락 쭉 찢어 금간 오지그릇 테메우듯 이마를 칭칭 동이는 등으로 응급처치를 서둘렀다. 핏물로 벌겋게 변색된 핫옷을 갈아입히는 동안, 제발 경거망동을 삼갈 것을, 부디 자중자애할 것을 재삼 신신당부했다. 부용의 흥분이 웬만큼 가라앉은 후에야 그니는 자신의 처소에 들 수 있었다.

베틀 공방에 들자마자 순금은 문고리부터 단단히 걸어 잠갔다. 하지만 허술하게 짜 맞춘 문짝 하나 단속했다 해서 발 없는 말들 출입까지 단속될 리 만무했다. 사랑채로부터 떽데굴떽데굴 굴러오는 소음이 잠긴 문고리 자유자재로 벗기면서 베틀 공방을 무시로 들락거리는 중이었다. 천석꾼 내외는 그빨로 기어이 사생결단을 내버릴 작정인 듯했다. 차마 입에 담지 못할 욕지거리와 소름끼치는 저주의 말이 경쟁하듯 두 입에서 번차례로 쏟아져나오고 있었다. 속정 깊고 성품 유순하기로 산서 바닥에 소문이 왜자하던 지난날 관촌댁 모습은 이미 부지거처가 돼버렸다. 한사하고 한 치도 물러섬 없이 영감한테 바락바락 대드는 싸움꾼 모습의 관촌댁만이 사랑채에서 치열한 공방전을 벌이고 있었다. 지옥이 따로 없다 생각하며 순금은 부르르 진저리를 쳤다. 내 집이 지옥의 가운뎃 토막이고, 지옥 중에서도 가장 아랫목 지옥에 해당하는 무저갱이 바로 우리집이라고 생각했다.

"만왕의 왕이시고 만유의 주재이신 여호와 하나님!"

순금은 눈물의 웅덩이 위로 동동 뜬 눈을 치켜 출입문 위쪽을 노려보았다. 만일 하나님의 임재가 당장 눈앞에서 이루어진다면, 그 임재는 틀림없이 그 출입문 통해 이루어질 성싶었다.

"감사와 찬양과 존귀와 영광 두루 받으시기에 합당허신 하나님이심을 이 죄인은 오래전부텀 알고 믿어왔어요. 그런디, 유독 오날만은 웬일인지 감사도 찬양도 존귀도 영광도 당최 제 믿음 안에서 솟아날 기미가 안 뵈네요. 제가 왜 이러는지, 감사와 찬양 대신 왜 원망과 분냄만이 제 가슴에 그득 들어찼는지, 그 연유를 하나님 아바지께서는 잘 알고 계시겄지요?"

위의와 격식 제대로 갖추어 결곡히 드리던 여느 때 기도투가 아니었다. 피차 임의로운 관계인 양, 때로는 만홀히 대하기도 하고 또 때로는 허물없이 대하기도 하는 이웃 노인 상대로 홧김에 포달 부리듯 순금은 저도 모르는 새 광대하시고 엄위하신 하나님 앞에 파격적 기도를 드리고 있었다.

"즈이 집안은 대관절 언제까장 요 모냥으로 지내야만 되는가요? 날이날마닥 불가마 이고지고 노상 비명 지르면서 살어가는 요따우 인간도 감히 하나님께서 택허신 백성이고 사랑허시는 자녀라고 말헐 수가 있을까요? 시방 즈이 집안 식구들 살어가는 꼴이 금수나 미물보담 반 뼘이라도 발전헌 거라고 주장헐 근거는 대관절 어디서 찾을 수 있을까요?"

한 겹 창호지 그 너머에 만만해 뵈는 이웃 노인 형상을 한 하나님이 좌정해 계신 듯 순금은 출입문을 뚫어져라 쏘아보며 조목조목 따졌다.

"불초 최순금이 그동안 얼매나 인내허고 근신혔는지, 하나님께서는 알고나 계신가요? 제가 시방 어떤 곤경에 빠져서 허부적거리고 있는지, 하나님께서는 짐작이나 허시는가요? 허기사 무소부재허시고 무소불위허신 여호와 하나님께서 그걸 모르고 계실 텍이 없지요. 만약에 그러시다면, 그러콤 잘 아시면서 왜 나몰라라 허고 그냥 보고만 계시는가요? 죄다 아신다면, 제 기도에 응답을 허셔야 되지 않겄어요? 여태까장 참고 또 참고 살어왔는디, 최순금이가 얼매나 더 참기를 원허시나요? 앞으로 얼매나 더 시험을 당혀야만 최순금이 모가치로 배정된 연단과정을 끝마칠 수가 있는가요?"

이웃 심술첨지 영감 상대로 마지막 담판을 지음으로써 제 집안에 몰아치는 사달들 문제에 기어이 아퀴를 짓고야 말 기세였다. 순금은 오랜 세월 가슴속에 푸만하게 고여 있던 원망들을 폭포수처럼 좍좍 쏟아냈다.

"하나님 아버지께서 뭔가를 혹시 잘못 아시고 계신 것은 아니겄지요? 죄인 최순금이는 애시당초 똑똑허고 강단진 인물이 못

된답니다. 영혼도 육신도 연약허기 그지없는, 한갓 부평초 인간에 불과허답니다. 우리 주님께서 역부러 그러콤 호되게 담금질허시고 뜨겁게 연단허시지 않드래도 이 어리석고 부족헌 여종은 시초부텀 종말까장 속절없이 주님 포도나무에 달린 자디잔 가지고, 깔축없는 주님 소유물인 것을 자인허고 자백헙니다. 남은 평생 주님 목소리 청종허고 주님 명령 순복허면서 주님 뜻에 합당허게 살겄다고 일찌감치 서원을 드린 여종인지를 잘 아시지 않습니까. 하나님께 부탁 조깨 드리겄습니다. 제발 이 죄인을 지나치게 박대허시지는 말어주셔요! 제발 최순금이로 하야곰 자꼬자꼬 시험에 들게코롬 맨드시지는 말어주셔요!"

창조주 하나님 향한 백기투항 표시로 순금은 공방 바닥에 무릎 착 꿇고 도두앉았다. 걷잡을 수 없이 흘러내리는 눈물의 훼방으로 시야가 온통 뿌예졌다. 무가내하로 떼쓰고 투정하며 포달 부리는 어린애처럼 순금은 울음에 버무린 기도 소리를 계속 토해냈다.

"죄 많은 여종 최순금이는 시방 많이 지쳐 있고만요. 지칠 대로 지쳐서 인제는 참말로 인생만사 죄다 신물이 날라고 그러는고만요. 주님, 만약에 요번 시험을 못 이기고 제가 끝끝내 실족허게 된다면, 누가 더 깝깝헐까요? 어느 쪽이 더 손해를 볼지, 주님께서는 한 번이라도 고찰허신 적이 있으신지요? 물론 저도 손해겄지만, 저보담도 주님 손해가 더 우심헐 거라고 말씀드리고 잪고만요. 주님 사업에 유용헌 도구로 쓰일 수 있는, 신실허고 충직헌 여종 하나를 영영 잃어뿔지도 모르는 일이지요. 그러니깨 주님, 저한티 표적을 보여주셔요. 어리석고 부족헌 죄인일망정 최순금이를 과부나 고아맨치로 버려두시지 않을 거라는 증표 하나쯤 인제는 뵈야주실 때도 되얐잖어요? 여호와 하나님 권능을, 주님 의로우신 오른손이 행허시는 놀라운 기사와 이적을 제 눈으로 확인허고 제 손으로 만져보기 전에는 제가 시방 저지르는 행악질을 절대로 사죄허지 않을 작정입니다! 제 말 알어들으시겄어요, 주님?"

순금은 잠시 기도를 중단하고 조용히 귀를 기울였다. 그러나 여태껏 항용 그러했듯 기도에 대한 응답을 받지 못했다. 젖은 빨래 짜듯 아무리 신심을 발끈 쥐어짜 절박하게 기도해도 하늘에서든 땅에서든 신의 음성은 일절 들려오지 않았다.

"요번에는 무신 일이 있드래도 절대로 주님께 사죄허지 않을랍니다! 앞으로는 기도 행위도 일절 작파헐랍니다! 그러니깨 제 간구를 들어주시든가 마시든가 인제부텀 주님 스사로 판단을 허시고 스사로 결정을 내리시지요!"

일차 버그러진 틈서리에 재차 쐐기 지르듯 마지막으로 한차례 더 엄포를 놓음으로써 순금은 기도답지 않은 기도를 매조졌다 단단히 꿇었던 무릎 간신히 펴고 흘러내리는 눈물 소맷자락으로 아무렇게나 썩썩 훔쳤다. 그러자 별안간 시야가 번히 트여오면서 맑은 정신이 번쩍 들었다. 여태까지 겁 없이 저지른 행악질이 주님 법정에서 어느 죄목에 해당하는지 깨닫기 무섭게 순금은 공방 바닥에 도로 너부죽이 엎드리고 말았다. 자신이 얼마나 하잘것없는 존재인가를 입증하기 위해 곧바로 미물의 자세에 들었다. 방자무기하고 오만무례한 독신(瀆神)의 대죄를 범한 잘못을 절대자 앞에 낱낱이 자복하고 통회하는 절차와 수순을 밟기 위해 그나는 방금 전과는 또다른 성질의 눈물을 새잡이로 장만하지 않으면 안 되었다.

그새 사랑채 싸움은 끝나 있었다. 섭섭이네가 울안 어디에 숨겨버린 흑단나무 개화장 대신 새로 꺼내든 지팡막대일 것이었다. 애꿎은 막둥이란 놈한테 분풀이하는 샌님처럼 지팡막대 힘차게 휘둘러 무고한 땅바닥 마구 닦달하면서 문밖 행차 나서는 천석꾼 영감 기척이 한바탕 요란뻑적지근하게 울렸다. 솟구치는 울화증을 사랑채 앉아 곱다시 삭일 수 없어 아직도 고문 후유증으로 거동이 임의롭지 못한 사대삭신을 지팡막대에 의지한 채 무리하게 바깥나들이 결행하는 눈치였다. 꼬리 긴 가오리연처럼 유난히 오래 늘어지던 관촌댁 울음소리 또한 어느덧 잦아들어 있었다. 한바탕 거센 소용돌이 일으키는 분요 끝에 모처럼 만에 휴지기로 접어든 집안 분위기는 누가 언제 그 야기요단(惹起鬧端) 다 떨었더냐 싶으리만큼 그저 고즈넉하기만 했다. 순금은 발소리 단속하면서 구석방으로 가만가만 다가갔다. 가냘프나마 제법 고른 숨소리가 환형동물처럼 꼼틀꼼틀 방밖으로 기어나오고 있었다. 실낱

같이 간댕간댕 붙어 있던 기력마저 승산 없는 부자간 대결로 몽땅 소진한 뒤끝인지라 부용은 잠에 혼곤히 취해 있었다. 울부짖음하고 자리바꿈한 대짜배기 한숨 소리가 관촌댁 처연한 심기 대변하느라 안방에서 잇달아 흘러나오는 중이었다.

해질녘에 가까운 무렵이었다. 주리고 헐벗은 애옥살이에 지친 농투성이들 울적한 심사 어루만지는 위무와도 같이 옅은 주홍빛 저녁놀이 올망졸망한 초가지붕들 위로 나붓나붓 내려앉고 있었다. 층층으로 포개진 가난 티만 한 꺼풀 벗겨내고 볼작시면 제법 정겹고도 곱다랗게 느껴질 법한 시골마을 저녁 풍경이었다. 애옥한 형편에도 그럭저럭 끼니 때울 거리는 마련이 있는 모양이었다. 저녁밥 짓느라 집집마다 굴뚝으로 하얀 연기를 모락모락 피워 올리고 있었다. 머나먼 곳에서 상객 아니면 귀빈 자격으로 산서 땅 찾아오는 저녁놀 반기며 마중 나가듯 하얀 연기들이 하늘로 꼬물꼬물 키를 높여가는 풍경은 산골 농투성이들 각박한 처지와는 상관없이 그저 평화롭고도 풍성한 분위기를 자아내고 있었다.

마루 끝에 오도카니 앉아 담장 너머 풍경에 잠시 넋을 빌려주고 있던 순금의 시선이 갑자기 어느 집에 머물렀다. 다른 굴뚝들은 저마다 책임진 분량만큼 연기를 생산하느라 분주한데, 유독 그 굴뚝만은 빈둥빈둥 놀면서 주변 굴뚝들 눈치만 살피는 중이었다. 다름아닌 김영감네 굴뚝이었다. 김영감보다는 쌍가매네란 칭호로 더 알려진 집이었다. 솥단지 안에 안칠 것 하나 없는, 그야말로 적신(赤身)뿐인 집이라서 그처럼 아궁이도 굴뚝도 하릴없이 놀고 지낼 수밖에 없는 모양이었다. 지난번 강제 모집으로 말미암아 쌍가매네는 이른바 '북해도 과부' 신세로 곤두박질했을 뿐 아니라, 엎친 데 덮쳐 만좌중에 상곡 어르신 능멸한 죄까지 덤터기 쓰고 말았다. 그 바람에 쌍가매네는 오랫동안 부치던 몇 뙈기 전답마저 깡그리 놓친 채 늙은 시아비와 함께 이 집 저 집 허드렛일 다니며 날품 팔아 애면글면 연명하는 실정이었다. 생때같은 젊은 서방 졸지에 이역만리 떠나보내고 눈알이 해뜩 뒤집힌 나머지 방자무기하게도 상곡 어르신한테 감히 바락바락 대들며 행티 부린 대가로 얻은 가외의 애옥살이요 곱빼기 설움이었다.

쌍가매네하고 화해해야 한다는, 당장 화해하지 않으면 안 된다는 생각이 불현듯 일었다. 죄 많은 천석꾼 딸로서 아버지를 대신해 김영감에게 사죄하고 싶었다. 인간과 인간 사이에 단단히 홀맺어진 매듭부터 푸는 것이 하나님과의 화해에 이르는 첩경임을 순금은 그 순간 직감했다. 그야말로 물실호기였다. 하나님 향해 화해의 손 내밀 절호의 기회를 만난 것이었다. 지체 없이 그니는 마루 끝에 걸친 몸뚱이를 발딱 일으켰다. 그리고 쌀가마들 쟁여져 있는 광을 향해 부리나케 달려가기 시작했다.

"쌍가매야."

겨우 허리 높이밖에 안 되는 삽짝 마주한 채 순금은 울안으로 조심조심 인기척을 들여놓았다. 실인즉슨 그럴 필요 없는, 객스러운 행동이었다. 삽짝 너머로 쌍가매네 모습이 빤히 보였다. 삼간두옥 쪽마루에 나앉아 어린것 입에 젖꼭지 물리고 있던 쌍가매네랑 분명히 눈길이 마주치기도 했다.

"쌍가매 어머님한티 쪼깨 드릴 말씀이 있어서 찾어왔습니다만……"

"쌍가매야! 쌍가매야!"

삽짝 밖 손님 모지락스레 외면한 채 쌍가매네는 고함질 냅다 뽑아 건공중으로 던졌다.

"쌍가매 너 이년, 거그서 시방 무신 지랄을 허고 자빠졌냐? 너 이년, 또 벼랑박에서 흙고물 파먹고 있지야? 삽짝 배깥에 누가 왔는갑다! 흙고물 고만 처먹고 싸게 못 나가겄냐, 이년아?"

그러자 때꼽재기 얼룩으로 뒤발한 얼굴이 뒤란 쪽에서 비주룩이 내밀어졌다. 어린 소견에도 뜻밖의 손님에 엔간히 당황했던지, 쌍가매는 슬금슬금 뒷걸음쳐 뒤란 쪽으로 달아나려 했다. 우두커니 밖에 서서 지정거리고 있기 좀 거식해서 순금은 집주인 양해도 구하지 않고 삽짝을 안쪽으로 밀었다.

"안녕허셨어요, 쌍가매 어머님?"

"하이고, 요게 시방 뉘시다요? 야마니신지 니시야만지 허는, 게다짝 소리 때깍때깍 나는 최부자 영감 외동따님 아니시든가요? 금지옥엽 아씨께서 갑째기 무신 바람이 불어서 도야지 우릿간 같은 즈이 집구석까장 행차를 허셨는지 몰라도, 보다시피 요로콤 안녕허지가 못허고만요!"

대뜸 노골적인 시비조요 비아냥거림이었다. 쌍가매네가 내뱉는 말말마다 낱낱이 불화살로 변해 가슴 복판에 턱턱 꽂히면서 중화상을 입히고 있었다.

"병 줄라고 오셨소, 약 줄라고 오셨소?"

쌍가매네는 시뻘건 불잉걸 이글이글 담긴 눈초리로 불과 얼마 전까지 상전이었던 순금을 노려보면서 섬뜩한 적의를 굳이 감추려 하지 않았다. 생각만큼 젖이 안 나오는지, 어린것이 칭얼칭얼 보채기 시작했다. 쌍가매네는 풀어헤친 젖가슴에서 어린것 떼어내려고 손바닥을 거칠게 사용했다. 비록 빈 젖통일망정 계속 물고 있을 요량으로 어린것은 고개가 홱 잦혀지리만큼 떼밀리면서도 젖꼭지만은 기어이 안 놓치려 악착을 떨었다. 그 사품에 젊은 젖어미답지 않게 쪼글쪼글 말라붙은 쌍가매네 젖가슴이 고무 재질인 양 기다랗게 늘어나버렸다.

"들어간 것이 있어야 나오는 것도 있을 게 아녀, 이 썩을 것아! 죽어라고 빨어봤자 헛바람만 새는 헛젖인디, 백날 물고 늘어져봤자 무신 소용이냐, 이 웬수 덩어리야!"

쌍가매네가 매운 손매로 볼기짝 찰싸닥 갈겨 어린것을 그예 떼어냈다. 그러자 끓는 물에 손이라도 담근 푼수로 어린것이 자지러지게 울기 시작했다. 쌍가매네는 또다시 소리소리 질러 뒤란으로 숨어버린 딸을 찾았다.

"쌍가매 너 이년, 욜로 싸게 못 나오겄냐? 싸게 요 애물단지 안 델꼬 가고 거그서 시방 무신 지랄을 허고 자빠졌냐, 이 주리를 틀 년아!"

나오는 족족 악에 받친 소리요 살천스럽고 툽상스러운 욕설이었다. 그런 말투에 이미 이력이 붙었는지, 쌍가매는 제 어미 어려워하는 기색 없이 뒤란에서 느럭느럭 모습을 드러냈다. 함부로 다루어도 무방한 물건인 양 쌍가매는 아무렇게나 젖먹이 동생 등에 업고 휘뚜루마뚜루 포대기를 둘렀다.

"저 에린것들 숨쉬는가 안 쉬는가 보고 잪어서 왔소? 그깟녀르 소작권 조깨 끊어졌다고 금방 우리 니 식구 숨줄이 깰꼬닥 끊어질지 알었소? 그깟녀르 소작 조깨 못 부쳐 먹는다고 우리 식구가 고로콤 허망허게 죽을 성부르요? 어느 놈 부자지 틀어잡고 늘어지는 한이 있드래도 그 니시야만지 야마니신지 허는 게다짝 영감보담은 훨낀 더 오래오래 살어뿔라요! 그 영감탱이가 마른하늘에 날베락 을어맞고 벌러덩 죽어 나자빠지는 꼴 볼 때까장 나는 죽고 잪어도 못 죽겄소! 못 죽는 게 아니라 안 죽을라요! 그 영감탱이보담 딱 한 나절만 더 살고 죽을라요!"

쌍가매네는 젖먹이 떼어냄으로써 홀가분해진 몸뚱이 임의롭게 놀려 침방울 튀기며 시악을 써댔다. 원한이 골수에 사무친 쌍가매네 얼굴 바로 대하기가 차마 면구스러워 순금은 딸 쪽으로 고개를 돌렸다. 쌍가매는 울어 보채는 동생 달랠 생각 아예 없이 탐욕스러운 시선을 쌀자루 들린 손님 손에다만 꽂고 있었다. 순금은 꽤 묵직한 쌀자루를 쪽마루 한구석에 내려놓았다. 속에 담긴 물건이 무엇인지 알아볼 마음 따위 추호도 없다는 듯 쌍가매네는 시종일관 모르는 척 자루 쪽을 외면하고 있었다.

"누가 찾아왔냐, 에미야?"

눈만 세게 흘겨도 금세 무너질 것 같은 삼간두옥 아랫방에서 기침 소리가 쿨룩쿨룩 쏟아져나왔다.

"대관절 무신 일이간디 요로콤 배깥이 소란시럽다냐?"

방문 삐거덕 열리고도 한참 더 지나서야 김영감 얼굴과 몸뚱이가 시차를 두고 굴속 같은 방 그늘에서 차례로 모습을 드러냈다. 너무 일찍 든 초저녁잠에서 미처 덜 깨어난 듯, 아니면 혼절상태에서 이제 막 정신 수습하는 참인 듯 어리바리한 눈빛으로 밖을 내다보던 김영감이 별안간 기급했다.

"아, 아니, 젊은 아씨께서 으짠 일로 즈이 집구석을 다……"

"흥, 아씨는 무신 얼어죽을 아씨!"

시아비 말에 쌍가매네가 제꺽 콧방귀를 뀌었다.

"괭기찮어요. 나오시지 마시고 그냥 누워 계셔요."

병색 완연한 노구 이끌고 쪽마루로 나앉으려 안간힘쓰는 김영감 보다못해 순금은 얼른 손사랫짓으로 만류했다. 굶주림에 겹쳐 노환마저 기승스러운 듯했다. 기력이 형편없이 까라진 김영감이 퀭한 눈자위 희번덕거리며 놀라움과 당혹감을 고스란히 드러내고 있었다.

"젊은 아씨께서 혹시라도 고놈에 요상시런 뜬소문 땜시……"

김영감이 쭈뼛쭈뼛 순금의 눈치를 살폈다. 순금은 무턱대고 머리부터 좌우로 흔들었다.

"아니고만요. 저는 그따우 얼토당토않은 소문은 애시당초 믿지를 않었고만요. 영감님께서 절대로 그러실 분이 아니라는 걸 누구보담도 제가 잘 알고 있으니깨요."

"흥, 알고 있다고? 흥!"

옆에서 쌍가매네가 또다시 흥타령으로 응수했다.

"흥, 알고 있다니깨 되게 기특도 허셔라! 참말로 눈물이 매라울 만침 고맙고도 유정허신 말씸이고만, 흥!"

경찰이 야밤중에 천석꾼 집 덮칠 당시 왜경들 길라잡이로 복면하고 나타났던 작자가 알고 보니 김영감이더라, 하는 소문이었다. 순금 또한 마을에 떠도는 소문을 일찍이 접했던지라 김영감한테 덮씌워진 혐의에 대해 진작부터 알고 있었다.

"그날 밤에 저도 그 현장에 있었고만요. 손바닥으로 하늘 가리딧기 보재기로 안면 조깨 덮었다고 제 눈이 영감님을 못 알어볼 리가 있겄어요? 그 복면 사나는 체구도 영감님보담 덜썩 더 크고 나이도 훨씬……"

"흥, 올빼미맨치로 밤눈 하나는 밝어서 다행이네그랴! 흥!"

"에미야, 너 아까막시부텀 무신 말버릇이 그 모냥이냐?"

"젊은 사나였지요. 그러고 또 영감님께서 즈이 아버님한티 품으신 원한이 지아모리 크다 헌들 설마 아드님을 강제로 잡어간 왜놈들 두고 품으신 원한보담 더 클 리가 있겄어요?"

"흥, 알기는 오뉴월 똥파리맨치로 잘도 아는고만! 흥!"

"에미야!"

"작은 원수 대적헐 요량으로 그보담 휠씬 더 큰 원수랑 손잡는다 허는 건 도모지 이치에 안 맞는 소리가 분명허지요."

"젊은 아씨께서 고로코롬 가리새를 타서 말씸을 허시니깨 이 늙은이 십 년 묵은 체증이 쑥 내려가는 것 같고만요. 그 옘병헐 헛소문 땜시 벙어리 냉가심 앓덧기 그새 얼매나……"

"제가 영감님을 찾어뵌 것은 그 소문 시시비비 가릴 작정이 아니라 영감님께 사죄를 드리고 잪어서랍니다."

"아, 아니, 사죄라니요? 이 늙은이한티 젊은 아씨께서 무신 그런 천부당만부당허신 말씸을……"

움푹 꺼져들어간 김영감 눈자위에 다시 한번 놀라움과 당혹감이 열매처럼 주렁주렁 매달렸다.

"즈이 아버님을 대신혀서 제가 영감님이랑 며느님한티 사죄를 드리겄어요. 그동안 즈이 집안이 영감님 집안을 상대로 저질렀든 여러 잘못을 너그러이 용서허시기 바랍니다."

"흥, 쌔리는 시엄씨보담 말리는 척허는 시누년이 더 밉다드니만! 흥!"

"에미야, 너 버리장머리 없이 시방 누구 안전에 대고 자꼬만 찍자를 부리고 야단이냐!"

참다못한 김영감이 그예 고개 홱 틀어 며느리를 짯짯이 노려보았다. 하지만 그 정도 기세에 시르죽을 쌍가매네가 아니었다. 아들 멀리 떠나보내고 끈 떨어진 뒤웅박 신세로 전락한 시아버지 어려운 줄 모르는 며느리 본새로 그니는 콧방귀 탱탱 뀌면서 옆으로 팽그르르 돌아앉아버렸다.

"저런 쳐죽일 년이 시방 비렁뱅이맨치로 얻다가 그 흙감태기 손모갱이 집어옇고 지랄이여!"

쌍가매네 입에서 걸쭉한 욕설 타래가 줄줄이 풀려나왔다.

"쌍가매 너 이년, 그 물건 얼렁 도로 못 담겄냐!"

어른들끼리 이야기에 정신 팔린 기회 틈타 쌍가매가 쪽마루 한 구석에 방치된 쌀자루에서 생쌀 한 줌 움켜쥐려는 참이었다. 주먹처럼 내지르는 제 어미 고함소리에 귀싸대기 얻어맞으면서도 쌍가매는 손아귀에 거머쥔 것을 끝내 놓지 않았다. 제 수고로 제 먹을거리 챙기자마자 쌍가매는 또다시 아무렇게나 취급해도 무방한 물건인 양 등에 업힌 젖먹이 동생 위아래로 덜렁덜렁 까불러대면서 탈토지세로 달아나기 시작했다. 뒤쫓는 제 어미보다 훨씬 더 발걸음 재게 놀려 쌍가매는 순식간에 삽짝 밖으로 도망쳐 버렸다.

"당장 요 자리서 약조를 드릴 수가 있고만요. 영감님께서는 틀림없이 내년 봄부터 농사를 다시 지으실 거라고 제가 감히 말씀을 드리겄어요. 그럼 일간에 또 찾어뵙겄습니다."

원래 하고 싶었던 이야기를 끝마친 다음, 김영감이 뭐라 대꾸할 겨를도 안 주고 순금은 일방적으로 등을 돌렸다. 뒤에서 다급히 외치는 쌍가매네 목소리가 들렸지만, 그냥 못 들은 척하고 김영감네 삼간두옥을 빠져나왔다.

바야흐로 절정의 순간 맞이하려는 놀빛이 유례없이 곱다랗게 느껴졌다. 순금은 발걸음도 가뿐하게 고샅길 지나 한길로 들어섰다. 봉숭아 꽃물 닮은 놀빛으로 발갛게 물든 저고리 앞섶에서 놀빛 닮은 소망 한낱을 검부러기 떼어내듯 엄지와 식지 두 손가락으로 조심스레 집어 올렸다. 인간과 인간 사이에 홀맺어진 매듭부터 먼저 푸는 것으로 화해의 첩경에 들었으니 이제 창조주 하나님과 저와의 매듭도 덩달아 풀리기 바라는, 바로 그 소망이었다.

잠시 노을로 휘덮인 하늘에 두었던 눈길 땅으로 끌어내리다 말고 순금은 걸음을 우뚝 멈추었다. 면소재지 방면이었다. 한길 따라 울긋불긋 꽃무늬도 화사한 양산 하나가 한들한들 걸어오고 있었다. 사람 모습 안 보이게끔 양산으로 철저히 가린 까닭에 양산이 걸어온다는 말 외에 달리 표현할 방법이 없었다. 두메산골에서 귀물 대접받는 양산을 소유한 신여성은 상곡리 인근 마을 통틀어 달랑 최순금 한 사람뿐이었다.

놀 자락 앞뒤로 살랑살랑 흔들며 다가오는 꽃무늬 양산이 별안간 어떤 예감을 다빡 씌우는 사품에 가슴이 쿵덕쿵덕 널을 뛰기 시작했다. 화사한 양산은 늦가을 해질녘 시골길 풍경하고 도무지 궁합이 안 맞는, 일종의 치렛거리에 불과했다. 더구나 햇덩이를 통째로 눈에 담아도 따갑지 않으리만큼 이미 풀죽은 석양인지라 굳이 양산 도움 받을 필요도 없는 시간대였다. 따가운 햇볕 아니라 낯선 외지인 주목하는 산골고라리들 따가운 시선으로부터 자신을 엄폐할 요량으로 펼쳐든 양산일시 분명했다.

곧장 앞으로 오던 양산이 갑자기 동작을 딱 멈추었다. 마치 시골 불량배가 타관 뜨내기한테 텃세 부리듯 앞길 가로막는 순금의 기척 때문이었다. 어떤 예감이 몰아다 안기는 긴장감으로 말미암아 순금은 길 한복판에 우뚝 버티고 서서 낯선 양산에게 길을 비켜줄 생심조차 못하고 있었다.

"저어…… 실례지만 말씀 좀……"

길 막아선 상대가 젊은 여성임을 언뜻 확인한 양산이 마침내 입을 열어 수줍게 첫말을 건넸다. 순금은 가슴을 손바닥으로 지그시 누르면서 자발없이 팔딱팔딱 방정 떠는 심장 동계를 꾸짖었다.

"혹시……"

"여기 감나뭇골이란 동네가……"

"연실양, 맞지요? 이연실양이 틀림없지요?"

"아!"

외마디 비명 같은 짤막한 부르짖음에 이어 양산 저쪽 안 보이는 곳에서 예사롭지 않은 움직임이 일기 시작했다. 마구 들썩이고 출랑대는 감정 도무지 주체할 방도가 없어 순금은 영락없이 길거리에서 양민 상대로 불심검문하는 관헌 본새로 양산을 향해 바투 다가들었다.

"맞네요! 내 말이 맞었어요! 이연실양이 틀림없네요!"

어떤 거역할 수 없는 완력에 의해 양산이 꺼들림이라도 당하는 것 같았다. 그때껏 방패 역할 착실히 수행하던 양산이 훽 젖혀지면서 위로 들려올라갔다. 동시에 양산을 가리개 삼아 그 뒷전에 꼭꼭 숨어 있던 처자 얼굴이 눈앞에 활짝 드러났다.

"아, 최순금씨……"

이연실이란 성명 삼자 달랑 놓고 그동안 순금이 제멋대로 추측해온 생김생김과 별반 차하지지 않는, 상상 속에서 자주 그렸던 초상화랑 어금버금한 미태였다. 길에서 우연히 지나친 남정들로 하여금 한 번쯤 뒤돌아보도록 만들 법한 이목구비였다. 가슴 벌렁거리고 마음 들썩이기는 상대방 또한 피장파장인 듯했다. 최순금이란 성명 삼자만 알고 있을 뿐, 용모파기에 관해 백지 상태이던 편지 발신인과 노상에서 공교롭게 딱 맞닥뜨린 그 상황에 이연실 또한 어지간히 놀라워하는 기색이었다. 당황한 나머지 어찌할 바 모르고 쩔쩔매며 얼뜨게 구는 거동이 마냥 요조해 보이던 이연실의 첫인상 위에 작은 흠집을 내고 있었다.

"결국은 와주셨고만요! 요런 날이 반다시 올 거라고 믿고서 벌써부텀 요런 순간을 학수고대허고 있었지요!"

일단 수중에 들어온 파랑새가 멀리 달아나지 못하게끔 발목을 끈으로 묶는 절차가 필요했다. 웬만해서는 놓아주지 않을 요량으로 순금은 옥색 원피스 자락이 구기질리도록 상대방 팔소매 부위를 덥석 훔켜잡았다.

"언제일지는 몰라도, 때가 되면 연실양이 반다시 산서를 찾으실 거라고 믿고 있었지요. 연실양이 내 소청을 절대로 거절허지 못허실 거라고 믿고 있었지요. 그러고 먼빛으로 양산이 뵈자마자 아, 이연실양이다, 허고 나는 한눈에 척 알어볼 수가 있었지요."

뽀얀 살결 때문인지, 화장기 없는 민낯인데도 제법 공들여 가꾼 듯한 태깔이었다. 겁먹은 듯 동그랗게 뜬 눈매에 어린 음영을 보면서 순금은 난생처음 생소한 감나뭇골을 방문하기로 결단하기까지 연실이 얼마나 많은 갈등과 번민의 시간을 보냈는지를 너끈히 짐작할 수 있었다. 금시초면에 생면부지 얼굴이 분명한데도 순금은 첫 순간부터 어쩐지 연실이 자신과 무관한 처지가 아닌 것처럼 여겨졌다. 원래 친숙한 사이인 양 왠지 모르게 기시감 같은 게 앞서는 느낌이었다. 이런 경우를 가리켜 천생인연이라 부르는구나, 하고 순금은 떡 줄 사람한테 물어도 안 보고 멋대로 김칫국부터 들이켰다.

"최부용씨 신상에 무슨 일이라도 생겼나요?"

연실이 갑자기 초조한 기색을 내비치기 시작했다.

“누님 되시는 분 편지 문면만 갖고는 사정을 종잡을 수가 없어서 굉장히 곤혹스러웠어요. 지금 그분은 어떤 모양으로 지내고 계시나요?”

새중간에 칸막이 세워두고 대화하듯 무척 사무적인 어조로 들리는 연실의 건조한 말본새에 순금은 비로소 맑은 정신 퍼뜩 되찾았다. 감격과 흥분이 지나친 나머지 연실의 심리 상태 터무니없이 앞질러 저 혼자 호들갑떨고 있었음을 그제야 밝히 깨달았다.

“그 사연을 말헐 것 같으면, 참말로 길고도 복잡허답니다. 우선 나랑 같이 우리집으로 가십시다. 자초지종은 집에 가서 나누는 게 좋겄네요.”

순금의 제안에 이연실은 펄쩍뛰는 시늉을 했다. 붙잡은 손 뿌리쳐 빼앗겼던 원피스 팔소매 되찾으면서 연실은 잘래잘래 도리질해 보였다.

“죄송합니다만, 그럴 수는 없어요. 그러고 싶지도 않아요. 그분한테 무슨 문제가 생겼는지, 단지 그것만 알고 싶어요. 그것만 알아본 연후에 왔던 길 되짚어서 곧바로 전주로 돌아갈 작정으로 집을 나섰어요.”

“어서 속히 방문허게코롬 이연실양 발걸음을 산서로 인도허십사, 허고 날이날마닥 전능허신 하나님 전에 간구를 드렸지요. 그랬드니만, 그 기도 응답으로 이연실양이 시방 내 눈앞에 실지로 나타나셨어요. 이연실양이 우리집까장 동행허게코롬 도와주십사, 허고 나는 시방 하나님 전에 다시금 간구를 드리고 있지요."

"실례되는 말씀입니다만, 저는 종교 같은 건 믿지 않는 사람입니다."

"괭기찮어요. 이연실양이 종교를 믿든지 안 믿든지 간에 나는 상관없어요. 분명헌 것은, 결국 요번에도 이연실양이 내 청을 끝까장 외면허지 못허실 거라는 사실이지요."

기도하는 자세로 양손 가슴에 모은 채 순금은 고집이 여간 아닌 방문객을 공들여 설득하기 시작했다. 드디어 연실의 입에서 들릴락 말락 가느다란 한숨이 흘러나왔다.

"그분이 누님 되시는 분한테 저랑 어떤 관계라고 소개를 하셨는지, 우선 그 점부터 알고 싶어요."

순금은 양산 안쪽으로 넌지시 손을 뻗어 연실의 어깨를 짚었다. 때아닌 가을 추위를 타는 듯 원피스 어깻솔기 부위가 사뭇 떨리고 있었다.

"편지에다 적은 것 그대로지요. 서가에서 똘스또이 『부활』을 찾어서 원주인한티 돌려주라는 부탁 외에 다른 말은 일절 없었어요. 허지만 나는 처음부텀 알고 있었어요. 그 부탁 뒤에 숨겨진 다른 부탁이 뭔지를 눈치챌 수가 있었지요. 부용이가 나한티 허고 잪었든 진짜배기 부탁은, 빌린 책을 주인한티 돌려주라는 게 아니었어요. 자기 진정을 이연실양한티 전달허라는 부탁이었어요. 달랑 그 신호만 갖고도 나는 지난날 두 청춘 남녀가 어떤 관계였는지를 짐작허고도 남을 정도였지요."

"누님 되시는 분께서 짐작으로 아셨다는 그 청춘남녀 관계는 대관절 어떤 관계를 말씀하시는 건가요?"

"말허자면 요런 관계지요. 최부용이랑 이연실 두 청춘남녀는 학창시절에 책이 중매헌 인연으로 만나서 한동안 사귀고 지냈다, 그러다가 갑째기 피치 못헐 무신 사정이 생기는 바람에 부득이허게 헤어지고 말었다, 헤어지고 나서 오랫동안 서로 간에 소식이 돈절된 상태로 지냈다, 그렇지만 두 남녀는 여전허니 상대방을 못 잊은 채로 힘든 세월을 보냈다, 아즉도 서로가 서로를 연모허기 땜시 두 남녀는 시방 심고에 신고를 우심허게 겪고 있다……"

전번 것보다 연실의 한숨 소리가 한결 더 커지고 길어졌다.

"누님 되시는 분 짐작이 많이 빗나갔네요. 피치 못할 사정으로 양자 합의하에 헤어진 게 아니랍니다. 최부용이란 몹쓸 남자한테 이연실이란 불쌍한 여자가 일방적으로 버림받은 거랍니다. 어느 날 급작스럽게 그 남자가 저를 버렸지요. 헌신짝 팽개치듯이 불문곡직하고 여지없이 버렸지요. 그런데……"

꽉 막힌 가슴에 숨길 틔우려는 안간힘처럼 연실이 갑자기 이야기를 멈추면서 왜뚜리 한숨을 푸지게 뿜았다.

"그런데 그 남자는 거꾸로, 버림받은 쪽은 자기라고, 여자가 먼저 자기를 배척했다고 강변하면서 자기 편리할 대로 진실을 왜곡해버렸어요. 치명상 위에다 소금 바가지 끼얹는 만행까지 저지른 것이지요. 그 남자는 하등의 이유도 없이 어느 날 느닷없이 절교를 선언했어요. 그것도 자기는 뒷전에 숨어서 끝까지 나타나지 않고 비겁하게 대리인을 시켜서 통고하는 식이었지요. 바로 이것이 두 청춘남녀 사이에 있었던 사건 전말이고 진상이랍니다."

연실은 또다시 대짜배기 한숨 길게 뽑고 나서 말을 이어갔다.

"같은 여자 입장으로 누님 되시는 분께서는 제 심정 충분히 이해하시리라 믿어요. 세상에 어떤 여자가 스사로 제 남자 버리고는 바로 음독을 결행할까요? 어떻게 스사로 제 남자 걷어찼다고 동맥을 절단할 수가 있을까요? 그 남자는 제가 자살을 시도하고 사경을 헤매는 줄 번연히 알면서도 일절 연락을 끊고는 종적을 감춰버렸어요. 최부용이란 남자야말로 비인간에 속하는 인간이 틀림없지요. 그런데, 요다지도 지독한 비인간, 그 비열한 남자를 지금 와서 제가 왜 만나봐야 되나요? 만약에 만나게 된다면, 저는 그 남자를 무슨 자격으로 만나고, 또 어떤 자세로 처신해야 되지요?"

그때 워낭 소리가 청랑한 음색으로 다가왔다. 소가 먼저고 사람은 나중이었다. 배지가 터지도록 들풀 양껏 뜯어먹은 황소가 길바닥에 고삐를 길게 늘어뜨린 채 턱밑에 매달린 워낭을 딸랑딸랑 흔들면서 느릿느릿 다가오고 있었다. 소보다 조금 뒤처져 꼴지게 걸머멘 소년이 콧노래 흥얼거리며 한가로이 걸어오는 중이었다. 말 못하는 짐승한테도 숨겨야 될 얼굴인지, 연실은 길가로 외어서자마자 얼른 양산을 내려뜨려 온몸을 야무지게 가렸다. 피차 어색스러운 자세로 대치중인 두 여자 앞에 다다르자 꼴지게 소년 걸음걸이가 현저하게 느즈러졌다.

"안녕허셨어라우?"

소년이 천석꾼 딸한테 머리통 꾸뻑 쥐어박는 시늉으로 인사를 닦더니만 호기심 가득 어린 눈초리로 불고염치하고 낯선 양산 그 안쪽 사정을 깐깐히 염탐하려 들었다. 산서에서는 좀처럼 구경하기 어려운, 화사한 꽃무늬 양산에 옥색 원피스 차림의 주인공이 세모난 얼굴인지 네모진 얼굴인지 알아내고 싶어 무척 안달난 표정이었다.

"많이 늦었고나. 싸게 집으로 가거라."

등이라도 떼미는 듯한 순금의 말투에 소년은 아쉬운 듯 입맛다시는 소리와 함께 차츰 멀어졌다. 소와 소년 때문에 끊겼던 대화가 다시 이어졌다.

"청춘남녀 간에 승부는 벌써 오래전에 끝나뿌렀어요. 결국 승자는 이연실양으로 판정이 나뿌렀지요."

"승자라고요? 서로 정정당당하게 승부를 겨뤄본 적도 없는데, 승자나 패자가 있을 턱이 없지요!"

"그렇지 않어요. 최부용군이 패자고 이연실양이 승자랍니다. 패자 쪽에서 시방 절박헌 목소리로 승자를 찾고 있어요. 과거지사야 어찌 되얐든지 간에 인제는 승자 쪽에서 패자한티 긍휼을 베풀 때가 온 겁니다. 멀고도 먼 길을 돌고 돌아서 이 굴척진 산골짝까장 어렵게 찾어오셨는디, 인간도 못 되는 그 비인간을 일별도 허지 않고 그냥 돌쳐서도 무방헐 만침 지난날 두 사람 관계가 별무가관이었다고 결론 내리고 잪지는 않어요. 피차 무의무신(無義無信)으로 시작된 찰나적 만남, 철부지들 잠시잠간 불장난이나 바꿈살이 같은 놀음놀이에 불과헌 관계였다고는 더군다나 생각허고 잪지 않어요."

"최부용이란 비인간 만났던 기억을 백지 상태로 돌려놓고 싶어서 제가 얼마나 몸부림치고 얼마나 처절하게 노력했는지, 누님 되시는 분께서는 짐작이나 하시겠어요? 그야말로 뼈를 깎고 생살을 도려내는 고통이었어요. 이제 상처가 대충 아물어서 과거 악몽에서 그럭저럭 벗어나니까 별안간에 누님 되시는 분한테서 꿈에도 생각 못했던 편지가 날아들었어요."

가슴속에 징건히 고인 감정의 불순물을 밖으로 방출하려는 듯 연실이 가슴을 한껏 부풀린 다음 숨을 크게 내쉬었다.

"사실대로 다 말씀드렸는데도 누님 되시는 분께서는 여전히 그 비인간한테 베풀어줄 긍휼 같은 게 제 수중에 남아 있을 거라고 믿으시는가요?"

"칭호 문제로 아까막시부텀 입장이 거북허신 것 같은디, 마땅헌 칭호가 생각 안 날 때는 그냥 순금씨라고 불러도 괭기찮어요."

그러자 주인 얼굴 가리고 있던 양산이 제풀에 들썩이기 시작했다. 터지려는 오열을 가까스로 억누르고 있음이 분명했다. 순금은 양산을 옆으로 젖히면서 연실을 꽉 보듬어주고 싶은 충동에 사로잡혔다.

"그러콤 말씀허시는 연실양 심정은 저도 물론 이해를 허지요. 그렇지만 한 사람 운명이 갈리는 요긴목을 목전에 두고 연실양을 요대로 그냥 보내드릴 수는 없어요. 시방 사람이 죽어가고 있답니다."

양산이 갑자기 번쩍 들렸다. 눈물감탕으로 변한 눈자위에 마치 정으로 쪼아놓은 것 같은 경악의 빛이 확처럼 또렷이 새겨져 있었다.

"부용씨 상태가 그 정도로 위중한가요?"

"위중허다마다요. 폐결핵 삼기를 지나고 있어요. 죽음이란 푯대를 보고 매일매시 줄기차게 달음박질치는 형국이지요. 육신이 앓는 병도 위중허지만, 영혼이 앓는 병은 그보담도 더 위중헌 상태지요. 육신은 그럭저럭 숨기척 부지허고 있어도 영혼은 오래전에 숨진 것이나 진배없답니다."

"아!"

연실의 입에서 또다시 외마디 부르짖음이 터져나왔다. 동시에 주인 손 떠난 양산이 길바닥에 떨어져 뱅그르르 매암을 돌았다. 마침내 연실이 땅 위에 퍽석 퍼벌하고 앉았다. 망연자실해 있는 주인을 대신해 순금이 제멋대로 굴러가려는 양산을 붙들었다.

"인제는 모든 것이 다 연실양 마음먹기에 달렸지요. 한 생명 살리고 죽이는 문제가 시방 한 여성 손에 달려 있어요. 연실양한티 애원을 허겄어요. 비숙원 드리딧기 요로콤 양손바닥 싹싹 비벼댐시나 애걸복걸 매달리겄어요. 제발 우리 부용이 조깨 도와줘요! 제발 젊은 생령 하나 살려줘요! 연실양한티는 얼매든지 그럴 능력이 있다고 나는 확신허고 있어요!"

"제가 뭘 얼마나 잘못했다고, 제가 무슨 죽을죄를 졌다고 누님 되시는 분께서는 이런 식으로 저를 고문하시는 건가요? 제가 무슨 능력자라고, 저한테 무슨 힘이 있다고 그렇게 무리한 요청을 하시는 건가요?"

질척질척 젖은 목소리로 연실이 항변을 퍼부었다. 순금은 잠자코 남의 양산을 제 임의대로 접어버렸다. 처음부터 자꾸 시야에 가로거치던 장애물을 처리한 다음, 연실을 양팔로 욕심껏 얼싸안았다. 나무토막처럼 뻣뻣이 굳어 있던 연실이 느닷없이 자세를 허물면서 순금의 가슴에 얼굴을 다빡 묻어왔다. 순금의 품에 안긴 채 연실은 어린애처럼 서럽게 흐느끼기 시작했다.

"왜 저를 자꾸만 벌하려고 하시는가요? 왜 저를 자꾸만 괴롭히시는 건가요? 도대체 무슨 권리로 저를 이렇게 곤경에 몰아넣으시는가요?"

순금은 마치 곧추앉으려 애쓰는 눈자라기 다루는 어미처럼 연실을 단단히 결부축했다. 그리고 그 눈자라기로 하여금 생후 맨 처음 곧추앉기에 도전하도록 용기를 북돋아주었다.

"염려헐 것 없어요. 자신도 몰랐든 능력이 연실양 내면에서 활동헐 시기만 지달리고 있어요. 편지 받고 연실양이 산서행을 결심허든 그 순간부텀 우리 부용이는 벌써 절반쯤 구원받은 셈이라고 나는 확신허고 있어요."

구원이라, 하고 순금은 속으로 가만히 읊조렸다. 구원은 대관절 어디에서 오는 것일까. 그리고 그 구원은 대관절 누구로부터 오는 것일까.

두메산골 위에 약략스레 내려앉던 햇덩이는 어느새 성미도 급하게 서산을 꼴딱 넘어가 있었다. 세상을 온통 벌겋게 물들이던 놀빛도 거침없이 밀려드는 어둑발한테 이미 자리를 내주고 말았다. 놀빛 대신 어둑발 한 뭇씩 각자 등짐진 채 연실과 함께 감나뭇골로 향하는 동안, 순금의 가슴속에는 감사와 찬양이 용솟음치고 있었다. 창조주 하나님의 역사하심과 섭리하심은 기실 너무도 오묘하고 절기(絶奇)해서 인간들 상식 갖고는 감히 그 크기와 높이와 너비와 깊이를 측량할 재간이 없음을 그니는 다시금 인정하지 않을 수 없었다. 연실의 강팍한 마음을 엿가락같이 누그러뜨려 궁벽한 산골 옛 남자 거소까지 구원 사절로 파송하신 은택에 순금은 감사하고 또 감사했다.

어두컴컴한 구석방으로 살금살금 다가갔다. 방문 앞에서 잠시 귀를 기울여 기척을 살피고는 부용이 시방 초저녁잠에 빠져 있다고 지레짐작했다. 이제 방안에 잠입해 부용의 눈두덩을 손바닥으로 덮쳐누르며, 요게 누구게, 하고 소리칠 차례였다. 잠든 동생 깨워, 밖에 누가 와 있는지 얼른 알아맞히라며 방문을 손가락질할 생각이었다. 깜짝 놀라 어찌할 바 모르는 모습을 머릿속에 그리면서 문고리를 살그미 잡아당겼다. 방문이 열리는 순간, 깜깜한 내부로부터 회오리바람처럼 썰렁한 기운이 덮쳐왔다. 평지인 줄 알고 무심코 걷다 수십 길 낭떠러지 만난 푼수로 순금은 대경실색했다. 도끼날 같은 예감이 정수리를 쪼개면서 등골 타고 일직선으로 내리긋는 순간이었다.

방은 비어 있었다. 부용이 방에 없다는 사실이 명백해지자 순금은 몹시 당황했다. 저보다 한층 더 당황해하는 사람이 곁에 있다는 사실마저 까먹은 채 그니는 허겁지겁 안방으로 달려가면서 어머니를 소리쳐 불렀다.

"싸게 나와보셔요! 싸게요!"

하지만 안방 역시 아무런 반응도 보여주지 않았다.

"섭섭이네! 섭섭이네!"

목청껏 부엌어멈 부르면서 순금은 행랑채로 내달았다. 방문이 빠끔히 열리더니만, 섭섭이네가 뜨악해 하면서 몹시 게으른 동작으로 밖을 내다보았다.

"어머님 못 보셨어요?"

"앙가심이 터질라 혀서 못살겄담시나 배깥바람 조깨 쐬고 오겄다고 아까막시 마실을 나가시든디……"

"부용이는요?"

"큰되린님이요? 쬐꼼 전에 지가 정주간에서 일헐 때만 허드래도 방에서 지무시고 기시는 것 같든디……"

"싸게싸게 사람들 풀어서 윈 집안을 샅샅이 뒤져봐요!"

비로소 아둔패기 부엌어멈 머릿속에도 사태의 심각성이 제대로 들어가 꽂힌 듯했다. 섭섭이네가 버선발로 뛰어나옴과 동시에 소래기 빽빽 질러 '섭섭이 즈그 아부지'와 춘풍이를 번차례로 호명하기 시작했다.

"그새를 못 참고는…… 쪼깨만 더 참고 지달리면 제절로 다 해결될 일을, 그새를 못 참고는 기연시……"

순금은 연방 뇌까리면서 섭섭이네하고 방향을 나누어 뒤란을 목표로 부리나케 동동걸음쳤다. 세상모르게 곯아떨어져 있거니, 하고 방심했던 게 불찰이었다. 변덕꾸러기 죽 끓듯 수시로 동요하고 갈팡질팡하는 동생인 줄 뻔히 알면서도, 한동안은 탈날 일 별로 없을 거라며 섣불리 안심했던 게 결국 치명적인 실수로 이어지려 하고 있었다.

"저어, 누님……"

연이은 가뭄에도 바닥 드러낸 적 없는 깊은 우물 시커먼 구멍 속으로 부릅뜬 눈씨 막 담그려는 참이었다. 잠시 순금의 안중에도 없던 연실이 어디선지 헐레벌떡 달려오더니만 다짜고짜 팔소매를 잡아끌기 시작했다.

"저기 땅바닥에 빨래들이 떨어져 있어요!"

정말 그랬다. 바지랑대 두 개를 하나로 잇는 빨랫줄이 양쪽 끝 부분만 남긴 채 싹둑 잘려나가 있었다. 그리고 빨랫줄 자르는 데 사용했을 식칼이 흙 묻은 빨래들 틈에 아무렇게나 놓여 있었다. 그 순간, 퍼뜩 짚이는 바 있어 순금은 사랑채 쪽으로 사납게 눈총을 쏘았다. 분명 거기 있을 게 못 되는 가재도구 하나가 언뜻 눈에 들어왔다. 서재용 낡은 의자가 모잡이로 쓰러진 채 사랑채 마당에 내박쳐져 있는 것이었다. 이심전심으로 통하는 대목이 있었던지, 순금보다 한 발짝 앞질러 연실이 먼저 사랑채로 달려갔다. 미처 사랑채에 당도하기도 전에 돌연 연실의 입에서 째지는 비명이 터져나왔다. 동시에 순금 역시 현장을 목도하고 말았다. 차마 눈뜨고 못 볼, 결코 보아서는 안 될 끔찍한 광경을 그예 보아버린 것이었다. 대청마루 한복판이었다. 사랑채 대들보 밑에 사람 하나가 매달려 뒤룽거리고 있었다.

"줄을 끊어, 줄을!"

순금은 혼신의 기력을 다해 천근같이 무거운 부용의 아랫도리를 위쪽으로 미는 한편, 넋 달아난 표정으로 땅거미 짙게 깔린 마당 가운데 우두커니 붙박여 있는 연실을 무섭도록 채근했다. 달아났던 넋 다시 불러들인 연실이 그냥 빈손인 채 대청마루로 올라서려 했다.

"칼이랑 의자랑 챙겨 와야지!"

촌각을 다투는 위급 상황임에도 순금은 어찌 된 셈판인지 유리대롱 속같이 명징하고 냉엄한 정신을 잃지 않고 있었다.

"시상에나! 원 시상에나! 요런 재변이 또 워디 있당가!"

연이은 탄식과 함께 남정 못지않이 기운 좋은 섭섭이네가 득달같이 달려들어 젊은 아씨 부담을 단박에 덜어주었다. 두 여자가 달라붙어 한목에 와짝 기운을 쓰자 줄에 매달린 몸이 약간 더 들려 올라갔다. 황급히 도구들 챙겨 달려온 연실이 의자를 딛고 올라선 채 칼질을 시작했다. 마침내 목을 맨 줄이 툭 끊겨나갔다. 그 사품에 짐짝처럼 떨어지는 무게를 고스란히 떠안으면서 세 여자는 마루 위로 나가동그라지고 말았다.

"시방도 안 늦었어! 몸에 온기가 남어 있어!"

목에 감긴 줄을 풀면서 순금은 아직도 겁에 질린 낯꽃으로 우왕좌왕하는 연실에게 부용의 소생 가능성을 거푸 강조했다.

"여학교 때 구급법 안 배웠어?"

큼직한 눈방울 연방 끔벅이며 연실이 위아래로 고갯방아를 찧었다.

"그럼 당장 손을 써봐! 섭섭이네는 얼른 더운물 떠오고!"

주위가 벌써 어둑어둑해져 있었다. 불빛의 조력이 절실한 시간이었다. 순금은 서둘러 대청마루에 남포등을 밝혔다. 제 입으로 비인간이라 매도했던 옛 남자 위에 엎드려 연실은 양손으로 가슴을 압박하면서 심폐소생술을 시도하느라 여념이 없었다. 연실을 거들어 순금은 곁에서 수족을 주물러댔다.

"살려주소서! 한 생명을 천하보담도 귀히 여기시는 인애허신 하나님, 자비와 긍휼의 하나님, 제발 우리 부용이 조깨 살려주시옵소서!"

주무르는 동작에 맞추어 순금은 큰 소리로 간구를 드렸다. 거듭되는 가슴 압박에도 반응이 없자 연실은 갑자기 자세를 바꾸더니만 부용의 양쪽 콧방울을 손으로 감아쥐었다. 그리고 망설임 없이 곧장 이 입에서 저 입으로 생기를 옮겨 나르는 작업에 고부라지기 시작했다. 그 광경 지켜보면서 순금은 가슴이 뭉클해졌다. 남의 집 귀한 딸한테 차마 몹쓸 짓 시켰다는 가책으로 말미암아 곤혹에 빠지기도 했다.

"이놈아, 싸게 정신 조깨 채리거라!"

응급처치로 한바탕 북새판 벌인 보람이 있어 놓아버렸던 부용의 숨기척을 되돌리는 데 가까스로 성공했다. 마침내 손을 꼼지락거리기 시작함으로써 부용은 구사일생의 귀환을 여인들 앞에 신고했다.

"이 못된 놈아, 싸게 눈이라도 조깨 떠보거라!"

사납게 소리침과 동시에 부용의 뺨따귀를 사정없이 후려갈기자 한동안 꽉 막혀 있던 숨결이 봇물 터지듯 쏟아져나왔다. 이윽고 무겁게 감겨 있던 눈꺼풀이 느릿느릿 벌어졌다. 마치 산 설고 물도 선 타향에 방금 들어선 나그네가 생면부지 인간들 대하듯 부용은 어리바리한 눈빛으로 주위를 두리번거렸다. 그러다 머리맡에 앉은 연실과 언뜻 눈이 마주치자 별안간 웃는 것도 우는 것도 아닌, 참으로 기묘한 낯꽃을 지어 보였다. 부용의 입술이 달막달막 움직거리는가 싶더니만, 이내 쉰 목소리가 착 까라져 나왔다.

"찾으시는 책이 이겁니까?"

숨기척 되찾은 후의 개구일성이었다. 질문 떨어지자마자 연실이 옆으로 얼른 돌아앉으면서 어깨를 들썩이기 시작했다.

"똘스또이 선생 복활을 찾고 계셨습니까?"

두번째 질문에 접하면서 연실은 몹시 동요하는 기색을 감추지 못했다.

"맞았어요, 똘스또이 선생 복활을 찾고 있었어요."

이게 웬 뚱딴지같은 수작들인가 싶었다. 제정신 아닌 상대방 질문에 연실 또한 제정신 아닌 대꾸로 호응하는 어리석음을 엉겁결에 드러내고 있었다.

"정신 조깨 채리거라, 이놈아! 시방 니 눈앞에 있는 사람은 망석중이가 아니다! 허떠깨비가 아니라 실물 인간이란 말이다!"

손 부여잡고 흔들면서 순금은 새된 목청을 뽑았다. 하지만 부용은 말귀 전혀 못 알아듣는 등신의 눈초리로 눈앞의 누님과 연실을 번갈아 보기를 몇 차례 되풀이했다. 손가락 꼬물꼬물 움직여 방금 전까지 빨랫줄에 감겨 있던 목젖 부위를 더듬고 만지는 동작을 하기도 했다. 그제야 비로소 사태의 진상이 제대로 파악

되는 모양이었다. 주검이나 진배없이 흉측하던 부용의 얼굴이 순식간에 더욱더 참혹하게 일그러지고 말았다.

"나가시요!"

연실을 본때 있게 등지고 벽 쪽으로 홱 돌아누우면서 부용이 날카롭게 소리쳤다.

"내 눈앞에서 당장 없어지란 말이요!"

계속 이어지던 연실의 흐느낌이 갑자기 뚝 멎었다.

"부용아, 그러면 못쓰는 법이다. 큰맘 먹고 이 굴척진 산골짝까장 어렵게 발걸음헌 사람을 그런 식으로 축객헌다면 너는 영벌을 면치 못헐 것이다."

최대한 몬존하게 가라앉은 어조로 순금은 가만가만 타일렀다. 그러나 부용의 분노에 찬 고함소리만 방안을 활보하고 횡행했다.

"요 모냥 요 지경으로 처참허니 결딴나뿌린 내 몰골 귀경시키고 잪어서 역부러 저 여자를 불러왔소? 내 평생에 다시는 보고 잪지 않으니께 얼른 저 여자를 집에서 내쫓으시요!"

그러자 연실이 몸을 발딱 일으켰다. 그리고 누가 저를 내쫓기 전에 스스로 선손을 써 자리를 떠버렸다. 마치 절벽에서 투신하듯 연실은 대청마루에서 지대로, 지대에서 다시 마당으로 펄쩍펄쩍 뛰어내렸다.

"고약헌 놈 같으니! 숨기척 끊어진 니놈 입에다 생기를 불어옇어서 살려낸 은인이 누군지 알고서 시방 찍자를 부리는 거냐? 몰상식허고 몰지각헌 짓거리 한 번만 더 혔다가는 나한티 절대로 용서 못 받을지 알거라, 이놈아!"

순금은 반대편으로 돌아누운 몸뚱이를 마치 번철에 놓인 부침개 뒤집듯 본래 자세로 홱 잦혀놓았다.

"저 여자가 날 살렸다고요? 천만에요! 저 여자는 시방 최부용이란 인간을 두 번 죽이고 있는 겁니다!"

"입 다물고 있거라, 이놈아! 잔소리 말고 얌전허니 근신이나 허란 말이여!"

몹쓸 인간 겨냥해 표독스레 눈 한바탕 부라리고 나서 순금은 헐레벌떡 밖으로 뛰쳐나갔다. 성난 고함이 뒤를 바투 따라붙고 있었다.

"저 여자가 내 계획을 엉망진창으로 망쳐뿌렀습니다! 당초 계획대로 공사가 잘 진척되든 판국인디, 저 여자가 뜬금없이 쑥 불거져서 새중간으로 뛰어드는 바람에 산통이 깨져뿔고 만 겁니다!"

그 짧은 동안에 연실은 어둠 속 어딘가로 가뭇없이 사라져 찾을 길이 막막했다. 순금은 무작정 대문간으로 내달렸다.

"애고마니나!"

때마침 대문간에 발을 들여놓는 참이던 관촌댁이 질겁하고 냉큼 물러섰다.

"해 저문 연후에 여자들찌리 이 무신 덧게비 장난이냐?"

"오시는 도중에 혹시 어떤 여자 못 보셨어요?"

"니가 두번째다. 그러잖어도 허우단심 뎀벼드는 웬 처자허고 함마트라면 첫번째로 박치기를 놓을 뻔혔다. 그 처자가 대관절 누구다냐?"

"부용이한티 일이 생겼어요. 싸게 사랑으로 가셔요!"

순금은 무슨 영문인지 깜깜부지 상태로 아직도 마냥 한갓지게 구는 어머니를 서둘러 따돌렸다. 어머니를 등지기 무섭게 순금은 뜀박질을 다시 시작했다. 제 발로 들어온 연실을 이제 와서 놓쳐 버린다면, 그야말로 만사휴의가 될 판이었다. 마지막 소망 한 가닥 붙잡고 매달리는 심정으로 순금은 어둠 속을 헤집으며 면소재지 방향 한길 따라 허위단심 달음박질쳤다.

"잠깐만요, 연실양!"

동구 밖 거지반 다 벗어난 다음에야 연실의 빠른 발걸음 따라잡는 데 겨우 성공했다.

"내 말 조깨 들어봐요! 요대로 그냥은 못 떠나요! 그냥 가는 건 참말로 죄로 갈 짓이지요, 연실양!"

때깔 곱던 옥색에서 칙칙한 먹빛으로 변해 있는 원피스 자락을 뒤에서 거칠게 낚아채면서 순금은 숨을 헐떡였다.

"양산이랑 손가방이랑 다 두고 떠날 작정인가요?"

"안 돼요! 못해요! 도저히 못하겠어요!"

연실이 순금과 정면으로 대치했다.

"처음부터 제가 감당할 역할이 아니었어요. 최부용이란 인간이 어떤 인간인지 잘 알기 때문에 저는 이런 결과로 낙착될 거라고 충분히 예상하고 있었어요. 그래서 편지를 받고도 오랫동안 망설일 수밖에 없었어요. 제발 부탁인데요, 이제는 저를 더 괴롭히지 말아주셔요."

연실이 쏟아내는 눈물방울들이 순금의 손등에 후두두 떨어졌다. 순금의 손을 밀쳐내면서 연실은 울음 반 원망 반 푸념을 좔좔 쏟아냈다.

"방금 누님도 목도하셨잖아요? 부용씨는 원체 그런 인간이라고요. 이제는 무얼 더 시도해볼 방도도 여력도 없어요. 제발 저를 그만 놓아주셔요."

"연실양 역시 두 눈으로 목도허셨잖어요? 시방 부용이 눈에 다른 사람들은 죄다 아무짝에도 쓸모없는 존재로 뵈지요. 부용이한티 쓸모가 있는 인물은 오즉 한 사람, 이연실뿐이지요. 넓으나 넓은 세상천지에 오즉 연실양만이 사망 선고 받은 부용이를 소생시킬 수가 있답니다."

"이제 더는 못해요. 과거에도 부용씨는 저희 아버지를 철천지 원수처럼 증오했어요. 지금도 아버지랑 저랑 동격으로 취급하는 게 틀림없어요. 그런 사람한테 그 아버지에 그 딸인 제가 무슨 도움이 되겠어요?"

길바닥에 아무렇게나 퍼벌하고 주저앉으면서 연실은 가까스로 틀어막고 있던 울음 봇둑을 그예 터뜨리고 말았다. 순금은 연실이 하는 양을 잠자코 지켜보았다. 도대체 최부용이란 인간은 뭐가 그리 잘났기에, 상대방 어떤 점이 그리도 못마땅했기에 이토록 요조한 숙녀를 제 발로 걷어차고 제 손으로 버렸을까. 의혹 아니면 탄복에 가까운 복잡한 감정이 결국 순금으로 하여금 연실하고 엇비슷한 모양새로 연실 곁에 퍼벌하게끔 만들었다.

"실례지만, 연실양 아버님 직업이……"

울음이 웬만큼 잦아들 때까지 진득이 기다려 순금은 조심스럽게 운을 떼었다. 그러자 연실이 뭔가 급히 찾느라 원피스 주머니 속을 뒨장질하기 시작했다. 결국 주머니에서 끄집어낸 것이 빈손임을 알아차리고 순금은 제 소맷부리 안에 간직된 손수건을 꺼내 연실에게 건넸다.

"죄송하지만, 지금 기분으로는 밝히고 싶지가 않네요."

대꾸를 마친 다음, 연실은 남의 손수건에다 눈물과 콧물을 암냥해서 한목에 수습했다.

"내 눈은 절대로 못 속여요. 두 사람은 지금도 서로가 서로를 필요로 허고 있어요. 지금도 서로가 서로를 간절허니 부르고, 서로가 서로를 강력허게 끌어댕기고 있어요."

"그런 말씀일랑 이제는 제발 그만두셔요."

"내 눈으로 그 증거를 확인허게 되야서 얼매나 기뻤는지 몰라요."

다따가 웬 증거 타령인가, 하고 몹시 의아해하는 연실의 기척이 초저녁 어슬녘 속에서 또렷이 전해져왔다.

"다급헌 짐에 앞뒤 생각 없이 연실양한티 구급법 시행을 부탁혔지요. 연실양이 지체 없이 폐병쟁이 입에 대고 숨을 불어넣는 걸 보고 나는 깜짝 놀랬어요. 연실양한티 잔인헌 처사를 강요헌 것 같어서 아차 허고 후회를 느꼈지요. 그런디 연실양은 상대가 폐결핵 삼기라는 걸 사전에 귀띔받고도 그 고역을 감당혔어요. 아무나 여반장으로 헐 수 있는 일이 아니지요."

"그걸 귀띔받았던 사실을 창황중에 깜빡 잊어먹는 실수를 범했어요. 실수 때문에 생겨난 결과일 뿐이지요."

"아니지요. 연실양이 그 고역을 감당허게코롬 부추기는 세력은 실수가 아니라 상련상애 감정이기가 십상이지요. 상련상애가 개입되지 않은 채로 동정이나 연민만 갖고는 애시당초 어림없는 행동이지요. 나한티 상련상애를 들킨 건 연실양만이 아니랍니다. 상련상애 문제로 부자유허기는 부용이 쪽도 매일반이랍니다."

"그럴 리가요!"

연실이 단호한 목소리로 퉁겨버렸다.

"물론 증거도 있지요. 부용이가 가물가물 사라지는 의식으로 마즈막 순간까장 똘스또이 복활 하나만 붙들고 늘어지는 걸 보고 놀래지 않을 수 없었어요. 상련상애에 빠진 청춘남녀는 부활이란 단어를 복활이라고 읽는 수도 있다는 걸 알고는 한편으로 웃음도

나왔지만요."

순금은 상대방 의중을 염탐하려는 꿍꿍이셈을 가벼운 웃음으로 눙쳤다.

"실은 그게 아니고……"

하고자 했던 말을 갑자기 중동무이하더니만, 연실이 엉뚱한 방향으로 말머리를 돌려버렸다.

"그게 사실인가요? 폐결핵 삼기가 틀림없는가요?"

"사실이 아니라면 얼매나 좋을까요. 유감스럽게도 여부없는 사실이랍니다. 부용이는 시방 중증 폐결핵이란 맹수한티 한정된 여생을 매일매일 한 자밤씩 한 자밤씩 뜯어멕히고 있는 중이랍니다."

"아, 저한테 너무 그러지 마셔요! 제발 저를 그만 좀 괴롭히셔요!"

부르르 진저리치는 몸짓으로 놀라움과 안타까움의 극한을 표현하는 연실의 윤곽이 초저녁 어둑발 뚫고 순금의 오감에 검디검게 잡혔다. 깜빡 잊고 있었다는 듯 연실이 임시변통으로 막아두었던 울음통의 마개를 쑥 뽑으며 또다시 큰 울음을 왁작 터뜨리기 시작했다.

제8장

가을이면 가을 노래

1

부뚜막에서 반찬 훔쳐먹다 들킨 강아지 푼수로 영감 눈치 핼끔핼끔 살펴가며 할망구인지 늙정이 마누라인지 하는 관촌댁이 사랑채에 모습을 내비쳤다. 토종 조선사람 최명배에서 우여곡절 거쳐 또다시 반쪽짜리 일본사람 야마니시 아끼라로 잽싸게 근본을 빨래해놓은 상곡 어른은 목구멍에서 가래 양껏 그러모아 타구 속에 퉤에 뱉는 동작으로 불편한 심기를 게워냈다. 묘령의 신여성 한 마리가 천둥벌거숭이 꼬락서니로 난데없이 뛰어들어 산서 바닥에 똬리 틀기 바쁘게 노점귀신 둘레를 밤낮없이 배돌기 시작했다는, 참으로 해괴하기 짝이 없는 이야기가 사랑채에도 어김없이 전해졌다.

"필시 집안 망혈 징조지! 암먼, 집안 망혈 징조고말고!"

한 집안 기강을 책임진 가부장 위치에서 야마니시 영감이 그렇듯 망측한 소문 한 덩어리 모탕 위에 장작 대신 올려놓고 도끼로 내려찍듯 토해내는 강평이었다. 근자 들어 대처 젊은것들 사이에 자유연애라나 뭐라나 하는 몹쓸 양풍이 심심찮게 분다지만, 산서 지역은 남녀유별 조선풍 양속이 아직도 빳빳한 고장으로 자부하고 있었다. 그런데 정혼은 고사하고 도둑선조차 본 적 없는 생면부지 처자 한 마리가 지역민들 송곳다발 같은 이목 따가운 줄 모르고 천석꾼 대지주 경역 안에 노박이로 있다는 사실은 이만저만 심각한 문제가 아니었다. 산마루에 걸린 야마니시 영감 체통 끌어내려 산골짝으로 곤두박이치게 만드는, 매우 엄중한 사태일시 분명했다.

"그 신식 시악시는 은제까장 감나뭇골에다 묶어둘 심산이라 그러든가?"

애물단지 딸년이 문제의 신여성 감쪽같이 빼돌려 장조카 집에 숨겨두고 식솔들 입에 재갈 먹이는 바람에 야마니시 영감은 경천동지할 변괴를 집안에서 복구란 놈 다음 순번, 그러니까 맨 꼴찌로 접했다. 더군다나 허울만 그럴싸하게 하숙 형식 빌렸을 뿐, 실인즉슨 삼시 세끼 먹거리는 물론 잠자리와 입성까지 의식주 일체를 천석꾼 재물로 해결하다시피 한다는 걸 뒤늦게 알았을 때, 야마니시 영감은 배알이 꼬일 대로 배배 꼬이고 말았다.

"순금이 갸 말로는, 요짝에서 시악시 다리통 붙들고 안 놔주는 게 아니라고 그럽디다."

더더군다나 괴악망측한 꼴이기는, 벌써 여러 밤낮 지났음에도 야마니시 영감은 여태 전주 처자 코쭝배기조차 구경 못했다는 사실이었다. 죄인 잡도리하듯 장조카 추궁한 끝에 겨우 시장기 면할 정도로 처자에 관해 알아낸 것이 고작이었다. 대단한 신여성이며 보기 드문 미용(美容)이라는 식으로 아주 약략스러운 정보만 얻었을 따름이었다.

“시악시 쪽에서 자청허고 병구완을 맡었다고 그럽디다. 당분간은 전주로 안 돌아가고 그냥저냥 감나뭇골에 눌러 지내기로 작정헌 것 같읍디다.”

영감 눈치 핼끔핼끔 살펴가며 관촌댁이 입속말로 덧붙여 설명했다.

“뭣이여? 그냥저냥 눌러 지낼 작정이라고?”

야마니시 영감은 딥다 목청을 곧추세웠다. 뻘겋게 달군 인두 같은 시선으로 마누라 면상을 단근질했다.

“순금이 그년 욜로 당장 끌고 와!”

불호령 떨어지기 무섭게 관촌댁은 어마뜨거라 뿔딱 일어나 허둥지둥 도망치기 시작했다. 마냥 허든거리는 마누라 걸음걸이에 머물던 야마니시 영감 시선이 저도 모르는 새 대청마루 대들보로 자리를 옮겼다.

“뭉청뭉청 난도질혀서 낱낱이 열두 토막을 내도 시연찮을 것들!”

언뜻 대들보에 닿았던 시선 황급히 끌어내리면서 야마니시 영감은 부르르 진절머리를 쳤다. 두 눈 허옇게 지릅뜨고 혓바닥 기다랗게 빼문 채 끔찍한 형상으로 대들보에 뒤룽뒤룽 매달린 큰아들놈 시신이 또다시 눈에 퍼뜩 뜨인 까닭이었다. 환시치고는 실사 이상 선명하고 실감나는 장면이었다. 활동사진 같은 영상이 밤낮없이 무시로 사랑채에 출몰하면서 야마니시 영감 간담을 두고두고 서늘하게 만드는 나날이었다.

"사방에 쌔고쌘 목재들 다 두고 해필이면 왜 사랑채 대들보냐 말이여!"

넓으나 넓은 세상천지에 지천으로 널린 게 각종 나무고, 흔전만전 남아도는 나뭇가지들 아니던가. 그런데 그놈은 목매달기 안성맞춤인 목재들 죄 제쳐놓고 사랑채 대들보를 죽음의 자리로 골라잡고 말았다. 아무리 머리를 팔모로 뒹굴려도 노점귀신 그 고약한 심보를 당최 헤아릴 재간이 없었다.

"참말로 자식이 아니라 웬수라니깨, 웬수!"

딸린 가권들이나 부리는 아랫것들 모두 한통으로 입을 맞추고 쉬쉬하는 바람에 야마니시 영감은 출타중에 벌어진 큰아들놈 자결 소동 또한 신여성 관련 소문과 한 묶음으로 뭉뚱그려 뒤늦게야 겨우 눈치챌 수 있었다.

"요게 다 집안 망조 아니고 뭣이겄냐, 그 말이여, 나 말은!"

큰아들 자결 소동 전말에 접하는 첫 순간, 야마니시 영감을 확

덮친 것은 물마루 희번덕이며 일렁일렁 밀려오는 까치놀 같은 공포의 격랑이었다. 무지막지한 일제 관헌보다 두어 수 윗길 솜씨로 공포에 떨게끔 만드는 것이 바로 자식들이었다. 막내아들 빼고 첫째부터 내리 셋째까지 하나같이, 자식들이 아비 가슴에 비수 꽂는 짓거리만 날날이 골라서 벌이곤 했다. 광주로 유학 보낸 딸년이 불령선인 딱지 달고 학업을 중동무이한데다 처녀과부 팔자 척 짊어진 것도 모자라 야소귀신까지 모신 몸으로 집에 돌아온 이래, 정말이지 자식들 문제로 단 하루도 평안한 날이 없다시피 했다. 야마니시 영감은 다시 목구멍 깊숙한 데서부터 가래를 그러모아 타구 속으로 날렸다.

"막판에 애비한티 효도 한번 걸판지게 허는 폭 잡고 차라리 그때 본때 있이 칵 뒤어져나 준단 말이지!"

백번 죽어 마땅한 인간이 어쩌자고 그때 안 뒈지고는 꼼지락꼼지락 도로 살아나 아비한테 막심불효 새잡이로 도모하는지, 참으로 그 심보를 알다가도 모를 노릇이었다. 뿐만이 아니었다. 효와 불효가 아슬아슬 엇갈리는 고빗사위에 공교롭게 나타나 총각 목숨 건지는 데 한몫 단단히 부조했다는 전주 처자 소행머리 또한 생각할수록 괘씸하기 그지없는 것이었다.

"갈시락 수미산이고 근널시락 장강이라 허드니만, 요 빌어먹을 놈에 세상이 장차 으찌될라고 어질병에 지랄병까장 한목에 앓고 자빠졌는지! 그나저나 참말로 꺼억정이고만!"

하지만 막상 큰아들이 아비 소원대로 칵 뒈져주었을 경우를 생각할작시면, 그 또한 여간 심란한 노릇이 아니었다. 안채에서 콩콩 건너오는 밭은기침 소리만 들어도 노점 벌레들이 사랑채로 구물구물 몰려드는 듯싶어 온몸에 오싹오싹 한축을 겪는 판국인데, 만일 그놈이 사랑채 대들보에 목매단 상태로 끝내 숨을 거두었더라면, 밤마다 사나운 꿈자리에서 노점귀신한테 시달리느라 토막잠인들 안심하고 이룰 수 있었을까.

"못나터진 배냇빙신 주제에 뒤어지기는 지깟 놈이 무신 재간으로 뒤어져? 뒤어지기로 작정헌다고 개나 걸이나 여반장으로 다 뒤어지는지 알었냐, 이놈아? 애시당초 뒤어질 보짱 하나 못 타고난 놈이 언다 대고 자결 숭내로 겁줄라고 뎀벼? 니놈이 자결헌다고 나가 오약눈 하나 깜작헐 것 같드냐? 헹, 어림도 없다! 어림 반 닷곱도 없어, 이놈아!"

바로 그 점이었다. 그것은 진짜배기 자결 아닌, 자결 흉내에 지나지 않는, 엄범부렁한 연극일시 분명했다. 겉으로 자결하는 척하면서 속새로는 제 아비 겁박해 동생 구명자금 우려내려는 술수임에 틀림없었다. 오면가면 사람들 눈에 띄기 십상인 사랑채 대들보 골라, 더구나 여차하면 왁작 달려들어 제 목숨 살려낼 손길들 가까이 있는 기회 틈타 목을 맨 정황만 보더라도 속이 빤히 들여다보이는 수작이었다. 그따위 코흘리개 장난 같은 수작질에 쉽사리 속아넘어갈 사람으로 뵈더냐고 노점귀신한테 따지고 싶을 정도였다. 제깟 놈이 목 아니라 목 할아비를 매달더라도 내 쌈지에서 피천 한 닢 축내서는 안 된다고 자신을 상대로 당조짐을 주고받았다.

"그런디 요 금수만도 못헌 잡것들은 여직 왜 깜깜무소식이다냐? 가장 어른 입에서 분부 말씸 떨어진 지가 한나절은 족히 지났는디, 잡으러 간 에미나 잽혀 올 딸년이나 어째 코쭝배기도 안 비친다냐?"

흡사 울짱 안에 갇힌 맹수 거동으로 야마니시 영감은 뒷짐 잔뜩 지고 간단없이 으르렁대면서 방과 대청마루를 연락부절로 오락가락했다. 그때 인기척 알리는 잔기침 소리가 지댓돌 층계를 콩콩 밟으며 올라오기 시작했다. 드디어 금수만도 못한 잡것들이 사랑채에 코쭝배기를 선보였다.

"지척이 천리드냐? 엎으러지면 코방애 찧을 사랑채 근너옴시나 한나절 품을 팔어야 쓰겄냐?"

선불 맞은 맹수처럼 야마니시 영감은 냅다 포효를 날렸다. 그러자 무방비 상태로 앞장서 들어오던 관촌댁이 질겁하면서 딸년 뒤로 잽싸게 숨었다.

"한나절은 무신…… 댐배 한 대 참도 안 되얐고만……"

"뭣이여? 가장 어르신께서 한나절이라 말씸허시면 의당 한나절인지 알어야 마땅허거늘, 감히 얻다 대고 꽁알꽁알 말대꾸여?"

야마니시 영감은 딸년 뒷전에서 고시랑거리는 할망구한테 무섭게 욱대김으로써 검불같이 놀아나는 가벼운 입에 단단히 무쇠 재갈을 물려버렸다.

"죄송허고만요, 아버님. 진용이 오래비랑 상의헐 문제가 쪼깨 생기는 바람에 약간 늦어졌고만요."

문지방 너머 대청마루에 무릎 꿇고 앉으면서 순금이 다소곳이 말했다. 제법 고분고분해 보이는 언행이지만, 야마니시 영감은 그런 겉모양에 결코 속지 않았다. 오히려 아비 뜻 거스를 작정으로 시작 단계부터 잔뜩 별러대는 강고한 의지가 빤히 들여다보였다.

"약간이라……"

딸년이 약간이라 주장할 경우, 아비한테 '한나절'이 금세 '약간'으로 바싹 졸아붙는 식으로 부녀지간 형세가 형편없이 망가져버린 작금의 현실에 야마니시 영감은 치를 떨지 않을 수 없었다. 집구석에서 육장 눈에 띄는 소복담장 대할 적마다 울화통이 터지곤 했다. 아직도 가위질 흔적이 여실한 머리칼 아무렇게나 부스스 일으켜 세운 채 바깥출입 일삼는 소행머리 또한 아비 눈 밖에 난 지 이미 오래였다. 머리쓰개 따위 부조도 받지 않고 가위질당한 맨대가리 홀랑 까발린 채 동네방네 광고하고 다니는 것은 이를테면 천석꾼 아비 위엄에 정면으로 맞서겠다는 선전포고나 다름없었다.

"나가 시방 너한티 누구냐? 나가 느그 애비 아니라 재 너머 사는 아무개 첨지라도 되냐? 애비허고 일언반구 상의도 없이 니 멋대로 사춘오래비랑 작당혀서 모사나 꾸미고 댕기면 만사가 그저 형통이냐?"

"참말로 죄송시럽고만요, 아버님. 그러잖어도 아버님께 말씀 올릴라고 기회를 살피든 참이었고만요."

언필칭 죄송이란 깃발 들고 펄럭펄럭 흔들어대지만, 실인즉슨 딸년 낯꽃이나 몸가짐 어디에서도 진심으로 죄송스러워하는 기색을 찾아볼 수 없었다.

"오냐, 알겄다. 기회를 살폈다니께 느지감치라도 딸년한티 애비 대접 흐벅지게 받는 것 같어서 고맙다. 그렇다 허이면, 어디 한번 말씸을 올려보거라. 대관절 전주 시악시를 으뜷게 처분허기로 사춘지간에 상의가 되얐냐?"

"아버님, 그 처자 문제야말로 부용이를 살려낼 마즈막 기회라고 믿고 있어요. 그러니께 아버님 보시기에 쪼께 마땅찮으신 대목이 있드래도……"

"살고 잪은 생각 추호도 없다고, 당장 못 뒤어져서 안달복달허는 인간을 부득부득 도로 살려놓겄다는 니 심보는 또 무신 억하심정이냐?"

"모처럼 우리 집안에 진객으로 찾어온 처자를 부용이 머리맡에 가차이 앉혀두고 병구완을 맽기기로 피차간에 합의가 있었고만요."

"그 시악시가 화타나 편작맨치로 죽은목심 도로 뻘딱 살려내는 무신 신통의술이라도 한 짐 그득 싸 짊고 왕림허셨단 말이냐?"

"아버님, 신통의술 이상으로 부용이한티 긴요헌 것이 남녀지간 상련지사라고 믿어요. 신병에 겹쳐서 심화까장 고황에 든 병자한티 화타나 편작 이상으로 신통의술 발휘헐 명의는 오즉 전주 처자……"

"두 연놈들 관계가 대관절 으떻게 생겨먹은 관계길래 그러콤 요상시런 약방문이 떨어졌단 말이냐?"

"전주 유학 시절에 둘이서 서로 좋아지내든 처지였다고 들었어요."

"헹, 비싼 학자금 처들여서 높은 학문 땂으라고 유학 보냈드니만, 허라는 공부는 않고, 혀서는 안 될 자유연애질만 혔단 말이지? 참말로 장허다!"

그 비아냥거림은 비단 큰아들 하나에 머무는 게 아니라 딸년 과거 행실까지 직결되는, 이를테면 애물단지 두 자식 한목에 싸잡아 훌닦는 이중 효과를 노린 양수겸장 공박이었다.

"그런디 두 연놈들 새중간에 그새 무신 기구헌 사연이 찡겨들었다드냐? 고로콤 서로 좋아지내든 처지가 뭣 땜시 무관헌 처지맨치로 피차간에 소식불통인 채로 지내왔다드냐?"

숨돌릴 겨를 없이 거칠게 다그치는 아비 면전에서 답변이 갑자기 궁색해지는 순간이었다. 묻는 대로 꼬박꼬박 대꾸하던 딸년이 정작 요긴목에 해당하는 질문과 맞닥뜨리자 적잖이 당황하는 품이 아무래도 수상쩍어 보였다.

"애비가 알어서는 안 될 무신 기구절창헌 속내라도 두 연놈들 새중간에 찡겨 있었드란 말이냐?"

"자세헌 속내는 저도 잘 모르지만, 피차간에 의견이 상충되는 대목이 있었다고 들었어요."

그쯤에서 야마니시 영감은 큰기침에 암냥해서 가래침을 타구 속에 칵 뱉음으로써 늙은 아비 구닥다리 목청을 천석꾼 대지주 위엄에 걸맞은 신품 목청으로 개비했다.

"자고로, 일에는 순서가 있고 행사에는 절차가 따르는 법이니라. 육례도 안 갖춘 츠녀 총각이 한 지붕 밑에 덜컥 합치기부텀 헌다 허이면, 그게 어디 금수어충이지 염치를 아는 인간이겄냐? 인면에 수심은 당치도 않느니라. 산서 바닥 자발맞은 조당머리들이 우리 가문을 뭘로 보고 얼매나 찧고 까불어대겄냐! 조선 법도에 어긋나는 고따우 남녀지사는 내 육신 흙밥으로 바쳐지기 전까장은 절대로 용납헐 수가 없는 일이니라!"

"아버님, 혼사 문제는 아즉 거론헐 단계가……"

"시끄럽다! 초례도 치루기 전에 넘에 집 딸자식을 내 식구로 들여앉히는 짓은 조선뿐 아니라 근본 없는 오랑캐 풍속에도 없는 불의행세(不義行勢)가 여축없니라. 나가 요래 뵈야도 장차 시아부지 자리 아니냐. 눈귀가 몇 개 달리고 입코가 어디 붙었는지도 모르는 시악시를 혼전부텀 내 집에 무시로 출입허게코롬 나가 내싸둘 성부르드냐? 대관절 으떻게 생겨먹은 시악신지 내 눈으로 자세자세 귀경헌 연후에 근본이 말뼉다군지 쇠뼉다군지도 조목조목 따져봐야 쓰겄다. 당장 전주 시악시를 불러서 내 앞에 대령허거라!"

"지금은 그럴 때가 아닙니다, 아버님."

"뭣이여? 그럴 때가 아니라고?"

"아닙니다. 장차 때가 되면 아버님께 인사를 올리게코롬 주선을 허겄습니다만, 시방은 적기가 아니라고 생각헙니다. 그냥 못 보시고 못 들으신 것맨치로 가만히 지달리시는 편이 외려 당사자들이나 아버님한티 두루두루 이득이 되리라고 믿습니다."

"아니, 이년이 시방 즈그 애비를 뭣으로 알고 뭣맨치로 취급허는 거여? 이년아, 그 연놈들 땜시 내 체면이 시방 산서 바닥에서 똥친 막대기로 되고 말었는디, 날더러 그냥 찍소리도 말고 자빠져 있으라, 그 말이냐?"

부아통 부풀어오른 김에 야마니시 영감은 여차하면 마구 휘두를 요량으로 딸년한테 긴 담뱃대를 힘차게 꼬느질했다. 그때까지 현장에 있는 듯 없는 듯 곁에서 눈치만 살피던 관촌댁이 넌지시 딸년 옆구리를 찔벅거렸다. 그러나 딸년은 어미 경고도 아랑곳없이 다소곳이 내리깔았던 눈꺼풀 바싹 치올리며 아비를 빤히 바라보았다.

"용서를 빕니다. 아버님 말씀이 구구절절이 옳으신 말씀인지 알고는 있습니다만, 지금은 절차 따지고 격식 챙길 때가 아니라고 생각헙니다. 부용이나 전주 처자 양쪽 다 마음을 확고허게 정허지 못허고 방황허는 중입니다. 갈팡질팡 흔들리는 모냥이 꼭 살얼음판 걷는 것맨치로 위태위태헌 실정입니다. 생각이 복잡헌 젊은 남녀가 시방 인연을 잇어갈 것인가, 끊을 것인가 고민허고 있습니다. 이런 때일시락 집안 식구들이 하나로 뭉쳐서 매사를 신중허니 대비헐 필요가 있다고 생각헙니다."

"말짱 다 소용없다, 이년아! 어느 누가 되얐든 좌우단간 내 허락 없이는 내 집 울안에 한 발짝도 범접을 못헐지 알거라! 전주 시악시를 당장 쫓아내거라! 산서에서 내 눈에 안 띄게코롬 멀찌막이 내쫓아뿔란 말이여!"

"죄송헙니다, 아버님. 다른 문제라면 혹간 또 모르겄습니다. 요번 일만은 아버님 말씀에 불복헐 작정입니다."

"뭣이여? 불복?"

야마니시 영감은 순간적으로 자기 귀를 의심했다. 하지만 결코 귀가 고장난 게 아니라는 사실이 이내 명명백백하게 밝혀졌다.

"아버님 결사반대를 무릅쓰는 한이 있드래도 요번 일만은 제 생각대로 그냥 밀고 나갈 작정입니다. 결과가 어떤 모냥으로 나오든지 간에 저 혼자 끝까장 다 책임을 지겄습니다. 저를 암만 야단치시드래도 요번 일만은 전후곡절 일체를 제 독단으로 처리헐

심산입니다."

"네 이년! 단매에 요정을 내뿌릴 년!"

머리꼭지까지 차오른 분기 도무지 주체할 길 없어 야마니시 영감은 긴 담뱃대 허공중에 마구 휘두르며 한달음에 대청마루로 진격했다. 딸년 머리통 겨냥하고 무지막지한 일격을 가하기 위해 긴 담뱃대 높이 추켜들었다. 그러나 지근거리에서 딸년 시선하고 정면으로 맞닥뜨리는 순간, 그는 긴 담뱃대 높이 추켜든 동작을 별안간 딱 멈추고 말았다.

어허, 저 눈구녁!

제 아비 면상 빤히 올려다보는 딸년 눈빛에서 야마니시 영감은 왠지 모르게 섬뜩한 기운을 느끼면서 온몸을 흠칫 떨었다. 사람 여럿 잡아먹고도 남을, 그러고도 딸꾹질 한 번 하지 않을, 아주 맹랑하기 짝이 없는 눈빛이었다. 깊이 모를 허방처럼 시커멓게 뚫린, 참으로 괴이쩍기 그지없는 눈꼴이었다. 터럭만큼의 분노도, 눈곱재기만한 두려움도 밖으로 내비치는 법 없이 그저 보이는 족족 모든 것을 빨아들일 기세로 텅 비어 있는 눈초리였다. 아비 매질에 저항하거나 거역할 의사 따위는 전연 담겨 있지 않았다. 어쩌면 기대에 부풀어 기꺼운 마음으로 제 머리통에 떨어질 긴 담뱃대를 이제나저제나 하고 기다리는 눈빛 같기도 했다.

어허, 저 빌어먹을 눈구녁!

그럼에도 불구하고 야마니시 영감은 무심한 듯한, 무방비인 듯

한 그 눈빛에서 오히려 서슬 푸른 창검보다 더한 위구심을 느꼈다. 아비 대적하는 딸년 무기는 언제나 그 맹랑한 눈빛이었다. 말없이 말끄러미 응시함으로써 상대방 스스로 허방 속에 빠져들어 끝내 실족하게끔 유도하는, 참으로 괴악스러운 눈구멍이었다. 근자 들어 야마니시 영감은 간담을 서늘하게 만드는 그 눈빛하고 종종 맞닥뜨리곤 했다. 그 눈빛이 자꾸만 딴죽 걸어오는 바람에 타고난 성깔 양껏 터뜨릴 기회 놓치고 얼렁뚱땅 막설을 서두르지 않으면 안 되는, 몹시 난감한 경우를 그새 여러 차례 경험한 바 있었다.

"어허, 저 옘병헐 눈구녁!"

야마니시 영감은 밑바닥 안 보이는 허방 같은 눈구멍 앞에서 긴 담뱃대 높이 추켜잡은 팔을 부들부들 떨었다. 정녕코 그것은 자기 속으로 조성한 딸자식 눈이 아니었다. 생판 일면식도 없는 인간의 눈이었다. 귓것에 단단히 씌어 있는 눈빛임에 틀림없었다. 수많은 귓것 가운데서도 기중 사납고 모질기로 소문 왜자한 귓것, 배 타고 물 건너온 양귀(洋鬼) 바로 그것이 부리는 조화일시 분명했다. 야소귀신이 딸년 몸 안에 옴팍 들어앉은 채 짐승처럼 길길이 뛰는 제 아비 거동 사뭇 가소롭다는 듯 말끄러미 응시하게끔 딸년을 부추기고 있음에 틀림없었다.

"불효막심헌 저를 용서허셔요, 아버님. 허실 말씀이 더 없으시면……"

건공중에 대고 잔뜩 꼬느질했던 긴 담뱃대가 밑으로 맥없이 내려오기를 기다려 딸년이 마냥 차분한 어조로 말했다.

"저는 이만 물러가겠습니다."

기가 막히니 말길도 덩달아 꽉 막혀버렸다. 물러가도 좋다는 허락 떨어진 적 없는데 딸년은 스스로 알아서 돌아갈 채비를 서둘렀다. 머리 깊숙이 조아려 하직인사 음전하게 닦고 나서 조용조용 대청마루를 무르와가는 딸년 자태를 야마니시 영감은 우두망찰한 채 그저 바라만 볼 수밖에 없었다. 해뜩한 낯빛으로 딸과 영감 새중간에 끼여 한동안 우왕좌왕하던 관촌댁도 그 기회 놓칠세라 딸년 치맛자락에 껴묻어 꽁지 빠지게 줄행랑을 놓아버렸다.

"다릿가랭이를 짜악 찢어뿔 년……"

사랑채에 홀로 남겨진 야마니시 영감은 읊조리다 멈춘 창가 후렴 되뇌듯 후줄근히 풀기 죽은 목소리로 중얼거렸다. 사대삭신에서 떡심이 스르르 풀려나가는 바람에 결국 엉덩방아 쿵 찧으며 대청마루에 주저앉고 말았다.

"원산대호 아갈머리에 열두 번도 더 물려갈 년 같으니라고."

여느 토종 귀신에 비해 서양에서 배 타고 물 건너온 야소귀신이 사납기는 확실히 사나운 모양이었다. 성주나 조왕도, 서낭신이나 당산신도 죄 우습게만 여겨 버릇하던 야마니시 영감이었다. 집안이나 고을에서 지성으로 받들고 섬기는 어떤 귀신이든 간에 그로 하여금 두려움에 떨게 만드는 것은 여태 만난 적이 없었다.

그런데 여느 귓것들과는 딴판으로 딸년이 섬기는 그 양귀만은 호락호락 얕잡아 다뤄도 무방한 상대가 아닌 듯싶다는 불길한 예감이 당초부터 드는 것이었다. 예수를 믿느니 차라리 여수를 믿으라고 동네방네 왜장치고 다니며 한동안 무던히 조롱했던 그 양귀한테 이제 와서 호되게 앙갚음당하는 꼬락서니였다. 두억시니보다 몇 곱절 더 사나운 야소귀신 뒷심 믿고 아비한테 한사하고 맞서려 덤비는 딸년을 이제는 달리 징치할 방도가 없다 생각하니, 그야말로 억장이 무너질 지경이었다. 애당초 너무 덤턱스럽게 극약처방을 내린 게 불찰이었다. 극약이라도 미량씩 서서히 늘리면 면역이 생겨 오래 버틸 것 같아 맨 처음 사달 났을 때 딸년한테 봉지째로 덜컥 맹독성 극약을 안긴 셈인데, 결과적으로 그게 잘못이었다. 치사량 극약에도 어찌어찌 안 죽고 용케 살아난 딸년은 그 뒤로 아비가 내리는 그 어떤 징벌처방도 전연 두려워하지 않게 된 것이었다.

진종일 사랑채 안에 틀어박혀 무수히 부아통 터뜨리고 그 부아통 맴질하면서 되알지게 끌탕하던 야마나시 영감은 해질녘 다 되어 아무런 예고도 없이 불쑥 들이닥친 뜻밖의 손님으로 말미암아 가까스로 수습했던 혼백을 하마터면 또다시 놓쳐버릴 뻔했다.

"오래간만이오, 야마나시 상."

의례건 좋지 않은 문제들로 인해 주재소에서 이미 여러 차례 안면을 익힌 가네무라(金村) 순사였다.

"아니, 순사나리께서 무신 일로 감나뭇골 이 누지까장……"

주로 자식들 문제에 발목 잡혀 관가 출입하면서 그새 된통 졸경을 치렀던 가늠이 있는지라 야마니시 영감은 검정 순사복 대하자마자 지레 가슴부터 철렁 내려앉았다. 자식뻘밖에 안 되는 가네무라를 뜨겁게 영접하기 위해 그는 황망히 대청마루에서 뛰어내려 양말 바람으로 토방을 지뻑지뻑 밟았다.

"위선 의지간으로 드십시다요."

물찌똥 같은 아침조 찍찍 깔기느라 한바탕 부산 피우는 늙은 조센징 따위 안중에도 없다는 투였다. 가네무라는 마당 가운데 떡하니 버티고 서서 널따란 울안에 출렁출렁 한물이 지도록 들입다 일본말만 폭포수처럼 쏟아놓기 시작했다. 야마니시 영감이 장담하고 귓구멍에 확실히 챙겨 담은 일본말은 유감스럽게도 야마니시라는 자신의 창씨밖에 없었다.

"이 늙다리 신민이 국어를 원체 깜깜헌 오밤중에만 배와 버룻혀서 해가 등등 떠 있는 동안에는 당최…… 헤헤……"

피차 조선 종자인 주제에 국어로만 씨부렁거리는 가네무라 행짜가 여간 괘씸한 게 아니었다. 하지만 워낙 강약부동의 시류인지라 야마니시 영감은 화톳불처럼 얼굴에 끼얹어지는 수모를 고스란히 견디는 도리밖에 없었다.

"도대체 똑같은 소리를 몇 번이나 반복해야 내 말귀를 알아듣겠소?"

비로소 가네무라 주둥아리에서 조선말들이 줄지어 튀어나오기 시작했다. 굳이 그럴 필요 없는데도 가네무라는 허리춤에 찬 긴 칼을 습관적으로 철커덕거리는 동작 앞세워 죄 없는 사람 공연히 겁주려 했다.

"현재 이연실이 소재가 어디냐, 그 말이오!"

"이연실이요? 그게 대관절 뭣이다요?"

이번에는 또 무슨 생트집 잡아 무고한 사람 닦달하려고 엉뚱깽뚱한 이름 뜬금없이 들이대면서 저 불량을 떨어대는가 싶었다. 자라에 놀란 가슴 소댕만 보고도 까무러치듯 야마니시 영감 특유의 두툼하고 유들유들한 낯가죽이 단박에 허옇게 질려버렸다.

"야마니시 상 장남이랑 그렇고 그런 관계라고 소문 난 젊은 처자요!"

"아하, 그 전주 시악시 이름이 이연실이고만!"

야마니시 영감은 그제야 안도의 한숨 길게 내쉬었다. 만일 순사나리 뜬금없는 행차가 그 색시한테 오랏줄 지워 끌고 가려는 것이라면, 벌벌 떨 이유가 눈곱재기만큼도 없었다. 오히려 잘된 일이었다. 자식들 문제로 늙은 아비 또다시 관가에 끌려가 주리 틀리거나 재물 강탈당하는 불상사 모면할 수만 있다면, 이연실이든 저연실이든 전주 처자 열두 번이라도 가네무라 손에 넘겨줄 용의가 있었다.

"장남이랑 이만저만 밀접한 관계가 아니라고 들었는데, 야마니시 상이 여태 그 처자 성명 삼자도 모르고 있었다는 게 도대체 말이나 되는 소리요? 어림없는 수작 집어치우고, 이연실을 얻다 숨겼는지 바른대로 털어놓으시오!"

의아심 그득한 눈초리로 늙다리 불령선인 사납게 째려보며 가네무라가 으름장을 놓았다.

"숨기다니요? 천부당만부당허신 곡해요! 충성시런 황국신민 야마니시 아끼라가 뭣 땜시 일면식도 없고 성명 삼자도 모르는 처자를 숨겨두고는 모른다고 딱 잡어떼겄소. 이 늙다리 신민은 시악시 성이 김간지 이간지도 몰랐소."

"야마니시 상, 또 한번 매운맛을 봐야 정신을 차리겠소?"

호통 소리와 함께 쇳소리가 철커덕 울렸다. 가네무라가 재차 칼집을 손으로 치며 위협하자 야마니시 영감은 더욱더 똥끝이 타들어갔다.

"알겄소. 그러잖어도 말뼉다군지 쇠뼉다군지 근본도 모르는 젊은 처자 한 마리가 집안에 들어왔다는 소문을 귀동냥으로 듣고는 시방 그 처자 쫓아낼 궁리를 허든 챔이었소. 가네무라 순사나리가 요로콤 마침맞게 출동을 허셔서 늙은 신민 수고를 덜어주시니깨 참말로 고맙소."

야마니시 영감은 도롱태 굴리듯 한바탕 정신없이 혓바닥 놀리고 나서 안채 쪽에 대고 냅다 고함을 날렸다.

"하루가제야! 이 기사마야!"

하지만 육장 흘게 느즈러진 몸놀림으로 굼벵이 사촌 흉내만 내던 천하태평 춘풍이 대답 소리는 울안 어디에서도 건너오지 않았다. 보나마나 또 먼발치에서 검정 제복 어른거리기 무섭게 바짓가랑이에 생으로 오줌 지리고 있을 것이었다. 순사가 저 잡으러 온 줄 알고 지레 겁에 질려 어느 구석으로 꼭꼭 숨고 말았을 것이었다.

"하루가제 네 요노옴, 싸게싸게 욜로 못 나오겄냐!"

만만한 부아풀이 대상 춘풍이는 거듭되는 호통에도 불구하고 끝내 코빼기조차 안 비쳤다. 그 대신 엉뚱깽뚱하게도 부엌어멈 손자가 사랑채에 불쑥 나타났다. 더펄머리 녀석이 뒤축 도갱이가 납작 짓눌리게끔 아무렇게나 지르신은 짚신짝 찍찍 끌면서 다가왔다. 녀석은 천석꾼 대지주 어르신은 물론 긴 칼 옆구리에 찬 순사나리마저 무서운 줄 모르는, 맹랑하고도 당돌한 눈초리로 어른들 얼굴 번갈아 찟찟이 올려다보았다.

"덕기 네 요놈, 핑허니 진용이 아제 집까장 뛰어갔다 오니라!"

"알었어라!"

심부름 내용이 무엇인지 지시받기도 전에 벌써 저만큼 뛰어가는 덕기 녀석을 얼른 다시 불렀다.

"이놈아, 진용이 아제 집에서 애기씨부텀 찾거라! 화급헌 일이 생겼다고, 전주 시악시 델꼬 득달같이 달려오라고 애기씨한티 딴딴허니 일르거라!"

“알었당께요!”

소가지 한 짐 벌컥 부린 다음, 녀석은 예리성 더욱 귀에 거슬리게끔 지르신은 짚신짝 일부러 요란하게 찍찍 끌면서 순식간에 멀어져갔다.

“저런 버리장머리 없는 놈 보소이! 손자 귀애허면 할애비 나룻에 꼬꼬마 달어맨다드니만, 저놈이 똑 그런 짝이네그랴! 쎗바닥을 확 잡어 뽑을 놈!”

“야마니시 상 손자요?”

“순사나리도 참! 야마니시 아끼라를 시방 으떻게 보시고 그런 말씸을!”

마땅히 춘풍이 모가치로 차례 돌아갈 욕설을 눈에서 멀어진 어린것 상대로 한바탕 퍼붓고 나서 야마니시 영감은, 시간이 없다며 연방 발싸심하는 가네무라를 기어코 사랑채 아랫목으로 모셨다.

“상다리가 와지끈뚝딱 뿐질러지게코롬 주안상 한번 걸판지게 채려 올리라 시킬라요. 자빠진 짐에 쉬어가드라고, 이왕지사 감나뭇골 누지까장 왕림허셨으니깨 내 집이거니 생각허시고 푸욱 쉬었다가 가시요.”

수단방법 다해 관헌 눈에 살갑게 보이려고 야마니시 영감은 천석꾼 체통 돌볼 겨를 없이 일개 순사 나부랭이한테 온갖 아첨 골고루 떨어댔다. 그러나 가네무라는 어찌 된 셈판인지 홍당무 마다하는 당나귀처럼 뜻밖에도 정색하고 홰홰 손사래 치는 것이었다.

“야마니시 상 눈에는 본관이 그렇게 한가한 몸으로 뵈는 거요? 이연실이란 여자 소재 파악하는 즉시 보고하라는 긴급 지시가 상부에서 뚝 떨어졌단 말이오!”

가네무라 주둥아리에서 신경질적으로 튀어나오는, 상부니 긴급 지시니 하는, 모서리 뾰쪽뾰쪽 튀어나온 말들이 낱낱이 대못으로 돌변해 가슴팍에 쿵쿵 박히는 기분이었다.

“그 시악시가 대역죄라도 졌다요?”

“그건 나도 잘 모르겠소만, 좌우간 도경에서 높으신 분이 직접 하달하신 긴급 지시란 사실만 알고 있을 뿐이오.”

야마니시 영감은 그만 입을 딱 함봉할 수밖에 없었다. 암만해도 이만저만 심상찮은 사건이 아닌 듯싶었다. 가뜩이나 국사범으로 옥에 갇힌 둘째아들 배출한 후떼이센징 집안인 탓에 이루 형언 못하리만큼 곤욕을 치르는 중이었다. 그런데 설상가상에다 엎친 데 덮쳐 엉뚱깽뚱하게도 정체불명 처자까지 새중간에 끼어드는 바람에 순사나리 발품깨나 팔게 만들었으니, 이제 온 집안이 송두리째 결딴날 지경에 다다랐는지도 모를 일이었다.

“유유상종이라고 하잖소. 보나마나 뻔한 일이겠지요. 후떼이센징 좋아하는 처자니까 똑같은 후떼이센징일 것은 불문가지 아니오? 그럴 만한 혐의가 잡혔으니까 소재를 파악해서 보고하라고 상부에서 성화를 대겠지요.”

야마니시 영감 복잡다단한 심중 옳게 읽어냈는지, 가네무라가 연방 짓궂은 소리로 잔뜩 겁을 먹였다.

"순사 냥반!"

심부름 갔던 덕기 녀석이 돌아왔다. 떠날 당시 배틀어진 태도와는 딴판으로 발소리 통통거리며 의기양양하게 사랑채에 들어서자마자 녀석은 상곡 어르신 아닌 순사부터 들입다 찾았다.

"순사 냥반 배깥으로 조깨 나오래요!"

덕기 녀석 방자무기한 태도에 한 길이나 펄쩍뛰면서 야마니시 영감은 대뜸 가네무라 눈치부터 살폈다. 어안이 벙벙하기는 순사 나리도 매일반인 듯했다. 야마니시 영감 멀뚱히 건너다보면서, 이 무슨 해괴한 수작이냐고 묻는 표정이었다.

"뭣이라고, 이놈아?"

"전주 아씨가 순사 냥반더러 대문간서 조깨 보잔다고 전허래요!"

"이런 발칙헌 지집 봤는가! 순사나리 보고 잪으면 지가 지 발로 쪼르르 달려와서 두 손이 파리 발 되드락 싹싹 빌든가 물팍을 꿇든가 헐 일이지, 감히 우리 가네무라 순사나리더러 나오라 말어라, 시건방지게 지랄을 떨어?"

순사나리 모가치까지 십분 감안해 야마니시 영감은 과남하리만큼 노발대발 호통쳤다. 하지만 덕기 녀석은 제 소임 다 했다는 듯 또다시 발소리 통통거리며 순식간에 달아나버렸다. 시뻘겋게 달아오른 상판대기로 잠시 잠자코 있던 가네무라가 이윽고 일본말 고함 버럭 내지르며 분연히 자리 떨치고 일어섰다. 그리고 옆구리에 찬 긴 칼 위협적으로 철커덕거리며 부리나케 대문간으로 달려갔다. 단칼에 목이라도 뎅겅 칠 기세로 살기등등하게 돌진하는 가네무라 꽁무니를 허둥지둥 쫓아가는 동안, 야마니시 영감은 간이 콩알 크기로 오그라드는 기분이었다.

두 젊은 여자 모습이 대문간 그늘에 어른거렸다. 하나는 딸년이고, 다른 하나는 금시초면에 생면부지 처자였다. 산골 오지에서는 좀처럼 눈요기하기 어려운 양장 차림 여자가 그동안 소문으로만 접해왔던 전주 시악시임을 확인하는 순간, 야마니시 영감은 차마 못 볼 것이라도 본 것처럼 움찔하지 않을 수 없었다. 화선지 위에 세필로 정교하게 그린 미인도 속 여인을 방불케 하는 미태에 하마터면 숨이 멎을 뻔했다. 곧이어 면전에서 참으로 놀라운 반전이 일어나기 시작했다. 소대 병력은 족히 될 일본말 고함 떼거리 앞장세운 채 씨근벌떡 달려드는 가네무라 빤히 노려보면서 최순금이 자그마치 중대 병력에 해당하는 일본말 떼거리로 뭐라뭐라 날카롭게 경고를 발했다. 그러자 금세 살인이라도 저지를 듯싶게 서슬 푸르던 가네무라 기세가 마치 된바람 앞에 삭정이 부러지듯 갑자기 뚝 꺾여버렸다. 전주 시악시 역시 곁에서 작고도 점잖은 소리로 뭐라뭐라 한참 일본말을 주워섬겼다. 그러자 더욱더 놀라운 광경이 눈앞에 펼쳐지기 시작했다. 핫, 하는 기합 소리와 동시에 오른쪽 구두 뒤축을 왼쪽 구두에 턱 갖다붙이면서 가네무라가 매우 경위지게 부동자세를 취하는 게 아닌가. 전주 시악시와 가네무라 사이에 짤막한 대화가 은밀히 오갔다. 시악시가 한마디씩 건넬 적마다 순사는 목청 높여 핫, 핫, 소리 연발하던 끝에 거수경례까지 척 올려붙이는 게 아닌가. 도대체 무슨 일이 어떻게 돌아가는 셈판인지, 그 속내 당최 종잡을 수 없어 야마니시 영감은 안달이 났다. 그토록 세도 당당하던 순사나리를 그처럼 공깃돌 다루듯 옴짝달싹못하게끔 어거하는 시악시 정체는 대관절 무엇이란 말인가.

결국 가네무라 순사는 누군가의 발길질에 되알지게 허구리 걷어차인 복구처럼 죽을상 되어 사랑채 주인에게 인사도 없이 휭허케 내빼고 말았다. 겁에 질린 강아지가 꼬랑지 말아 가랑이 사이에 감추고 달아나면서 깨갱깨갱 비명 질러대는 꼬락서니였다. 마치 귀것한테 단단히 홀린 기분으로 야마니시 영감은 한참이나 대문간 앞에 우두커니 있다가 뒤늦게 퍼뜩 정신을 차렸다. 전주 시악시가 다소곳이 고개 숙여 초대면 어른에게 묵례를 보내고 있음을 그제야 간신히 깨달았다. 얼떨결에 야마니시 영감 또한 고개 꾸뻑 숙여 정중히 답례했다. 너무도 당황한 나머지 장차 시아버지 될지도 모르는 자신의 처시마저 까먹을 뻔했다. 가네무라가 그랬던 것처럼 오른발 들어 왼발에 척 붙이면서 최경례를 올리지 않은 것만도 다행으로 여겨야 할 판이었다.

"순금아, 나 조깨 보자."

어른한테 인사 닦자마자 전주 시악시가 대문짝 저편 보이지 않는 자리로 살그미 몸을 피하는 기회 틈타 야마니시 영감은 서둘러 딸을 불러 세웠다. 시악시 따라 대문 밖으로 나설 참이던 순금이 마지못해 발걸음을 돌이켰다.

"너는 알고 있지야? 나가 시방 목도헌 정황이 으떤 연고로 으떻게 벌어진 사태냐? 전주 시악시가 대관절 무신 재간으로 가네무라 순사를 꽁지가 빠지드락 달어나게코롬 조화를 부렸는지, 자초지종을 소상허니 고허거라."

아비 말뜻 도무지 이해 못하겠다는 듯 순금이 갑자기 의뭉스러운 낯꽃으로 얼렁뚱땅 넘어가려 들었다.

"무신 자초지종을 듣고 잪으신지……"

"전주 시악시가 무신 독약을 멕였길래 그 순사놈이 갑째기 침 먹은 지네요 댓진 받은 비암맨치로 혼백이 쑥 빠져서 비실비실 도망쳤느냔 말이다!"

"뭐, 별일은 아니고, 그냥 쪼깨……"

"이 늙은 눈에는 여부없이 별일로 비치든디?"

"귀허신 분이니께 보통 조센징 다루딧기 함부로 욕허고 무례허게 굴면 못쓴다고 순사한티 쪼깨 주의를 줬고만요."

"젊은 시악시가 귀허면 얼매나 귀허다고 순사한티 주의까장 준다냐?"

"귀허신 분이 연실양 당자라기보담은…… 저 뭣이냐…… 연실양 부친 되시는 분께서……"

순금이 입 밖으로 비어지려던 말꼬리 잘라 목구멍 너머로 꿀꺽 삼켜버렸다. 그런 다음 고개 기웃이 뽑아 대문짝 뒤편에 숨은 전주 시악시 눈치를 살폈다. 야마니시 영감은 주체 못할 궁금증과 기대감으로 말미암아 입안이 밭아버렸다. 기왕지사 말 나온 김에 아예 아퀴 콱 지어버릴 작정으로 딸한테 검질기게 달라붙었다.

"전주 시악시 부친 되시는 분은 대관절 으떤 냥반이간디?"

"그게 저어……"

"저어 소리는 구신도 못 알어듣는다!"

"저어…… 그러니깨 그 뭣이냐…… 그것이…… 경찰……"

"경찰?"

"경찰 간부……"

"뭣이여?"

살구 먹다 실수로 씨까지 삼킨 사람처럼 야마니시 영감은 저도 모르게 통방울눈 뒤룩거리고 찢어져라 입 크게 벌리면서 소래기를 빽 내질렀다.

"시방 뭣이라 혔냐? 경찰 간부라고?"

"예, 도경에서 경부로 근무허시는……"

한번 벌어진 입이 좀처럼 다물리지 않았다. 이윽고 공동처럼 뻥 뚫린 입에서 신음 같은 탄성이 띄엄띄엄 흘러나왔다.

"와따매, 그러니깨 전주 시악시 부친님께서 경찰허고도……

거그다가 도경허고도…… 그러고도 또 자그만침…… 경부나리 씩이나……"

평소 경찰 조직과 관련해 골골샅샅 꿰리만큼 공부가 그리 실한 편은 아니었다. 그렇다고 그 방면에 영 판무식도 아니었다. 비록 짧은 밑천이긴 하지만, 경부(警部)가 얼마나 어마어마한 벼슬에 속하는지 야마니시 영감은 대충 알고 있었다. 경부보(警部補)에서 젖 빨던 힘까지 빨끈 쥐어짜 버둥질쳐야 겨우 오를까 말까 한, 경시(警視)보다는 한 계단 살짝 낮은, 그러니까 판임관에 불과하지만 웬만한 일반직 주임관보다 더 권세 등등한 경찰 계급이었다. 내지인 출신도 좀처럼 따기 어렵다는, 반도인 출신으로 오를 수 있는 고위급에 속하는 직위였다. 이미 거기까지 올랐으니, 내친김에 천황폐하 향한 일편단심 부쩍 더 증명해 보인다면 불원간에 경시 자리 꿰차고 보다 더 높은 의자에 앉지 말란 법도 없을 것이었다. 두메산골 주재소 순사만 눈에 얼씬거려도 지레 오가리가 들어 기를 못 펴고 맥도 못 추던 야마니시 영감이었다. 그런데 으리으리한 경부 벼슬 거머쥔 채 도경 간부 자리 떡 버티고 앉은 인물이 어쩌면 자신과 밭사돈 관계 맺을지도 모르는 분이라니! 전주 시악시 부친이 지닌 위세와 위풍을 상상 속에서 치어다보는 것만으로도 벌써 까마아득한 높이에 주눅 들고 어질병까지 생길 지경이었다.

"그렇다 허이면, 순금이 너는 그 지경으로 심상찮은 전주 시악시 집안 속내를 일찌가니 거니채고 있었단 말이냐?"

애물단지 딸년 상대하는 말투는 말할 나위 없고 태도마저 어느새 신품으로 개비되어 있었다. 방금 전 아마니시 영감이 호랑이였다면, 현재는 끽해야 승냥이 푼수밖에 안 될 정도였다.

"전주 시악시가 도경허고도 간부허고도 경부나리 따님이신지를 초장서부텀 알고 있었음시나 여적지 애비한티 귀뜸 한마디 없이 입을 딱 함봉헌 채로 파장머리까장 와뿌렀단 말이냐? 그것은 또 무신 억하심정이냐?"

아마니시 영감은 야속하다못해 괘씸하게 느껴지는 딸년 소행머리를 짐짓 준엄한 어조로 꾸짖음으로써 섭섭함을 강조했다. 그러자 순금이 연거푸 대문 밖을 흘끔거리면서 난처한 기색을 감추지 못했다.

"당초부텀 그런 소문이 퍼지는 것을 연실양이나 부용이 둘 다 극구 원치 않는 바람에 어쩔 도리 없이 그냥……"

그따위 변명 축에도 못 드는 변명이 이미 달아오를 대로 후끈 달아오른 아마니시 영감 귓구멍에 제대로 꽂힐 턱이 없었다.

"시끄럽다! 내 집에 찾어오신 귀헌 손님을 죄인 조리돌리딧기 내 집 두고 넘에 집에서 넘에 집으로 뺑뺑이 돌리는 짓은 엎어놓고 보나 잦혀놓고 보나 당최 지각 있는 인간이 취헐 도리가 아니니라. 그런 짓은 조선 법도에도 어긋날 뿐만 아니라 근본 없는 오랑캐들이나 허는 행투니라. 당장 이씨 집안 규수를 우리집으로 뫼셔 들이거라!"

순금은 이러지도 저러지도 못하고 무르춤하게 대문간에 붙박여 있었다.

"뭣 허고 있냐, 이씨 규수를 싸게 안채로 뫼시잖고!"

눈치코치 없고 늘품도 없이 매양 답답하게만 구는 아둔패기 딸년 상대로 야마니시 영감은 거푸 채근했다. 그제야 빳빳이 굳은 사대육신 허둥지둥 놀리는 딸년 뒤통수에 대고 숨돌릴 겨를 없이 또 지시를 남발했다.

"위선 이씨 규수부텀 안채에다 안돈시킨 연후에 느그 에미랑 진용이 오래비더러 사랑채로 근너오라고 일르거라."

변덕꾸러기 죽 끓듯 야마니시 영감은 대문 밖으로 나서려는 딸년 다리에 또다시 딴죽을 걸었다.

"잠깐만! 나 조깨 보자, 순금아!"

부녀 단둘이 귀엣말 나누기 알맞은 지근거리로 딸년이 다가오기 기다리는 동안이 반나절만큼 지루하게 느껴져서 야마니시 영감은 성큼 마중을 나갔다.

"아까막시 니 말로는, 두 청춘남녀가 서로 의견이 안 맞어서 갈러섰다가 오래간만에 새잽이로 다시 만난 처지라 혔는디, 대관절 무신 의견이 고로콤 안 맞어서 갈러서기까장 맴을 독허게 먹게 되얐다냐?"

"연실양 아버님 직업 문제로 두 사람 틈새가 벌어지는 바람에 부용이 쪽에서 절교를 선언혔다고 들었고만요."

"뭣이여? 아니, 그렇다 허이면, 부용이 그놈이 자그만침 도경허고도 간부허고도 경부나리를 쟁인으로 뫼시기 싫다고 앙탈이라도 부렸단 말이냐?"

그것이 귀엣말로 시작된 은밀한 형식이라는 사실마저 순간적으로 망각한 채 야마니시 영감은 엉겁결에 목청을 터무니없이 높여버렸다.

"말허자면 그 엇비슷헌 모냥새고만요."

"아니, 그렇다 허이면 말이다, 부용이 그놈이 괘얀시리 경부나리 따님인 것을 트집잡어서 이씨 규수한티 퇴짜를 탁 놓아뿌렀다, 요런 말이냐?"

순금이 잠자코 고개를 끄덕이다 갑자기 안채 쪽으로 눈길 돌리면서 곤혹스러운 낯꽃을 지었다. 뭔가 짚이는 바 있어 야마니시 영감도 딸년 눈길 달려가는 방향으로 고개를 돌렸다. 아니나 다를까, 부용이 바로 그놈이었다. 방금 제 무덤 봉분 제 손으로 헤치고 나온 양 끔찍스럽기 그지없는 몰골이었다. 깔축없는 노점병자임을 만천하에 고하듯 피골이 상접하리만큼 껑더리된 몸뚱어리 간신히 벽면에 의지한 채 불효막심 큰아들이 불꽃같은 눈초리로 아비를 째려보는 중이었다. 신체는 시취 풍기는 송장 매일반일지라도 눈꼴만은 형형히 살아 있어 비상하리만큼 섬뜩하게 번뜩이고 있었다. 자결 소동 이후 처음 이루어지는 부자간 대면이었다. 야마니시 영감은 그 소름 끼치는 몰골에 더럭 겁이 나는 바람에 어떤 말도 입 밖에 꺼낼 수 없었다. 비록 잠시잠간일망정 끔찍한 노점병자 몸뚱어리가 자신의 거처 대들보에 뒤룽뒤룽 매달려 있었다 생각하니 새삼스럽게 또다시 진저리가 쳐졌다. 야마니시 영감은 불똥 뚝뚝 듣는 큰아들 시선 얼른 외면함과 동시에 사랑채 쪽으로 발길 부리나케 돌려버렸다. 이쯤이면 노점병자 시선 미치지 못하는 안전지대일 거라 생각되자 그는 발걸음 멈추고 고개 높이 치켜 하늘 우러르며 웃기 시작했다. 저도 모르게 실실 비어져나오는 웃음을 도무지 주체할 재간이 없었다.

"나 원 참, 오래 살다보니께 베라벨 미치고 설친 놈을 다 보겄네. 샛냇다리 밑에 사는 비렁뱅이 딸년이라면 혹간 또 모를까, 자그만침 도경허고도 간부허고도 경부나리 따님인 것이 무신 유죄라고 자량으로 재판을 허고 자진혀서 퇴짜를 놓아뿌러? 저놈이 시방 온정신이여, 반정신이여? 호박이 넝쿨짜 굴러든 횡재수를지 발목쟁이로 뻥 걷어차뿔고 말다니! 고로콤 씰개 빠진 인간이 세상천지 저 뇌짐구신 말고 누가 또 있을꼬!"

마침내 야마니시 영감은 큰아들 면전에서 꾹꾹 눌러 단속했던 가슴속 아우성을 기탄없이 입 밖으로 방류하기 시작했다. 그러려고 의도한 적 없는데도 웃음이라는 분비물이 체내에서 거추없이 비어져나오고 있었다. 금간 물동이 갈라진 틈새로 새나오는 물줄기처럼 웃음은 벌어진 입아귀 타고 끊임없이 흘러나왔다.

"허어, 거참! 굼벵이란 놈도 궁그는 재주 하나는 있다드니만,

저놈이 똑 그 짝이네그랴!"

제풀에 굴러든 복덩어리였다. 어떤 자가 길바닥에 떨어진 새끼줄 무심코 주워 들고 집에 왔더니, 그 줄 끝에 주인 모를 암소가, 더군다나 새끼까지 밴 암소가 얌전히 매여 있었다더라, 하는 옛이야기가 절로 떠오르는 대목이었다. 야마니시 영감은 꿈에도 생각지 못했던 그 횡재수를 두고, 바야흐로 산서 최문 위에 드리워지는 서광이자 길조임에 틀림없다고 확신했다.

가문을 통틀어 변변한 벼슬 하나 배출하지 못한, 한미하기 이를 데 없는 문벌로 말미암아 그동안 말로 형용 못할 곤욕을 얼마나 숱하게 치러왔던가. 물불 안 가리고 자기 일신 온전히 던져 지악스럽게 모으고 모지락스럽게 걸터들인 끝에 마침내 거만금 가산 일구는 데는 일단 성공했다. 하지만 정작 그 가산 안전히 건사하고 더욱 팽대케 하는 데 일조할 벼슬자리 울타리는 노상 비어 있으니 거만금 재물이 무슨 소용 있던가. 그래봤자 십상팔구 먼저 보는 놈이 임자요 먼저 침 바른 놈 아갈머리로 들어가게 마련 아니던가. 제아무리 악착 떨며 긁어모아도 결국 권세 잡은 놈들 흥겨운 노릇만 시켜주는 꼴 아니던가. 벼슬자리 업은 도적이면 아무나 친석끈 집 대문턱 닳도록 무시로 넘나들면서 자신이 한평생 피땀 흘려 모은, 그 생피 같고 생살 같은 재물 알겨먹고 무단히 강탈해 가는, 그 원통하고 절통한 꼴들 눈 번히 뜨고 속수무책으로 당하느라 그동안 얼마나 자주 눈자위가 허옇게 뒤집어지곤 했던가. 그 얼마나 부들부들 사지 떨리고, 그 얼마나 갈기갈기 가슴 찢어지는 고통에 시달리며 불면의 밤에 부대끼지 않으면 안 되었던가. 그 얼마나 혼백 저만치 달아나도록…… 그 얼마나 골수에 사무치도록…… 그 얼마나……

만주사변 거쳐 전쟁이 지나사변으로 확대되던 무렵, 야마니시 영감은 길 가다 느닷없이 귀싸대기 얻어맞고 정신 차리듯 시대 상황을 확연히 깨달았다. 전쟁물자 조달을 위한 수탈의 손떠퀴가 반도의 숨통을 바싹바싹 죄어오던 때였다. 어떡하면 관헌들한테 고린전 한 푼이라도 덜 빼앗길까, 하고 수판알 튀겨가며 궁리에 궁리 거듭한 끝에 나름대로 찾아낸 해법이 다름아닌 벼슬자리 사냥이었다. 제 발로 찾아오지 않는 벼슬 하대명년 기다릴 수는 없었다. 절 스스로 중을 찾지 않으면, 별수없이 중 스스로 발싸심하고 다니면서 절을 찾는 도리밖에 없었다. 여태 한 번도 누려본 적 없는 문벌 호사를 집안으로 끌어들이기 위한 사업이라면 과다 출혈도 마다하지 않을 심산이었다. 비싼 학자금 들여 자식들이 높은 학문 닦도록 해서 기필코 고등문관시험 아니면 조선 변호사 시험에 찰싸닥 붙게끔 어기차게 뒷배 봐줄 결심이었다. 천석꾼 아비 대찬 후원으로 세 아들이 경쟁하듯 관계요로에서 겁나게 출세하고 사정없이 입신양명하는 가관 중의 가관을 살아생전 기어이 목도하고 말 작정이었다. 일인지하 만인지상 까마아득한 벼슬자리 오른 세 아들이 하나로 뭉쳐 제백사하고 아비 재물 알뜰살뜰 지켜주는 울타리 노릇에 고부라지는 그날이 속히 오기를 간절히 바라 마지않았다.

그러나, 그 모든 소망이 한낱 백일몽이요 황탄무계한 옹산(甕算)에 불과하다는 사실이 오래지 않아 눈앞의 현실로 드러났다. 한 딸년에 두 아들놈이 마치 나라님 거스를 역모라도 꾸미듯 번차례로 제 아비 본때 있게 배반해버렸다. 높다란 울타리 노릇에 튼튼한 방패 구실로 아비 재물 지켜주기는 고사하고, 아예 학업과 담 쌓은 채 엉뚱깽뚱하게 곁길로 빠져듦으로써 오히려 화적들 손에 아비 곳간 열쇠 넘겨주는 거나 진배없는 만행을 자식들이 여반장으로 저질렀다.

캄캄칠야 같은 시국의 바다에 문벌 한미한 가문 밝혀줄 등댓불에서 하루아침에 국사범 신세로 전락해버린 둘째아들이야말로 야마니시 영감이 밤마다 꾸던 백일몽의 절정이요 옹산의 극치였다. 국사범 자식 둔 아비라는 죄까지 덤터기 쓰면서 곤욕을 당할 수밖에 없었다. 고문으로 말미암은 맷독 풀기 위해 똥국마저 복용했다. 그 치욕스러운 경험만 떠올릴작시면 속에서 욕지기가 웩웩 치받치는 바람에 번번이 참담무비 심정에 빠지곤 했다. 장조카 신용이 범천스님한테 주문해서 은밀히 반입한 그 물건 덕분에 육신 속에 박힌 맷독이나 골병은 얼추 뽑혔을지 모르지만, 날이 가고 달이 가도록 목구멍 안쪽에서 올라오는 구린내 의식할 적마다 밥맛을 잡치곤 했다. 그 바람에 일껏 잠재웠던 영혼의 골병까지 새잡이로 도질 지경이었다. 백상암 유서 깊은 측간 속에 굵다란 대나무 토막 담가놓고, 종잇장같이 얄브스름한 속청을 투과해서 맑게 걸러진 똥물이 시나브로 대통 속에 고이게끔 세심히 배려하는 등, 그야말로 손님상에 올릴 접대 음식처럼 범천스님 손수 온갖 정성 기울여 정갈하게 수습한 물건이었다. 스님이 점잖게 매화탕이라는 명칭으로 괄목상대하더라고 장조카는 귀띔했다. 하지만 매화탕이든 똥국이든 좌우지간 양쪽 콧방울 감아쥐고 눈물 질금거리며 한 사발 벌컥벌컥 들이켤 당시 그 처량하고 암담하던 심정에 전연 위로가 되지 못하는 귀띔이었다.

"허어, 고놈 참!"

결국 야마니시 영감은 일찍이 자식들에게 걸었던 기대, 굴뚝같이 되똑 솟은 소망을 단념하다시피 하면서 코가 석 자하고도 네 치 닷 푼은 빠진 상태에서 몹시도 울울불락한 세월을 보내야만 했다.

"굼벵이란 놈도 궁그는 재주 하나는 타고난다드니만…… 허어, 고놈 참!"

그런데 말이다, 그랬는데 말이다, 음지가 양지 되고 양지가 음지 된다는 옛말이 바로 그런 경우를 가리키는 말인 듯했다. 어른 동냥아치 괄시해도 어린 동냥아치는 괄시하지 말라던 옛말 또한 딱 맞아떨어지는 표현이었다. 부자지간 천륜마저 거지반 끊기다시피 했던 큰아들 아니던가. 바로 그놈이 마치 두엄자리 앉았다 꿩 줍듯 시악시 하나 방짜로 낚아챔으로써 전혀 예기치 못한 대목에서 기상천외의 효행을 아비 면전에 불쑥 들이대는 게 아닌가.

"미물 같고 밥버럭지 같은 그놈 대그빡 속에 널러가는 새도 떨어친다는 그 도경허고도 간부허고도 자그만침 경부나리 따님을 후리는 재간이 숨어 있을지를 누가 꿈에라도 짐작을 혔을꼬!"

이제는 코앞까지 바투 다가온 듯싶은, 그 분복에 겨운 요행수가 좀처럼 믿기지 않는 까닭에 야마니시 영감은 사랑채로 돌아온 뒤로도 내처 흥분을 가누지 못했다. 송곳 끝 같은 벌떡증이 엉덩이 쿡쿡 쑤셔대는 바람에 그는 평상시 비단보료 그들먹이 차지한 채 양반 흉내 즐기던 취미에도 흥미를 잃었다. 그는 벌떡 일어나 뒷짐 지고 이쪽 벽과 저쪽 벽 사이를 시계불알처럼 연락부절로 오락가락하기 시작했다. 이따금 천장 올려다보며 실성한 듯 괜히 실떡실떡 웃어쌓는가 하면, 상스러운 욕지거리를 잇새로 찌걱찌걱 내뱉기도 했다. 제각각 빛깔 다르고 모양 다른 여러 감정이 머릿속에서 어지러이 얽혀들어 저희끼리 제멋대로 겹치고 포개지며 덧게비치는 중이었다. 큰아들 두 놈이, 두 명의 최부용이가 때로는 아비를 웃기고 때로는 울리기도 했다. 방짜 시악시 후리는 놀라운 재간 선보인 큰아들과 얼토당토않은 트집 잡아 일껏 후린 시악시 퇴박해버린 아둔패기 큰아들이었다. 같고도 다른 두 이들이 머릿속에서 연방 덧게비치고 숨바꼭질 벌임에 따라 야마니시 영감 입에서는, 굼벵이도 궁그는 재주 하나는 타고난다는 감탄과 쓸개 빠진 잡놈이라는 욕설이 번차례로 갈마들고 있었다.

"허기사 일인지하 만인지상 벼슬자리라도 지놈이 정 허기 싫다 허이면 으짤 도리가 없는 법이지!"

무슨 물건이든 간에 하여튼 그 물건 쓸모 있음과 없음은 임자 마음먹기에 달리게 마련이었다. 아들이 쓸모없다 생각하고 내다버린 물건이 아비한테도 덩달아 쓸모없으란 법은 없었다. 야마니시 영감은 지지리 못나터진 큰아들이 진귀한 보물 못 알아보고 헌신짝같이 땅바닥에 패대기친 경부나리 따님 냉큼 주워들어 흙고물 탈탈 털고 묵은 때 말끔히 벗겨 반질반질 윤나게 닦아놓을 작정이었다. 끊임없이 공력들이고 정성 쏟아 친목을 도모한다면, 비록 사돈지간일망정 친동기 이상으로 자주 왕래하면서 피차간에 의초롭게 지내는 일도 얼마든지 가능할 터였다. 그렇게만 된다면, 도경하고도 간부하고도 자그마치 경부나리 밭사돈 훈김 덕분에 두메산골 알량한 벼슬아치나 구실아치 따위는 앞으로 천석꾼한테 범접할 생심조차 못하게 되리라. 그렇게만 된다면, 야마니시 아끼라 즉 최명배는 어느 틈에 상곡 어르신 본래 위용 되찾아 산서 바닥 떵떵 울리며 살아갈 수 있게 되리라.

이렇게만 된다면, 저렇게만 된다면, 그렇게만 된다면, 하고 수없이 읊어대면서 야마니시 영감은 옛이야기 속 어리석은 옹기장수 터무니없는 옹산 진배없는, 황탄무계하기 그지없는 꿈꾸기 놀음에 새잡이로 고부라지기 시작했다. 떡 줄 사람한테 물어도 안 보고 미리감치 김칫국부터 뱃구레 터지도록 양껏 들이켰다. 그리

하여 식탐 많은 강아지처럼 자귀가 나서 네 발목 안쪽으로 휘우듬히 굽은 앙가발이 되어 뒤뚱거리는 꼬락서니로 변하고 말았다.

최진용과 관촌댁이 서로 앞서거니 뒤서거니 사랑채로 들이닥쳤다. 보나마나 빤한 내력이었다. 늙정이 마누라가 주책없이 또 재 너머 오암리 찾아갔을 것이었다. 두 관촌댁 자매끼리 얼싸안은 채 불행한 자식 슬하에 둔 불행한 어미 입장에서 같은 한을 같은 통곡으로 풀고 있었을 것이었다. 그러다 영감 불호령 전갈 접수하자마자 허위단심 달려오는 길임에 틀림없었다. 긴급 호출에 덜미 잡혀 끌려온 마누라를 야마니시 영감은 실로 오랜만에 활짝 웃는 낯꽃으로 맞이했다. 여느 때 같았으면 덥다 날벼락부터 우르르 쾅 때렸겠지만, 새 희망으로 말미암아 이미 관세음보살만큼이나 너그러워져 있었기 때문에 주책바가지 마누라 분별없는 소행에 일일이 왈시왈비하고 싶지 않았다.

"임자는 처제랑 작반혀서 니알모리 새복바람으로 먼질 떠날 채비나 딴딴허니 채리소."

또 무슨 악담을 암만이나 퍼부을 작정으로 저토록 해괴망측한 허두로 시작하는가, 하고 뜨악해하는 눈초리로 관촌댁이 영감 눈치를 살폈다.

"진용이 너는 두 어른 뫼시고 한 사나흘 경성 댕겨올 노잣돈이나 두둑허니 장만허거라."

장조카 역시 상곡 어르신 말귀 얼른 못 알아듣기는 매일반인지라 흐리멍덩한 눈알만 연신 멀뚱거렸다. 워낙 경천동지하고도 남을 분부인 까닭에 두 사람 다 기연미연하는 기색들이었다. 그러거나 말거나, 야마니시 영감은 비단보료 위에서 한껏 점잔 빼는 양반 자세 취한 채 거푸 지시를 내렸다.

"경성에 당도허는 그 즉시 진용이 니가 종로경찰서 속내를 재간껏 골골샅샅 살피고 뒤지고 수소문혀서 혹간 돈 쏟아붓을 구녁 어디 없는가 잘 찾어보거라. 구녁만 지대로 잘 찾어낸다면, 비용이야 고하간에 나는 괭기찮다. 고등계 형사들 아갈머리에다 인정 쓸 방법이 있는지 없는지, 고런 대목만 니가 책음지고 잘 알어보란 말이다."

"영감! 아이고, 영가암!"

진용을 앞질러 일착으로 반응한 쪽은 관촌댁이었다. 비로소 그니는 자린고비 영감 파격적 씀씀이에 한편으로 대경실색하면서 다른 한편으로 감읍을 금치 못했다. 기쁨에 겨운 나머지 어느새 눈물바람 장만하는 늙정이 마누라 거들떠도 안 보면서 야마니시 영감은 아직도 우두망찰하고 있는 장조카한테 한 소래기 꽥 내질렀다.

"귀라도 처먹었냐? 니놈 붕알 전당포에 잽히든지, 조리전에서 체곗돈 빌리든지 혀서 니 사춘동상 한시바삐 가막소에서 빼낼 궁리나 짜내란 말이다. 싸게 안 서둘고 시방 뭣 허고 자빠졌냐?"

2

심심산골 산서 땅에 가을이 나우 깊었음을 알리는 으뜸 신호는 뭐니 뭐니 해도 앞산 단풍과 뒷산 억새였다. 묵장산 단풍이 바야흐로 절정을 맞이하고 있었다. 산자락 온통 휘감아 돌며 울긋불긋 물들여놓은 단풍 빛깔은 곱다못해 처연한 느낌마저 자아낼 지경이었다. 백상산과 비룡산 사이 새목재 넘어가는 길목 가로막고 선 물레봉 등성이에서는 제철 만난 억새꽃 물결이 묵장산 마주한 채 그쪽 단풍 강샘하듯 일대장관을 연출하고 있었다.

쇼와 12년(1937년) 무렵부터 일제는 중국 대륙으로 전장을 확대하면서 각종 군수물자 조달에 혈안이 되있다. 그 사품에 민수용 석유가 동나버렸고, 석유 대신 대체 연료로 사용할 목탄 공급이 다급해졌다. 목탄 생산을 위해 푸른 산달 벗겨내고 우거진 수풀 까뭉개는 산판사업이 대대적으로 벌어졌다. 산서분지를 울타리처럼 에워주는 백상산과 독두산 일대는 배코라도 쳐놓은 듯 울울창창한 기세 자랑하던 솔숲들이 단기간에 흉측한 민둥산으로 돌변하고 말았다. 그나마 다행인 것은, 면소재지에서 가까운 명당에 자리한 덕분에 묵장산이 배코머리 신세 가까스로 모면한 점이었다. 마음만 먹으면 못하는 짓 없는 일제 총독부가 조석으로 묵장산과 얼굴 맞대고 살아가는 산서 주민들 반발을 의식했는지 어땠는지, 그 솔숲들만은 차마 어쩌지 못한 채 대규모 산판사업을 마감했다. 그 덕분에 산서 주민들은 신산스럽기 그지없는 간난세월에도 철마다 새물내 물씬 나는 옷으로 갈아입곤 하는 묵장산 풍광을 가까이서 살갑게 접하는 것으로 그나마 위안을 삼을 수 있었다.

그럭저럭 또 위중한 고비는 넘긴 성싶다는 안도감이 최순금으로 하여금 잠시 발걸음 멈추게 만들었다. 자빠진 김에 쉬어가듯 순금은 물레봉 억새밭에 아예 퍼더버리고 앉았다. 아직도 해결해야 할 집안일들이 한두 가지가 아니었다. 그럼에도 그니는 노심초사하던 부용의 문제가 의외로 쉽사리 풀림으로써 우선 급한 불은 끈 셈이라고 생각했다.

비로소 주변 경치가 눈에 들어오기 시작했다. 떠꺼머리총각 바람이 숫처녀 억새꽃 상대로 연방 희영수를 놓고 있었다. 바람의 손끝이 간질일 적마다 억새꽃은 마치 겨드랑이 또는 발바닥이라도 내준 듯 키들키들 간지럼 타면서 하얀 솜털을 허공중으로 폴

폴 흩날리고 있었다. 형체도 안 갖춘 바람이 땅위의 것들 희롱하는 흔적으로 광활한 억새밭에 출렁이는 물결무늬를 무시로 새겨놓고 있었다. 사람들은 억새를 가리켜 산갈대라 불러 버릇했다. 순금 또한 그 이름으로 부르기를 즐겨 하는 쪽이었다. 억새보다 산갈대라는 이름이 한결 더 보드랍고 운치 있게 느껴지는 까닭이었다. 그녀는 산갈대 꽃대를 잡아 뽑기 시작했다. 그걸 뽑아 어찌하겠다는 작정 없이 한쪽 손아귀에 가득찰 때까지 그저 무심한 동작으로 꽃대를 뽑고 또 뽑았다. 실로 오랜만에 찾아든 평안을 그처럼 무심한 장난질로 천천히 음미하는 중이었다. 다발을 이룰 만큼 손안의 꽃대 북데기가 커졌다. 꽃이삭이 바람에 한들한들 놀아나면서 연방 뺨을 간질이는 바람에 그녀는 저도 모르게 미소를 지었다. 산갈대가 걸어오는 수작이 이미 혼기 놓친 나이를 대폭 낮춰놓고 있었다.

문득 여학교 시절 추억들이 늦가을 바람 타고 떼지어 몰려왔다. 바람의 움직임에 장단 맞추는 추억의 물결이 산갈대처럼 해뜩해뜩 늘어선 가슴속 금선(琴線)을 퉁겨 해맑은 가얏고 소리를 내기 시작했다. 동무들과 어우러져 풀밭 속 뒤지며 행운의 네 잎 토끼풀 찾는, 교복짜리 최순금 모습이 눈앞에 아른거렸다. 노란 은행잎 책갈피에 끼워두고 보물이나 되는 양 애지중지하던 기억도 엊그제 일인 양 또렷또렷 되살아났다. 아, 나한테도 그런 시절이 있었구나, 하고 그녀는 새삼스럽게 감탄을 불금했다.

그 시절 추억이 바늘이라면 정세권은 그 바늘귀에 꿰인 실이었다. 비명에 가버린 약혼자가 산갈대 부추김 따라 회상 속으로 끼어드는 바람에 순금은 마치 해묵은 빚단련이라도 받은 듯 무거운 부채감에 휩싸이고 말았다. 정세권과 함께한 시간들이, 동지적 유대감으로 함께한 체험과 사건이 칼날 같은 피침형 산갈대 잎으로 변해 그니의 가슴을 갈가리 상우기 시작했다. 남녀 학교 학생들이 결성한 독서회 모임에서 정세권을 처음 만나 일제 당국이 금서로 지정한 책들 탐독하던 일, 밤도와 열띤 토론 벌이던 일, 도시 빈민촌에 야학당 열고 남녀노소 주민들 모아 가갸거겨 가르치며 문맹퇴치운동에 젊은 정열 불사르던 일, 정세권이 향기로운 포도주처럼 따라주는 기독교사상에 점점 취하면서 갈급한 영혼 흥건히 적시던 일, 주위 사람들 이목 꺼려 호젓한 곳 으늑한 구석에서 장래를 약속하며 밀어를 속삭이던 일……

갑자기 손아귀에서 힘이 좍 풀리면서 산갈대꽃 무더기가 맥없이 떨어져내렸다. 산 사람들 일에 얽매여 죽살이치느라 죽은 사람 생각할 겨를 없이 경황없는 세월을 보냈다는 자각이 그제야 들었다. 그 자각이 과거로 돌아가 잠시 여학교 시절 속을 거닐던 최순금을 냉엄한 현실로 긴급히 소환했다. 저로 하여금 운명적 만남과 비극적 헤어짐을 두루 맛보게 했던 인물, 그만큼 의미심장한 정세권의 존재를 맑은 물에 헹궈내듯 뇌리에서 말끔히 지워버린 채 오랫동안 덤덤하게 지낼 수 있었던 자신에 스스로 놀라고 말았다.

순금은 치맛자락 툭툭 털고 일어섰다. 그니는 산짐승한테 쫓기듯 몹시 허둥거리며 산갈대 군락을 황급히 빠져나가기 시작했다. 귀용과 낙철 두 동생이 치안유지법 위반으로 체포되기 전만 해도 밤낮으로 정세권 그리며 지내다시피 하지 않았던가. 불령선인 피붙이 둔 죄 때문에 가족들이 필설로 형용 못할 곤욕 치르는 와중에도 비명에 가버린, 고등계에서 당한 고문으로 만신창이 되어 죽는 날까지 자리보전하고 지내던 약혼자 정상이 무수히 눈에 밟히는 바람에 밤이면 밤마다 얼마나 가슴이 미어지곤 했던가.

행선지는 동천리였다. 애당초 그곳 샛내교회를 목표로 정하고 집을 나선 참이었다. 동천리까지 빠르고 편하게 닿을 수 있는 번듯한 길 두고도 순금은 그 편리성을 사양했다. 딴에는 은밀한 행보 꾀한답시고 일부러 인적 없는 산길 멀리 우회하는 수고를 자청한 셈이었다. 그동안 죽은 약혼자한테 너무 무심했다는 자책감에 자꾸만 등 떼밀리는 바람에 가파르지도 않은 물레봉 산기슭 타는 발걸음이 대고 휘청거렸다.

창조주 하나님이 짝지으신 인연은 결코 인심이나 인력으로 갈라놓을 수 없다는, 인간 의지로 그 인연 끊어서도 안 된다는 당초 생각이 여전히 순금의 심중에 완강하게 자리잡고 있었다. 조만간 짬을 내어 읍내 한번 다녀오기로 마음먹었다. 정세권 본가에 다녀온 지도 꽤 오래되었다. 그러라고 누가 시킨 것도 아닌데, 읍내 그 집이야말로 자신의 시댁임에 틀림없다는 생각을 일찌감치 굳혀버렸고, 오랫동안 그 집 양주를 시부모라 생각하며 마음으로 섬겨왔다. 모처럼 생각난 김에 시댁 찾아가 시부모에게 문안인사 올리는 한편, 읍내 변두리 정씨 선영 찾아 약혼자 무덤도 둘러보고 싶었다. 생때같은 자식 앞세운 참척(慘慽)의 고통을 독실한 신앙심으로 견디며 생애 말년 곱다시 보내고 있을 두 노친 얼굴이 대고 눈앞에 어른거렸다. 두 노친은 미망인 자처하며 시댁이랍시고 이따금 소복담장으로 찾아오는 젊은 처자를 매양 안타까이 여긴 나머지, 아직도 늦지 않았으니 이제 그만 생각을 바꾸고 마음을 돌이키라고 일삼아 타이르곤 했다. 이미 돌이킬 수 없게끔 버그러진 과거 인연일랑 말끔히 잊은 채 새로운 인생 살아갈 방도를 찾으라며 양손 부여잡고 눈물로 권면하곤 했다. 그렇게 하는 것이 오히려 망자를 위하는 길일뿐더러, 숨거두는 순간까지 약혼녀 여생이 평탄하고 형통하기만을 소원했던 망인의 유지에도 부합하는 처사라고 힘주어 강조하다가 두 노친은 집안을 온통 울음바다로 만들곤 했다.

고깔 모양의 지붕 정수리에 되똑 얹은 종탑이 낯익은 풍금 반주자 맨 먼저 알아보고 먼발치까지 마중을 나왔다. 뒤늦게 주일학교 반사 알아본 예배당 또한 종탑한테 뒤질세라 커다란 덩치 뒤뚱거리며 언덕길을 허위단심 달려왔다. 한동안 적조했던 모습들과 어우러져 회포 풀고 싶은 일념으로 순금은 발걸음을 한층 더 채치기 시작했다. 서로 앞서거니 뒤서거니 하며 달려온 종탑과 예배당이 마치 오랫동안 젖배 곯던 갓난쟁이처럼 차례로 순금의 가슴에 덥석덥석 안겼다. 아니, 실인즉슨 길 잃고 흑암 골짜기 헤매다 우릿간으로 돌아오는 한 마리 새끼 양을 향해 예배당과 종탑이 번차례로 달려들어 풍만한 젖가슴 경쟁하듯 들이미는 형식이었다. 순금의 갈급한 영혼이 여린 입술 옴지락거려 탐욕스럽게 신앙의 젖꼭지를 빨아대기 시작했다.

강물 속을 자맥질하듯 샛내교회 친숙한 풍경 안으로 풍덩 투신하는 순간, 순금은 퍼뜩 깨달았다. 망자의 영혼이 언제부터인지 이생에 홀로 남겨진 약혼녀로부터 슬금슬금 멀어지기 시작했다는 깨달음이었다. 사별 이후에도 옴짝달싹못하게끔 질긴 연분의 오랏줄로 단단히 포박하고 있던 정세권의 영혼이 마침내 약혼녀 처녀과부 신세를 가긍히 여기기 시작한 건 아닐까. 약혼녀를 자유의 몸으로 풀어주기 위해 그동안 계획적으로 정 뗄 채비를 했던 것임에 틀림없다고 그니는 제멋대로 결론을 내렸다. 아니, 진상은 그런 게 아니었다. 실인즉슨 정세권이 아니라 최순금 쪽에서 죽은 약혼자로부터 멀어지고 싶어 선손을 쓴 결과였다. 놓치는 날이면 큰일날 것처럼 내내 붙들고 있던 정세권의 영혼을 이제 그만 떠나보낼 궁리에 골몰하느라 그처럼 자신이 냉담하게 굴었던 거라고 순금은 새롭게 결론을 내렸다. 그리고 그 결론이 순금을 끝내 절망의 구렁텅이로 떠다박지르고 말았다. 한편으로 천당에서 정세권과 해후하는 그날까지 한 남자만 섬기며 평생 수절하겠노라 다짐하면서, 다른 한편으로 그따위 불측한 책략을 복장 안에 은밀히 키워 나온 자신이 참으로 한심하고 가증스럽게 느껴지는 순간이었다.

"최선상님!"

구구구, 하고 소리쳐 사방에 흩어진 닭들을 불러모으는 중이던 사찰집사가 먼빛으로 순금을 보았다. 초로의 사찰이 목사관 앞마당에 모이를 뿌리다 말고 나이에 어울리지 않게 활달한 걸음걸이로 다가왔다.

"무신 걱정건지라도 있소? 금세라도 지우뚱허고 실족허실 것 맨치로 기운이 하나도 없어 뵈는디……"

옆구리라도 부액할 기세로 바투 다가서면서 사찰집사가 물었다.

"저는 괭기찮어요. 집사님은 그간도 별고 없으셨고요?"

문목사가 체포되고 예배당이 폐문된 뒤로 성도끼리 만나면 의례건 나누는 첫 인사가 '그간 별고 없었느냐'로 거지반 굳어지다시피 했다.

"나 같은 죄인이사 날이날마닥 주님 성총으로 근심걱정 없이 신간 편허게 지내는 게 됩데로 탈이라면 큰 탈이겄지라. 그런디 최선상님은 그 곱디곱든 신수가 으쩌다가 요로콤 반쪽으로 절딴 나뿌렀소?"

기도 끈과 찬송 줄이 끊긴 채 묵직한 적요 속에 잠긴 성전 두고 하릴없는 나날 보내는 일도 이만저만 큰 고역이 아닌 듯했다. 한량 다름없는 노라리 사찰 노릇으로 무위의 나날 보낼 수밖에 없는 처지를 사찰은 죄만스러워하는 기색이었다.

"육신이 쪼깨 곤고헐 뿐이지요. 겉사람은 후페헌지 몰라도 속사람은 반석맨치로 든든허니께 제 걱정은 접으셔도 괭기찮어요."

방금 전까지 죽은 약혼자와 관련한 사념들로 북새 치르던 제 흉중을 눈썰미 좋은 사찰이 용케 거니챈 듯싶어 순금은 필요 이상 수선스레 대꾸했다.

"사모님은 편안허신가요?"

순금의 물음에 사찰은 팔을 뻗어 성전 쪽을 가리켰다.

"벌써 사흘째 금식기도중이고만요."

순금은 폐쇄된 현관문 지나 예배당 둘레를 한 바퀴 둘러보았다. 사찰의 중얼거림이 뒤를 따라붙고 있었다.

"사모님은 냉수 한 모금도 입에다 안 대시고는 여러 날 전면 금식을 허시는디, 염치가 뭔지도 모르는 주책바가지 이 늙은이는 그새를 못 참고는 시방도 끄니때 가차워졌다 허면 식욕이 발동혀서 쫄쫄쫄 또랑물 흘러가는 소리가 뱃구레에서 끊치들 않으니……"

강단으로 통하는 쪽문으로 들어서는 순간, 기도 소리를 어렴풋이 들은 듯했다. 눈물로 마룻바닥 흥건히 적시며 기도에 몰입하는 사모 모습 예상하면서 순금은 조심조심 성전 안으로 발을 들여놓았다. 하지만 막상 순금이 맞닥뜨린 광경은 예상과 전혀 딴판이었다. 사모는 평상시와 다를 바 없이 천연덕스러운 표정이요 고요한 태도였다. 사모는 천장을 말똥말똥 올려다보고 있었다. 그 천장 상대하듯 사모는 위를 향해 웃는 낯꽃으로 가만가만 말을 건네는 중이었다. 팔 뻗으면 닿을 지근거리에 정인이라도 앉혀두고 담소하는 것 같은 모습이었다. 광대하시고 엄위하신 하나님을 천장 높이로 형편없이 끌어내려 동무처럼 벗하고 지내면서 매우 무엄스럽게 굴고 있음이 분명했다. 더욱이나 사모는 금식기도 중 성전 안에 누가 들어온 걸 알아채고는 고개 외틀어 넌지시 알은체하기도 했다. 순금은 엉겁결에 목례로 답하고 나서 사모로부터 네댓 걸음 떨어져 마룻바닥에 무릎을 꿇었다.

참으로 이상한 일이 아닐 수 없었다. 머릿속 어수선하고 마음자리 흐트러진 탓인지, 여간해서 경건 상태로 들어설 수 없었다. 평상시 그토록 혀에 감기고 입술에 달라붙던 기도가 웬지 모르게 바람벽 같은 무엇인가에 막혀 한 뼘도 앞으로 나아가지 못한다 생각하니 등골에서 식은땀이 흐를 지경이었다. 한꺼번에 왁작 쏟뜨리고 싶은 간구의 말들을 전연 꺼낼 수 없는 탓에 가슴속에 푸만하게 고인 답답함과 안타까움을 도무지 어찌할 방도가 없었다. 마침내 순금은 기도 대신 엉뚱하게도 울음을 터뜨리기 시작했다. 소리 높여 울면서, 어리석고 부족한 죄인 용서하시라는 말만 수없이 되풀이했다.

결국 용서에 대한 확신도, 기도 응답에 대한 소망도 못 얻은 채 순금은 기도 아닌 기도를 가까스로 끝냈다. 마룻바닥에 너부죽이 엎드러뜨렸던 몸을 추스르며 슬쩍 옆을 돌아다보니, 어느 겨를에 자리를 떴는지, 사모는 그새 온데간데없었다. 행여 누구한테 들킬세라 순금은 허둥지둥 옷고름 집어 눈물로 엉망이 된 눈자위를 꾹꾹 눌렀다.

목사관 앞에서 사모를 다시 만났다. 사모는 충분치 못한 모이 때문에 서로 다투느라 난리 치르는 닭들을 조용히 지켜보고 있었다. 해코지할 의도 없음을 알리려는 듯 사모는 닭들 시선으로부터 두 손 빼돌려 등뒤에 감추는 자세를 취하고 있었다.

"저기 저놈이 바로 닭들 나라 천황폐하지요."

순금이 곁으로 다가오기 기다려 사모가 웃는 낯꽃으로 수탉 한 마리를 손가락질했다.

"무에든지 저 혼자 다 차지하겠다고 백성 닭들한테 노상 불량만 떨어대는 놈이지요. 천하에 둘도 없는 폭군이랍니다."

기중 덩치 우람하고 털빛치레 화려한 수탉을 바라보면서 사모는 입가에 미소를 띠었다. 백성 닭들이 천황폐하 수탉 주변 바장이며 모이 한 톨이라도 주워먹을 요량으로 찜찜이 기회를 엿보고 있었다. 그러자 위엄 넘치는 천황폐하 수탉은 그 꼴 보다못해 거친 날갯짓으로 땅바닥을 쳐대면서 갈고리 같은 부리로 백성 닭 아무나 닥치는 족족 쪼아대기 시작했다.

"천황폐하 수탉이 백성 닭들한테 하도 못살게 구니까 심집사님이 간짓대를 들고 쫓아다니면서 혼뜨검을 내준 적도 여러 번 있었지요. 그럴 적마다 목사님이, 그러지 말라고 만류하시면서 간짓대를 빼앗고는 하셨지요. 심집사님을 말리시던 목사님을 그때는 이해를 못했어요. 그런데 지금은 목사님 의중이 무엇이었는지 십분 이해하고 있지요."

비로소 사모는 몸을 돌려 순금을 정면으로 응시했다.

"심집사님이 간짓대를 휘두르실 적에 정작 겁을 먹는 건 천황폐하가 아니지요. 천황폐하는 간짓대 끝을 요령 있게 잘도 피해다니는 반면에 백성들은 외려 더 기급을 하면서 꽁지가 빠지게 멀리 도망쳐버리기 일쑤지요. 말하자면, 폭군 징치한다는 노릇이 결국 힘없는 백성한테 더 큰 고통만 안겨주는 셈이지요. 그래서 목사님은 불쌍한 백성이 그나마 모이 한 톨도 못 얻어먹지 않을까 저어해서 천황폐하를 그냥 두라고 만류하셨던 것이지요. 어쩌면 목사님은 그때 인간세상을 내려다보시면서 몹시도 마음 아파하실 하나님 아바지 긍휼지심을 읽고 계셨을지도 모르는 일이지요."

사모 목소리에 아직도 빳빳한 풀기 같은 게 느껴졌다. 사찰집사 귀띔과는 딴판으로 낯꽃 또한 평소나 다름없이 말짱해 보였다. 아무리 봐도 사흘째 전면 금식중인 여인 같지 않았다. 마치 겉으로 금식하는 체하면서 속새로는 사찰집사 모르게 목사관에 숨어 미숫가루 따위로 틈틈이 허기 달래는 사람처럼 사모 얼굴에는 매우 수상쩍은 윤기와 화색이 감돌고 있었다. 참으로 불가사의한 평안이 만면에 곱다시 깃들여 있었다.

"전면 금식기도중이시라고 들었어요. 가급적이면 말수를 줄이시고 기력을 보전허셔요, 사모님."

"이제 겨우 사흘째에 불과하답니다. 목사님은 지금 감옥 안에서 열흘도 넘게 맹물만 자시고 계신답니다."

사모가 보일락 말락 미소를 지었다. 옥중에서 열흘 이상 곡기 일절 끊은 채 최소한 생존에 필요한 기력만 부지하고 있을 남편의 금식 행위가 무슨 복락의 증표라도 되는 양 사모는 말투 안에 감사의 염을 담고 있었다. 하나님 믿듯 자기 남편도 믿는 것 같았다. 공판 절차가 일사천리로 진행된 제일심에서 문목사는 불경죄 및 치안유지법 위반으로 삼 년 육 개월 징역형을 언도받았다. 그리고 항소를 포기한 후 전주형무소에서 형기를 복역중이었다. 섶 지고 불구덩이로 뛰어들지 못해 안달이라도 난 듯 수인으로서 옥고를 자초하는 모습이었다.

"철창 신세 견디는 일도 엄청나게 힘드실 것인디, 거그다 또 무기한 전면 금식까장……"

사모 따라 목사관으로 향하면서 순금은 울먹이듯 나지막이 중얼거렸다. 그러자 사모가 넌지시 순금의 손 잡아끌어 자기 가슴께로 가져갔다. 경산(經產) 이력조차 없는 여인이 마치 출가한 딸

맞이한 친정어머니 몸짓으로 보듬는 바람에 순금은 저도 모르게 그만 사모 가슴팍에 얼굴을 묻고 말았다.

“우리네 인간들 생명을 관장하는 열쇠를 쥐고 있는 건 육신이 아니지요. 원래 생명의 문을 열고 닫는 수문장 노릇은 육신이 아니라 영혼의 소관사지요. 우리네 인간들 움즉이는 힘은 육신이 아니라 영혼한테서 나오는 법이지요. 그 영혼을 주관하시는 분이 바로 믿음의 자녀들이 아바 아바지라고 부르는 여호와 하나님, 그분이시지요.”

생명의 문 여닫는 수문장 영혼의 거처가 바로 거기라고 우기는 듯 사모는 순금의 손을 자기 앙가슴에 대고 지그시 눌렀다.

“금식이야말로 영혼을 맑히고 육신을 강하게 연단하는 유용한 도구지요. 금식을 통해서 우리는 언제든지 새 힘을 공급받을 수가 있지요. 금식기도야말로 여호와 하나님께서 제일로 열납하시고 흠향하시는, 향기로운 제사지요. 죄 많은 우리네 인간들이 하나님께로 더 가까이 다가가는, 제일로 빠른 통로라고 믿기 때문에 요즘같이 위난지경에 처한 시기일사록 우리는 더 열심을 다해서 금식기도에 매달릴 수밖에 없지요. 하나님과 나 사이에 생겨난 간극을 단숨에 메워주는, 제일로 확실한 첩경이라고 믿기 때문에 스사로 고아나 과부같이 자기 신세가 고적하고 처량하게 느껴질사록, 그러고 욱여싸는 적들은 지척지지에 할거하는 반면에 여호와 하나님은 너무 먼 곳에 계신 게 아니냐고 의심이 들사록 우리는 금식기도 하는 길을 택할 수밖에 없지요. 최선생, 금식기도야말로 우리네 인간들 연약한 영혼으로 하야곰 독수리같이 날개 치면서 보스라 성읍 천길 단애 위로 훨훨 날아오를 수 있게스리 새 소망 새 힘을 공급해주시는 은혜의 원천이랍니다."

순금은 덮어놓고 그저 고개만 부지런히 끄덕거렸다.

"형무소 간수들이 온갖 모욕 다 안기고 온갖 억압 다 가하는 옥중에서 목사님이 사십 일을 작정하고 전면 금식을 선언하신 것은 절대로 육신이 강해서가 아니지요. 외려 약하고 또 약하기 때문이지요. 육신이 허해진 상태에서 종교적 신념이 흔들린다고 목사님 스사로 느끼셨기 때문에 더 강력하게 사단마귀 세력을 대적하고저 금식기도로 영혼을 재무장하겠다는 뜻이지요. 여호와 하나님께서 그 심령을 가상하게 보시고 가긍하게 여기시사 주의 종이 몸으로 드리는 그 제사를 흠향하시고 운감하시는 줄로 목사님은 지금 확신하고 계시지요. 말하자면, 목사님은 지금 육신의 고통을 영혼의 희열로 승화시키는 덕분에 날마다 승리하는 삶을 사실 수가 있고, 힘든 수형생활도 힘든 줄 모르고 감당하실 수가 있는 거랍니다. 할렐루야!"

"아멘!"

"최선생, 혹시 자기 스사로 약해졌다고 생각하시는 건 아닌가요? 만약에 자기 믿음이 시방 위기에 처했다고 스사로 평가하신다면, 최선생도 금식기도 위력을 경험해보시라고 권면하고 싶어요."

물론 그것이 진정 어린 권면이라기보다 진정인 양 꾸민 농담이겠거니, 하고 순금은 짐작했다. 사모 눈자위로 번지는 장난기 어린 웃음이 그 점을 말해주었다. 그럼에도 불구하고 순금은 정곡이라도 찔린 푼수로 가슴에 동통을 느낄 수밖에 없었다.

"제가 오랫동안 성전에서 멀리 떠나 있었든 이유는 그새 집안에 조깨 복잡헌 사정이 생기는 바람에……"

"알아요. 가내 중대사 때문에 최선생 심려가 우심하신 줄로 알고 있어요. 연일연야 동분서주하시느라 최선생 노고가 많다는 소문을 그새 풍편으로 수삼 차례 들었지요."

"동생들 문제로 하도 정신없이 나분대다보니께 계절이 언제 어떤 모냥으로 바뀌었는지도 모를 지경으로……"

"변명을 서두르시는 걸 보니까 최선생은 암만해도 금식을 겁내거나 금식할 자신이 없으신 것 같구먼요."

"실은 사모님께 부탁드리고 잪은 말씀이 있어서……"

잠시 시야에서 사라졌던 사찰집사가 자기 아내 꽁무니에 달고 다시 나타났다. 근처 남새밭에 다녀오는 길인 듯 부인 집사 손에 들린 대바구니는 물색 곱고 싱그러운 푸성귀들로 가득차 있었다. 순금은 부인 집사 상대로 오랜만에 상면한 반가움 주고받는 절차를 밟았다. 빈부나 귀천의 차이 떠나 같은 성도 처지에서 지체 높은 천석꾼 지주 여식과 스스럼없이 평등한 교제 나누는 기독교식

관습에 부인 집사는 여전히 서툰 모습이었다. 집사님이란 호칭과 더불어 순금한테 깍듯이 존대받는 게 민망하고 송구한 듯 연신 쩔쩔매는 시늉이었다. 순금은 그들 부부 출현으로 말미암아 중동이 무질린 채 잠시 뒷전으로 밀려나 있던 부탁의 말을 잇기 시작했다.

"사모님이랑 집사님 내외분이랑 같이 들어주셔요. 혹시 길 잃은 어린 양 하나 목사관이나 사택에서 당분간 맡어주실 의향이 있으신지요?"

말귀 얼른 못 알아듣기는 배운 사모나 못 배운 사찰 부부나 매일반인 듯했다. 도움 청하는 순금의 말에 세 사람 모두 한결지게 뜨악해하는 낯꽃을 보이고 있었다.

"객식구 한 사람 받어주시면 안 될까요?"

"오매, 최선상님이 기연시 상곡 얼씬네한티 쫓겨나고 말어뿌렀네, 잉!"

자기 딴은 제법 눈치 빠끔하답시고 부인 집사가 익숙한 놀림으로 혀를 차 지극한 안쓰러움을 표했다. 그러자 사찰집사가 주먹으로 자기 아내 옆구리 쿡 박아 그 무람없는 입을 단속했다.

"여부가 없는 일이지라. 색식구라니, 딩치도 않은 말씸이고만요. 따른 사람도 아니고 우리 최선상님이 목사관에 와서 묵으시겄다는디, 즈이들이사 어느 때라도 쌍수 들고 환영허지라."

목사관 안주인한테 물어도 안 보고 사찰집사가 자기 맘대로 제

껵 인심을 써버렸다.

"제가 아니고, 실은 즈이 집에 손님으로 와 있는……"

말이 채 끝나기도 전에 사찰 부부는 갑자기 머쓱해진 낯꽃으로 사모를 돌아다보았다.

"전주 처자를 말씀하시는 건가요?"

그때까지 잠자코 있던 사모가 호기심 어린 눈빛 반짝하면서 물었다.

"사모님께서 그걸 어떻게……"

"미안해요, 남의 집안 속내평을 알고 있어서. 워낙에 최선생 댁내에서 일어나는 일은 무에든지 다 산서 주민들한테 크낙한 영향력을 미치기 때문에 관심을 안 가질 도리가 없지요. 일부러 알려고 해서 안 게 아니라 소문이 스사로 걸어서 동천리로 들어오는 바람에 나 같은 방안풍수도 저절로 알게 된 내용이지요."

"물론 저도 무리헌 부탁인지는 잘 알고 있어요. 하루 이틀 묵다가 떠날 손님도 아니고, 장차 얼매나 오래 얹혀살게 될지 가늠허기도 힘든 손님인디…… 더군다나 목사님도 옥중에 계시는 형편인디, 사모님 입장에서 솔찮이 거북허게 생각허실 것 같은 손님을……"

"거북하게 생각한다는 건 그 처자 부친을 말씀하시는 건가요? 그분 직업이 목에 걸려서 말을 꺼내기를 그렇게 망설이셨던 건가요?"

일껏 말해놓고 사모는 얼른 입에 뚜껑을 덮는 시늉을 했다.

"이런! 내가 그만 염탐꾼 본색을 드러내고 말았네!"

"전주 처자가 경찰 간부 딸인지 아시면서 사모님은 부담감을 안 느끼시는가요?"

"경찰 간부 따님이라고 길 잃은 양 되지 말라는 법이라도 있나요? 자비하시고 인애하신 하나님 아바지께서는 길 잃은 양이라면 희든지 검든지, 어리든지 늙든지 간에 상관없이 언제라도 들어올 수 있게스리 성전 문을 노상 열어놓고 기다리시지요. 만일 하나님께서 열어놓으신 문을 인간이 닫아버린다면, 그것은 하나님께 대한 불충이 되고 말겠지요."

"사모님, 그것 말고도 문제 하나가 더 있고만요. 경우에 따라서는 젊은 남자 한 사람 더 떠둥그칠지도 몰라요."

"나는 상관없어요. 마침 목사님도 안 계시고, 또 집에 방도 여유가 있으니까요. 그러니 두번째 문제도 최선생이 과히 염려하실 일은 아닌 것 같구먼요. 하여튼지 우리 쪽은 괜찮아요. 안 그렇습니까, 심집사님?"

"암먼요, 괭기찮다마다요!"

"여부가 있겄습니까요!"

사찰 부부가 동시에 대답했다.

"만약에 그 젊은 남자가 중증 폐결핵 환자라면……"

"최선생, 우상 섬기는 이방인마냥 왜 자꾸 그런 식으로 말씀하시나요?"

마침내 사모가 정색을 했다.

"나는 최선생을 잘 안다고 생각해요. 평소 최선생 성품으로 보건대, 그런 부탁을 하실 때는 오래 궁리하던 끝에 주님의 집 말고는 부탁을 들어줄 데가 세상 어디에도 없다고 결론을 내리신 다음이겠지요. 그렇다면 주님 여종인 내가 무슨 권한으로 거절할 수 있겠어요? 그것이 주님 뜻이라면, 폐결핵 아니라 몇 곱절 더 고약한 병이라도 순종하는 마음으로 받아들이는 것이 종 된 도리라고 믿어요."

그것으로 문제는 모두 매조져졌다. 일제 종교 탄압으로 말미암아 문목사가 곤욕 치르는 마당에 일제 경찰 간부 딸의 거처 문제를 사모 면전에 불쑥 들이민다는 게 무렴하고 몰상식한 행동이라 여겨졌다. 그 때문에 부탁 꺼내기 차마 거식해서 오래 주저하고 망설였던 것인데, 지난하게 여겼던 문제가 의외로 쉽사리 해결된 것이었다. 순금이 느끼는 고마움은 여간해서 말로 바뀌어 입으로 나오지 않았다. 입에 발린 치렛거리 언사로 제 마음 표현하는 순간, 사모하고 맺어온 향기로운 관계가 변질되어 악취를 풍길 성싶었다.

"괴얄띠는 안 끌러지지요오……"

노랫가락이 들려왔다. 가을바람에 실려 꼴머슴 노래가 예배당까지 연기처럼 또는 냄새처럼 솔솔 풍겨오고 있었다. 순서도 절차도 없이 뒤죽박죽 엉망으로 늘어지는 노랫가락이 이제 막 목사관 마루에 묵은 이야기보따리 풀고 쌓였던 회포를 나누려는 참이던 네 사람 입을 한꺼번에 다물려놓았다.

"쏘내기는 쏟아지지요오……"

천석꾼 집안 머슴이 노상 입에 달고 사는, 수십 년 불러도 늘품 전연 안 보이는 그 노랫가락이 언덕바지 위에 높이 선 예배당을 목표 삼아 느럭느럭 오르막길 타는 중이었다. 사찰 부부가 순금의 눈치 흘끔흘끔 살폈다. 세월아 네월아 하고 마냥 여유 부리며 굼뜨게 다가오는 꼴머슴 노래에 순금은 잠시 귀를 기울였다. 걸쭉한 타령 소리가 가까워올수록 가슴이 점점 벌렁거리기 시작했다.

"님은 보고 잪으지요오……"

마침내 대갈장군 커다란 머리통이 마치 지평선 위로 떠오르는 햇덩이처럼 비탈면 아래쪽에서 평평한 예배당 앞마당으로 불쑥 솟아올랐다. 그 넙데데하게 퍼진 면상 먼빛으로 대하는 순간, 순금은 꼴머슴 노래가 처음 귀에 잡힐 때 느꼈던 예감이 이내 넙데데한 실상으로 바뀌면서 눈앞으로 시커멓게 달려드는 성싶은, 불길한 예감에 사로잡히고 말았다.

"똥은 매랍시요오……"

거침새 없는 걸음걸이로 목사관에 접근하던 춘풍이는 제 거동 말똥말똥 지켜보는 네 사람 여덟 눈에 부딪히자 갑자기 머쓱한 낯꽃을 지으며 노랫가락을 뚝 멈추었다. 이윽고 근심이나 걱정

따위 도통 모르는 반편이 특유의 흘게 늦은 웃음소리가 교회 마당으로 질펀하게 쏟아졌다.

"자네가 무신 일로……"

뜻밖의 인물 맞기 위해 사찰집사가 급히 몸을 일으켰다. 그 사품에 목사관 낡은 마루판이 삐거덕삐거덕 진저리를 쳤다.

"순금아! 순금아!"

사찰집사 쪽 거들떠도 안 보고 춘풍이는 주인아씨 이름 날것으로 마구 불러 버릇하며 멀건 웃음을 연방 헤프게 내깔겼다.

"왔어!"

"누가 왔어요?"

"으, 왔어! 순금이 싸게 와!"

"누가 무신 일로 아저씨를 여까장 보냈어요?"

순금은 참을성 좋게 요령부득의 문답을 이어갔다.

"으, 전주 엄니! 엄니가 싸게 델꼬 와, 순금이!"

"전주 엄니……"

송곳 끝처럼 머릿속 콕 쑤시고 드는 생각 때문에 순금은 저도 모르게 혼잣말을 내뱉었다. 드디어 왔다는, 결국 올 것이 오고야 말았다는 느낌이었다. 가능한 한 뒤로 미룬 채 오래도록 유예하고 싶었던 시간이었다. 그 시간이 예정을 한참 앞당겨 너무 일찍 찾아온 성싶었다. 무슨 일인지 아직은 정확히 모르지만, 하여튼지 집안에 크나큰 사달이 붙은 것만은 어김없는 사실인 듯했다.

그렇기에 어머니가 딸 행방 수소문해 굳이 재 너머 예배당까지 춘풍이를 파발꾼으로 파송하면서 조속 귀가를 지시했을 터였다. 긴급 명령 가져온 파발꾼답지 않게 춘풍이는 평상시나 똑같은 두루춘풍이요 여전히 천하태평이었다. 하지만 순금은 어린애처럼 구는 그 면모에서 오히려 사태의 심각성을 더욱더 아릿하게 체감하고 있었다. 얼토당토않게 '전주 엄니' 들먹이는 품으로 미루어 짐작건대, 어쩌면 갖가지 비극 중에서도 가장 고약한 비극과 맞닥뜨릴 것만 같았다.

"혹시 전주 처자 어머님이 최선생 댁을 방문하신 게 아닐까요?"

먼산바라기로 있는 순금을 보다못해 사모가 조심스럽게 말을 걸어왔다.

"으, 전주 츠자! 순금이 싸게 델꼬 와, 엄니!"

정답 용케 알아맞혔다고 칭찬하는 듯 춘풍이는 사모를 향해 벌쭉벌쭉 웃어 보였다. 순금은 집으로 돌아갈 채비를 서두르기 시작했다. 늑장 부리고 있을 때가 아니었다.

"얼른 가봐야 쓰겄고만요. 일간에 다시 찾어뵙겄어요."

순금은 부랴부랴 사모와 사찰 부부에게 작별을 고했다.

"우리가 최선생을 도와드릴 방법은 기도밖에 없지요. 최선생 댁내를 위하야, 그리고 최선생을 위하야 우리는 신심을 바쳐서 전심으로 중보기도를 올리겠어요. 당최 심려 마시고 부쩍 기운을 내셔요, 최선생!"

사흘째 전면금식중이라는 사모가 남정같이 억센 아귀힘으로 순금의 손을 꽉 움켰다가 놓았다.

"아저씨가 앞장을 서셔요, 바로 뒤따를 테니깨."

교회 식구들 면전에서 주종 간의 경계를 분명히 긋듯 순금은 매우 엄격한 낯꽃으로 춘풍이에게 지시했다. 춘풍이는 다시 헤벌쭉 웃어 보이고 나서 주인아씨 지시에 고분고분 따랐다. 순금은 예닐곱 걸음 여유 두고 서로 내외하는 처지인 양 새치름한 자태로 춘풍이 뒤를 천천히 따라갔다.

"해는 꼴딱 넘어가지요오……"

예배당 경역 벗어나기도 전에 춘풍이는 잠시 접어두었던 노랫가락 다시 끄집어내 기고만장한 목청으로 길바닥에 풀어놓기 시작했다. 들을 적마다 절로 미소가 떠오르게끔 만들던 꼴머슴 타령이 그날따라 유난히도 귀에 거슬렸다.

"노잣돈은 똑 떨어졌지요오……"

"아저씨, 제발 입 조깨 다물 수 없어요?"

"꼴지게는 넘어지지요오……"

"영 가망 없는 반편짜리가 틀림없네요!"

순금은 전에 없이 모지락스러운 소리로 지청구를 먹였다. 그러자 춘풍이는 방금 젊은 주인아씨한테 과분한 칭찬이라도 들은 양 헤죽헤죽 웃는 낯꽃 외틀어 순금을 핼끔 돌아다보았다. 그러다가 하마터면 잊을 뻔했다는 듯, 도막도막 끊긴 채 길바닥에 널브러진 노래 조각들 주워 모아 얼렁뚱땅 꿰어 맞추는 작업을 다시금 줄기차게 시도했다.

"갈 질은 멀지요오…… 똥은 매랍지요오……"

"전주 아씨네 어머님이 틀림없든가요?"

"으, 전주 엄니!"

요령부득의 대답 끝에 까닭 없이 또 헤벌쭉 웃고 나서 춘풍이는 오른손 엄지손가락을 얼른 오른쪽 콧방울에 갖다붙였다. 그러고는 왼쪽 콧구멍 안에 그들먹이 쟁여져 있던 싯누런 콧물을 팽 소리도 요란하게 길가 풀숲으로 날려보냈다. 춘풍이는 좌우 손가락과 콧구멍 바꿔가며 득의의 콧물 사격 한차례 더 선보였다. 과연 춘풍이가 아무 때라도 자신 있게 구사하는, 역시 타고난 재간이자 기술이었다.

"전주 아씨 어머님이 무신 말씀을 허시든가요? 우리 식구 중에 누가 그분 말상대를 허고 계시든가요?"

"쏘내기는 쏟아지지요오……"

"아저씨 눈에는 그분 인상이 싸납게 생기셨든가요, 전주 처자 맨치로 점잖게 생기셨든가요?"

"으, 전주 싸나! 엄니 막 울어!"

"누가 울어요? 연실이 아씨가요? 아니면 아씨 엄니가요?"

"으, 연실이 막 울어! 엄니 막 울어!"

"어느 엄니요? 저쪽 엄닌지 이쪽 엄닌지 명토 박어서 일러줘야 사정을 대충 짐작헐 수 있지요!"

"님은 보고 잪으지요오……"

"노상 그 모냥이니께 사람들이 죄다 속없는 춘풍이라고 놀려먹지요!"

"해는 꼴딱 넘어가지요오……"

"에이, 반편짜리 붙잡고 말품 파는 내가 더 반편짜리지!"

그예 순금은 벌컥 역정을 내버렸다. 이제부터 머슴 상대로 아무 말도 주고받지 않겠노라 다짐하면서 그니는 입술 앙다문 채 춘풍이 뒤를 멀찌막이 따라갔다. 궁금한 점이 한두 가지 아니었다. 출타한 사이 집안에서 벌어진 사달에 대해 대강이라도 파악해두고 싶었다. 집에 당도하기 전에 미리감치 대비책을 세우기 위함이었다. 그런데 춘풍이 통해 뭔가 실마리를 잡기는커녕 되레 실몽당이만 더욱더 복잡하게 얼크러뜨리고 말았다. 하기야 모자라는 위인인 줄 천하가 다 아는 춘풍이한테 미주알고주알 캐물은 것부터 제 실책이요 불찰이었다. 그 머리, 그 입에서 신통한 대답 기대했던 것부터 애당초 무리였다. 차라리 길가 소나무 붙잡고 전주 처자 모녀에 관해 물어보는 편이 더 득당했으리라 생각하면서 순금은 입가에 쓴웃음을 머금었다.

앞장선 춘풍이 뒷모습에 자꾸만 시선이 머물곤 했다. 네활개 치며 제멋대로 놓는 걸음걸이가 참으로 가관이었다. 조석으로 좁

쌀같이 자잘한 한속이 살갗에 깔릴 만큼 꽤 쌀쌀해진 날씨인데도 여름용 홑옷 차림인 것이 영 마음에 걸렸다. 눈만 흘겨도 구멍 뚫리고 방귀만 뀌어도 솔기가 터질 듯싶은, 아주 낡아빠진 입성이었다. 그런 꼬락서니로 동네방네 천방지축 싸돌아다니는 춘풍이 보고 내남없이 손가락질할 것 같았다. 천석꾼 집안 머슴 대접 지나치게 인색하다고 사람마다 한 자배기씩 욕설 퍼붓기 십상인 행색이었다. 어머니한테 얘기해서 당장 두툼한 입성으로 갈아줘야겠다고 생각했다.

저 나이 먹도록 춘복이 아저씨는 죄라는 걸 져본 적 있을까. 좌우로 씰룩씰룩 움직이는 엉덩짝에다 눈을 접붙인 채 순금은 문득 객스러운 질문을 던졌다. 없을 거라는, 단 한 번도 없을 것임에 틀림없다는 대답이 돌아왔다. 휘뚜루마뚜루 내딛는 발걸음 따라 우스꽝스럽게 요동치는 엉덩잇살이 펑퍼짐한 홑바지 위로 일목요연하게 드러나고 있었다. 그 꼬락서니 지켜보다가 순금은 그만 실소했다. 죄가 무엇인지 알기도 전에 반편이 신세로 구어박히고 말았으니 적잖은 세월 흘렀어도 춘복이 아저씨 내면은 철부지 어린것 상태 그대로 내처 보존되었으리라. 결코 미워해서도 안 되고 도무지 미워할 수도 없는, 천진난만한 어른인 동시에 괴상야릇한 어린애였다. 그런 줄 번연히 알면서 마치 상추밭에 똥 싼 강아지 잡도리하듯 춘복이 아저씨를 함부로 몰아세운다면, 소자를 대접하지 않은 죄를 물어 사랑의 주님께서 틀림없이 중벌을 내리시리라.

근자 들어 순금은 밤마다 죄짓는 기분에서 좀처럼 헤어나지 못했다. 꿈자리 빌려 춘풍이하고 시시때때 마주치곤 했다. 눈뜨고 보내는 동안에는 춘풍이랑 상종할 일 별로 없는데, 잠든 후에는 잠재의식이란 놈이 매번 주인 뜻 어겨가며 그를 데려오는 것이었다. 꿈자리에서 그를 대할 적마다 모닥불 덮어쓴 듯 얼굴이 온통 홧홧하게 달아오르곤 했다. 순사한테 쫓겨 베틀 공방으로 뛰어들던 그날 밤, 다짜고짜 치마폭 안으로 파고들던 거한의 모습이 밤마다 눈에 밟히곤 했다. 그때 아랫도리로 훅훅 끼얹어지던 뜨거운 입김이 아직까지 치마폭 안에 고스란히 남아 있는 기분이었다.

알나리깔나리, 순금이는 춘풍이 시악시라네!
알나리깔나리, 춘풍이가 순금이 신랑 되았다네!

어디선가 동네 조무래기들 새된 제창이 들려오고 있었다. 조무래기들 짓궂은 놀림 속에 댕기머리 계집애의 앙증맞도록 예쁜 꽃당혜 한 짝이 반편이 머슴 거룻배 같은 짚신짝 안으로 다빡 포개져 들어가는 장면이 행랑채 토방 무대 삼아 꿈속에 자주 펼쳐지곤 했다. 그 우연 빌미잡아 춘풍이가 밤마다 꿈에 나타나 오래전 인연 재삼 강조하는 한편, 그때 취득했던 제 권리를 고집스럽게 주장하는 것만 같았다. 한바탕 악몽에 시달리던 끝에 소스라쳐 깨어나면, 순금은 씻가시지 않는 불결감과 식은땀으로 말미암아 남은 잠을 온전히 밤과 어둠에게 반납하지 않을 수 없었다.

사모 말마따나 금식기도에 도전해볼 때가 된 듯싶었다. 가급적 빠른 시일 안에 읍내로 나가 죽은 약혼자 무덤 찾아보고 그 댁 어른들께 문안도 드려야겠다고 생각했다. 동천리에서 감나뭇골까지 순금은 구불구불 펼쳐진 길바닥 위에 춘풍이가 지칠 줄 모르고 한도 끝도 없이 깔아놓는 꼴머슴 타령을 진펄처럼 지뻑지뻑 밟으며 발걸음을 더욱 재우쳤다.

대문 앞에서 검정 제복이 맨 먼저 눈에 들어왔다. 지난번 부닥뜨림으로 일차 낯을 익힌 바 있는 가네무라 순사였다. 도경 간부 마나님에 걸맞게 이연실 모친은 산서에 당도하자 곧바로 주재소부터 들러 순사 호위 붙이고 감나뭇골에 행차한 모양이었다. 경부 마나님 위세 거느린 채 산골마을 들이닥친 흔적이 집 주변에 널려 있었다. 무슨 굿판이라도 만난 듯 고대광실 천석꾼 대저택 근처에 새까맣게 진을 친 사람들 접근 막느라 가네무라 순사가 통방울눈 뒤룩거리며 한껏 불량을 떨어대는 참이었다. 먼빛으로 순사 제복 알아보기 무섭게 춘풍이 거동이 갑자기 수상쩍어지기 시작했다. 아무 지은 죄 없이 주재소에 끌려가 애먼 치도곤 되알지게 맞은 뒤부터 검정 제복 얼추 비슷한 물건만 눈에 띄었다 하면 경기하다시피 화들짝 놀라곤 하는 겁꾸러기였다. 낯빛이 대뜸 해쓱하게 바래지는가 싶더니만, 날쌍날쌍 해어진 삼베바지에 도둑방귀 새나가듯 춘풍이는 담장 모퉁이 꺾어 돌아 눈 깜짝할 사이에 자취를 감춰버렸다.

대문 근처에 있던 구경꾼들이 양편으로 갈라서면서 이제 막 당도한 지주댁 아기씨에게 길을 터주었다. 일전에 한번 꼬랑지 내린 바 있는 가네무라 순사는 순금이 보내는 목례를 슬며시 외면하면서 애꿎은 구경꾼들 상대로 한바탕 또 불량을 떨어댔다.

"아이고, 이 작것아! 느그 에미 애통터져 죽는 꼴 보고 잪어서 그러냐? 교꾼들이랑 얼싸덜싸 어울리니라고 세월 가는지도 모르고 자빠졌다가 에미가 파발마 띄우고 나니께 인자사 실무시 낯짝 내비치냐? 으쩌자고 눈뚜껭이 벌어졌다 허이면 일편단심 야소구신 만날 욕심으로 동천리만 바라보고 달음박질을 놓는단 말이냐, 이 웬수야!"

대문 안쪽 지키고 있다가 바람같이 달려온 관촌댁이 들입다 딸년 귓전에 원망을 쏟뜨렸다.

"전주 모녀는 시방 어떤 모냥들로 만나고 있어요?"

"이녁 딸자식이니께 쥑이든가 살리든가 이녁 재량대로 처분허라고 행랑채를 통짜로 다 내줬다. 행랑채에서 시방 어느 한쪽 머리끄뎅이가 뽑히고 있는지, 어느 한쪽 송장이 빼드러져 있는지, 나가 그 속내를 으찌 알 것이냐!"

딸이 집밖으로 나도는 동안, 더럭더럭 겁나는 경부 마나님 혼잣손으로 감당하느라 그새 애간장 얼마나 바특하게 졸아붙었던지, 관촌댁은 악담 한 바지게 쏟은 다음 대문턱 위에 대짜배기 한숨 기다랗게 깔면서 앞장섰다.

"그나저나 요게 대체 무신 재변이라냐! 참말로 억장이 무너져서 나가 폴딱폴딱 뛰다가 기연시 실성허게 생겼다!"

관촌댁은 한 발짝 옮길 적마다 한숨 한 자락 어김없이 발밑에 깔았다. 하지만 엄살궂은 한숨 공세가 낙담보다는 차라리 안도감을 드러내는 고백처럼 들렸다. 학수고대하던 딸이 드디어 당도했으니 이제 경부 마나님 접대하는 버거운 짐 훌훌 벗어던지게 되어 한시름 덜었다며 기꺼워하는 내색이었다.

"부용이는 시방 어떻게 허고 있어요?"

연극 속 주역인 이연실 모녀보다 조역도 못 되는 동생 쪽에 부쩍 더 신경이 쓰였다. 갈등의 원인 제공자로서 모녀간 골육상쟁을 지척지지에서 목도해야 하는 그 심정이 오죽하랴 싶었다. 난경에 처한 부용이 지금 어떤 방식으로 자기 자신을 다루고 있을지, 심히 염려스러웠다. 그 점이 가장 안심찮은 대목이었다.

"베룩이도 낯짝이 있고 빈대도 콧잔등이 있는 법인디, 황차 인피 덮어쓴 놈이 무신 염치로 그 잘나터진 낯반대기 내밀고 나서겄냐. 아까막시 보니깨 방구석에 틀어백혀서는, 나 죽었소, 허고 송장맨치로 뻐드러져 있드라."

도무지 가망 안 보이는 맏아들로 말미암아 그동안 관촌댁 가슴속에 벙벙히 고여 있던 분노의 물꼬가 마침내 터지려는 순간이었다. 어머니 분노가 딸자식이란 고랑 타고 끝없이 흘러내릴 조짐을 순금이 손바닥으로 틀어막았다. 그리고 어머니 입 봉하는 데 썼던 손을 얼른 사랑채 쪽으로 돌렸다.

"계셔요?"

"느그 아부지란 인간 말이냐? 하이고, 말도 말어라, 말도 말어! 암행어사 출두에 말 꺼꿀로 타고 내빼는 못된 현감 숭내로 초장에 일찌가니 어드매로 달어나뿌렀다. 안사둔 접대는 같은 안사둔이 감당허는 게 조선 법도에 맞네 어쩝네, 허고 즘잖은 밭사둔 행세 걸판지게 험시나 느그 에미한티 뒷감당 후딱 떠넹기고는, 걸음아 천석꾼 살려라, 허고 핑허니 대문간을 빠져나가드라."

고삭부리로 망가져버린 맏아들 겨냥했던 분노가 영감 쪽으로 급격히 방향을 틀었다. 물에 빠져 함께 허우적대다 마누라 남겨둔 채 혼자만 살겠다고 뭍으로 기어올라 가뭇없이 사라져버린 영감이었다. 그토록 의리 없는 영감 떠올리며 관촌댁이 쌓였던 불평불만 가마니로 쏟고 섬으로 토하는 사이에 어느덧 행랑채 앞에 당도했다. 모녀간에 격하게 언성 높이며 울부짖다시피 다투는 소리가 행랑채 밖으로 시끌벅적 흘러나오는 중이었다.

"싸게 들어가서 무신 수로든지 손 조깨 써봐라. 일월성신 의지허딧기 이 에미는 그저 너만 꽉 믿고 있을란다."

넌지시 귀엣말 건네기 바쁘게 행랑채 앞으로 딸을 힘껏 떠다밀었다. 관촌댁이 슬금슬금 뒷걸음치는가 싶더니만, 금세 안채 쪽으로 횡허케 달아나버렸다. 순금은 방문 앞에 서서 잠시 동정 살피면서 심호흡으로 배포를 키웠다. 곧이어 목청 가다듬는 헛기침 두어 방 조심조심 방안으로 들여보냈다. 그러자 고빗사위 향해 허위허위 언덕바지 오르는 듯싶던 모녀간 다툼질이 갑자기 뚝 멎었다. 그 침묵의 틈서리 비집으며 순금은 헛기침 한 방 추가했다.

"뉘시어요?"

모녀간 싸움판에 개입할 인물이 최순금밖에 없는 줄 번연히 알면서 이연실은 시비조 수하를 거칠게 날려보냈다. 내내 어머니 상대로 부리던 독기를 미처 수습하지 못한 상태에서 발하는 소리맵시인 듯싶었다.

"잠깐 실례혀도 될까요?"

"아, 형님!"

닫혀 있던 방문이 벌컥 열렸다. 이연실과 눈길 맞부딪는 순간, 순금은 갑자기 숨구멍 막힐 지경으로 몹시 당황하고 말았다.

"들어오셔요, 형님! 그러잖아도 형님 돌아오시기만 애타게 기다리고 있었어요, 형님!"

상대방이 들어서기 용이하게끔 옆으로 비켜서면서 연실이 호들갑스럽게 순금을 재촉했다. 하지만 연실이 재촉할수록 순금은 오히려 방으로 진입할 엄두가 나지 않았다. 몹시 귀에 설게 느껴지는 호칭 때문이었다. 연실로부터 형님 소리 듣기는 그때가 처음이었다. 말끝마다 불거지는, 생경하기 그지없는 그 호칭이 순금을 어리둥절하게 만들고 있었다. 형님이란 호칭이야말로 순금이 방안에 진입할 수 있는 통로를 양팔 넓게 벌려 완강히 가로막는 장애물이었다.

"시누님 되시는 분이셔, 엄마!"

연실이 큰 소리로 외치고 나서 손을 뻗어 순금의 팔소매를 잡아끌었다.

"형님, 제 친정어머니셔요!"

이연실에 이끌려 반강제로 방에 들면서 순금은 얼떨결에 꾸뻑 인사를 닦았다. 꽃무늬도 화사한 모본단 한복 곱게 차려입은, 풍채 좋은 중년 부인이었다. 순금을 보자마자 경부 마나님이 황망히 일어섰다. 원치 않았던 상황에 적절히 대처할 마땅한 방도를 찾지 못해 허둥거리기는 이편이나 저편이나 피차일반인 듯했다.

"세상에서 제일 임의로운 관계가 모녀지간이라 하잖아요? 그런데도 그 말만은 차마 어머니한테 토설할 수가 없었어요. 그래서 여태까지 형님 돌아오시기만 학수고대하고 있었어요. 때맞춰서 잘 오셨네요. 저를 대신해서 그 중대 사실을 제 어머니한테 소상하게 밝혀주셔요, 형님."

무슨 꿍꿍이수작으로 연실은 이따위 연극에 잔뜩 고부라지는 것일까. 도대체 무슨 중대 사실에 대해 어떻게 소상히 밝히라는 얘기인가. 미혼 처자가 시누님이니 친정어머니니 들먹이며 기혼녀들이나 사용하는 천 근짜리 호칭을 공깃돌처럼 가볍게 다룸으로써 제 어머니 앞에서 달성하고자 하는 궁극의 것은 대관절 무엇일까.

연극배우 이연실이 펼치는 과장된 연기를 순금은 무성의한 관객 입장에서 얼빠진 듯 맹한 눈길로 그저 묵묵히 관람했다.

"어차어피 제 운명은 진즉에 결판이 났잖아요, 형님. 어서 사실대로 말씀을 하셔요, 형님. 이제 친정집으로 돌아가긴 너무 늦어버렸다는 걸 어머니 앞에 소상히 밝혀주셔요. 살아생전뿐 아니라 죽어서도 최씨 집안 귀신으로 남을 수밖에 없는 사정을 어서 말씀하시라니까요, 형님!"

무엇인가에 다빡 씌어 있는 여자 같았다. 신지핀 무당이 공수 내리듯 이연실은 빠른 말씨로 요령부득의 말들만 연방 주워섬기는 것이었다. 무슨 대사 읊조려 주연배우를 도와야 좋을지, 아직도 종을 못 잡고 헤매는 순금에게 연실은 조연배우 역할을 거푸 강요했다.

"뭣을 그렇게 주저하셔요, 형님? 뭣이 그렇게 두려우셔요, 형님? 세도 당당한 경부님이더라도 이미 시댁 씨앗을 뱃속에 품고 있는 당신 딸을 임의로 처치할 수는 없지 않겠어요?"

아하, 하고 비로소 탄성 발하게 하는 깨우침의 순간이 왔다. 연실이 필사적으로 연기하는 연극 내용에 그제야 종작이 잡히기 시작했다. 연실이 요구하는 조연배우 역할이 무엇인지 순금은 겨우 알아차렸다. 저도 모르게 경부 마나님 쪽으로 눈길이 갔다. 부인은 휘둥그레진 눈꼴과 해쓱하게 핏기 가신 낯꽃으로 방금 받은 대규모 충격을 가감 없이 드러내고 있었다. 졸지에 경부 마나님 가슴에 비수 꽂는 자객 역할 맡게 된 순금은 극중 상황에 걸맞게끔 우선 연실에 대한 호칭부터 마치 흉기 다루듯 조심조심 꺼내 들었다.

"저어, 올케……"

마른침부터 꼴깍 삼킨 다음, 순금은 제 수중에 떨어진 조연 역할에 충실하기로 작심했다. 일생일대 열연 펼치는 연실에게 성의를 보탤 의무가 있었다.

"주저헌다거나 두려워헌다기보담은…… 올케가 자당님 면전에서 꼭 그런 거시기헌 사실을……"

"좋아요! 형님이 저를 도와주실 의사가 없으시다면, 그렇다면 저도 이제는 별수가 없네요. 제 입으로 직접 토설하는 수밖에요!"

짐짓 섭섭해하는 척하더니만, 연실은 뽀르르 기어가 제 어머니 치맛자락을 거머잡았다. 그 사품에 경부 마나님이 엉덩방아 쿵 찧으며 방바닥에 주저앉았다. 연실은 응석도 아니고 행짜도 아닌, 이상야릇한 손놀림으로 제 어머니 치맛자락을 마구 흔들어댔다.

"엄마, 지금부터 내가 하는 말 귀담아서 잘 들어!"

잠깐 뜸을 들임으로써 강조 효과를 극대화한 다음, 연실은 최근 제 몸에 일어난 변화를 실토정하는 절차에 마침내 돌입했다.

"엄마도 대충 짐작을 했겠지만, 지금 내 뱃속에는 생명이 자라고 있어!"

그 순간, 경부 마나님 입이 딱 벌어졌다. 견디기 어려운 통증 호소할 때나 낼 법한 신음 소리가 벌어진 입에서 기다랗게 흘러나왔다. 시누님이란 호칭 달고 급작스레 등장한 젊은 여자 면전에서 품위 잃지 않기 위해 경부 마나님은 방금 전까지 무던히 절제하며 인내하는 모습이었다. 그런데 출가하지 않은 딸로부터 수태 고백 접하기 무섭게 깐깐하던 몸가짐 와그르르 허물어뜨림과 동시에 전주에서 몸종처럼 거느리고 왔던 품위와 체통 따위 치렛거리 일체를 한목에 날려보내고 말았다.

"웬만하면 이런 얘기는 하지 않을 작정이었어. 애당초 이런 말은 꺼내고 싶지 않았어. 그런데, 엄마가 딸 처지는 나 몰라라 외면하고 시종일관 남편 입장 유리한 쪽으로만 문제를 처리할 작정으로 억지를 부리니까 나로서는 부득불 사실대로 밝힐 수밖에. 불효해서 미안해요, 엄마."

여태껏 눈치 못 챘던 연실의 새로운 면모 때문에 순금은 잠시 어리벙벙했나. 가히 필사적이었다. 인생이 통째로 걸린 도박판에서 띄우는 마지막 승부수 같았다. 연기에 몰입한 나머지 연실은 스스로 설정한 허구 상황 속에 깊이 빠져들고 있었다. 제 거짓말에 스스로 속아 마치 그것이 변개불능의 진실인 양 철석같이 믿는 기색이었다. 한 남자 붙들겠다는, 혹은 한 남자 살리겠다는 한 여자의 집념이 마치 애벌레 우화등선하듯 묵은 고치 벗어버리고 날개 달린 새로운 생명체로 탈바꿈시켜 연실의 몸을 허공중으로 두둥실 띄워올리는 듯싶었다. 양볼을 발갛게 물들인 채 저를 낳아준 어머니를 상대로 거짓말에서 속임수로 이어지는 고빗사위 허위허위 타넘는 그 모습이 너무도 짠하게 느껴지는 바람에 순금은 하마터면 연실을 와락 보듬어줄 뻔했다.

"저어…… 올케……"

다른 사람 도움 없이 무대 위에서 순전히 호락질로 진땀나는 연기 펼치는 연실을 내처 방관하기가 차마 거식했다. 어떤 식으로든 연극 속에 뛰어들어 작은 역할이라도 맡음으로써 연실의 짐을 다소나마 줄여주고 싶었다.

"자당님께서 받으실 심적 고통을 감안헌다면, 그러콤 직설적인 실토정은 밀쳐놨다가 낭중에……"

"미안해요, 형님. 그리고 죄송해요, 엄마. 첨부터 엄마 맘을 아프게 할 생각은 아니었어. 정말이야, 엄마!"

적절한 대목 붙잡아 연실이 갑자기 훌쩍훌쩍 느끼기 시작했다. 목석인 양 한동안 요지부동으로 앉아 있던 경부 마나님이 마치 눈앞을 성가시게 맴도는 눈에놀이떼를 쫓으려는 동작처럼 머리를 거푸 세차게 흔들었다.

"믿을 수가 없어. 내 딸이…… 우리 연실이가…… 그럴 리가 없어. 어떻게 키운 딸인데……"

입가에 실룩실룩 경련 매단 채 경부 마나님이 침통한 어조로 뇌까렸다.

"여기 좀 봐요!"

이를테면 그 말은, 자기 딸이 형님이라 불러 버릇하는, 최씨 집안 여자 부르기 위한 임시방편 호칭인 셈이었다. 경부 마나님 날카로운 눈초리가 화살같이 날아와 순금의 양미간에 꽂혔다. 마나님이 다잡아 족치는 기세로 '여기 좀 봐요'라는 여자 노려보며 뾰쪽하게 힐문했다.

"방금 그 얘기, 사실인가요? 우리 아이가 정말 그 지경까지 가 버렸단 말인가요? 여기 좀 봐요, 사실이 아니지요? 정직하게 대답하셔야 돼요! 여기 좀 봐요, 우리 아이가 지금 거짓말하고 있는 것이지요?"

주여, 하고 순금은 마음으로 부르짖었다. 이제부터 하려는 거짓말이 과연 활인 목적을 위한 선의의 거짓말인지, 아니면 활인 빙자해 살인 행위 방조하기 위한 거짓말인지 주님한테 자문 구하고 싶은 심정이었다. 당초부터 순금은 경찰 간부 마나님에 대해 상당한 선입견을 갖고 있었다. 서슬 퍼런 남편 위세 등에 업고 자기 동족한테 방약무인하게 구는 여자일 거라는 지레짐작이었다. 그런데 막상 실물로 접한 연실 어머니는 덕성스러워 보이는데다 조신한 인상마저 풍기고 있었다. 그처럼 무던하고 점잖게 생긴 부인을 상대로 이제부터 입술에 침도 안 바르고 거짓말을 시작할 차례였다.

"천하에 몹쓸 동생을 대신혀서 제가 연실양 어머님께 사죄를 드리겄어요. 일을 저질른 제 동생을 부디 용서허시기 바랍니다."

단지 그 말뿐인데도 부인은 흡사 된불 맞은 짐승처럼 온몸이 단박에 구기박질러졌다. 주여, 하고 순금은 속으로 재차 부르짖었다. '제구는, 네 이웃에 대하야 거짓 증거하지 말지니라.' 무엄하게도 아홉번째 계명을 범하는 죄인을 용서하소서. 그러면서도 순금은 유혈이 낭자한 치명상 위에 굵은 왕소금 한 바가지 끼얹는 거나 다름없는 마지막 일격을 가함으로써 어느새 다른 계명마저 범하고 있었다. '제육은, 살인하지 말지니라.'

"일이 요로콤 백일하에 드러난 마당인디, 인제 와서 제가 뭣을 숨기고 말고 허겄습니까. 제 동생이 댁의 따님한티 저지른 짓거리는 변명허지 않겄습니다. 누이 아니라 여자 입장에서 제 동생은 벌받어 마땅헌 인간이라고 솔직허니 인정헙니다."

부인은 가슴속에 체물(滯物)처럼 쌓인 절망을 입 밖으로 방출하느라 연거푸 한숨을 토했다. 온몸을 욱대기는 심통(心痛)을 가눌 수 없다는 듯 몸부림치는 모습을 직시할 수 없어 순금은 고개를 외틀고 말았다. 오, 주여……

"그이만을 탓할 수는 없어요. 그이를 너무 나쁜 사람으로 몰지 마셔요. 실은 제가 자청해서 만들어낸 결과니까요. 몇 달 전에 전주 역전에서 우연하게 재회가 이뤄졌을 때, 그이가 너무나 안쓰러웠어요. 그이를 위하는 일이라면 뭐든지 마다하지 않겠다고 그때 벌써 마음을 굳혔어요."

얼핏 시선이 엇갈리자 연실은 공범 역할 제법 그럴싸하게 수행한 순금한테 치하를 보내듯 짧은 눈짓을 섬광처럼 쏘았다.

"믿을 수가 없어……"

안간힘 같은 독백이 행랑방 부엌어멈 거처에 떠도는 퀴퀴한 냄새하고 한데 버무려지면서 한층 더 구저분한 분위기를 만들어내고 있었다.

"어떻게 키운 자식인데…… 이런 식으로 제 신세를 망쳐버리다니…… 도무지 믿을 수가 없어……"

그때였다. 방문 밖 저편에서 난데없는 홍소가 터졌다. 사전에 전연 낌새를 못 챘던지라 웃음소리는 천둥인 양 실제보다 더욱 요란하게 느껴졌다. 부용이었다. 그칠 줄 모르는 웃음소리가 부르쥔 털북숭이 주먹처럼 방문 창호지 뚫고 안으로 들어오면서 방에 있는 사람들 귀싸대기를 차례차례 후려갈기는 것 같은, 참으로 끔찍스러운 효과를 낳고 있었다.

"명배우가 따로 없고만! 경성 동양극장 신파극 따우는 저만침 물렀거라, 허는고만! 이골 난 배우들맨치로 가짜배기 시누올케간에 고로콤 손발이 척척 맞어 돌아가니깨 비싼 입장료 내드래도 본전이 아깝잖을 지경이고만!"

한차례 또 홍소가 폭발했다. 곧이어 떨어져나갈 기세로 방문이 벌컥 열리면서 시커먼 머리통이 불쑥 디밀어졌다. 경부 마나님과 연실 둘 가운데 어느 한 입에서 부지불식간에 새된 비명이 뽑혀 나왔다. 가을볕 푸지게 쏟아지는 마당을 등진 채 처마밑 응달 안에 우뚝 선 부용은 정말이지 험상을 극한 매골이었다. 뼈와 가죽만 남아 철골을 이룬 상판인데다 수상쩍은 광기마저 번쩍번쩍 내뿜는 움펑눈이 흡사 버마재비를 연상케 했다. 혹여 꿈에라도 나타날까봐 전전긍긍하리만큼 머리끝 곤두서고 온몸에 소름 돋게 하는 화상이었다.

"누님이 섬기는 그 하날 아바지가 누님은 무섭지도 않으시요?"

부용이 벽력같이 소리쳤다.

"언필칭 찰야소꾼 자처허든 누님 아니요? 자신이 지성으로 섬기는 에호바 가미사마 앞에 부끄럽지도 않으시요? 그러고 이연실씨도 부끄러운 줄이나 아시요! 누님이랑 연실씨랑 말짱 한통속으로 거짓말쟁이고 사기꾼들이요!"

부용은 모두를 한목에 집어삼킬 기세로 방안 사람 하나하나 무시무시하게 노려보면서 포달을 부렸다.

"뭣이라고? 뱃속에 생명이 자라고 있다고? 그게 최부용이가 뿌린 씨앗이라고? 연실씨가 치마에다 눈만 흘겨도 애를 뱄다는 홍보 마누라라도 된다는 거요? 만약에 연실씨 뱃속에서 시방 생명이 실지로 자라고 있다면, 그것은 내가 뿌린 씨앗일 리가 없소! 최부용이 아니라 다른 누구 씨앗이겠지요! 혹시 또 누가 압니까, 연실씨가 동정녀 마리아맨치로 남자랑 동침도 않고 성신으로 독생자를 잉태혔는지?"

연실이 갓 마른 옥양목 빛깔로 희푸르게 표백된 낯꽃을 양손으로 덮어버렸다. 이제까지 두 여자 합작으로 연극 꾸미느라 들인 모든 수고와 노력이 물거품처럼 허망하게 꺼지는 순간이었다.

"부용아!"

순금은 숫돌에다 칼을 갈듯 목청을 한껏 날카롭게 벼렸다.

"너야말로 부끄러운지 알어야 쓴다! 도리로 보나 예의로 보나 정중허게 뫼셔야 될 분 면전에서 이 무슨 행악질이냐!"

절체절명 위기 국면 돌파하는 데 앞장설 용사가 집안 통틀어 달랑 저밖에 없음을 순금은 그 순간 통감하고 있었다.

"당장 물러가지 못허겄냐!"

"불쌍허고도 불쌍헌 우리 누님, 신파극은 벌써 다 끝나뿌렀습니다. 애저녁에 징 치고 막 내렸습니다. 인제는 그 배우 분장 다 지워뿔고 평상시 모습으로 돌아올 시간입니다. 가짜배기 시누올케 두 사람한티 부탁 조깨 허겄습니다. 당최 이러지들 마십쇼. 다들 보시다시피 최부용이는 시방 죽은목숨 매일반입니다. 지푸래기 한 낱 들어올릴 기력도 딸리는 놈입니다. 숨쉬는 일도 벅차서 헐떡헐떡 용을 쓰는 폐병쟁이 몸땡이로 그새 무신 기운발이 뻗쳐서 연실씨한티 명실상부헌 남자 노릇을 감당헐 수 있었겄습니까?"

"부용이 너 이놈!"

때맞추어 관촌댁이 씨근벌떡 가쁜 숨 몰아쉬며 행랑채로 짓쳐 들었다. 다짜고짜 관촌댁은 아들을 덥석 부둥켜안았다.

"가자, 이놈아!"

그러자 제 어머니 뿌리칠 요량으로 부용이 한바탕 모질음을 쓰면서 고래고래 고함을 지르기 시작했다.

"아주머니, 두 여자들 연극놀음에 속으시면 안 됩니다! 말짱 다 속임수고 거짓말입니다! 아주머니가 받들어 뫼시는 아마데라쓰 오오미까미를 두고라도 맹세헐 수 있습니다! 저는 여적지 따님 털끝 하나 건드린 적 없습니다! 경부님 사모님, 두 여자들 허튼수작에 절대적으로 흔들리지 마십쇼!"

"이구, 이 웬수야!"

관촌댁이 고무신짝 벗어 들어 아들 등덜미 투덕투덕 때리기 시작했다. 그 감때센 매타작 고스란히 견디면서 부용은 고함질을 계속했다.

"경부님 사모님, 당초 계획대로 따님 잡어끌고 어서 떠나십쇼! 따님 옥체는 털끝만침도 이상이 없다는 걸 제가 보증헙니다! 뱃속 생명 운운은 의사가 청진기만 대면 금세 들통날 협잡입니다! 리노이에 경부님 사모님, 제발 저 여자 머리끄뎅이 꺼들어서 질질 끌고라도 당장 전주로 돌아가십쇼!"

흐느낌으로 시작된 연실의 울음가락이 어느 겨를에 완연한 통곡으로 바뀌어 있었다. 돗바늘같이 굵고 뾰쪽한 호곡성에 허벅지라도 찔린 푼수로 순금은 온몸을 흠칫 떨었다. 결코 서둘러서는 안 된다고, 이런 때일수록 외려 더 침착해야 된다고 자신에게 거듭 타일렀다. 선불 맞은 맹수처럼 아직도 길길이 날뛰는 부용한테 다가가 잣대로 재듯 적확하게 빰따귀를 후려갈겼다.

"한 대로 정신을 못 채린다면, 몇 대든지 더 때려주마!"

그러자 부용이 동작 일체를 딱 멈추었다. 방금 제 신상에 무슨 일이 벌어졌는지 기억을 더듬는 것처럼 잠시 우두커니 서 있기만 했다. 그러다 마침내 기억을 되살렸다는 듯이 한차례 씩 웃어 보였다.

"되얐습니다. 손찌검은 한 대로도 충분헙니다."

"안채로 돌아가 있거라!"

"아주머님, 아니, 경부님 사모님, 댁에 돌아가시걸랑 리노이에 경부님께 말씀 잘 전허십쇼. 산서 촌놈 최부용이가 그러드라고, 최부용이는 여태까장 경부나리 지시를 한 번도 어긴 적이 없노라고 말입니다. 고보생 시절에 경부나리허고 주고받었든 약속, 제 쪽에서 어길 생각은 추호도 없다고, 그러니깨 인제부텀 따님 단속이나 잘허시라고 최부용이가 경부나리께 신신당부허드라고 말씀 잘 전허십쇼!"

하고 싶은 말 끝마치자 부용은 처음 등장할 때 기세로 느닷없이 또 홍소를 터뜨리기 시작했다.

"허허, 우습네요. 참말로 웃어죽겄네요. 제 눈에는 방금 그 장면들이 일장 희극으로만 비치는디, 누님 눈에는 안 그렇습니까? 허허허허……"

"어서 부용이를 데려가셔요. 저도 금방 따라갈 테니깨요."

어머니한테 단단히 이르고 나서 순금은 방문을 야무지게 닫았다. 하지만 그 문단속이 온 울안 한바탕 들었다 놓는 소란을 차단하기에는 역부족이었다. 어머니한테 끌려 안채로 향하면서 부용이 숨넘어갈 듯 토해내는, 제 병이 이미 고황에 들었음을 경부 마나님 앞에 부러 시위하는 듯싶은 기침 소리가 닫힌 방문 제멋대로 여닫기를 무시로 되풀이하고 있었다.

"예의에 벗어나는 망발을 떨어서 참말로 면구허고만요."

순금은 우선 동생 모가치 허물부터 사과했다. 연실 어머니가 고개 까딱 숙여 그 사과 흔쾌히 받아들이는 시늉을 했다. 방금 전 완연히 사색이던 얼굴이 그새 화색을 되찾아 갑자기 생기에 넘치면서 한 해 농사 잘 마무리한 농부처럼 여유로움마저 보여주는 모습이었다.

"터무니없는 거짓으로 감히 부인을 속일라고 뎀빈 제 잘못도 너그러이 용서허시기 바랍니다."

이차로 순금은 제 모가치 허물에 대해서도 정중히 사과했다.

"형님, 무슨 말씀을 그렇게 하셔요?"

울음 밑자락 단속하느라 어금니 사리물고 있던 연실이 까무러치도록 놀라는 시늉으로 갑자기 소리쳤다.

"터무니없는 거짓이라니요? 그게 왜 터무니없다 그러십니까, 형님?"

"연실양, 인제 다 끝났어요. 날더러 형님이라고 부를 이유도 인제는 없어졌어요. 부용이가 뛰어들어서 산통을 깨는 바람에 자당님 앞에서 의초롭게 시누올케 숭내를 내는 것도 말짱 다 소용이 없어지고 말었어요. 인제 고만 단념허시고, 연극을 포기허셔요."

연실 향해 살래살래 도리머리하면서 순금은 씁쓸한 미소를 지어 보였다.

"지금 연실양 심정은 이해허고도 남어요. 그렇지만 아까 부용이 말이 백번 옳아요. 연극은 벌써 징 치고 막 내렸어요. 차라리 잘된 일인지도 모르지요. 연실양도 인제는 미련을 죄다 접고 자당님께 이실직고허는 것이 상책이라 생각되네요."

미처 순금이 설득을 끝내기도 전이었다. 별안간 연실이 암상궂은 표정으로 제 어머니를 홱 돌아다보았다.

"엄마, 나한테 솔직하게 말해! 방금 전에 부용씨가 했던 그 말이 무슨 뜻인지 엄마는 알고 있지?"

그러자 경부 마나님 낯꽃이 단박에 해쓱해졌다.

"하도 정신이 없어서 그 청년이 뭐라고 말했는지 기억도 안 난다."

"아버지가 부용씨한테 지시했다는 게 뭐지?"

가차없이 추궁하는 딸 앞에서 경부 마나님은 돌처럼 굳어지고 말았다.

"아버지랑 부용씨랑 주고받았다는 약속은 또 무슨 약속인지, 엄마는 그때 그 시절에 벌써 다 알고 있었지?"

"글쎄다, 나는 무슨 소린지 통 모르겠구나. 나는 전연 모르는 일이다."

"엄마, 바른대로 대답해! 지시는 뭐고 약속은 또 뭐냐고!"

순금은 급작스러운 반전에 어안이 벙벙해진 나머지 이연실 모녀를 그저 멀뚱히 건너다보기만 했다. 전혀 예상치 못한 방향으로 사태가 엉뚱하게 번져나가는 중이었다. 순식간에 형세가 역전되어 연실이 마구 기승부리고 경부 마나님이 수세에 몰려 쩔쩔매는 처지로 바뀌고 말았다.

"그 청년이 홧김에 그냥 아뭏게나 내뱉은 소리겠지."

"엄마, 그때 그 시절같이 외동딸 죽어 나자빠지는 꼴 또다시 보고 싶어? 만에 일이라도 그때 아버지가 경찰 위세 빌려서 부용씨한테 몹쓸 짓을 저질렀다면, 나는 죽어 저세상에 가서도 아버지를 절대로 용서하지 않겠어!"

"나는 모르는 일이라고 몇 번이나 말해야 되냐? 정 알고 싶거들랑 그 청년한테 직접 물어봐라."

경부 마나님이 갑자기 벽 쪽으로 홱 돌아앉았다. 연실의 눈에서 굵은 눈물방울이 방바닥으로 후두두 떨어졌다. 잠깐 잦아드는 듯싶던 울음가락이 또다시 세를 불리기 시작했다.

"아버지를 용서하지 않겠어! 딸을 속이고 농간 부린 아버지를 죽는 날까지 용서하지 않겠어! 죽는 순간까지 아버지를 경멸하고 증오하겠어! 죽은 뒤까지도 아버지를 원망하고 저주하겠어!"

연실이 온몸을 파들파들 떨면서 격렬하게 오열했다. 어깨 떨림에 장단 맞춰 물결처럼 일렁이는, 흑단같이 윤기 흐르는 머리채를 바라보면서 순금은 잠시 생각에 잠겼다. 저토록 참한 규수를 끝내 놓아 보내지 않으면 안 되는 상황에 부닥뜨리고 말았다는, 그러나 할 수만 있다면 이제부터 수단방법 다 동원해 저 규수를 옴짝달싹 못하게끔 붙들어 감나뭇골에 주저앉히고 싶다는 이율배반 속으로 어지럽게 빠져들었다.

"연실양 어머님, 다른 누구를 탓할 것도 없이 제 잘못이 제일로 큽니다. 다시 한번 너그러이 용서를 빕니다."

순금은 이맛전으로 방바닥 찧으리만큼 머리를 깊숙이 수그리면서 잔뜩 외어앉은 경부 마나님 옆구리 상대로 절을 올렸다.

"저 규수가 즈이 집안에 없어서는 안 될 사람인지만 알었지, 귀동따님 고이 길러서 웬 불한당 같은 총각한티 도적맞으신 부모님 심정은 전연 헤아리들 못혔습니다. 크나큰 불찰이고 과오지요. 본시 혼사라는 게 어느 일방이 욕심 앞세운다고 성사되는 일이 아닌지 알면서도 제가 과도하게 연실양을 올켓감으로 탐낸 것 같습니다."

"이제는 다 지나간 일 아니겠어요?"

그 문제에 관해서는 그만 막설하고 싶다는, 이를테면 최후통첩을 바닥에 깐 대꾸인 셈이었다. 경부 마나님은 놀란 가슴 한 손으로 지그시 누르고, 다른 한 손으로 파들파들 떨리는 딸의 어깨를 가만가만 쓰다듬고 있었다. 아직은 남의 말 귀담아들을 여유가 전연 없는 듯했다.

"외람된 말씀입니다만, 다 지나간 일이라고 치부하기에는 쪼깨 이른 감이 없잖어 있는 것 같습니다."

"무슨 뜻이지요, 그게?"

"남녀지간 상련지심은 천륜도 거스른다 허지 않습니까. 다 지나간 일인지, 인제부텀 새칠로 시작되는 일인지는 두 당사자가 어련허니 알어서 결정헐 문제겄지요. 연극은 끝났을지 몰라도 인륜대사는 안 끝났고, 시방도 진행되는 중일지 모르는 일이지요."

"여기 좀 봐요, 지금 무슨 말씀을 하시는 겁니까?"

경부 마나님이 두 눈 홉뜬 채 뾰쪽한 목소리로 힐문했다.

"물론 일방이 욕심 앞세운다고 성사되는 일은 아니지요. 허지만 똑같은 이치로, 일방이 극구 반대헌다고 장도칼로 무시 토막 짤르딧기 인정사정없이 끊을 수도 없는 것이 바로 남녀지간 상사관계 아니겄습니까?"

"나 원 참, 기가 막혀서!"

상대방 반응에 순금은 조금도 개의치 않았다. 경부 마나님 훼방으로 말미암아 잠시 잘렸던 말허리를 조곤조곤 다시 이어나갔다.

"따님을 당장 댁으로 데려가시든지 산서에다 두고 가시든지, 그것은 연실양 어머님이 결단허시기에 달린 문제겄지요. 허지만 겉사람은 혹 우격다짐으로 데려갈 수 있을지 몰라도 속사람은 부모 고집으로도 차마 어쩌지 못허는 게 바로 자식 아니겄습니까? 방금 연실양 어머님께서 목도허셨다시피, 두 사람은 오래전부텀 서로 떨어질래야 떨어질 수 없는 상련상애 관계로 홀맺어진 운명입니다. 잉태허지도 않은 애기를 가졌다고 생판 거짓을 고헌 따님이나, 당장 델꼬 떠나라고 행패를 부린 제 동생이나 말은 달러도 뜻은 같을 겁니다. 둘이서 절대로 갈러설 수 없다는, 갈러서지 않겄다는, 강고헌 의지를 역설적으로 표현헌 것이라 생각허신다면 틀림없을 겁니다."

"더 들을 필요도 없어요, 그런 얘기!"

"연실양 어머님, 듣고 잪지 않드래도 반다시 들으셔야 됩니다. 여생을 병골 남편 수발허면서 신산세월 보낼지도 모르는 따님 장래를 생각헐라치면 오죽이나 억장이 무너지겄습니까마는…… 제 좁은 소견으로 말씀드리자면, 설령 연실양이 부모님 강압에 못 이겨서 제 동생허고 관계를 청산헌 연후에 다른 인생행로를 걷는다손 치드래도, 그쪽이 연실양 행복을 보장허는 길이라고 속

단헐 수는 없는 노릇 아니겠습니까?"

"여기 좀 봐요, 그런 식 논리는 인정하고 싶지 않아요!"

"연실양 어머님께서 종국에는 사리에 부합허는 판단을 내리시리라 믿고 저는 안채에서 하회를 기다리겠습니다. 거취 문제를 놓고 모녀지간에 진지허게 의견 나누시기 바랍니다. 어떻게 결론이 나든지 간에 즈이 집안은 두말없이 그 결정대로 따를 것을 약속헙니다."

뾰쪽한 협박의 모서리가 겉으로 도드라지지 않게끔 말말들 표면을 교양으로 포장해서 몬존한 어조로 전달한 후 순금은 행랑방을 조용히 빠져나왔다.

"여기 좀 봐요, 미안하지만……"

바싹 메마른 목소리가 순금의 꽁무니를 다급히 따라왔다.

"그만 돌아가도 좋다고, 나중에 주재소로 연락하겠다고 순사한테 좀 전해주시겠어요?"

순금은 대문간으로 향하려던 발걸음을 우뚝 멈추었다. 연실의 절규가 귀청을 할퀴기 시작한 까닭이었다.

"이거 보여? 이게 뭔지 엄마도 잘 알지? 면돗날은 얼마든지 또 구할 수 있어! 엄마한테 끌려서 아버지 집으로 돌아가느니 차라리 여기서 손목을 싹 긋고 말겠어! 혀를 깨물어서라도 기어이 죽어버릴 거야!"

대문간에서 가네무라 순사한테 무미건조한 어조로 경부 사모님 전갈을 건네고 나서 순금은 안채로 발길을 돌렸다. 어찌 된 셈판인지 행랑채 소란과는 아무런 상관도 없다는 듯 안채는 그저 고즈넉하기만 했다. 흉가를 방불하리만큼 괴이쩍게 느껴지는 그 정적이 순금에게 쌓이고 쌓인 피곤의 두께가 이제 감당 못할 지경에 이르렀음을 퍼뜩 일깨웠다. 초학이라도 되알지게 앓고 난 푼수로 도무지 갱신을 못하리만큼 아랫도리가 허든거리고 온몸이 밑바닥으로 까라지는 기분이었다. 별안간 세상만사 죄 귀찮고 인륜대사 말짱 덧없게 여겨지는, 참으로 고약한 순간이 찾아왔다. 부모도 귀찮고, 동생들도 귀찮았다. 안채 일도 귀찮고, 사랑채나 행랑채 일도 귀찮았다. 그저 모든 짐 훌훌 다 벗어던진 채 잠이나 실컷 처자고 싶은 생각밖에 들지 않았다. 부용이 들어 있을 구석방에 들르지 않고 곧장 베틀 공방으로 향하려는 찰나, 순금은 부엌문 틈새로 빠끔히 머리통 내민 채 바깥 동정 살피느라 여념이 없는 부엌어멈하고 눈길이 마주쳤다. 주체 못할 궁금증으로 말미암아 섭섭이네는 호롱불 같은 호기심을 두 눈에 쌍으로 매달고 있었다.

"대문간 사람들 얼른 돌려보내요! 굿판 다 끝났으니께 고만들 놀아가라고 사정허셔요!"

섭섭이네 머리통과 자리바꿈하면서 관촌댁 머리통이 부엌문 틈새로 새롭게 불거져나왔다. 그때까지 주종 관계 두 여인이 피난처 삼아 어둠침침한 부엌에 숨어 각자 붙안은 호기심과 불안감을 서로 어루만지고 다독거리며 힘겨운 시간을 함께 보내고 있었던 듯했다.

"제발 가차이 오지 마셔요. 제발 저한티 묻지도 마셔요. 당분간은 저 혼자 있게 그냥 내비두셔요."

깜짝 반색하며 딸한테 달려올 태세이던 어머니 거동이 갑자기 무르춤해지리만큼 순금은 야멸치게 거부 의사를 표시했다. 그 서슬에 대뜸 주눅이 든 관촌댁이 맥없이 중얼거렸다.

"오냐, 알겄다. 들어가서 쉬거라."

제 처소에 들자마자 순금은 베틀 옆에 경오지게 무릎을 꿇었다. 만군의 여호와 앞에 자신이 얼마나 열등하고 비천한 존재인지 낱낱이 고백하기 위해 가능한 한 가장 거북살스럽고 가장 불편한 앉음새로, 마치 한 마리 벌레인 양 몸뚱어리를 최소한으로 움츠렸다. 그리고 조신한 태도로 양수거지(兩手据地)한 채 눈을 질끈 감았다. 산란한 마음이 경건의 경지에 다다를 때까지 순금은 온갖 잡살뱅이 생각들 가득 들어찬 머리와 가슴을 기도의 회초리로 호되게 닦달질하기 시작했다.

시간이 꽤 흐른 듯했다. 하지만 마음은 여전히 경건의 경지와는 몇 마장 텀이나 멀리 떨어진 동네에 머물고 있었다. 가뜩이나 낯가림 심한 경건이란 이름의 상대가 아직도 세상사에 사로잡힌 여자 향해 얼씨구나 하고 호락호락 다가올 리 만무했다. 기도의 말들이 머릿속에서 뱅글뱅글 맴돌기만 할 뿐, 격식과 위의 제대로 갖추어 입 밖으로 나오려 하지 않았다. 주님 바짓가랑이 붙잡고 가장 간절히 매달려야 할 때일수록 어째서 기도의 줄은 도리어 난마처럼 더욱 꼬이고 엉켜들기만 하는가. 참으로 안타깝기 그지없는 노릇이 아닐 수 없었다.

연실이 베틀 공방으로 찾아온 것은 거지반 해거름 무렵이었다. 제 어머니 적으로 삼아 장시간 치열한 소모전 치른 흔적이 희뿌연 얼굴판에 검댕 가루처럼 덕지덕지 묻어 있었다. 귀둥이로 곱게만 자란 처지에 감당하기 버거운 간난신고 온몸으로 겪어내느라 지칠 대로 지친 기색이었다. 그 처절한 전투에서 과연 어느 쪽이 승리했는지, 순금은 구태여 묻고 싶지 않았다. 연실의 얼굴판에 이미 답이 적혀 있는 까닭이었다.

"어머님이 지금 떠나시겠대요."

너무 오랫동안 울고불고한 나머지 절반쯤 빗장이 걸린 목소리로 연실이 나른하게 말했다. 하지만 운명을 건 전투에서 승리한 용사만이 드러낼 법한 성취감 같은 게 얼굴에 지분처럼 혹은 연지곤지처럼 짙게 덧입혀 있었다.

"떠나시기 전에 잠깐 누님을 뵙고 싶으시대요."

어느새 호칭이 생경하기 이를 데 없던 형님에서 귀에 익은 누님으로 슬그머니 되돌아와 있었다. 사납고도 영악해 보이던 이연실이 우여곡절 끝에 수줍음 많던 본래의 이연실로 되돌아온 셈이었다.

"이제부터는 젊은 사돈이라고 불러도 될까요?"

순금이 행랑방 안에 좌정하기 기다려 연실 어머니가 나직이 입을 열었다. 저에 대한 호칭이 '여기좀봐요'에서 '젊은사돈'으로 바뀌는 걸 순금은 미소로써 양해했다. 연실 어머니는 눈꺼풀 잔뜩 내리깔아 시선 마주치지 않음으로써 몹시 불편한 심기를 상대방에게 시위하려는 듯했다. 모녀간에 붙안고 얼마나 울었던지, 두 여인 모두 눈두덩이 짐짝같이 부어 있었다.

"젊은 사돈 말씀이 맞는 것 같네요. 딸애를 어찌어찌 집으로 끌고 간들 결국 달라질 게 하나도 없다는 걸 확인할 때까지 시간이 많이 걸렸네요. 설령 강제로 데려가더라도 우리 애가 장차 불행한 인생을 살기는 매일반일 거라고 결론을 내리고 말았지요. 우리 애 심지가 원판 강고해서 달리 변통수가 없다는 사실을 이제는 인정할 수밖에요."

잠시 말을 멈추고 경부 마나님은 휘파람 닮은 대짜배기 한숨을 토했다.

"이왕지사 이렇게 된 마당인데, 부모 된 입장으로 더 고집을 피워봐야 무슨 소용이 있겠어요. 제가 좋아서 선택한 제 인생이니까 저 가고 싶은 대로 그냥 놔두는 편이 부모 자식 모두한테 낫겠다는 생각이 드는구먼요."

"연실양 어머님을 제가 감히 사부인이라고 불러도 괜찮을까요?"

그 물음에 연실 어머니는 아무런 반응도 내보이지 않았다. 다만, 눈꺼풀 치올려 짧게 순금을 응시하고는 도로 내리깔 따름이었다. 하지만 순금은 그것이 무언의 승낙일 거라고 제멋대로 해석했다.

"사부인께 크나큰 심려를 끼쳐드려서 참말로 면목이 없습니다. 사부인께서 참말로 에룹고 힘든 결정을 내리셨습니다."

"자식 이기는 부모 없다는 옛말이 우리 집안하고는 상관없는 줄만 알았어요. 두고두고 품안엣 자식이거니, 믿고 지금껏 살아왔지요. 암만해도 우리가 딸자식 하나 잘못 키운 것 같네요. 깜냥대로 곱다시 잘 키우고 싶어서 지나치게 귀애하고 받자하다보니까 결국 제 부모 이겨먹는 막심불효 딸자식으로 만들고 말았구먼요."

연실 어머니가 천장을 향해 다시 대짜배기 한숨을 푸지게 띄워 올렸다.

"졌어요. 져버렸어요. 어미가 결국 두 손 번쩍 들고 말았지요. 사윗감이 경찰이라고 친정 부모님이 극구 반대하시는 혼인을 한사결단하고 관철했던 어미 전철을 이제 와서 연실이가 똑같이 밟겠다고 기를 쓰는 것도 다 팔자소관이거니, 하고 치부하기로 마음먹었어요."

연실 어머니는 애써 웃는 낯꽃 지어 보이기 위해 자칫 울상으로 돌변할지도 모르는 위험을 무릅쓰고 있었다.

"바깥양반께서 알아내신 정보 덕분에 나도 최씨 가문에 대해서는 오래전부터 제법 소상히 아는 편이랍니다. 미안해요, 남의 집안 뒷조사까지 해서. 하지만 외동딸 유별나게 귀애하시는 그 양반 처지로는 그럴 수밖에 없었을 거라고 생각해요. 지금도 무슨 방법을 동원해서든지 잃어버린 딸을 기어코 되찾겠다고 이만저만 난리를 치시는 게 아니랍니다. 그런 양반을 설득할 만한 언변이 나한테 없는 게 유감천만이지요. 아마 아비 뜻을 끝까지 거역한 딸자식을 두고두고 용서하시지 않을 겁니다. 평소 성격으로 보자면, 틀림없이 부모자식 간 천륜마저 끊고도 남을 양반이지요. 결국 이런 결과로 낙착되고 말 거라고 일찌감치 예상했기 때문에 더 강경하셨던 것 같아요. 연실이가 부모 몰래 출분하던 순간부터 나 역시 불길한 예감 때문에 내내 겁먹은 채로 하루하루를 덜덜 떨면서 지낼 수밖에 없었답니다."

말리는 손 단호하게 뿌리치고 분연히 제 운명길 가기 시작한 외동딸을 그저 속절없이 바라만 볼 수밖에 없는 어미 심정이 목소리에 고스란히 묻어나오고 있었다.

"몹쓸 인간을 친동기로 둔 입장에서…… 제가 사부인께 무신 말씀을 드려야 좋을지……"

저도 모르게 순금은 말을 더듬거렸다. 그러자 연실 어머니가 눈 반짝 칩뜨면서 결연한 표정을 지었다.

"한 가지 당부드릴 게 있어요. 젊은 사돈한테 꼭 약조를 받아두고 싶어요. 두고두고 내 딸을 지켜주겠다고 약조하실 수 있어요? 앞으로 어떤 경우라도 우리 연실이를 혈육처럼 아껴주고, 음으로 양으로 빈틈없이 보살펴주겠다고 약조해주실 수 있어요?"

"힘닿는 대목까장 따님을 지성으로 보살펴주고 애껴주겄다고 제 입으로 분명허니 약조를 드립니다."

"기왕 약조하시는 김에 젊은 사돈께서 한 가지 더 약조하시기 바랍니다. 혹여 우리 연실이가 장차 부모하고 연이 끊어져서 친정 없는 며느리 신세로 고적하고 곤고한 처지가 되더라도 시댁에서는 절대로 우리 연실이를 의지가지없는 여자라 시뻐 보고 홀대하는 일은 절대로 없을 거라고 말입니다. 혹여 먼 훗날에라도 친정부모 축복 못 받고 변변한 혼수 하나 지참하지 못한 채로 출가할 수밖에 없었던 과거 허물 들그서내서 우리 연실이 눈에서 피눈물 빠지게끔 매운 시집살이 시키는 일은 절대로 하지 않겠다고 지금 당장 약조하실 수 있겠어요?"

"그런 문제라면 사부인께서는 저를 꽉 믿으셔도 됩니다. 애시당초 따님 신상에 그따우 불상사가 감히 범접도 못허게코롬 제가 신명을 바쳐서 좋은 시누 노릇 감당헐 자신이 있습니다."

받을 다짐 죄 받아내고서야 연실 어머니는 마음을 놓는 기색이었다.

"젊은 사돈께서 그렇게 말씀해주시니까 정말 고맙네요. 그럼 젊은 사돈만 믿고 이만 떠나겠어요. 아까 연실이한테 얘기 많이 들어서 젊은 사돈이 어떤 분인지 알고 있어요. 든든하신 젊은 사돈 손에 연실이 장래를 맡기고는 정말 안심하고 떠나겠습니다. 젊은 사돈께서 모쪼록 우리 연실이를 실팍지게 지켜주는 튼튼한 울타리가 되시기를 다시 한번 탄원합니다."

마지막 당부 마치자마자 연실 어머니는 손가방서껀 행장을 주섬주섬 챙기기 시작했다. 마치 영이별이라도 나누는 푼수로 경부 마나님은 몹시 시름에 겨운 낯빛으로 딸의 손목 부여잡은 채 한참이나 놓을 줄 몰랐다. 작별 절차 모두 끝마친 연후에 연실 어머니는 면소재지 바라보며 허위허위 길을 잡아 나섰다. 떠나는 어머니와 배웅하는 딸이 동구 밖에서 발걸음 멈추면서 와락 부둥켜안는 모습을 순금은 멀찌막이 대문간에서 지켜보았다. 그새 눈에 띄게 짧아진 줄 알았던 가을해가 단 하루 동안에 그토록 수많은 사건 일일이 다 지켜보느라 고단할 법한데도 서쪽 산등성이에 붉은 몸뚱이 되똑 얹기까지는 아직 두어 뼘 텝 해찰할 여지를 남겨두고 있었다. 끝이 안 보일 지경으로 마냥 길게만 느껴지던 하루였다. 쇠털만큼이나 많은 날 가운데 기중 가년스럽게 느껴지는 하루가 그럭저럭 또 과거 속으로 건너가려 하고 있었다. 기진맥진한 햇덩이가 사방 군데 쑤시고 결리는 사대삭신 서산마루에 덤턱스레 부려놓고는 염치도 없이 또 밤의 어둠한테 하룻밤 신세지려는 참이었다.

윤홍길
1942년 전라북도 정읍 출생. 1968년 한국일보 신춘문예에 단편 「회색 면류관의 계절」이 당선되며 작품활동을 시작했다. 대표작으로 『장마』 『완장』 『황혼의 집』 『아홉 켤레의 구두로 남은 사내』 등이 있다. 한국문학작가상, 한국창작문학상, 현대문학상, 21세기문학상, 대산문학상, 박경리문학상을 수상했다. 대한민국예술원 회원이다.

문학동네 장편소설
문신 2

1판 1쇄 2018년 12월 15일
1판 2쇄 2024년 3월 1일

지은이 윤홍길
책임편집 김영수 | 편집 김봉곤 강윤정 김필균 | 모니터링 이희연
디자인 김이정 유현아 | 저작권 박지영 형소진 최은진 서연주 오서영
마케팅 정민호 서지화 한민아 이민경 안남영 왕지경 정경주 김수인 김혜원 김하연 김예진
브랜딩 함유지 함근아 고보미 박민재 김희숙 박다솔 조다현 정승민 배진성
제작 강신은 김동욱 이순호 | 제작처 한영문화사

펴낸곳 (주)문학동네 | 펴낸이 김소영
출판등록 1993년 10월 22일 제2003-000045호
주소 10881 경기도 파주시 회동길 210
전자우편 editor@munhak.com | 대표전화 031) 955-8888 | 팩스 031) 955-8855
문의전화 031) 955-3576(마케팅) 031) 955-2679(편집)
문학동네카페 http://cafe.naver.com/mhdn
인스타그램 @munhakdongne | 트위터 @munhakdongne
북클럽문학동네 http://bookclubmunhak.com

ISBN 978-89-546-5409-8 04810
978-89-546-5418-0 (세트)

* 이 작품은 대한민국예술원 예술창작지원금에 힘입어 집필되었습니다.